UNERSÄTTLICH

DER GELÄUTERTE LEBEMANN UND DIE UNWILLIGE DEBÜTANTIN

DER PHÖNIX CLUB
BOOK ACHT

DARCY BURKE

Translated by
PETRA GORSCHBOTH

Zealous Quill Press

Unersättlich:
Der geläuterte Lebemann und die unwillige Debütantin

🌸 Created with Vellum

UNERSÄTTLICH: DER GELÄUTERTE LEBEMANN UND DIE UNWILLIGE DEBÜTANTIN

Die exklusivste Einladung der feinen Gesellschaft...

Willkommen im Phönix Club, in dem Londons waghalsigste, anrüchigste und intriganteste Ladys und Gentlemen Skandale, Erlösung und eine zweite Chance finden.

Nachdem Miss Kathleen Shaughnessy dabei beobachtet wird, wie sie in einem Garten in Gloucestershire einen Gentleman küsst, wird sie zur Verhütung eines Skandals nach London geschickt. Sie denkt jedoch gar nicht daran, ihre Forschungen über Paarungsrituale aufzugeben, und sie kennt die perfekte Person, die ihr dabei helfen kann: der beste Freund ihres Bruders, Lord Lucien Westbrook, der für seine Hilfsbereitschaft anderen gegenüber bekannt ist.

Von seinem hochnäsigen Vater verachtet, leitet Lucien den Phönix Club als eine integrative Gemeinschaft, die niemanden ausgrenzt oder übersieht. Es ist auch ein geheimer Treffpunkt für das Außenministerium, wo wichtige Verbindungen geknüpft und Informationen weitergeleitet werden – bis ein Skandal den Club erschüttert, der Luciens Position bei seinen Vorgesetzten bedroht.

Während Lucien alles daransetzt, die Kontrolle über den Club zu wahren, bittet die Schwester seines besten Freundes ihn um seine persönliche Expertise und Unterstützung bei ihren Forschungen auf dem »Wissenschaftsgebiet« der Paarung. Er kann unmöglich zusagen, doch je mehr Zeit er mit der unverfälschten und fesselnden Kat verbringt, umso stärker schwindet sein Widerstand. Schon bald kämpft er gegen seine Sehnsucht nach ihr an und auch gegen die mächtigen Kräfte, die danach trachten ihn aus seinem Club zu vertreiben. Als Kat in echte Gefahr gerät, wird Lucien vor nichts zurückschrecken, um die Frau zu schützen, die sein Herz gestohlen hat.

KAPITEL 1

London, Februar 1816

»*Ich* ... würde gern an der Saison teilnehmen.« Kathleen Shaughnessy thronte in einem Sessel im Salon des Hauses ihres Bruders und hatte die Hände sittsam im Schoß gefaltet, während sie ihren Blick friedfertig auf ihren Bruder und ihre Schwägerin richtete, die auf dem Sofa gegenüber saßen. Sie wusste, dass ihre Bitte die beiden schockieren würde, aber das war nicht der Grund, warum sie sie äußerte.

Ihre Schwägerin Cassandra – oder Cass, wie Kat und die meisten anderen Familienmitglieder und Freunde sie nannten – ergriff zuerst das Wort. »Das würdest du?«

»Du bist überrascht«, meinte Kat.

Cass' dunkle Augenbrauen hoben sich kurz. »Angesichts des Umstands, wie vehement du dich der Teilnahme an nahezu jedem gesellschaftlichen Ereignis in der letzten

Saison widersetzt hast, muss ich sagen: ja, ich bin überrascht.«

Ruark, Kats älterer Halbbruder und der Earl of Wexford, richtete seine zusammengekniffenen blauen Augen auf sie. »Warum willst du an der Saison teilnehmen?«

Kat hatte seine skeptische Haltung erwartet. Er kannte sie besser als alle anderen und war sich ihrer Abneigung gegen große gesellschaftliche Zusammenkünfte sehr wohl bewusst, denn er sorgte sich um sie. Sie war kein einfacher Mensch. Das hatte ihre Mutter jedenfalls gesagt.

Kat konnte ihrem Bruder unmöglich die Wahrheit sagen, dass es der beste, wenn nicht einzige Weg war, ihre Nachforschungen fortzusetzen. Welcher Ort könnte besser geeignet sein, das menschliche Paarungsverhalten zu studieren, als der Londoner Heiratsmarkt? Tatsächlich *hätte* sie ihm in der Vergangenheit genau gesagt, was sie vorhatte, aber sie hatte gelernt, dass sie sich damit in Schwierigkeiten bringen konnte. Abgesehen davon war Ruark jetzt verheiratet und ein Kind war unterwegs, weshalb sie ihn nicht in ihre Pläne einbeziehen würde.

Pläne? Das war ein Ausdruck, den ihrer beider Mutter verwenden würde.

Es war gut, dass ihre Mutter nicht hier war und dass sie Ruark und Cass erlaubt hatte, Kat aufzunehmen. Nichts von dem, was Kat tat, entsprach dem, was ihre Mutter wollte oder sich erhoffte. Kat war viel zu sehr an der Tierwelt interessiert und sie dokumentierte ihre Beobachtungen sowohl schriftlich als auch in Skizzen. Mutter würde sagen: »Du wirst so nie einen Ehemann finden.« Darauf würde Kat antworten: »Dann werde ich eben keinen Ehemann finden.«

Kat zog eine Schulter hoch und versuchte, einen gleichmütigen Eindruck zu machen, während sie Ruarks Frage beantwortete, warum sie eine Saison wollte. »Ich will Mutter glücklich machen.«

Ein scharfes Lachen brach aus Ruarks Kehle hervor. »Das ist *nicht* der Grund, warum du das tust, also versuche nicht, mir diesen Unsinn zu verkaufen. Hast du dich entschieden, zu heiraten?«

Das schien die beste Antwort und wenn sie ja sagte, würde er das Thema hoffentlich sein lassen. »Ich ziehe es in Betracht.«

»Das ist ein gehöriger Wandel«, stellte Cass fest. Nun war *ihr* Blick zweifelnd geworden.

Kat warf die Hände in die Luft. »Ich dachte, es würde euch freuen, dass ich eine Saison haben möchte, aber wenn ihr mich verhören wollt und argwöhnisch seid, sollte ich mir die Mühe vielleicht nicht machen.«

Ruark winkte beschwichtigend mit der Hand. »Nein, das ist in Ordnung. Es ist sogar sehr schön. Du hast recht, dass unsere Mutter erfreut sein wird, insbesondere da wir sie überzeugen mussten, dich nach London zurückkommen zu lassen.«

»Ich verstehe nicht, warum sie überzeugt werden musste«, meinte Kat. »Mein Ruf in Lechlade ist nicht gerade lupenrein.« Der Grund dafür war, dass sie von der Beobachtung der Paarungsrituale in der Tierwelt zu Menschen übergewechselt war und ein Experiment durchgeführt hatte, bei dem sie einen Gentleman küsste, der bereits verlobt war. Da er bereits versprochen war, hatte Kat ihn als das perfekte Objekt für ihre Recherche erachtet. Ganz sicher wollte sie nicht irgendjemanden *heiraten*.

Wie dem auch war, waren sie trotz Kats sorgfältiger Planung ihn im dunklen Garten während eines Ball zu küssen, gesehen worden. Mutter hatte sie in Windeseile aus Gloucestershire fortgebracht, ehe sich ein Skandal entwickeln konnte. Nicht, dass er nicht gewurzelt hatte – während der Gentleman nun mit seiner Braut verheiratet war, so war Kat zuhause immer noch nicht bei allen richtig willkommen.

»Er ist aber auch nicht ruiniert«, hob Cass hervor. »Aber ich verstehe, warum du lieber hier bist.«

Kat liebte London. Nach dem »Skandal« hatte ihre Mutter sie hierher geschleppt, um sie schleunigst zu verheiraten. Stattdessen hatte Kat die Saison mit Ruark und seiner neuen Frau, Cass, verlebt. »Es gibt endlose Veranstaltungen«, meinte Kat. Und auch eine höhere Wahrscheinlichkeit, ihre Nachforschungen anonym durchzuführen.

»Möchtest du der Königin vorgestellt werden?«, fragte Ruark. Er blickte zu Cass. »Muss sie das?«

»Idealerweise ja, aber es ist nicht absolut notwendig«, antwortete Cass. »Deine Mutter sollte herkommen, aber ich kann als deine Befürworterin einspringen.«

Kats Inneres schlug Purzelbäume. »Muss ich? Ich habe nicht das Bedürfnis, die Königin kennenzulernen.« Sie bot den beiden, was man wohl als schwaches Lächeln bezeichnen würde. Nun, es war das Beste, was sie zustande brachte. Der Gedanke, ein lächerliches, altmodisches Kleid zu tragen und vor der Königin zu knicksen, war in jeder Hinsicht außerordentlich unwillkommen.

»Falls du eingeladen wirst, das zu tun, hast du keine Wahl, fürchte ich.« Cass sagte dies voller Mitgefühl. Sie war die beste Schwägerin, die Kat sich nur hatte wünschen können. Sie war freundlich, geistreich und unglaublich unterstützend bei Kats … Marotten. Es machte ihr nichts aus, dass Kat nicht gern tanzte oder Kleider einkaufen ging, oder dass sie stattdessen Buchhandlugen und Museen, liebte. Sie nahm es Kat auch nicht krumm, wenn ihre Finger vom Zeichnen oder Schreiben fleckig waren. »Aber wir werden unser Bestes tun, damit du keine Aufmerksamkeit erregst.«

»Das bedeutet, dass du dich von deiner besten Seite zeigen musst«, meinte Ruark. »Keine heimlichen Treffen in Gärten mit Gentlemen, die bereits verheiratet sind.« Sein Tonfall war nicht rügend, sondern eher bittend.

Kat schaute ihm in die Augen. »Ich werde ein Musterbeispiel für Eleganz und Anstand sein.«

»Dann müssen wir vermutlich einkaufen gehen«, meinte Cass lächelnd. Anders als Kat liebte sie die Besuche bei der Modistin. Und der Hutmacherin. Und allem anderen dazwischen.

»Müssen wir das?« Kat kannte die Antwort bereits.

»Ich werde die Modistin herkommen lassen.« Cass sah sie mit einem verständigen Lächeln an. »Wäre das angenehmer für dich?«

Wieder war Kat ihrer Schwägerin für ihre Güte dankbar. »Ja. Danke.«

»Wir sind morgen Abend zu einer Soiree eingeladen«, meinte Cass. »Willst du uns begleiten?«

So bald? Kat hatte gedacht, ihr blieben ein paar Tage, um sich an die Vorstellung zu gewöhnen, sich inmitten von Menschenmassen der einfältigsten Leute aufzuhalten. Obwohl sie dies zum Zwecke ihrer Forschungen auf sich nahm, wusste sie auch, dass ihr, zumindest für einige Zeit, unbehaglich wäre.

»Wenn du früh müde wirst, können wir dich in der Kutsche nach Hause schicken«, bot Ruark ihr an. Er wusste, dass Kat von gesellschaftlichen Ereignissen rasch ermüdete, insbesondere, wenn sie sich in die Länge zogen.

»Dann lautet meine Antwort ja. Ich werde euch begleiten.« Kat würde dafür sorgen, dass sie bereit war. Sie blickte zu Cass. »Ich habe doch sicher etwas anzuziehen, das für den Anlass reicht?«

»Das ist mehr als wahrscheinlich. Wenn nicht, wird meine Zofe etwas von meinen Sachen ändern können.«

»Wirklich?« Kat war einige Zentimeter größer als Cass, die einen Meter zweiundsechzig maß.

»Stenby ist eine Meisterin mit der Nadel«, versicherte Cass ihr mit einem Lächeln.

»Dann ist es beschlossen.« Kat machte Anstalten, aufzustehen, doch der Butler kam herein und kündigte einen Besucher an – Lord Lucien Westbrook.

»Schick ihn herein, Bartholomew«, meinte Ruark.

Kat drückte sich in ihren Sessel zurück. Wäre der Besucher irgendein anderer gewesen, wäre sie jetzt gegangen. Allerdings mochte sie Cass' Bruder. Alle mochten ihn.

Lord Lucien war beinahe dreißig Jahre und damit zwei Jahre älter als ihr Bruder Ruark, und er besaß dunkles Haar mit dicken Augenbrauen und fesselnde zobelbraune Augen. Kat benutzte diese Beschreibung – fesselnd – nicht leichtfertig. Sie benutzte sie für bestimmte Tiere, die sie studierte, und die eine Aura von Selbstbewusstsein und vorzeigbarer Intelligenz besaßen. Manchmal war es schwierig, solche Attribute in einer Kuh oder einer Ziege auszuloten, aber nicht unmöglich. Kat war eine durch und durch gründliche Beobachterin.

Es brauchte keine Geduld, Lord Lucien einzuschätzen. Auf den ersten Blick war er beinahe auf eine aggressive Weise attraktiv und charmant. Es bestand einfach keine Möglichkeit, den Magnetismus zu ignorieren, den der besaß – alle konnten ihn spüren. Wenn jemand das nicht konnte, sollte sich derjenige vergewissern, ob er noch atmete. Groß und hellhäutig, besaß er die verführerischen Lachfältchen um die Augen und den Mund, der alle anlockte, die sich in seinem Dunstkreis befanden. Sie versuchte, sich nicht auf den letztgenannten seiner Züge zu konzentrieren und scheiterte. Seit diesem verflixten Kuss mit Hickinbottom hatte sich ihre Aufmerksamkeit auf die Münder der Männer verlegt – nun, auf die Münder *einiger* Männer – und sie fragte sich, ob einer von ihnen eine bessere Leistung zustande bringen würde. Oder vielleicht war es nur, dass Kat das Küssen verabscheute. Sie nahm an, dass das der Fall war, da jede Frau, die sie über das Küssen befragt hatte, ihr versichert hatte, wie aufregend es sein konnte.

Konnte.

Und deshalb musste Kat weitere Forschungen betreiben. Also war es perfekt nachvollziehbar, dass sie auf Lord Luciens Lippenkonturen blickte und wie die Unterlippe ein wenig voller war als die obere. Sie leckte sich über ihre eigene Unterlippe, als ob sie entscheiden müsste, ob ihre Lippen genauso wären.

Eine von Lord Luciens Augenbrauen zuckte leicht hoch und sein Blick traf sie für einen flüchtigen Moment. Hatte er ihre Aufmerksamkeit bemerkt? War das von Belang? Manche würden das mit ja beantworten, aber Kat kümmerte sich nicht um solche Dinge. Sie hatte einen guten Grund, ihn zu studieren, und den würde sie ihm verraten, wenn das notwendig war.

Da sie ihn inspizierte, bemerkte sie etwas, das ihr früher entgangen war – ein schwaches Runzeln zwischen seinen Augenbrauen. War er über etwas in Sorge? Sie hatte angenommen, dass er für Sorgen unzugänglich war.

»Ich entschuldige mich, hier einzudringen«, setzte Lord Lucien an, »aber ich fürchte, ich muss mit Wexford sprechen.« Er warf seiner Schwester einen entschuldigenden Blick zu.

»Angelegenheiten des Phönix Clubs, zweifellos.« Cass presste die Lippen zusammen. »In die ich nicht eingeweiht werden kann.«

»Oder ich, offensichtlich«, fügte Kat hinzu, nicht dass es ihr etwas ausmachte. Lord Lucien besaß einen beliebten Mitglieder-Club und obwohl es wahrscheinlich der einzige Ort Londons war, an dem sich die Gesellschaft versammelte, wo sie sich am unbeschwertesten fühlte, war er dennoch in der Regel von zu vielen Menschen überfüllt. Andererseits war ihr auch nur erlaubt, die wöchentlich an den Freitagen während der Saison stattfindenden Bälle zu besuchen, da sie kein Mitglied war, und dort herrschte großes Gedränge.

Als junge, unverheiratete Lady war ihr nicht erlaubt, Mitglied zu werden. Würde sie allerdings eine Jungfer, könnte sie scheinbar eine Einladung erhalten. *Wenn* das Mitglieder-Komitee sie für angemessen hielt. Oder so etwas in der Art. Kat hatte die Einzelheiten nicht so genau im Blick wir Cass und ihre Freundinnen. Ihre engste Freundin, Fiona, war mit einem anderen von Lord Luciens Freunden verheiratet – Lord Overton. Wie auch Ruark war er ebenfalls in dem Club involviert. Weshalb Lord Lucien hier war. Obwohl Kat dem Klatsch oder gesellschaftlichen Ereignissen keine Beachtung schenkte, war sie dennoch darüber im Bilde, dass der Club einer Art von Skandal ausgesetzt war. Das musste die Ursache für Lord Luciens Betroffenheit sein.

»Verzeihung«, meldete Kat sich zu Wort, und richtete den Blick auf Lord Lucien. »Stimmt etwas nicht mit dem Club? Ich fürchte, ich bin über die letzten Nachrichten, nicht auf dem Laufenden.« Vor etwa zehn Tagen waren sie gerade erst nach London zurückgekehrt, nachdem sie die Feiertage und den ganzen Januar in Gloucestershire verbracht hatten.

»Es ist, nun, kompliziert«, antwortete Lord Lucien.

Kat legte den Kopf schief und verengte die Augen. »Wollen Sie damit sagen, ich würde es nicht verstehen? Oder dass Sie lieber nicht über die Einzelheiten sprechen wollen?«

»Ich würde Ihre Intelligenz niemals beleidigen, Miss Shaughnessy«, entgegnete er schnell – und voller Ernst. »Ich nehme eher an, dass Sie dies, sagen wir, langweilig finden?«

Kannte er sie so gut? Vielleicht war er ebenfalls ein ausgezeichneter Beobachter. Er stieg in ihrer Achtung. »Normalerweise ja, aber ich weiß, wie viel dieser Club meinem Bruder und Cass bedeutet. Und Ihnen, da bin ich sicher.«

Er lachte leise. »Ja, er ist ungemein wichtig für mich.

Leider gibt es Probleme.« Er warf Ruark einen Blick zu. »Aber ich bin sicher, dass wir sie meistern werden.«

Ruark runzelte die Stirn. »Ist noch etwas passiert?«

Lord Lucien schlenderte zu einem Sessel, der in einem Winkel zu dem Sofa stand, auf dem Ruark und Cass saßen. Er ließ sich auf der Polsterkante nieder, als ob er nicht vorhätte, lange zu bleiben. Oder war er angespannt? »Evie hat die Stadt heute verlassen. Gregory und sie reisen nach Oxfordshire, wo sie sich trauen lassen.«

Cass' Augen funkelten und ihr Mund wurde rund, ehe sie ihn zu einem breiten Grinsen formte. »Wirklich?«

»Ja, und ich habe sie überzeugt, im Club zu bleiben.«

»Gut«, brachte Cass mit fester Stimme hervor.

Evie – oder besser Mrs. Renshaw, wie Kat sie kannte – leitete den Phönix Club und sie war eine enge Freundin von Lord Lucien. Kat erinnerte sich nun, dass sie der Grund für den derzeitigen Verruf des Clubs war – oder zumindest ein Teil des Grundes. »Wieder habe ich nicht genau aufgepasst«, meinte Kat. »Warum mussten Sie Mrs. Renshaw überzeugen, zu bleiben?«

Ruark stieß die Luft aus. »Es ist irgendwie eine unschickliche Geschichte. Ich bin sicher, es wäre Lord Lucien lieber, wenn wir nicht darüber sprechen. Cass kann es dir später erklären.«

»Nun, das gibt mir das Gefühl, ich sei ein schwieriges Kind«, murmelte Kat. Sie erhob sich. »Dann werde ich euch nicht weiter mit meiner Anwesenheit belasten.«

»Komm, sei nicht so«, meinte Ruark mit finsterem Gesicht. »Du wirst auf halbem Wege durch die Geschichte das Interesse verlieren. Dies ist nicht die Sorte von Dingen, auf die du auch nur zwei Pfifferlinge gibst.«

Das stimmte, also warum fragte Kat dann überhaupt? »Du hast recht. Vermutlich habe ich nur versucht, unterstützend zu sein.« Oft hatte ihre Mutter ihr gesagt, sie sollte

Interesse für die Sorgen anderer Menschen zeigen und gelegentlich erinnerte Kat sich daran, dies zu tun. Sie ging auf die Tür zu und blieb bei Lord Luciens Sessel stehen. »Es tut mir leid, dass Sie Schwierigkeiten mit dem Club haben. Ich bin sicher, dass die Dinge sich wieder bessern werden.« Sie lächelte ihm zu, ehe sie den Salon verließ.

Kat ging in die zweite Etage hinauf, wo sich ihr Schlafzimmer befand, und ihre Gedanken wandten sich rasch von Lord Lucien und dem Phönix Club ab, um zu dem Thema zurückzukehren, das sie am meisten beschäftigte – ihre Nachforschungen. Morgen würde sie an der Soiree teilnehmen und beginnen.

Sie würde wie immer mit ihren Beobachtungen anfangen. Allerdings erkannte sie die Tatsache an, dass sie sich wieder selbst in ihre Forschungen einbringen musste, wie sie es zuhause in Lechlade getan hatte. Sie würde Sorge dafür tragen, dass dieses Mal keine Gefahr bestand, erwischt zu werden.

Nachdem sie ihr Zimmer betreten hatte, schloss sie die Tür hinter sich und trat an ihren Schreibtisch, um das allerneueste Buch herauszunehmen, das sie erworben hatte. Sie kehrte zu ihrem gemütlichen Sessel zurück, wo sie die Schuhe von den Füßen streifte und sich setzte, indem sie die Füße auf eine Weise unter sich zog, welche die Missbilligung ihrer Mutter erregt hätte. »*Kathleen, du wirst dein Kleid ruinieren!*«

Kat glaubte kaum, dass Falten ein Kleid ruinieren könnten, doch das hielt ihre Mutter nie davon ab, immer wieder darauf zu bestehen. Die Gedanken an ihre Mutter beiseiteschiebend, öffnete Kat das Buch. *Eine Anleitung für Ladys über die Ehepflichten.* Es enthielt hauptsächlich langweilige Informationen darüber, wie ein Haushalt zu führen sei und auch über gesellschaftliche Umgangsformen, doch es gab ein Kapitel über »Pflichten der Ehefrau im Ehebett«, das für ihre

Forschungen dienlich war. Es war leider kürzer als die übrigen Kapitel, aber es enthielt mehrere Seiten darüber, wie eine Frau für ihren Ehemann attraktiv sein und sie sich ihm im Schlafzimmer unterordnen sollte. Es gab sogar einige Illustrationen.

Die Zeichnungen waren irgendwie vage: ein Mann und eine Frau umarmten sich, während sie zusammen im Bett lagen, und schließlich lag der Mann auf der Frau und sie schaute zu ihm auf. Die Beschreibungen waren erheblich genauer, was mit bestimmten Körperteilen passierte, aber selbst dort fehlte … irgendetwas.

Etwas Unbeschreibliches. Etwas, das Kat selbst erleben müsste.

~

Trotz der Anspannung, die sich in seinem Inneren ballte, lehnte Lucien sich in seinem Sessel zurück. Er blickte zu seiner Schwester und hoffte, dass sie es nicht erkennen konnte. Seine Aufregung rührte von mehr als nur den Problemen mit dem Club her. Einen guten Teil davon hatte er seinem Vater zu verdanken. Schon immer hatten Lucien und er ein heikles Verhältnis zueinander, doch heute hatte es einen neuen Grad von Unfrieden erreicht. Während Lucien normalerweise in der Lage war, diese Auseinandersetzungen an sich abperlen zu lassen, würde die heutige ihm einige Zeit in Erinnerung bleiben. Und er konnte dies nicht einfach als weitere Plänkelei betrachten.

»Ich bin froh, dass du Evie überzeugt hast, im Club zu bleiben«, meinte Ruark und unterbrach Luciens Gedanken damit, wofür dieser dankbar war. »Nicht nur, weil sie dorthin gehört, sondern wie würdest du diesen verdammten Ort ohne sie leiten?«

»Das spielte keine kleine Rolle dabei.« Lucien schnaubte.

»Es war nicht leicht, sie zu überzeugen, aber Gregory hat geholfen.«

Cass strich glättend über ihren Rock. »Ich freue mich so, dass sie heiraten werden. Wenn sie nach London zurückkehrt, wird sie Lady Evie sein. Es sei denn …« Cass zauderte. »Wird sie sich dann immer noch Evie nennen?«

Evangeline Renshaw war nicht ihr richtiger Name. Sie war als Mirabelle Avenses während der Unruhen in Frankreich geboren worden. Ihre Mutter war mit Evie, ihrer älteren Schwester und ihrer Zofe nach England geflohen. Ihr Vater war zurückgeblieben und im Gefängnis gelandet. »Ja. Die größte Neuigkeit des Tages ist, dass ihr Vater gefunden worden ist. Nach seiner Entlassung aus dem Gefängnis hatte er sich auf den Weg hierher gemacht, um seine Familie zu finden.«

Sowohl Cass als auch Ruark beugten sich mit gefesselten Gesichtsausdrücken vor. »Außerordentlich«, meinte Ruark mit seinem irischen Akzent und sein Blick war vor Intensität stechend. »Wie ist das passiert?«

»Es gibt eine Gruppe Menschen hier, die daran arbeitet, die Familien wiederzuvereinen, die während der Unruhen getrennt worden waren.« Bis heute hatte Lucien nichts von ihnen gewusst, als Evie und Gregory zu ihm gekommen waren, um ihm die Neuigkeiten auf ihrem Weg aus der Stadt mitzuteilen. Lucien würde Cass nicht erzählen, dass ihr Vater Teil dieser Gruppe war und geholfen hatte, Evie und ihren Vater zusammenzubringen, weil Lucien immer noch nicht glauben konnte, dass das stimmte. Ihr Vater, der Earl of Evesham, half anderen nicht, es sei denn, um seine eigenen Interessen zu unterstützen. Seine Handlungen brachten die Frage auf, welchen Gewinn er daran hatte.

Cass legte eine Hand auf ihre Brust. »Evie muss überglücklich sein. Ich freue mich doppelt für sie – sie hat ihren

Vater gefunden *und* sie wird heiraten. Ich hoffe, dies macht den Skandal wett.«

Der Skandal war Evies Vergangenheit, da sie eine Kurtisane gewesen war, ehe sie sich als die Witwe Evangeline Renshaw neu erfunden hatte und sowohl Leiterin als auch Schirmherrin des Phönix Clubs geworden war. Bevor Lucien den Club gegründet hatte, war sie seine Mätresse gewesen. Als sie sich zurückziehen wollte, hatte er ihr den Posten im Club angeboten und vorgeschlagen, dass sie die Stadt verließ und als neue Persönlichkeit wiederkehrte. Als jemand, der von der Gesellschaft respektiert würde. Also war sie eine Witwe geworden, deren erfundener verstorbener Ehemann ein alter Freund Luciens gewesen war.

»Ich glaube nicht, dass irgendetwas dies bewirken kann.« Lucien war immer noch so wütend, dass ihr Geheimnis aufgeflogen war. Und all das nur wegen eines selbstsüchtigen, giftigen Mitglieds des Clubs – Lady Hargrove, eine weitere Schirmherrin, der es nicht gefallen hatte, dass ihre Vorschläge für Mitgliedschaften und in anderen Angelegenheiten normalerweise ignoriert worden waren. Sie hatte Evies Vergangenheit aufgedeckt und war entzückt gewesen, dass jedes Detail in verschiedenen Zeitungen veröffentlicht worden war.

»Der Klatsch wird abflauen«, meinte Cass mit einer Zuversicht, die Lucien nicht teilte. »Ihre Heirat mit Lord Gregory wird helfen.«

»Ich hoffe, du hast recht.«

Cass zog die Augenbrauen zusammen und ihre bernsteinfarbenen Augen umwölkten sich. »Wer bist du? Wo ist mein optimistischer Bruder, der sonst alles ins Lot bringt?«

Lucien stieß die Luft aus, aber das vertrieb seine Frustration nicht. »Ich kann das nicht ins Lot bringen. Alle wissen über Evie Bescheid.« Der Skandal war vor zwei Tagen öffentlich gemacht worden.

»Und sie wissen von dir«, setzte Ruark leise hinzu. »Das du sie ausgehalten hast.«

»Es kümmert mich nicht, dass sie das über mich wissen. Du kannst doch nicht glauben, dass das etwas zur Sache tut? Die Neuigkeit, dass ich eine Mätresse hatte, ist weder überraschend noch interessant, und es würde die Leute auch nicht davon abhalten, aus dem Club auszutreten.«

»Haben sie das getan?«, fragte Cass und machte ein besorgtes Gesicht.

Lucien nickte. Er wollte sich nicht zu eingehend über diese Dinge ergehen, insbesondere nicht vor Cass, die keine Angehörige des Mitglieder-Komitees war. Tatsächlich war sie erst seit ihrer Hochzeit mit Ruark Mitglied. Der Club gewährte unverheirateten Frauen keine Mitgliedschaft, es sei denn, sie waren gestandene Jungfern. Das war ein Aspekt, über den Lady Hargrove sich beschwert hatte. Sie fand es unschicklich, dass unverheiratete Frauen überhaupt zugelassen waren. Himmel, die ganze Idee eines Mitglieder-Clubs, der Frauen einbezog, wurde von einem Großteil der Leute als unschicklich erachtet und deshalb war der Phönix Club auch nicht für jedermann geeignet. Wenn jemand eine gemischte Mitgliedergruppe nicht unterstützen konnte, zu der arbeitende Männer, unverheiratete Frauen und alle anderen Arten von Menschen gehörten, die bei keinem anderen Mitglieder-Club willkommen waren, dann gehörten sie nicht in Luciens Club.

Luciens Club.

Er betrachtete ihn als solchen. Alle sahen ihn als seinen an. Aber in Wahrheit gehörte er ihm gar nicht. Er besaß nur einen kleineren Anteil und die Mehrheit gehörte dem verdammten Außenministerium, das Lucien auch angestellt hatte, und das sich das letzte Wort über die Mitgliedschaften vorbehielt. Die beiden anonymen Mitglieder des Komitees waren seine Repräsentanten und deshalb blieben sie für den

Rest des Komitees Unbekannte. Die übrigen Mitglieder des Komitees waren Luciens Freunde: Tobias Powell, der Earl of Overton; Dougal MacNair, der Viscount Fallin und Ruark, plus Evie und die Buchhalterin des Clubs, Ada Hunt, die jetzt Lady Warfield war, nachdem sie Luciens Freund und Militärkameraden Max geheiratet hatte.

Ruark warf Lucien einen aufmunternden Blick zu. »Diejenigen die gekündigt haben, können keine Leute gewesen sein, die wir überhaupt gewollt hatten.«

Das waren sie in der Tat nicht. Es waren Leute, die vom Außenministerium eingeladen worden waren, weil sie dem Mitgliederstamm Glaubwürdigkeit und Prestige verliehen.

Lucien war allerdings besorgt, dass der Weggang einer beträchtlichen Anzahl von Mitgliedern andere ebenfalls zu einem Weggang veranlassen würde – Leute, die sie ausgesucht hatten.

Cass erhob sich und wandte ihre Aufmerksamkeit Lucien zu. »Selbst wenn du es nicht bist, bin ich optimistisch, dass dies den Club letztendlich verbessern wird und der Skandal um Evie vorbeigeht. Ich überlasse euch jetzt eurem Gespräch, denn ich kann sehen, dass du mit Ruark sprechen willst.«

»Danke.« Lucien sah sie mit einem dankbaren, aber flüchtigen Lächeln an. Seine Geschwister bedeuteten alles für ihn, obwohl sein älterer Bruder, der Erbe, und er, ihre engere Verbindung erst letztes Jahr gefunden hatten. Und jetzt war Constantine Vater, was seine harscheren Seiten gründlich gemildert hatte. *Und* es hatte Lucien davon erlöst, der Ersatzerbe zu sein.

Cass schloss die Tür zum Salon, als sie hinausging. Ruark streckte die Arme über die Rückenlehne des Sofas. »Die Anzahl der Kündigungen … Ist es schlimm? Bluten wir an Mitgliedern aus?«

Bluten … Lucien zuckte innerlich bei diesem Ausdruck

zusammen. Das Bild beschwor Erinnerungen – ganz besonders eine – von seiner Zeit als Soldat in Spanien herauf. Er schob sie in die dunklen Winkel seines Gedächtnisses zurück, wo er sie meist wieder vergaß. Es war am besten so.

»Gestern waren es ein Dutzend.« Was mehr war, als Lucien erwartet hatte. »Heute erwarte ich die doppelte Anzahl, da die Leute sich wahrscheinlich gestern Abend zusammengefunden und die Ereignisse besprochen haben.«

Ruark zog die Augenbrauen hoch. »Im Club?«

»Gestern Abend war kaum jemand *im* Club«, meinte Lucien sardonisch. »Ich vermute, sie haben sich besprochen, wo auch immer sie waren. Es ist derzeit die größte Klatschgeschichte.«

»Wir sind gestern Abend zuhause geblieben, also kann ich dir leider nicht zu weiterer Einsicht verhelfen.« Ruark zog eine Grimasse.

Lucien winkte ab. »Darum bitte ich ja auch gar nicht. Aber ich wäre dir dankbar, wenn du Augen und Ohren offenhalten könntest. Ich muss es schaffen, diesen Schaden zu begrenzen, wenn ich das kann.«

»Es gibt weit mehr Leute, die den Club lieben und das, wofür er steht, als andersherum. Es gibt keinen anderen Ort, an dem sich so viele, mich als schrecklichen Iren eingeschlossen, nicht nur willkommen, sondern auch gewollt fühlen. Die Einbeziehung und das Wissen, *ausgewählt* worden zu sein, entsprechen in ihrer Wirkung fast einem Urinstinkt.«

Damit hatte Ruark nicht unrecht. Lucien hatte diesen Club zum Teil aufgrund genau dieser Gedanken gegründet. Wegen der Art und Weise, wie sein Vater seinen Bruder und seine Schwester bevorzugt hatte, war er sich oft wie ein Außenseiter vorgekommen.

»Die anonymen Angehörigen des Mitglieder-Komitees werden nicht glücklich darüber sein, dass die Mitglieder, die sie empfohlen haben in Massen fliehen.« Lucien provozierte bereits ihren Unmut, indem er sich weigerte, Evie auszuschließen, wie sie es verlangt hatten.

»Vielleicht ist es Zeit, dass du sie aus dem Komitee ausschließt«, entgegnete Ruark dunkel.

»Das kann ich nicht.« Und Lucien konnte Ruark auch noch nicht einmal den Grund dafür nennen. »Sie waren … maßgeblich an der Gründung des Clubs beteiligt. Ich könnte entscheiden, dass sie vielleicht gehen sollten, doch bislang habe ich diesen Punkt noch nicht erreicht.«

Die einzige Person, die von der Beteiligung des Außenministeriums wusste, war Dougal MacNair, der neue Lord Fallin. Aber er wusste nicht, dass er den Club praktisch besaß. Dougal hatte ebenfalls in Spanien gedient und er hatte die letzten Jahre damit zugebracht, in England als Spion für das Außenministerium zu arbeiten. Bis er letztes Jahr seinen Abschied genommen hatte, nachdem er das Erbe seines Vaters angetreten hatte und Earl geworden war – und er hatte auch geheiratet.

Sie waren beide in Spanien rekrutiert worden, aber Luciens Auftrag war sehr viel früher gekommen. Er hatte während des Krieges spioniert, bis er in einen schrecklichen Vorfall verwickelt worden war. Sein Freund Max war von Sinnen gewesen und hatte sich an einer Schwadron von Soldaten für ihren brutalen Überfall und Mord an seiner Verlobten gerächt. Lucien hatte Max´ Handlungen gedeckt, indem er einem der toten Soldaten einen Brief untergeschmuggelt hatte, der vorgab, dass sie in Spionage verwickelt waren. Sie waren beide verwundet und als Helden nach England zurückgeschickt worden.

Luciens Verletzungen waren nicht so schlimm gewesen, um eine Ausmusterung zu rechtfertigen, also hatte er sich manchmal gefragt, ob irgendjemand die Wahrheit dessen herausgefunden hatte, was passiert war. Wieder zurück in

England, hatte Luciens Arbeit für das Außenministerium aus
der Durchsicht von Berichten und Betreuung inländischer
Aufträge, wie solchen bestanden, mit denen Dougal betraut
wurde.

Dann war jemand vom Außenministerium mit der Bitte
auf ihn zugekommen, einen Ort zu finden, wo Menschen mit
unterschiedlichen Hintergründen sich versammeln konnten
und das Außenministerium seine geschäftlichen Angelegenheiten im Geheimen abwickeln konnte. Lucien hatte bereits
die ersten Gedanken daran gehabt, einen Club für Mitglieder
ins Leben zu rufen, der die weniger Willkommenen der
Gesellschaft aufnehmen würde. Die Mischung aus Mitgliedern und Gästen im Club würde die perfekte Situation für
Leute schaffen, sich einzufügen und unbemerkt zu bleiben.
Bislang hatte es genauso funktioniert, wie sie es verlangt
hatten.

Doch nun war der Club in den Mittelpunkt der gesellschaftlichen Aufmerksamkeit gerückt und nährte ihre Gier
nach Klatsch. Das gefiel dem Außenministerium nicht und so
hatten die anonymen Mitglieder Lucien gedrängt, Evie
auszuschließen. Sie auszustoßen würde den Club von diesem
Skandal distanzieren. Rückblickend fragte Lucien sich,
warum sie nicht auch ihn gebeten hatten, zu gehen. Vielleicht, weil ganz London den Phönix Club als den seinen
betrachtete, und sein Weggang würde die Kakophonie der
Gerüchte nur noch verstärken.

»Ich wünschte, du würdest dich ihnen gegenüber nicht
verpflichtet fühlen«, meinte Ruark und er bezog sich damit
auf die anonymen Mitglieder.

Lucien wünschte, er wäre ihnen oder dem Außenministerium nicht verbunden. Er wünschte auch, er könnte seinen
Freunden die volle Wahrheit erzählen, aber das Außenministerium war in seinen Anweisungen, dass *niemand* von ihrem
Besitzanteil und ihrer Beteiligung wissen sollte, sehr explizit.

Aber *ein* anderer wusste es. Früher am Tag hatte Lucien seinen Vater aufgesucht. Er hatte seinen Stolz und seine Missbilligung für diesen Mann heruntergeschluckt, um ihn um ein Darlehen zu bitten, damit er das Außenministerium auszahlen könnte. Der Herzog hatte Lucien gewarnt, als er den Club eröffnet hatte, dass er nie zu ihm kommen und ihn um Geld bitten sollte, falls er scheiterte. Aber Lucien hatte keine andere Wahl und es war nicht so, dass der Club *scheiterte*. Er stand nur nicht unter seiner Kontrolle. Er wollte sich von niemandem vorschreiben lassen, wer in seinem Club arbeiten konnte oder nicht oder wer *seinem* Club angehören konnte. Und es war fraglos *sein* Club, wenn er ihm auch nicht ganz gehörte.

Lucien war nicht überrascht, dass sein Vater sich weigerte, ihm Geld zu leihen. Er war allerdings schockiert, als sein Vater ihm ruhig mitteilte, dass er das Außenministerium nicht auszahlen konnte. Als Lucien ihn gedrängt hatte, ihm zu sagen, woher er das wusste, hatte er nur ausweichend geantwortet, dass er – ähnlich wie Lucien – jemand war, der sich einmischte.

Sie waren sich *überhaupt nicht* ähnlich.

Und wie um alles in der Welt wusste er von Luciens Abmachung mit dem Außenministerium?

»Lucien?«, fragte Ruark leise.

Blinzelnd konzentrierte sich Lucien wieder auf seinen Freund, der ihn besorgt anblickte.

»Entschuldigung. Ich hatte vorhin ein eher enttäuschendes Gespräch mit meinem Vater.«

»Gibt es eine andere Sorte?«, fragte Ruark mit einem Grinsen. Der Herzog und er waren sich uneins gewesen, ehe Ruark und Cass geheiratet hatten. Es war dem Herzog gar nicht recht gewesen, dass seine Tochter sich in einen Iren verliebt hatte. Schließlich hatte er Ruark akzeptiert, als er erkannt hatte, was für ein Geschenk es war, dass seine

Tochter Liebe gefunden hatte. Das sagte Cass jedenfalls. Lucien konnte nicht glauben, dass ihr Vater so sentimental war.

»Nein, die gibt es nicht«, entgegnete Lucien kopfschüttelnd. Normalerweise konnte er über seine Beziehung zu seinem Vater witzeln, aber nicht heute. »Was ich von dir – und Cass – brauche, ist zu versuchen, den Mitgliederstamm intakt zu halten. Wenn ihr von jemandem hört, der mit dem Gedanken spielt, auszuscheiden, dann überzeugt ihn, zu bleiben. Und verbringt so viel Zeit wie ihr könnt im Club. Der erste Ball findet in weniger als zwei Wochen statt und wenn er nicht gut besucht ist, fürchte ich, dass dies den Club beeinträchtigen wird.«

Ruark nickte. »Ich verstehe. Wir werden tun, was wir können. Cass ist sehr beliebt, wie du weißt.«

»Ja, wie auch Con.« Ihr Bruder verkehrte in anderen Kreisen und er war anfangs kein Mitglied des Clubs gewesen. Nur dadurch, dass Lucien und er sich letztes Jahr nähergekommen waren, wurde er es schließlich doch und Lucien war froh, ihn zu haben. »Ich sollte tatsächlich so bald wie möglich mit ihm sprechen. Er besitzt den Status und das Prestige, diejenigen Mitglieder zum Bleiben zu überreden, die um ihren Ruf fürchten, wenn sie sich weiterhin zum Club bekennen.« Solche Leute halten zu können würde Lucien gestatten, den anonymen Mitgliedern gegenüber einzuwenden, dass Evie kein Nachteil wäre und der Club weiterhin so funktionieren würde wie immer und wie das Außenministerium es erwartete und forderte.

»Du willst wirklich, dass diese Leute bleiben? Ich kann zum Beispiel nicht sagen, ich würde die Hargroves vermissen.«

»Ich möchte manche von ihnen halten, aber du hast recht. Es gibt eine ganze Reihe, die gehen können. Tatsächlich sind diejenigen, die gestern gekündigt haben, kein großer Verlust. Dennoch steht der Club in keinem guten Licht da und am Ende ist der Phönix Club ja auch ein Unternehmen, dass vielen Menschen Arbeit gibt.« Die Gebühren für die Mitgliedschaft berechneten sich nach dem wirtschaftlichen Status des Mitglieds – sie waren nicht für alle gleich. Die wohlhabenderen Mitglieder kamen für die weniger Betuchten auf und das wollte Lucien unter keinen Umständen ändern. »Der Club darf nicht scheitern.«

»Das wird er nicht«, gelobte Ruark. »Es gibt viel zu viele Leute, die für seinen Erfolg Sorge tragen werden. Du weißt sicherlich, wie viel guten Willen du gesät hast? Du hast allen geholfen und ich bin überzeugt, dass jeder, den du fragst, dir im Gegenzug helfen wird.«

»Ich weiß es zu schätzen, dass du das sagst. Allerdings betrachte ich meine Hilfsbereitschaft nicht so, als würde sie auf Gegenseitigkeit beruhen. Ich erwarte nichts dafür.«

»Sei nicht beschränkt«, meinte Ruark humorvoll. »Die Leute werden dies aus dem gleichen Grund für dich tun. Weil sie es wollen.«

»Das vermute ich.« Lucien stand auf. Er musste als Nächstes mit Con sprechen. Nachdem er in den Club gegangen war und sich ein Bild über das heutige Desaster der schwindenden Mitgliederzahl gemacht hatte. »Werde ich dich dann heute Abend im Club treffen?«

Ruark rollte die Schultern zurück und straffte sich ebenfalls. »Ja, aber morgen werden wir mit Kat zu einer Soiree gehen. Kannst du glauben, dass sie eine Saison will?«

»Nein. Sie hasst gesellschaftliche Veranstaltungen.« Lucien hatte sie das viele Male sagen gehört. Kats Erwähnung brachte ihn dazu, sich die Lippen lecken zu wollen. Sie hatte seinen Mund angeschaut und sich dabei über die Unterlippe geleckt. Es war sehr verführerisch gewesen – etwas, das er von der Schwester seines Freundes nie erwartet hätte. Es war, als hätte Lucien sie zum ersten Mal als Frau gesehen. Und eine außerordentlich attraktive obendrein.

»Sie überlegt, sich einen Ehemann zu suchen.« Ruark klang zweifelnd. »Ich kann es kaum glauben. Aber warum sollte sie sonst eine Saison wollen?«

Lucien zuckte mit den Schultern. Er war von seinen eigenen Problemen zu sehr vereinnahmt, um viel darüber nachzudenken. »Es könnte die Wahrheit sein. Und jetzt werde ich erleben, wie du dich windest, wenn irgendein Frechdachs deine Schwester anhimmelt.« Er lachte höhnisch.

Ruark runzelte die Stirn. »Ich bin kein Frechdachs.«

»Das dachte ich, als du dich letzte Saison mit Cass herumgetrieben und Küsse gestohlen hast und wer weiß was weiß noch – ach, unwichtig, reden wir nicht mehr davon.«

»Du hattest mich deshalb aus dem Club ausgeschlossen«, brummte Ruark.

»Du hattest es verdient«, konterte Lucien. »Es war ohnehin nicht dauerhaft.«

»Nur so lange, wie du gebraucht hattest, um dich von deinem Anfall zu erholen.« Ruark grinste und Lucien drehte sich zum Gehen.

»Ich freue mich darauf, deine Anfälle mitzuerleben.« Lucien legte die Hand auf die Tür und blickte zu Ruark zurück. »Bring Kat mit zum Ball. Letzte Saison war es der beste Ort, um auf dem Heiratsmarkt bemerkt zu werden.« Und für Lucien musste es dieses Jahr genauso sein.

»Das wird kein Problem sein. Ich glaube, der Phönix Club ist einer der Orte, an dem sie sich relativ wohlfühlt. Ein Jammer, dass sie nicht Mitglied werden kann.«

Wenn Lucien es schaffte, die volle Kontrolle über den Club zu erlangen, könnte sie das vielleicht. Jungen, unverheirateten Ladys zu erlauben, Mitglied zu werden, würde einen verheerenden Aufruhr verursachen, aber Lucien fühlte sich sicher, dass sie die Parameter festlegen konnten, wie beispielsweise, dass ihre Eltern oder Mentoren Mitglieder sein mussten, damit es akzeptabel war.

»Du sollest morgen Abend mit zu der Soiree kommen«, meinte Ruark. »Es könnte dir guttun, auszugehen und gesehen zu werden. Dann kannst du auch aus erster Hand hören, was die Leute reden. Du sagst, Cass ist beliebt, aber du bist einer der meistgefragten Gäste, Londons.«

»Nur, weil ich seit der Eröffnung des Clubs weniger Veranstaltungen besuche.« Lucien stieß ein kurzes Lachen aus. »Mein seltenes Erscheinen hat mich begehrt gemacht.«

»Es ist auch eine gute Gelegenheit, über Evies Heirat mit Lord Gregory zu sprechen. Je eher sich diese Kunde verbreitet, umso besser, denke ich.«

»Das ist ein ausgezeichneter Gedanke«, meinte Lucien und er fragte sich, warum ihm das nicht selbst eingefallen war. »Tatsächlich sollte ich eine Anzeige in die Zeitung setzen und ihre Verlobung bekannt geben.«

Ruark ging auf ihn zu. »Es würde ihnen nichts ausmachen?«

»Das kann ich mir nicht vorstellen, insbesondere, wenn es Evie hilft.« Würde es das allerdings? Lucien dachte an Evies ältere Schwester, die ebenfalls Kurtisane gewesen war. Sie hatte ihren letzten Beschützer geheiratet und sie waren zu Außenseitern geworden. Es war auch nicht hilfreich, dass er aus einer Familie stammte, die ihr Glück im Handel gemacht hatte. »Es wird nicht schaden«, entgegnete Lucien fest. »Ich sehe dich später. Und danke. Du bist ein guter Freund.«

Ruark schlug ihm auf die Schulter. »Ich bin mehr als das, für den Fall, dass du das vergessen hast. Ich gehöre zur Familie.« Er grinste und Lucien ging die Treppe hinunter.

Auf seinem Weg aus dem Haus dachte Lucien über das Wort nach: Familie. Für ihn bedeutete das Menschen, die ihn unterstützten, und mit denen er enge, auf Gegenseitigkeit beruhende Bindungen genoss. Es hatte nichts mit Blut zu tun. Wenn dem so wäre, würde er seinen Vater wie seine Familie ansehen und nicht wie den Mann, der ihn zufällig gezeugt hatte. Solange Lucien sich erinnern konnte, war er für seinen Vater nie gut genug gewesen. Immer war er auf die eine oder andere Art unzureichend gewesen und hatte ihn enttäuscht oder irritiert. Ehe Luciens Mutter gestorben war – er war damals vierzehn Jahre gewesen –, hatte sie Lucien in seiner Verletztheit oft getröstet und ihm gesagt, dass die Worte seines Vaters harscher waren als seine Gefühle. Und es war nicht so, als hätte Lucien nicht gewusst, dass er sogar mit Con und Cass anspruchsvoll war.

Aber bei Lucien war es anders. Da war keine wahrnehmbare Nachgiebigkeit, wie er sie für Cass zeigte oder Stolz, den er für Con hatte. Bei Lucien zeigte er nichts als Erwartung und Missbilligung, insbesondere für die Art und Weise, wie Lucien sich um andere sorgte und ihnen half. Warum hatte sein Vater dann solche Mühen auf sich genommen, um bei der Wiedervereinigung von Evie, einer früheren Kurtisane, auf die er herabblickte, und ihrem verschollenen Vater zu helfen?

Lucien hatte ihn heute, als er bei ihm gewesen war, nicht gefragt. Nicht nachdem der Herzog ihn mit seinem Wissen über die Rolle des Außenministeriums im Club schockiert hatte. Und ganz bestimmt nicht, nachdem er wieder einmal seine ganze Missbilligung für den Phönix Club zum Ausdruck gebracht hatte, indem er Lucien praktisch mitgeteilt hatte, und das nicht zum ersten Mal, dass dieser Ort bis auf die Grundmauern niederbrennen konnte, ehe er ihm Hilfe anbieten würde.

Lucien kräuselte die Lippen, als die Wut in ihm aufbrauste. Nie hatte er seinen Vater mehr gehasst.

KAPITEL 2

*N*ach einem zweiten nicht enden wollenden Tanz gelobte Kat sich, für heute Abend genug zu haben. Sie wünschte nur, es könnte für immer sein.

Ihr Partner, an dessen Namen sie sich nicht einmal erinnern konnte, verneigte sich vor ihr, ehe er sie dorthin zurückführte, wo Cass mit ihrer Freundin Fiona, der Lady Overton, stand. Etwas größer als Cass war Fiona ebenfalls ein heller Typ mit rotem Haar und elfenbeinfarbener Haut. Sie war letztes Jahr als Mündel ihres jetzigen Ehemannes nach London gekommen. Ihre Heirat hatte erhobene Augenbrauen nach sich gezogen, doch die Großmutter des Earls war eine unerschrockene und hochangesehene Lady der Gesellschaft und ihre Zustimmung hatte das Gerede verstummen lassen.

»Wie war dein Tanz?«, fragte Cass, nachdem Mr. oder Lord Was-auch-immer-sein-name-war gegangen war.

»Gut.« Kat nahm Abstand davon, weitere Kommentare zu äußern, aber in Gedanken fragte sie sich, wie junge Ladys, die nicht gern tanzten oder nicht gut darin waren, es schafften, zu heiraten. Das war wirklich eine gute Frage, die in ihr

Forschungsgebiet fiel, soweit es das Finden eines Partners anbelangte. Sie speicherte diesen Gedanken für eventuelle weitere Studien in der Zukunft. »Ich muss den Ruheraum aufsuchen.«

»Wir werden dich begleiten«, bot Fiona an. »Ich muss ebenfalls dorthin.« Sie strich mit der Hand über ihren Bauch. Wie auch Cass, war sie schwanger, aber ihr Kind würde viel früher kommen.

Sie verließen den Salon und gingen nach oben, wo sich der Ruheraum befand. Fiona bewegte sich langsam und blieb auf halbem Wege die Treppe hinauf stehen. »Geht nur vor«, sagte sie mit einem Winken. »Ich kann dieser Tage nicht schneller als eine Watschelente laufen. Ich denke, dies könnte meine letzte Veranstaltung sein.«

Cass ging zwei Stufen zurück zu Fiona und bot ihr ihren Arm an. »Wir werden dich nicht im Stich lassen.«

»Danke.«

»Da Cass dir hilft, werde ich einfach weitergehen«, meinte Kat. Sobald sie im Ruheraum angekommen war, nahm sie sich ein Glas Limonade, um sich abzukühlen.

Einen Augenblick später traten Cass und Fiona ein. Cass sah Kat mit einem leichten Stirnrunzeln fragend an. Kat zog die Schulter hoch. Sie hatte keine Ahnung, warum ihre Schwägerin sie so ansah.

Cass begab sich mit Fiona in den angrenzenden Raum, vermutlich, um ihr zu helfen, sich zu erleichtern. Das konnte mit so einem Bauch und derart vielen Kleidungsstücken nicht leicht sein. Kat bezweifelte, dass sie ihr Haus verlassen würde, wenn sie so rund und unbeholfen wäre. Das setzte voraus, dass sie überhaupt je Kinder haben würde, was ihr höchst unwahrscheinlich vorkam.

Kat schlenderte zu einer Ecke des Raums, um ihre Limonade zu trinken, während sie wartete. Sie dachte über Cass' vielsagenden Blick bei ihrem Eintreten mit Fiona nach und erkannte, dass sie ebenfalls hätte warten sollen, anstatt weiterzugehen. Manchmal nahm sie keine Rücksicht auf andere in ihrem Umfeld – ein Charakterzug, den ihre Mutter gern kommentierte. Nun ja, es war nicht so, als hätte Kat Fiona in ihrem Kampf die Treppe hinauf allein gelassen.

Zwei Ladys betraten den Raum und strebten direkt auf zwei Sessel in Kats Nähe zu. Sie steckten ihre Köpfe zusammen und sprachen mit leiser Stimme, aber Kat war nahe genug, um sie zu verstehen. Stets die Beobachterin, hörte sie genau zu.

Beide Frauen waren ungefähr um die vierzig, und selbst unter der Drohung, wieder nach Gloucestershire zurückgeschickt zu werden, konnte sich Kat beim besten Willen nicht an ihre Namen erinnern. Sie war sich noch nicht einmal sicher, ob sie einander vorgestellt worden waren. Eine der beiden hatte blondes Haar und eine spitze Nase und die andere dunkles Haar mit ein paar grauen Strähnen darin. Die Letztere trug ein lächerlich hohes Trio aus Pfauenfedern auf ihrem Kopf.

»Also soll sie jetzt eine *Lady* werden?«, fragte Pfauenfeder und klang empört.

»Offensichtlich, wenn es stimmt, was ich heute Abend gehört habe«, antwortete Nase und schürzte die Lippen.

Pfauenfeder zog die Nase kraus. »Wie ungeschickt von Lord Gregory. Er hat immer so charmant und leutselig gewirkt. Er ist eindeutig von dieser Sirene in Bann geschlagen worden. Eine Frau wie sie wird niemals treu sein. Denke an meine Worte. Er wird es noch bedauern, sie geheiratet zu haben.«

Lord Gregory ... Sie sprachen von Miss Renshaw und ihre Verbindung zu ihm. Cass und Fiona hatten sich früher am Abend darüber unterhalten. Tatsächlich hatten sie diese Neuigkeiten nahezu jedem mitgeteilt, den sie finden konnten. Wussten sie nicht, dass die Leute klatschen würden?

»Ganz sicher«, stimmte Nase zu. »Was hat Lord Lucien sich nur dabei gedacht, sie einzustellen und zur *Schirmherrin* des Phönix Clubs zu machen?«

»Ich würde wetten, dass er nicht mit dem Kopf gedacht hat.« Pfauenfeder kicherte. »Vielleicht hat er es die ganze Zeit weiter mit ihr getan. Ja, Lord Gregory wird am Ende der Gehörnte sein.«

Nase schnalzte mit der Zunge. »Hat Lord Lucien weniger verdient? In der Vergangenheit hatte er den Ruf, ein Teufel zu sein. Viele dachten, der Krieg hätte ihn verändert, aber vielleicht ist er so unbändig wie je.«

Kat hatte mehr als genug gehört. Sie trat einen Schritt näher auf die beiden sitzenden Frauen zu. »Entschuldigen Sie mich, aber Sie scheinen etwas Bildung nötig zu haben. Lord Lucien ist ebenso wenig unbändig, wie Sie freundlich sind.«

Nase schnappte nach Luft, während Pfauenfeder die dunklen Augen verengte. »Wie wollen Sie wissen, was Lord Lucien ist?«, fragte die mit der Feder.

»Er ist ein lieber Freund meines Bruders und auch sein Schwager. Sie sollten nicht über andere Leute spekulieren. Das ist nicht nett.«

Beide Frauen starrten Kat mit geteilten Lippen an.

»Und Mrs. Renshaw ist eine liebenswürdige Person. Sie wird eine ausgezeichnete Lady abgeben. Wer sind Sie, um über Mrs. Renshaw oder Lord Gregory zu urteilen?« Das war keine rhetorische Frage. Kat wollte wissen, was sie zu sagen hatten.

»Sie war eine *Kurtisane*.« Nase sprach das Wort aus, als ob Mrs. Renshaw irgendeine Art schreckliche Schurkin wäre.

Kat starrte die beiden sprachlos an. »Warum ist das von Belang? Hat sie kein Glück wie jede andere verdient?«

Die beiden Frauen ereiferten sich.

»Kat, was ist hier los?« Cass schritt auf sie zu und ihr Blick schnellte kurz zu Nase und Pfauenfeder.

Die Frauen erhoben sich rasch aus ihren Sesseln. Nase murmelte: »Guten Abend Lady Wexford.«

»Guten Abend, Lady Wenlock«, entgegnete Cass an Nase gewandt, ehe sie zu Pfauenfeder blickte. »Mrs. Hambury. Kennen Sie meine Schwägerin, Miss Shaughnessy?«

Pfauenfeder lächelte, aber es war von der Sorte, bei der Kat sich unbehaglich fühlte. »Ich glaube nicht.«

Kat schaute zu Cass. »Sie haben über Mrs. Renshaw und Lord Gregory gesprochen. Sie erwarten, dass sie ihm Hörner aufsetzen wird. Und sie haben die Theorie aufgestellt, dass Lord Lucien den Teufel innehaben könnte. Ich habe ihnen gesagt, dass sie nicht nett sind.«

Cass wölbte kurz die Augenbrauen und dann kühlte sich ihr Blick ab, als sie die beiden Frauen betrachtete. »Das hört sich ganz und gar nicht nett an.«

»Entschuldigen Sie uns«, brachte Nase hervor, deren Wangen sich dunkelrot färbten. Eilig verließen Pfauenfeder und sie den Ruheraum.

»Nun, jetzt werden wir Gegenstand ihres Klatsches sein«, meinte Cass mit einem Seufzen.

»Warum? Um das jemandem zu erzählen, müssen sie erklären, wie sie bei ihrer Unhöflichkeit erwischt wurden.«

Cass drehte sich zu Kat. »Das ist wahr. Vielleicht werden sie über diese Begegnung kein Wort verlieren. Was hast du zu ihnen gesagt?«

Kat zuckte mit den Schultern. »Dass Mrs. Renshaw liebenswürdig ist. Ich habe gefragt, warum sie glauben, über sie urteilen zu können.«

Lachend fragte Cass: »Haben sie geantwortet?«

»Nicht wirklich. Ich glaube, es hat ihnen nicht gefallen, dass ich sie unterbrochen habe.«

Fiona trat zu ihnen. »Wem hat deine Unterbrechung nicht gefallen?«

Cass nahm Fiona am Arm. »Kat hat die Rolle der Verteidigerin übernommen.« Sie begann ihren Bericht über die Episode, während sie den Ruheraum verließen.

Als sie wieder im Salon ankamen, dachte Kat, es wäre wahrscheinlich Zeit zu gehen. Doch dann trafen sie auf ihren Bruder Ruark, Fionas Ehemann Overton und Lord Lucien, der wohl gerade erst angekommen war.

»Guten Abend«, grüßte Lord Lucien. Nachdem er sich bei Fiona nach ihrem Befinden erkundigt hatte, wandte er sich an Kat. »Ich dachte, Sie möchten vielleicht mit mir tanzen.«

»Fordern Sie mich auf?« Denn er hatte keine Frage gestellt.

»Ich dachte, das täte ich.«

»Es klang wie eine Mutmaßung.« Kat glaubte nicht, noch eine weitere Runde auf der Tanzfläche aushalten zu können.

Lord Lucien legte den Kopf schief. »Das war nicht meine Absicht.«

»Er hat es nicht böse gemeint«, murmelte Cass neben ihr.

»Das habe ich auch nicht gedacht«, konterte Kat. »Es war bloß eine sonderbare Art, eine Frau zum Tanz aufzufordern.«

Cass stieß die Luft aus. »Tanz einfach mit ihm.«

»Ich will nicht tanzen.«

Cass drehte sich nun ganz zu Kat und zog sie sanft am Arm, sodass sie sich gegenüberstanden. »Das haben wir doch besprochen. Es ist unhöflich, eine Einladung zum Tanz abzulehnen.« Sie sprach so leise, dass Kat sich ein wenig nach vorne lehnen musste, um sie zu hören.

»Und ich habe dir gesagt, dass das albern ist. Was ist, wenn ich mich nicht wohlfühle? Ich könnte mir den Knöchel verstaucht haben.«

»Kannst du nicht flüstern?« Cass wedelte mit der Hand. »Ist doch egal. Wäre dem so, würdest du nicht hier in der Nähe der Tanzfläche stehen.«

»Ich bin nur hier, weil wir den Gentlemen begegnet sind. Ich hatte gerade sagen wollen, dass ich gleich gehen werde, aber ich würde gerne noch einen Spaziergang machen.« Zufälligerweise wollte sie sich gern mit Lord Lucien unterhalten.

»Ich möchte Sie nicht davon abhalten, sich zurückzuziehen«, sagte er.

Sie trat auf ihn zu, um seinen Arm zu nehmen. »Ich gehe, nachdem wir promeniert sind.«

Schnell hob er den Ellbogen für sie. Sie legte die Hand auf seinen Ärmel, und dann begannen sie ihre Runde durch den Salon.

»Das wird ziemlich kurz sein«, überlegte sie mit einem leichten Lächeln. »Dieser Salon ist nicht annähernd so groß wie ein Ballsaal und schon gar nicht so groß wie der im Phönix Club.«

»Wir können nach unten gehen, wo im Speisesaal Erfrischungen angeboten werden, wenn Sie möchten.«

»Das wäre akzeptabel.« Obwohl sie eigentlich keine Lust hatte, sich zu erfrischen. Sie überlegte, wie sie ihn am besten nach seiner »ausschweifenden« Vergangenheit fragen sollte, doch noch bevor ihr eine Frage eingefallen war, ergriff er das Wort.

»Ruark sagt, Sie erwägen den Heiratsmarkt. Das ist ein bemerkenswerter Wandel zum letzten Jahr. Ist Ihnen heute Abend jemand ins Auge gefallen? Ruark sagte, Sie hätten mit verschiedenen Gentlemen getanzt.«

Wollte er nur Konversation machen, oder verfolgte er eine eingehendere, einmischende Absicht? Sie verengte die Augen und hielt auf ihrem Rundgang an. »Kommen Sie nicht auf die Idee, den Heiratsvermittler bei mir zu spielen, Lord

Lucien. Ich habe von Ihren manipulativen Methoden gehört.«

»Haben Sie das?« Er lachte leise. »Meinen Sie nicht, dass es an der Zeit ist, mich Lucien zu nennen? Wir sind praktisch verwandt, da unsere Geschwister miteinander verheiratet sind.«

»Ich denke schon. Dann dürfen Sie mich Kat nennen. Habe ich Ihr Wort, dass Sie nicht versuchen werden, mich mit jemandem zu verkuppeln?«

Er legte die freie Hand auf sein Herz. »Ich lege einen feierlichen Schwur ab.«

Sie drehte sich wieder zurück und setzte sich in Bewegung, wobei sie ihn mit sich zog. »Gut. Ein Ehemann ist das Allerletzte, was ich will.«

Wieder lachte er. »Was tun Sie dann genau hier? Ich dachte, Sie hätten Cass und Ruark erzählt, Sie würden ans Heiraten denken.«

Verdammt, das hatte sie nicht laut aussprechen wollen. »Ich wollte sagen, das Letzte, was ich will, ist ein Ehemann, den jemand anderes ausgesucht hat.«

»Ich verstehe. Dann haben Sie also gar nichts dagegen, Ihren Ehemann selbst zu finden?«

»Nein.« Sie bezweifelte jedoch, dass dieser Fall eintreten würde. Die meisten Herren konnten es kaum erwarten, von ihr wegzukommen. Nicht, dass sie es ihnen verübeln würde. Abgesehen von ihren kümmerlichen Tanzkünsten, war sie auch nicht gerade eine fesselnde Gesprächspartnerin, da sie nicht gern über Alltägliches redete. Keiner wollte über Tiere oder Gartenbau oder irgendetwas anderes reden, das sie interessant fand. »Ich bin auch nicht in Eile.«

Sie blickte zur Tanzfläche, auf der die Paare sich drehten und lachten. Ein Schauer durchlief ihren Körper.

»Was stimmt nicht?«, fragte Lucien.

»Was meinen Sie?«

»Sie scheinen zu frösteln. Möchten Sie ein Schultertuch? Es ist kalt heute Abend.«

»Hier drinnen nicht. Mir ist beim Tanzen ziemlich warm geworden, aber die Limonade hat das wettgemacht. Ich habe mich nur gerade an meinen Tanz mit … ich kann mich nicht an seinen Namen erinnern, gedacht. Es war recht schrecklich.«

»Da Sie sich nicht an seinen Namen erinnern können, sollte ich ihm die Schuld für diese ganze nicht erinnerungswürdige Begebenheit anlasten.«

Kat lächelte. »Die Schuld ist leider meine. Ich bin keine sehr gute Tänzerin. Meine Mutter hatte einen Tanzlehrer für mich und meine Schwestern engagiert und er hat erklärt, dass kein noch so intensives Üben meine Fähigkeiten verbessern würde.«

»Das klingt kurzsichtig und unverschämt. Wahrscheinlich ist er überaus schlecht in seiner Arbeit.« Er begegnete ihrem Blick. »Tanzen Sie gern?«

»Eigentlich ja. Aber ich *genieße* es nicht.« Weil die Dinge unweigerlich unbeholfen wurden, wenn man einen Schritt verpasste oder nicht ganz durchschaute, wie man sich *mit* der Musik bewegen sollte.

»Tanzen *kann* große Freude machen. Mit der richtigen Person. Glauben Sie mir.«

»Also gut.« Sie fand es leicht, das zu sagen und zu tun. Er hatte etwas an sich, das Offenheit und Vertrauen leicht machte. Vielleicht suchten deshalb so viele Menschen seine Hilfe. »Würden Sie gern den wahren Grund kennen, warum ich um eine Saison bat?«

Sie hatten ihre Runde fast beendet und waren in der Nähe der Tür angelangt, die auf das Treppenpodest hinausführte. Er geleitete sie zur Treppe. »Sie denken nicht an Heirat, nehme ich an?«

»Sie müssen versprechen, es niemandem zu verraten.«

»Insbesondere Ihrem Bruder und Cass nicht.«

»Ich dachte nicht, dass Ruark meine Unternehmungen unterstützen würde, also habe ich den beiden diesen Unfug über meine Heiratsabsichten erzählt.«

Abermals lachte Lucien bei ihren Worten. »Sie haben mein feierliches Versprechen, dass ich den wahren Grund für Ihre Saison niemandem gegenüber wiederholen werde. Ich hoffe, Sie werden sich damit trösten, dass ich viele Geheimnisse wahre. Das Ihre wird bei mir vollkommen sicher sein.«

Kat war von seinen Worten fasziniert. Für wen wahrte er denn Geheimnisse? »Sie sind ein interessanter Gentleman. Ein erfolgreicher Clubbesitzer, großmütiger Helfer, umtriebiger Heiratsvermittler und jetzt auch Wahrer von Geheimnissen. Gibt es irgendetwas, das Sie nicht zuwege bringen?«

Als sie die Treppe hinuntergingen, umspielte ein Grinsen seine Lippen. »Gewiss, aber darauf wollen wir lieber nicht näher eingehen, einverstanden?«

Seine Stimme hatte eine Anspannung angenommen, die sie ebenfalls fesselte, aber sie wollte nicht drängen. Stattdessen kehrte sie zu ihrer Enthüllung zurück. »Ich denke, Sie wissen, dass ich mich mit dem Beobachten wilder Tiere beschäftige?«

»Ja, ich habe einige Ihrer Skizzen gesehen. Sie sind bemerkenswert gut. Ich mag Gemälde von Tieren und habe mehrere in meinem Arbeitszimmer.«

»Ach ja? Warum mögen Sie sie?«

Er zuckte mit den Schultern. »Sie sind schön und interessant. Ich habe noch nicht eingehend darüber nachgedacht.«

»Das sollten Sie vielleicht. Ich liebe es, nachzudenken.« Sie hatten das Erdgeschoss erreicht, und er führte sie auf das Speisezimmer zu.

»Das werde ich mir merken. Werden Sie mir jemals Ihr Geheimnis verraten?«

Sie verdrängte die unterbrechenden Gedanken aus ihrem

Verstand. »Ja. Ich interessiere mich schon lange für Paarungsrituale. Ich habe meine Beobachtungen auf Menschen ausgeweitet.«

»Ah, ja. Ich erinnere mich. Das war doch der Grund, warum Sie sich damals in Gloucestershire in Schwierigkeiten gebracht haben.«

»Es hat ein unglückliches Ende genommen, doch ja, es war im Interesse der Forschung geschehen.« Sie runzelte die Stirn, als sie sich das Erlebnis in Erinnerung rief. »Eigentlich war die ganze Sache unglücklich. Aber ich schweife schon wieder ab. Ich möchte meine Beobachtungen über die Paarungsrituale der Menschen erweitern, und der Heiratsmarkt schien mir der beste Ort dafür.«

»Dagegen kann ich kaum etwas einwenden. Warum müssen Sie das geheim halten?«

»Weil ich vorhabe, selbst an diesen Beobachtungen teilzuhaben. Es reicht nicht aus, nur zuzusehen. Ich will wissen, wie diese Dinge sich anfühlen. Deshalb hatte ich den Plan gefasst, Hickinbottom zu küssen.«

»Geplant? Großer Gott, Sie klingen machiavellistisch.«

»Das ist eine extreme Charakterisierung. Wie auch immer, habe ich meine Lehre aus diesem Fehler gezogen und werde dieses Mal weitaus vorsichtiger zu Werke gehen.« Sie hatten das Speisezimmer betreten, aber es war zu voll, und sie fühlte sich sogleich unbehaglich. »Können wir woanders hingehen?«

»Gewiss.« Er hinterfragte ihre Bitte nicht, sondern begleitete sie in einen anderen Raum, in dem sich nur wenige Menschen aufhielten. Es war die Bibliothek, und die Gastgeber hatten für ihre Gäste einige interessante Gegenstände ausgestellt, die sie betrachten konnten.

Bei einer chinesischen Vase, so stand es zumindest auf dem Kärtchen am Sockel, blieben sie stehen. Kat drehte sich zu Lucien um. »Ich möchte jemanden finden, der mir bei meinen Studien hilft und gleichzeitig unsere ... Verbindung geheim hält. In Anbetracht der vielen Wüstlinge in London denke ich, dass ich jemanden finden sollte, der gewillt ist, meine wissenschaftlichen Fragen zu beantworten.«

Lucien starrte sie an. »Das kann nicht Ihr Ernst sein. Sie wollen einen ... Liebhaber?« Das letzte Wort war ein leises Flüstern.

»Das nicht.« Daran hatte Kat eigentlich gar nicht gedacht. Aber wenn sie sexuelle Befriedigung erleben wollte – falls sie das konnte –, wäre das doch etwas, was ein Liebhaber tun würde? »Na schön, vielleicht das.« Da kam ihr eine brillante Idee. »Wenn Sie mich mit so jemandem zusammenbringen könnten, würde ich das sehr hilfreich finden.«

Lucien klappte den Mund zu und zog sie an die Außenseite des Raumes. »Sie können doch nicht ernsthaft glauben, ich würde für Sie einen ...«

Während er um das passende Wort rang, schlug sie vor: »Wüstling? Sicherlich kennen Sie doch jemanden, der geeignet wäre?«

»Das kann ich auf keinen Fall tun.«

Sie nahm ihre Hand von seinem Arm. »Warum nicht? Sie helfen doch allen. Das behaupten zumindest Ruark und Cass. Warum wollen Sie mir nicht helfen?«

Sein Blick war dunkel und ungläubig. »Weil das völlig inakzeptabel ist!« Er sprach leise, doch wenn es möglich war, gleichzeitig zu flüstern und zu schreien, dann gelang ihm das ganz gut.

»Vor kaum einer Viertelstunde habe ich gehört, dass man Sie einen Teufel nannte und Sie einst unbändig waren. Warum wollen Sie also in dieser Sache ein Urteil über mich fällen?«

Lucien wischte sich mit einer Hand über das Gesicht. »Ich dachte, Sie hassen Klatsch und Tratsch.«

»Woher wissen Sie das?«

»Ich bin sicher, das wurde einmal erwähnt.«

»Sie bemerken und erinnern sich an die interessantesten Dinge«, sinnierte sie und legte den Kopf schief. »Sie sind im Beobachten womöglich fast so gut wie ich.«

»Ich gebe mir Mühe«, konterte er ironisch. »Bleiben Sie dabei – beim Beobachten. Vergessen Sie diesen Plan, sich selbst zu einem Teil der ... Studie zu machen.«

»Das ist nicht gründlich genug. Ich habe bereits umfangreiche Nachforschungen angestellt. Ich habe mit Menschen darüber gesprochen, wie sie sich vereinigen, und es geht um mehr als nur um die Mechanik. Diese Vermutung hatte ich auch bei Tieren, zumindest bei manchen, doch ich kann mit ihnen kaum über die nicht physischen Aspekte sprechen. Ich habe auch ein Buch, das jedoch völlig unzureichend ist, wenn es um spezifische Einzelheiten geht ...«

Er hob seine Hand. »Halt. Ich bin starr vor Schreck, wenn ich mir vorstelle, was ›umfangreiche Forschung‹ bedeutet. Es ist das Beste, dass ich es nicht weiß, was Sie bereits getan haben. Wenn Ihr Bruder oder Ihre Eltern davon wüssten, dass Sie nicht keusch –«

»Das bin ich«, beeilte sie sich, ihm zu versichern. »Über einen vollkommen enttäuschenden Kuss hinaus habe ich nichts getan. Es war überhaupt nicht so, was andere Leute mir darüber gesagt haben, wie ein Kuss sich anfühlt. Da war keine Vorfreude und ganz bestimmt keine Erregung.«

Er starrte sie weiter an, als hätte sie fünf Augen. »Mit welchen Leuten haben Sie das besprochen?«

»Vornehmlich mit Menschen in Warefield.« Es waren einige der Pächter gewesen, die sie kannte und ein paar der Dienstmädchen im Haus. »Alle waren weiblich, sollte ich vielleicht klarstellen. Weshalb es besonders wichtig ist, dass ich weitere Nachforschungen mit einem Mann durchführen sollte.«

Lucien schüttelte den Kopf. »Das ist kein geeignetes Forschungsgebiet.«

»Ich bedauere, dass Sie so denken. Ich finde es faszinierend, und das teilweise deshalb, weil ich es einfach nicht begreife. Ich spüre nichts von den nicht körperlichen Aspekten, von denen andere mir berichtet haben.«

»Um welche *Aspekte* handelt es sich?«

Sie besann sich auf ihre Gespräche und Notizen. »Zusammengefasst: Lust, Verlangen, Befriedigung, Erfüllung. Was auch immer das heißen mag. Ich fühle mich ziemlich vollständig. Was bräuchte ich noch?«

»Das kann ich nicht angemessen beantworten.« Er hörte sich an, als wäre er am Ersticken, und sein Gesicht hatte sich ein bisschen rosa gefärbt.

»Können Sie das nicht oder wollen Sie das nicht?« Sie bereute, sich ihm anvertraut zu haben. »Sie werden doch meinem Bruder nichts davon erzählen, oder?«

»Um Himmels willen, nein!« Wieder erklang diese Mischung aus Flüstern und Schreien. Dann folgte ein leiser Laut, der beinahe ein Knurren war.

»Nun, dafür danke ich Ihnen. Ganz offensichtlich hätte ich mich Ihnen nicht anvertrauen sollen. Ich wollte Ihnen nicht solchen Kummer bereiten.« Frustriert lenkte sie den Blick ins Zimmer, bevor sie ihn wieder ansah. »Wirklich, Lucien, ich hätte Sie nie für prüde gehalten.«

»Bin ich auch nicht.« Jetzt klang er ziemlich entrüstet.

Kat konnte sich ein Lächeln nicht verbeißen. »Dann beweisen Sie es und helfen Sie mir. Würden Sie mir wenigstens diese nicht körperlichen Aspekte aus männlicher Sicht erläutern?«

Der nächste Laut, den er von sich gab, war mehr ein Stöhnen als ein Knurren, aber es war nahe dran. »Das können Sie nicht von mir verlangen.«

»Zu spät. Aber ich nehme das als ein Nein. Vermutlich

muss ich einfach weiter nach einem geeigneten männlichen Exemplar Ausschau halten.«

Lucien griff nach ihrem Ellbogen und drückte sie, aber sein Griff war nicht schmerzhaft. »Das können Sie unter keinen Umständen tun.« Er schien zu merken, dass er zu weit gegangen war, denn er ließ umgehend von ihr ab und murmelte eine Entschuldigung.

»Wie soll ich dann dieses Mysterium enträtseln? Wenn auch aus keinem anderen Grund als für mich selbst.«

»Heiraten Sie. Das wird das Problem für Sie lösen.«

»Inwiefern?«

»Ihr Ehemann wird es Ihnen erklären. Und zeigen.«

»Aber was ist, wenn er wie Hickinbottom ist, oder wie jeder andere Mann, den ich kenne? Ich verspüre keine der ... Regungen, die man eigentlich fühlen sollte.«

Er schwieg einen langen Moment und ließ den Blick durch den Raum schweifen. Es schien, als dächte er nach. »Fühlen Sie diese ... Regungen vielleicht für andere Frauen, die Sie kennen?«, fragte er.

Daran hatte sie gar nicht gedacht. »Nein. Sollte ich das?«

»Manche Menschen empfinden Leidenschaft, oder wie auch immer Sie Erregung definieren wollen, nur für Menschen desselben Geschlechts. Manche empfinden sie für beide Geschlechter.«

»Ist es möglich, dass manche überhaupt nichts empfinden?«, fragte sie, von ihrem Austausch animiert. Sie konnte kaum erwarten, nach Hause zu kommen, um zu dokumentieren, was sie erfahren hatte und darüber dachte.

Er blinzelte sie an und wirkte vollkommen perplex. »Ich weiß es nicht.«

»Dann müssen Sie einsehen, wie wichtig meine Forschung ist. Was, wenn ich eine Anomalie bin? Noch wichtiger – jedenfalls für mich – ist die Frage, was ist, wenn

ich das nicht bin?« Jetzt war sie wirklich aufgeregt. Sie
würde ihre Nachforschungen auf keinen Fall einstellen.

Für einen langen Moment herrschte Schweigen, in dem
sich seine Gesichtszüge entspannten und seine Gestalt ihre
Starrheit verlor. Schließlich meinte er: »Sie haben sich noch
nie sexuell erregt gefühlt und möchten wissen, ob Sie überhaupt imstande dazu sind. Habe ich das richtig verstanden?«

»Ja. Aber das ist nur ein Teil meiner Forschungen ...«

»Können wir uns darauf einigen, dass dieser Teil – Sie
selbst – Ihre Priorität ist? Oder interpretiere ich da etwas
falsch?«

Sie hatte nicht gedacht, dass dies für sie an erster Stelle
stand, aber jetzt, wo er es so darlegte, konnte sie nicht ignorieren, dass diese Frage viele ihrer Gedanken zu diesem
Thema bestimmte. »Ich glaube, Sie haben recht.« Seltsamer-
weise spürte sie Wärme in ihrem Nacken aufsteigen.

»Wenn ich Ihnen helfen kann, das ein für alle Mal festzustellen, versprechen Sie mir dann, Ihre Studien auf die Beobachtung zu beschränken?«

Sie hatte nicht vor, das zu beschwören. »Ich werde es in
Betracht ziehen. Werden Sie mir tatsächlich helfen,
jemanden zu finden?«

»Nein, das lehne ich nach wie vor ab. Aber ich bin überzeugt, dass *ich* Ihnen behilflich sein kann.«

Er wollte ihr helfen? Persönlich? *Das* hatte sie nicht
erwartet. »Wie? Werden wir uns küssen?« Jetzt senkte sie
tatsächlich ihre Stimme. Das musste sie auch, denn plötzlich
hatte sie das Gefühl, als hätte sie Spinnweben in ihrer Kehle.
Und die Wärme in ihrem Nacken wanderte tiefer an andere
Stellen.

»Auf keinen Fall.« Wieder klang er prüde, doch sie
entschied, das nicht hervorzuheben. »Was passierte, als Sie
diesen Schuft in Gloucestershire geküsst haben?«

»Wir wurden entdeckt, und meine Mutter war fuchsteufelswild.«

»Nein, nicht das. Was ist mit Ihnen passiert? Mit Ihrem Körper? Sie sagten, Sie hätten nichts gespürt. Was haben Sie gefühlt?« Wieder flüsterte er, aber auf eine ganz andere Art als zuvor. Seine Worte hatten etwas Kehliges, das seltsame Empfindungen in ihr hervorrief.

Kat schüttelte den Kopf und versuchte, die sonderbare, provozierende Schwere zu vertreiben, die plötzlich über sie gekommen war. »Ich war ... angewidert. Seine Lippen waren schlüpfrig, und er hat mir seine Zunge in den Mund gesteckt.« Sie würgte fast. »Es war dick und feucht.«

»Ich glaube, ich verstehe, was Sie zu sagen versuchen«, meinte Lucien. »Einigen Männern – und vermutlich auch Frauen – mangelt es einfach an Talent zum Küssen. Oder sie haben es wahrscheinlich nicht gelernt. Ich finde, die besten Liebhaber und Küsser sind diejenigen, die sich bemühen, ihre Fähigkeiten zu verfeinern, um die größte Freude zu bereiten.«

Sie schaute zu ihm auf, in seine samtigen braunen Augen. Samtig? Sie gaben ihr das Gefühl, weich und warm zu sein. »Tun Sie das?«

Er zögerte kurz. »Ja.«

»Ich denke, Sie sollten mich vielleicht küssen. Nur um den Unterschied zu demonstrieren. Dann würde ich eventuell verstehen, was es bedeutet, erregt zu sein.«

Er schüttelte den Kopf und enttäuschte sie. »Was ist mit dem Buch, das Sie erwähnt haben? Worum geht es darin?«

»Es ist eine Abhandlung über die Pflichten einer Ehefrau. Es enthält ein Kapitel über ›Pflichten einer Ehefrau im Ehebett‹. Einige Zeichnungen stellen Menschen, bei intimen Handlungen dar. Es gibt auch Beschreibungen, aber alles ist sehr vage.«

»Der Anblick dieser Bilder erregt Sie nicht?«, fragte er.

»Nein. Sollte er das?«

»Was ist mit dem Lesen der Beschreibungen?« Als Kat den Kopf schüttelte, nickte er leicht. »Wahrscheinlich, weil sie zu vage sind«, murmelte er. »Ich denke, wir haben für einen Abend genug geredet. Noch wichtiger ist, dass wir nicht gemeinsam am Rande eines Zimmers flüstern sollten. Ihr Bruder fragt sich sicher, wo Sie sind. Ich bringe Sie wieder hinauf.« Er bot ihr seinen Arm an.

»Das war alles? Wie wäre es, wenn Sie mir helfen, herauszufinden, ob ich mich erregen lasse oder ich einfach nicht dazu imstande bin?«

»Das besprechen wir, wenn ich Sie das nächste Mal treffe.«

Sie legte eine Hand auf seinen Ärmel und spürte, wie ein leichter, aber eindeutiger Ruck durch ihre Fingerspitzen und ihren Arm hinaufging. All dies war wirklich absonderlich und sie wollte es unbedingt aufschreiben. »Wann wird das sein?«

»Ich weiß es nicht, und wenn Sie mich drängen, wird die Antwort niemals lauten.«

»Sie brauchen mit mir nicht wie mit einem Kind zu reden.« Beinahe hätte Kat einen Schmollmund gemacht, aber das wäre ihrem Einwand nicht gerade zugutegekommen, also presste sie stattdessen die Lippen zusammen.

»Haben Sie Geduld, Kat, und versprechen Sie mir, dass Sie nicht bei einem anderen Gentleman nach Antworten suchen.«

»Das werde ich nicht.« Aus welchem Grund auch immer, hatte sie jetzt Lucien ins Visier genommen. Er musste es sein, der ihr helfen würde. Dessen war sie sich sicher. Er hatte etwas in ihr ausgelöst, einen ... Eifer, mehr erfahren zu wollen. Moment, war das etwa Erregung? Das konnte es nicht sein.

Die Zeit würde Antworten liefern. Kat konnte es kaum erwarten, sie zu bekommen.

KAPITEL 3

*L*ucien stapfte vollkommen verspannt auf die Curzon Street zu und das nicht nur, weil er im Begriff war, seinen Bruder zu besuchen, um über ihren verabscheuungswürdigen Vater zu sprechen. Nein, er war eher auf letzte Nacht konzentriert und die Unterhaltung, die er mit Kat geführt hatte. Er war ein erfahrener Mann. Er hatte sich herumgetrieben, Liebhaberinnen gehabt, er war im Krieg gewesen, hatte für das verdammte Außenministerium spioniert, doch nie im Leben hätte er sich die Dinge vorstellen können, die Kat ihm erzählt hatte. Die Pläne, die sie hatte. Pläne, deren Verwirklichung er hoffentlich aufgehalten hatte.

Aber was, wenn er es nicht geschafft hatte?

Daran durfte er gar nicht denken. Er musste fest daran glauben, dass er sie überzeugt hatte, das nicht zu tun, da es mehr Schaden als Nutzen bringen würde. Und dennoch konnte er nicht aufhören, an den Antrieb ihrer Nachforschungen zu denken. Ihrem Mangel an … Erregung.

Verdammt, wenn das nicht … erregend gewesen war. Sie über die Bemühungen reden zu hören, die sie auf sich genommen hatte, um die Paarungsrituale zu erforschen. Ach verflixt. Es war leichter, die Sache einfach beim Namen zu nennen: Dem Studium des Geschlechtsverkehrs. Und der Erregung. Und was hatte sie gesagt? Erfüllung.

Sie hatte eine ganze Menge Dinge gesagt, die seinen Puls zum Rasen brachten und sein Blut erhitzten. Er musste dafür sorgen, sie vollkommen zu meiden. Allerdings hatte er eingewilligt, ihr zu helfen. Wie um alles in der Welt wollte er das anstellen? Die Ironie, dass er eine derart skandalöse Unterhaltung mit der Schwester seines Freundes geführt hatte – genau dem Freund, der sich mit Luciens Schwester skandalös benommen hatte –, entging ihm nicht.

Noch einmal versuchte er, Kat aus seinen Gedanken zu verdrängen, als er auf das Haus seines Bruders in der Curzon Street zuging. Genau rechtzeitig, denn der graue Februarhimmel entschied, dass er zu schwer war, und es ging ein Nieselregen nieder.

Lucien sprang die Stufen zur Tür hinauf und klopfte an. Haddock, Cons sehr akkurater Butler öffnete die Tür. »Guten Tag, Lord Lucien.« Haddock, der in seinen Vierzigern war und erheblich besser aussah als Luciens eigener Butler, war mit der Haushälterin verheiratet. Fraglos waren sie eine Erweiterung von Cons eigener wachsender Familie und Lucien mochte sie ungemein.

»Wie geht es Ihnen, Haddock?«

»Sehr gut, danke. Und Ihnen?«

»Gut genug. Mrs. Haddock und Ihr lieber Gray?« Gray war die Katze, die ein geliebtes Mitglied des Haushalts geworden war. Wenn jemand vor einem Jahr mit Lucien gewettet hätte, dass Cons Butler, seine Haushälterin und ihre Katze ihm so ans Herz wachsen würden, hätte er die Wette angenommen und verloren.

»Ebenfalls sehr gut. Es ist sehr gütig von Ihnen, zu fragen.« Haddock nahm Lucien den feuchten Hut und die

Handschuhe ab. »Seine Lordschaft ist mit seiner Ladyschaft und dem jungen Robert im Salon.«

»Ausgezeichnet. Ich hatte gehofft, meinen Neffen zu sehen.« Lucien war unglaublich dankbar für die Ablenkung. Zu viele Dinge zerrten an seinen Gedanken und das nicht auf eine gute Weise. Er verließ die Eingangshalle in Richtung der Treppenhalle. Er nahm zwei Stufen auf einmal und stand kurz später an der Türschwelle zum Salon.

Lucien hielt inne und betrachtete die Szene mit seinem ehemals steifen Bruder, der seinen kleinen Sohn auf seinem Schoß wiegte, und seiner früher einmal entfremdeten Frau. Con hielt den Kopf des kleinen Jungen über seinen Knien, während dieser in dem Spalt zwischen seinen Beinen lag. Sie zu beobachten schnürte Lucien die Kehle zu. Sie waren die Essenz einer perfekten, sich liebenden Familie.

»Wer ist der süßeste Junge?«, gurrte Con. »Das bist du.«

Wenn es nicht so liebenswert gewesen wäre, hätte Lucien vielleicht die Augen verdreht. »Ich werde mich nie daran gewöhnen«, sage er und kündigte damit seine Anwesenheit an, als er in den Salon schlenderte.

Sowohl Sabrina als auch Con blickten von ihrem Sohn auf. »Lucien, ich wusste nicht, dass du heute kommst«, meinte Con.

»Du sagtest, ich könnte jederzeit vorbeikommen und ich habe dich beim Wort genommen.«

Con übergab Robert an seine Mutter. »Das freut mich.«

»Ich möchte nicht stören«, meinte Lucien, der ein schlechtes Gewissen hatte, weil er so ein bezauberndes Zwischenspiel unterbrochen hatte.

»Das tust du nicht«, antwortete Sabrina mit einem herzlichen Lächeln. »Für Robert ist es beinahe Zeit zu essen und dann wird er ein schönes langes Nickerchen machen, nicht wahr, mein Sonnenschein?« Sie zog ihn an ihre Brust und erhob sich vom Sofa. Auf Lucien zugehend fragte sie: »Es sei denn, du willst ihn erst halten?« Lucien liebte seinen Neffen und freute sich schon darauf, wenn sie zusammen Frösche jagen oder auf Bäume klettern oder auf Pferden reiten würden. Im Augenblick fürchtete er immer, er würde dem Baby wehtun, oder Gott verhüte, ihn fallen lassen. Nicht dass ihm dies passiert war und er hatte ihn ganze zwei Mal gehalten.

»Du wirst ihn nicht beschädigen, Lucien«, versicherte Con mit einem schwachen Lächeln vom Sofa.

»Hast du nicht gesagt, er hätte Hunger?« Lucien schaute auf die blauen Augen des Jungen und fühlte seinen Beschützerinstinkt erwachen. Er konnte sich nur vorstellen, wie stark dieser Instinkt bei seinem Bruder sein musste, wenn er seinen Sohn anschaute. Hatte ihr Vater jemals einen von ihnen so betrachtet? Vielleicht Con. Lucien stellte sich vor, wie dem Herzog das Herz vor Liebe und Stolz schwoll, während er seinen kleinen Sohn im Arm hielt. Hatte er sich überhaupt die Mühe gemacht, Lucien zu halten?

Plötzlich streckte Lucien die Arme aus. »Lass ihn mich nur für einen Augenblick halten.«

Vorsichtig übergab Sabrina Robert in seine Obhut. »Stütze seinen Kopf, ja, genau so.« Sie lachte leise. »Ich muss dir nichts erklären.«

»Erinnerungen sind immer willkommen«, meinte Lucien und schwang aus irgendeinem Grund sanft hin und her. »Er ist die allersüßeste Last.«

»Vorsicht oder du wirst dich in Fußfesseln mit einer Brut Kinder wiederfinden«, warnte Sabrina.

Con schnaubte vom Sofa her. »Das bezweifle ich. Es gibt keinen überzeugteren Junggesellen als Lucien.«

Sabrina warf ihm einen pikierten Blick zu. »Die Menschen ändern sich. Man muss nur dein derzeitiges Du mit deinem vergangenen Du vergleichen.« Ihre Lippen formten sich zu einem übertrieben süßen Lächeln.

Lucien lachte und Robert gab eine Abfolge von Geräuschen von sich. Dann wand er sich. »Habe ich ihn aufgeregt?«

»Nein, er ist nur hungrig. Gib ihn her, ich nehme ihn.« Sabrina schob die Hände unter das Kind und hob ihn zu sich. »Bis zum nächsten Mal, Onkel Lucien«, meinte sie und lächelte Robert an. Dann warf sie Lucien einen Blick zu, ehe sie den Salon verließ.

»Was führt dich her, Lu? Wie geht es dem Club?« Con stand vom Sofa auf und schlenderte zur Anrichte. »Brandy? Port?«

»Ich nehme das, was du trinkst.« Lucien ging zu einem Paar Sessel beim Fenster, das auf die darunterliegende Curzon Street hinausging. Er ließ sich in einen davon fallen und fühlte sich ermattet, was wahrscheinlich daran lag, dass er nicht viel geschlafen hatte.

Einen Moment später kam Con zu ihm und reichte ihm ein Glas Brandy. Er ließ sich in dem anderen Sessel nieder und nippte an seinem Getränk, ehe er seinen erwartungsvollen Blick auf Lucien richtete.

»Der Club ist … Ich komme in einer Minute dazu.« Lucien trank einen großen Schluck Brandy. Cons Vorräte waren ausgezeichnet und es besänftigte seine Erregung darüber, was er Con berichten musste. »Ich bin gekommen, um dir etwas zu erzählen, was der Herzog getan hat.«

Con setzte sich aufrechter und runzelte die Stirn. »Wenn du ihn Herzog nennst, anstatt unseren Vater, weiß ich, dass du ganz besonders wütend auf ihn bist.«

»Es ist keine Wut«, entgegnete Lucien. »Na schön, es ist Wut. Aber es ist auch ein generelles Missfallen. Uns verbindet nicht die geringste Art von herzlicher Zusammengehörigkeit. Es ist nicht wie bei euch beiden.«

»Komm schon, ihr seid gelegentlich … umgänglich miteinander.«

Lucien starrte ihn unter seinen gesenkten Lidern hervor an.

»Vielleicht ist umgänglich als Beschreibung zu großzügig gefasst.«

»Du weißt von meiner Clubleiterin, Mrs. Renshaw?« Auf Cons Nicken hin fuhr Lucien fort. »Und dass sie vorher meine Mätresse gewesen ist. Sie hat die Beziehung mit mir beendet, um sich aus diesem Gewerbe zurückzuziehen – sie handhabt ihre Finanzen sehr gut, was nur einer der Gründe ist, warum ich ihr die Arbeit im Phönix Club angeboten habe. Ich wusste, dass sie dies nicht als die Kurtisane tun konnte, die als Mirabelle Renault bekannt war, also hatte ich vorgeschlagen, dass sie die Stadt für mehrere Monate verlässt und dann mit einem anderen Aussehen und einem neuen Namen und Hintergrund wiederkehrt.«

»Mrs. Renshaw, die Witwe?«, fragte Con. »Ich kann mir nicht vorstellen, wie du glauben konntest, dass das funktioniert.«

»Es funktionierte. Zwei Jahre lang.« Lucien trank einen weiteren Schluck und lehnte sich im Sessel zurück. »Du hast vermutlich recht. Es war nicht für die Ewigkeit bestimmt. Das hatte ich wirklich gewollt. Sie verdient es, ein Leben zu leben, das sie sich ausgesucht hat, anstatt eines, das die Umstände ihr aufzwingen.«

»Müssen wir das nicht irgendwie alle? Meine Heirat mit Sabrina war einzig den Umständen zuzuschreiben. Ganz sicher lag sie außerhalb meiner Kontrolle.« Ihr Vater und Sabrinas Vater hatten die Verbindung arrangiert, ohne einen Gedanken an Cons oder Sabrinas Wünsche zu verschwenden. »Aber es hat sich ja alles zum Guten gewendet.«

»Dank mir«, murmelte Lucien. Evie und er hatten daran gearbeitet, dass die beiden sich annäherten. »Jetzt lebst du das Leben, das du dir ausgesucht hättest, nicht wahr? Und wenn du jemanden heiraten musstest, den du dir nicht ausgesucht hattest, wie hast du dich darüber gefühlt?«

Con hob die Hand. »Das ist ein gutes Argument. Ich neide Mrs. Renshaw weder ihr Glück noch ihre Position im Club.«

»Oder als Lady Evie, sobald sie Lord Gregory heiratet?«

»Tatsächlich?« Cons Augenbrauen schossen in die Höhe. »Davon habe ich noch gar nichts gehört.«

Natürlich hatte er das nicht, da Sabrina ihre gesellschaftlichen Engagements beschränkt hatte. Sie hatte sich im Wirbel der Londoner Saison nicht wohlgefühlt. Außerdem konnte Lucien sich gut vorstellen, dass sie nun weniger ausgingen, weil Robert geboren war. »Also kann ich auf dich zählen, dass du sie freundlich und mit Respekt behandeln wirst?« Es hatte einmal eine Zeit gegeben, in der Lucien von Con erwartet hätte, er würde auf Evie herabsehen oder sie seiner Aufmerksamkeit für unwürdig befinden.

»Ich habe sie immer als charmant, geistreich und als ausgezeichnete Gesprächspartnerin empfunden. Ich werde sie ebenso behandeln wie zuvor, als ich sie im Club kennengelernt habe. Und ich werde mein Bestes tun, andere zu überzeugen, sie ebenso zu behandeln.«

Ein Teil der Anspannung wich von Luciens Schultern. »Danke. Das ist allerdings nicht der Hauptgrund, warum ich sie erwähnt habe. Sie stammt ursprünglich aus Frankreich und wurde während der Unruhen geboren. Als sie noch ein Baby war, ist sie mit ihrer Familie geflohen, mit Ausnahme ihres Vaters, der zurück geblieben war und im Gefängnis landete. All die Jahre dachten sie, er sei tot.«

Con schaute ihn eindringlich an. »Aber das war er nicht?«

»Nein. Er wurde schließlich freigelassen und ist dann nach England gekommen, wo eine Gruppe von Gentlemen Männern wie ihm bei der Suche nach ihren Familien helfen, die hierhergekommen sind. Evie und er sind vor zwei Tagen wiedervereint worden.«

»Das ist außerordentlich.« Con schüttelte langsam den Kopf. »Ich kann mir nicht vorstellen, Robert zu verlieren, und ihn für … wie lange nicht zu sehen?«

»Mindestens zwei Jahrzehnte«, antwortete Lucien. »Wirklich erstaunlich daran ist allerdings, wer ihre Wiedervereinigung in die Wege geleitet hat.« Lucien machte eine Pause. »Es war der Herzog.«

Cons haselnussbraune Augen weiteten sich. »Vater?«

Lucien nickte und dann trank er noch einen weiteren Schluck.

»Wie kannst du das wissen?«

»Evie hat ihren Vater im Evesham House getroffen. Dann ist sie mit Gregory zu mir gekommen, um es mir zu erzählen. Ich wünschte eher, sie hätten es nicht getan. Es ergibt einfach keinen Sinn. Nein, es ist schlimmer als das. Es macht mich wütend. Warum ist er so gütig zu anderen und nicht zu mir?« Himmel. Lucien hatte das nicht laut sagen wollen. Er beeilte sich, hinzuzufügen: »Anscheinend ist seine Assoziation mit der Gruppe nur vorrübergehend. Gregorys Vater war Mitglied dieser Gruppe und der Herzog ist nach seinem Tod eingesprungen. Er hat nicht vor, weiterzumachen. Ich kann nicht verstehen, warum er es überhaupt getan hat. Dieser Mann hilft sonst niemandem, nicht einmal seinen Kindern.«

Con öffnete den Mund, aber Lucien fuhr fort. »Du willst einwenden, dass er dir geholfen hat, aber das hat er nur aus Eigeninteresse getan. Du bist sein Erbe. Er muss sicherstellen, dass du sein Erbe auf eine Weise weiterführst, die er für richtig erachtet.«

»Es erstaunt mich, dass du über *ihn* derart zynisch sprichst, und sonst über nichts.« Con nippte an seinem Brandy.

Lucien ignorierte die Kritik seines Bruders. »Hast du über sein Benehmen nichts zu sagen? Du musst zugeben, dass es schockierend ist.«

»Das tue ich, aber er hat eine weichere Seite, was er leugnen würde.«

»Ich leugne es auch. Welchen Beweis hast du?«

Con schaute auf sein Glas herab, als er den Brandy in dem bauchigen Gefäß schwenkte. »Ich habe dir das nie erzählt, aber an dem Tag in Evesham Haus letztes Jahr, nach dem katastrophalen Fest, das Sabrina und ich ausgerichtet hatten, hat Vater enthüllt, dass er sich die Schuld für Mutters Tod gibt und dieser Verlust für ihn mehr als verheerend gewesen war.«

Lucien war nicht überrascht, das zu hören. Das sprach gewiss für die nahezu ewig präsente Missmut des Herzogs. Dennoch war es schockierend, dass er diese Art von Verletzlichkeit überhaupt zugegeben hatte. »Warum hat er dir das erzählt?«

»Weil er mir erklärt hat, warum er Sabrina als meine Frau ausgesucht hatte. Er hatte nicht geglaubt, dass irgendeine Chance bestünde, ich könnte mich in sie verlieben. Somit würde ich nicht die gleiche Verzweiflung wie er erleben, wenn ich sie verlöre. Tatsächlich hat er sich das für uns alle gewünscht.«

»Was für ein Schwachsinn«, schnaubte Lucien. »Es gibt keine weiche Seite an ihm. Das ist bloße Manipulation. Du solltest entscheiden, was du riskieren willst, und was nicht.«

»Versuche, seine Perspektive zu sehen, Lucien. Ich glaube nicht, dass es für ihn vernünftig sein musste. Es war einfach das, was er gefühlt hat. Dass er mich beschützen musste.«

Zeigte er deshalb grundsätzlich keine Liebe? Nun, er war stolz auf Con und er hatte eine Schwäche für Cass. Und er tolerierte Lucien. Was für ein frigider Hundesohn. »Was für eine Art von Vater hofft, seine Kinder davon abzuhalten, sich zu verlieben? Würdest du dir das für Robert wünschen?«

Con verlagerte sein Gewicht im Stuhl. Oder vielleicht wand er sich auch. »Nein. Aber ich habe auch nicht durchgemacht, was Vater durchgemacht hat.«

»Du kannst nicht ernsthaft so verständnisvoll sein. Er hat Sabrina und dich zu einer Verbindung gezwungen – gegen euer beide Willen.«

»Ja, und ich war wütend. Es war schrecklich von ihm, uns auf diese Weise zu manipulieren.« Con stieß die Luft aus. »Aber ich sehe keinen Sinn darin, ihm das vorzuhalten. Wenn du einmal einen eigenen Sohn hast, wirst du vielleicht verstehen, wie Emotionen sich verändern, und wie Dinge, die unverzichtbar erscheinen, es nicht sind. Wie beispielsweise Groll und Selbstgerechtigkeit.«

Lucien hegte keinen Groll. Seine Beziehung zum Herzog war unwiderruflich geschädigt. »Ich nehme an, dass du froh bist, deinen Frieden mit ihm gemacht zu haben, aber du kannst von mir nicht dasselbe erwarten.«

Noch nie hatte der Herzog Lucien irgendeine Art von Erklärung für seine Behandlung ihm gegenüber angeboten und Lucien glaubte nicht, dass er das je tun würde.

Con antwortete ihm mit einem Nicken. »Ich vermute nicht, dass du ihn nach der Sache mit Evies Vater gefragt hast?«

Lucien schnaubte. »Kaum. Ich bin zu ihm gegangen und ich hatte es auch vor, aber unsere Unterhaltung verlief so erbärmlich, dass ich nicht dazu gekommen bin.«

»Worüber *habt* ihr dann gesprochen?«

»Den Club.« Lucien wollte ihm nicht sagen, dass er hingegangen war, um ihn um Geld zu bitten. Es war zu schmerzhaft, diese Abweisung gegenüber dem bevorzugten Sohn einzugestehen. »Bei der Gelegenheit, da du es vorhin erwähnt hast, wollte ich dich fragen, ob ich dich vielleicht darum bitten könnte, im Laufe des nächsten Monats etwas mehr Zeit dort zu verbringen. Bis dieser Skandal sich beruhigt. Ich weiß, dass das jetzt mit Robert schwierig ist.«

»Weil es keinen anderen Ort gibt, an dem ich lieber wäre als bei meiner Frau und meinem Sohn, ja.« Con grinste, und Lucien fühlte Wärme in sich aufsteigen. Früher, bevor er und Sabrina sich letztes Jahr verliebt hatten, hatte sein Bruder das nur selten getan. »Aber ich will dir auch helfen, so viel ich kann. Ich war dir gegenüber nicht sehr unterstützend, als du den Club eröffnet hast.«

»Ich hatte das auch nicht wirklich ermutigt. Es war nicht so, als ob ich dafür gesorgt hätte, dass du in den Club eingeladen würdest.«

»Das ist wahr«, entgegnete Con mit einem schiefen Grinsen. »Ich bin froh, dass wir uns nun näherstehen. Es bedeutet mir viel, dass du Robert ebenfalls liebst. Ich werde mein Bestes tun, ein paar Mal in der Woche vorbeizukommen. Ich bin sicher, dass Sabrina mich insbesondere an den Dienstagen begleiten wird. Der Phönix Club ist einer der wenigen Orte, an denen sie sich wohlfühlt.«

Der Phönix Club war in vielerlei Hinsicht einzigartig, und keineswegs nur wegen seiner Aufteilung in eine Seite für Gentlemen und eine für Ladys. Beide Gruppen hatten ihre eigenen Bereiche mit Ausnahme der Dienstagabende, an denen die Seite der Gentlemen für die Ladys geöffnet war. Die Seite der Ladys wurde im Gegenzug für die Gentlemen nie geöffnet, sondern nur ihre Hälfte des Ballsaals während der Freitagsbälle, die während der Saison stattfanden.

»Ich versuche auch, meine Besprechungen dort abzuhalten«, schlug Con vor. »Gibt es weitere Gentlemen von den Lords, die du einladen kannst, in den Club zu kommen?«

Das House of Lords war nicht ihr hauptsächliches Rekrutierungsgebiet. Tatsächlich war es wohl der letzte Ort, an dem sie sich umsahen, da diese Gentlemen in der Regel bei

White's oder Brooks's Mitglied waren. Dennoch gab es mehrere Adlige, die sie zu ihren Mitgliedern zählten, und noch mehr jüngere Söhne, die auf der Suche nach ihrem Weg in der Welt waren, da sie keine Titel erben würden. Männer wie Lucien.

»Wahrscheinlich. Ich werde darüber nachdenken müssen. Aber glaubst du nicht, dass Hargrove und seine Freunde andere davon abhalten werden, Einladungen anzunehmen?«

Con verzog das Gesicht und runzelte die Nase. »Hargrove ist ein Depp. Ignoriere ihn. Er hat nicht so viel Einfluss, wie er gerne glauben möchte. Und niemand schert sich um seine Frau. Wie du schon sagtest, wird der Skandal abklingen. In der Zwischenzeit benimmst du dich so, als hätte sich nichts geändert.«

Das war aber geschehen. »Ein paar Dutzend Leute haben bereits gekündigt«, gestand Lucien leise. »Die Anwesenheit ist mäßig.«

»Es ist erst ein paar Tage her«, beruhigte Con ihn. »Gib der Sache Zeit. Unterzeichne nicht gleich das Todesurteil für den Club. Wo ist mein Bruder, der Optimist, der alles wieder ins Lot bringt?«

»Warum glaubt jeder, dass ich alles ins Lot bringen kann?« Lucien kippte den Rest seines Brandys hinunter.

»Weil du das normalerweise tust.« Con zuckte mit den Schultern und trank seinen Brandy ebenfalls aus.

Sie erhoben sich, und Con versprach, den Club morgen Abend zu besuchen. Lucien bedankte sich bei ihm und verließ den Salon.

Unten reichte Haddock ihm seinen Hut und die Handschuhe. »Mrs. Haddock hat Sorge dafür getragen, dass Ihre Sachen trocken sind.«

Lucien streifte sich die Handschuhe über die Hände und seufzte. »Und warm. Umarmen Sie sie bitte von mir.«

Er setzte sich den warmen Hut auf den Kopf und wagte

sich in den kalten Nachmittag, wo der Nieselregen in einen feinen Nebel übergegangen war. Er beschloss, eine Mietdroschke zu seinem Haus in der King Street zu nehmen.

Die Tür öffnete sich, noch ehe er die Schwelle erreicht hatte. Sofort nahm Lucien seinen Hut ab. »Reynolds, Sie haben ein unglaubliches Gespür dafür, wann ich ankommen werde.«

»Da ist ein Fenster, Mylord.«

Lucien warf einen Blick in den Raum zu seiner Linken. »Im Speisezimmer.«

»Ja.« Reynolds nahm Lucien den Hut und die Handschuhe ab. Der Butler, ein hellhäutiger Mann mit schütterem dunklem Haar und grauen Augen, war übermäßig groß und breitschultrig. »Die Post vom Club wurde gebracht. Ich habe sie in Euer Arbeitszimmer gelegt.«

Jemand hatte an einem Sonntag etwas zustellen lassen? »Wahrscheinlich noch mehr Kündigungen.«

Lucien erzählte seinem Butler fast alles. Der Mann hatte ihn aus Spanien nach Hause begleitet. Wie Lucien, war auch er verwundet worden. Im Gegensatz zu Luciens kleinen Narben am Arm und am Rücken, trug Reynolds eine üble Narbe auf seiner Wange. Das Rot war zu einem dunklen Rosa verblasst, doch sie verlieh ihm ein äußerst grimmiges Aussehen. Das summierte sich noch zu dem Umstand, dass er selten lächelte, was nicht heißen sollte, dass er keinen Humor hatte. Er besaß womöglich den trockensten Witz aller Menschen, die Lucien kannte, und war in der Tat recht umgänglich. Aufgrund seiner imposanten Größe konnte man leicht annehmen, er sei Soldat gewesen, und das ließ ihn als Butler etwas deplatziert wirken.

Er erwies sich jedoch als exzellenter Verwalter von Luciens Haushalt, nicht dass dieser groß war. Es gab nur ihn, ein Dienstmädchen, die Köchin und einen Jungen, der in der Spülküche arbeitete.

»Eigentlich gab es nur einen Brief«, sagte Reynolds.

»Na, das ist ja beruhigend.«

Reynolds schaute ihm in die Augen. »Der Club wird sich erholen. Daran habe ich keinen Zweifel.«

Lucien schätzte das Vertrauen des Mannes, wenn es wahrscheinlich auch unangebracht war. »Wie können Sie das wissen?«

»Weil Ihr das Ruder in der Hand habt.« Er beugte den Kopf und verließ mit Luciens Accessoires die Eingangshalle.

Lucien ging geradewegs in den hinteren Teil des kleinen Terrassenhauses, wo sich sein Arbeitszimmer befand, legte seinen Frack ab und drapierte ihn über die Lehne des Schreibtischstuhls in der Ecke. Sein Blick blieb an dem darüber hängenden Gemälde hängen – ein Hundepaar inmitten einer Herbstlandschaft, in der bunte Bäume ihr Laub abwarfen. In seiner Vorstellung waren die Hunde ein Paar, das bereits mehrmals zusammen Welpen gezeugt hatte. Sie fühlten sich wohl miteinander, ihr Band war stark und beständig.

Warum er den beiden eine romantische Verbindung andichtete, war Lucien ein Rätsel, aber so waren sie nun einmal. Beim Betrachten des Bildes musste er an Kat denken und daran, wie sie ihn gefragt hatte, warum er diese Bilder von Tieren besaß. Ihm wurde klar, dass jedes Tier an den Wänden in diesem Raum eine Geschichte hatte, die er sich für sie ausgedacht hatte.

Aber warum Tiere und nicht Menschen? Weil Menschen ihre Geschichten erzählen konnten, und Lucien sich vielleicht in ihnen irrte. Auf diese Weise konnte er sich vorstellen, was er wollte, und er würde nie erfahren, ob es stimmte oder nicht. Jetzt, wo er darüber nachdachte, war es albern.

Der von Reynolds erwähnte Brief lag auf dem Schreibtisch. Lucien erkannte die Handschrift sofort. Er war von Oliver Kent, seinem Vorgesetzten im Außenministerium und einem der beiden anonymen Mitglieder des Mitglieder-Komitees des Phönix Clubs. Gemeinsam mit dem zweiten anonymen Mitglied diktierte Kent, wer eingeladen wurde und wer nicht. Er war auch dafür verantwortlich, Lucien die Anweisung zu erteilen, Evie aus ihrem Arbeitsverhältnis sowie ihrer Position als Schirmherrin und als Mitglied auszuschließen.

Lucien hatte ihm noch nicht mitgeteilt, dass er das nicht tun und dass alles weitergehen würde wie bisher, wenn sie von ihrer Hochzeit mit Lord Gregory zurückkehrte. Sie würde Mitglied, Schirmherrin und Leiterin des Clubs sein – wenn sie das noch wollte.

Angespannt öffnete Lucien das Schreiben. Es war kurz und präzise, wie er erwartet hatte. Kent wollte ihn so bald wie möglich treffen.

Das war natürlich notwendig und es war nicht so, als ob Lucien ablehnen könnte. Diese Situation war unhaltbar. Als Kent ihm die Idee nahegebracht hatte, den Phönix Club zu gründen – mit der heimlichen Beteiligung des Außenministeriums –, um als ein Ort für heimliche Treffen zu dienen, sollte Lucien der hauptsächliche Betreiber sein. Das war er meistenteils, doch die kürzlichen Ereignisse machten deutlich, dass er es doch nicht war.

Und doch stellte sich die Frage, wie Kent Lucien austauschen wollte, wenn ihm nicht gefiel, was er tat? Es war nicht so, als hätten sie eine andere Person, die seine Stellung übernehmen könnte. Wie würde das außerdem aussehen? Ganz London sah den Club als Luciens an. Wenn er plötzlich ausschied, würde das keinen Sinn ergeben.

Das verlieh Lucien Macht zum Verhandeln. Er beabsichtigte, sie einzusetzen.

KAPITEL 4

*K*at hatte die Notizen noch ein dutzend Mal gelesen, die sie sich nach der Soiree am Abend zuvor gemacht hatte. Sie hatte sich mehrere Fragen notiert, die sie Lucien bei ihrem nächsten Treffen stellen wollte und die letzte war: *Was haben Brüste mit der Vereinigung zu tun?*

Sie hatte das Buch mit den Zeichnungen noch einmal betrachtet und in der einen, in der der Mann auf der Frau lag, hatte er seine Hand auf ihrer Brust.

»Kat?«, rief Cass von der Tür, als sie Kats Schlafzimmer betrat.

Erschrocken drehte Kat die Notizen auf ihrem Schreibtisch um. Sie war froh, dass sie das Buch bereits beiseite gelegt hatte.

»Stand meine Tür offen?«, fragte Kat. Es sah Cass nicht ähnlich, uneingeladen hereinzuspazieren, doch Kat hatte nicht erkannt, dass die Tür nicht verschlossen gewesen war.

»Ja. Störe ich dich?«

Das Dienstmädchen musste sie angelehnt gelassen haben. »Nein«, antwortete Kat und erhob sich von ihrem Stuhl.

»Ach gut.« Cass lächelte. »Ich, ähm, wollte mich mit dir darüber unterhalten, was neulich Abend im Ruheraum passiert war.«

Kat begab sich zu der kleinen Sitzecke vor dem Kamin, wo zwei kleine, aber gemütliche Sessel standen. Sie setzte sich auf die Kante des einen. »Geht es darum, dass ich nicht auf dich und Fiona gewartet habe? Das hätte ich tun sollen, und ich entschuldige mich dafür.«

Cass gesellte sich zu ihr und setzte sich auf den anderen Stuhl. »Ja, das hättest du tun sollen, aber nein, das ist nicht das, worüber ich sprechen möchte.«

»Habe ich sonst noch etwas falsch gemacht?«, fragte Kat. Das war normalerweise der Auslöser für diese Art von Gesprächen. Kat war in sozialen Interaktionen nicht immer geschickt. Sie trachtete nicht danach, andere vor den Kopf stoßen, aber sie hatte die Kunst der Diplomatie noch nie beherrscht und verspürte ehrlich gesagt auch nicht das Bedürfnis dazu.

»Nicht falsch, nein«, entgegnete Cass freundlich. »Allerdings könnte dein Verhalten Lady Wenlock und Mrs. Hanbury dazu veranlassen, über die Geschehnisse zu berichten und dabei natürlich euer Gespräch falsch wiederzugeben, was ein schlechtes Licht auf dich werfen könnte.«

»Auf mich? Ich war nicht diejenige, die getratscht und schreckliche Dinge über andere gesagt hat.« Finster schaute Kat in Richtung des Kamins mit den glühenden Kohlen. »Ich werde die feine Gesellschaft nie verstehen«, brummte sie.

»Ich weiß, und ich bin einer Meinung mit dir, dass es keinen Sinn ergibt.«

»Du kannst mir nicht erzählen, das würde dich interessieren. Jeder, der über das tratscht, was ich gesagt habe, macht sich des gleichen Vergehens schuldig, für das ich ihn getadelt habe.«

»Das ist wahr. Allerdings tun wir unser Bestes, um, ähm,

Klatsch und Tratsch wegen der Situation im Phönix Club auf ein Minimum zu beschränken.«

»Was hat das mit mir zu tun?«

»Nichts direkt, aber du bist meine Schwägerin und Lucien ist mein Bruder. Wir wollen erreichen, dass die Leute nicht mehr über ihn reden.«

Kat erachtete dies als sehr unglaubwürdig, aber sie wollte Lucien keine Probleme bereiten, insbesondere da er sich bereit erklärt hatte, ihr zu helfen. »Ich verstehe. Ich werde versuchen, den Mund zu halten. Manchmal ist das nur furchtbar schwer.«

»Ich weiß, und ich finde es großartig, was du in Evies Namen gesagt hast. Ich war sogar sehr stolz. Wenn nicht wegen des Zeitpunkts, würde ich dich ermutigen, weiterzumachen. Aber auf lange Sicht wird es dir nicht helfen, vor allem dann nicht, wenn du wirklich heiraten willst. Manchmal – eigentlich fast immer – ist es besser, die Leute zu ignorieren.«

Kat erkannte an, wie wahr dies war, aber sie erkannte auch einen großen Fehler darin. »Ich bin da anderer Meinung, und ich werde niemals schweigen, nur um andere zu besänftigen oder um mich beliebter zu machen. Ich pfeife auf meinen Ruf. Wenn das bedeutet, dass ich nie einen Ehemann finde, dann soll es so sein.« Sie rechnete ohnehin nicht damit, dass dies der Fall sein würde, und hatte kein Problem damit, eine Jungfer zu bleiben. »Aber ich werde mich jetzt für dich – und für Lucien – daran halten.«

»Danke«, entgegnete Cass und blickte zum Schreibtisch. »Arbeitest du gerade fleißig an etwas? Wir haben dich gestern kaum gesehen, und du bist nicht in die Kirche gekommen.«

Kat ging selten in die Kirche und nur, wenn ihre Mutter sie dazu zwang. Es gab so wenige Geistliche, die gut predigen konnten. »Ich recherchiere nur etwas. Du weißt, dass ich mich schon lange für Paarungsrituale interessiere.« Kat würde ihr nicht genau sagen, was sie tat, aber vielleicht konnte Cass ihr helfen ...

»Welches Tier studierst du gerade?«

»Ich habe tatsächlich über Menschen nachgedacht. Bei der Soiree habe ich die Leute beobachtet, wie sie tanzten und sich unterhielten. Es ist interessant, ihnen beim Flirten zuzuschauen – und auch bei der Vermeidung desselben.«

»Das ist es tatsächlich. Ich denke manchmal, dass Mauerblümchen die beste Position in der Gesellschaft haben. Sie hören und sehen so viel.«

»Wie kannst du das wissen?«, fragte Kat in einem sarkastischen Ton, aber mit einem Lächeln, um die Frage abzuschwächen.

Cass lachte. »Das ist eine berechtigte Frage. Ich bin nie ein Mauerblümchen gewesen, aber ich war auch nur für eine kurze Periode auf dem Heiratsmarkt, bevor ich deinen Bruder geheiratet habe.«

»Und dennoch warst du bereits zweiundzwanzig.« Ein Jahr älter als Kat jetzt war. »Das ist für die erste Saison recht alt, nicht wahr?«

»Ja, aber ich hatte es immer wieder hinausgeschoben.« Cass drehte den Kopf zum Feuer und ihre Züge spannten sich an. »Ich war traurig, dass meine Mutter nicht hier war, um mich zu fördern. Meine Freundinnen sind mit ihren Müttern einkaufen gegangen und haben endlose Pläne gemacht. Ich wollte nur ... ich wollte es einfach nicht ohne sie tun.« Mit einem zittrigen Lächeln schaute sie zu Kat zurück.

»Das tut mir leid. Das hatte ich nicht erkannt. Wie alt warst du, als sie gestorben ist?«

»Sieben. Ich weiß, es klingt ziemlich albern, dass ich nicht darüber hinweg bin, aber ich bin nicht sicher, ob ich das je zuwege bringe.«

»Und warum solltest du? Das habe ich an Trauer nie verstanden. Wenn wir jemanden verlieren, insbesondere wenn er uns sehr nahegestanden hat, wie soll es dann nicht so sein, als ob ein Stück von deinem Herzen fehlt?«

Cass presste einen Finger in ihren Augenwinkel. »Ja, das trifft es genau.«

Kat hatte noch nie jemanden auf diese Weise verloren. Sie hatte ihre Eltern, ihre Schwestern und Ruark. Er hatte seinen Vater verloren, als er noch klein war. Darüber redete er nie und er erwähnte seinen Vater nur selten. Manchmal fragte Kat sich, ob es ihn störte, dass seine Mutter so rasch wieder geheiratet und den Verwalter des Anwesens zum Mann genommen hatte. Ihre Mutter hatte damit einen beachtlichen Skandal in Irland ausgelöst, also waren sie mit ihrem neuen Ehemann zu Ruarks Anwesen in Gloucestershire umgesiedelt, um dem zu entgehen. Was die Empörung ihrer Mutter über Kats »skandalöses« Verhalten nur noch lächerlicher machte.

»Hat die Tatsache, dass ihr, Ruark und du beide ein Elternteil verloren habt, euch zusammengeführt?« Kat war mehr daran interessiert, was die Leute auf körperlicher Ebene anzog, aber sie musste in Betracht ziehen, dass bei Menschen hinter der körperlichen Vereinigung mehr steckte als nur ein Trieb. Oder nicht? Musste es eine emotionale, intellektuelle oder irgendeine andere Verbindung geben? Sie würde eine Notiz machen und Lucien fragen.

»Ich denke ja, aber ehrlich gesagt war es mehr … es war instinktiver als das. Zumindest anfangs.« Cass presste die Hände an die Wangen. »Meine Güte, *das* hätte ich dir nicht erzählen sollen.«

»Warum? Weil ich unverheiratet bin? Wie soll ich diese Dinge lernen? Ich finde es heikel, dass junge Ladys auf den Heiratsmarkt sollen und ihnen wichtige Informationen vorenthalten werden.«

Cass legte den Kopf schief. »Wie zum Beispiel?«

»Worauf man bei einem Ehemann achten sollte. Wie kann man wissen, ob jemand eine gute Verbindung ist. Wie hast du gewusst, dass Ruark der Mann war, den du heiraten wolltest?«

»Es ist so schwer, den genauen Moment festzulegen, aber je mehr Zeit ich mit ihm verbrachte, umso weniger wollte ich von ihm getrennt sein. Ich habe nach jeder Gelegenheit gesucht, in seiner Nähe zu sein. Die Luft ist einfach süßer, wenn du in Gesellschaft von jemandem bist, den du liebst.«

Kat wollte sich diese Zeile merken und sie niederschreiben, wie auch den Ausdruck äußerster Verzückung auf Cass' Gesicht. »Hattest du dich gleich in ihn verliebt?«

»Nicht *auf der Stelle*, aber andererseits kannte ich ihn lange vorher als Luciens Freund, ehe ich romantische Gedanken an ihn entwickelte.«

»Und was hat dich zu der Entscheidung verleitet?«

Cass erstarrte für einen Augenblick. »Ähm, es waren … einzigartige Umstände. Wir haben uns … zusammen in einer engen Situation gefunden, und die Dinge haben sich einfach … entwickelt.«

Dem rosa Hauch auf Cass' Wangen nach zu urteilen und der zurückhaltenden Art und Weise, wie sie Antwort gab, schlussfolgerte Kat, dass sie nicht alles verriet. »Habt ihr geflirtet? Vielleicht hat er sich einen oder zwei Küsse gestohlen? Hast du so festgestellt, dass du ihn liebst?«

»Ich sollte wirklich nicht mit dir darüber reden.« Cass erhob sich abrupt.

»Ich werde es niemandem erzählen. Bitte? Ich bitte dich nicht um Einzelheiten.« Obwohl sie hilfreich wären. Aber vielleicht nicht von ihrer Schwägerin. Das schien … merkwürdig. »Ich frage mich nur, ob ich das Flirten üben sollte. Oder das Küssen.«

»Flirten ist für die Brautwerbung recht üblich«, entgegnete Cass und ihre Finger nestelten an ihrem Kleid. »Küssen jedoch nicht.«

»Also habt ihr, Ruark und du, das nicht getan? Wie kannst du wissen, ob du ihn heiraten willst, wenn du ihn nicht geküsst hast?«

Cass stieß die Luft aus und setzte sich wieder hin. »Also schön. Ich werde dir einige ... Dinge verraten, aber wenn ich herausfinde, dass du es jemandem erzählt hast, werde ich sehr enttäuscht sein. Versprichst du mir, diese Information für dich zu behalten?«

Ein Gefühl der Vorfreude keimte in Kat auf. Sie lehnte sich ein wenig vor. Manchmal, und wahrscheinlich sogar häufig, fiel es ihr schwer, Geheimnisse für sich zu behalten, aber wenn es sich um jemanden handelte, dem das Geheimnis offensichtlich wichtig war, bemühte Kat sich nach besten Kräften, es zu schützen. »Ich verspreche es.«

»Es begann mit einem Kuss zwischen uns. Es war genau die Verbindung durch diesen Kuss, die alles andere ins Rollen brachte. Ich konnte ihn nicht vergessen, und er mich auch nicht. Aber unsere gegenseitige Anziehung brachte uns schließlich in Schwierigkeiten.«

»Inwiefern?«

»Weil wir entdeckt wurden und Ruark sich damals weigerte, zu heiraten. Er hatte seinem Vater geschworen, nicht zu heiraten, ehe er dreißig Jahre alt wäre. Er wollte sichergehen, die richtige Entscheidung zu treffen. Du erinnerst mich mit deinen Fragen an ihn. Fürchtest du, du könntest deine Entscheidung bereuen?«

»Vielleicht«, flunkerte Kat. Sie glaubte nicht, dass sie ihre Entscheidung, nicht zu heiraten, bereuen würde. »Doch dann hat Ruark es sich anders überlegt.«

»Ja, ihm wurde klar, dass er verzweifelt in mich verliebt war und dass ich die absolut richtige Wahl war.« Cass grinste.

Kat lehnte sich in ihrem Sessel zurück und dachte einen Moment lang nach. »Was für ein Vertrauensvorschuss eine Heirat doch ist. Meiner Vermutung nach waren meine Mutter und Ruarks Vater nicht glücklich und mit meinem Vater ist sie es noch.« Kat kam der Gedanke, dass sie ihre Mutter bitten sollte, ihr den Unterschied in ihren Gefühlen für diese beiden Männern zu erklären, aber sie war sich nicht sicher, ob ihre Mutter zu einer Antwort bereit wäre. Sie hatten kein besonders enges Verhältnis, nicht wie Kat zu ihren jüngeren Schwestern Iona und den Zwillingen.

»So ist es in der Tat«, meinte Cass. »Und viele Ehen sind nicht glücklich. Bei Con und Sabrina war das anfangs auch so. Aber ihre Verbindung war auch arrangiert worden. Das kann ich nicht empfehlen.«

»Ich glaube nicht, mir darüber Sorgen machen zu müssen. Meine Mutter möchte vielleicht versuchen, mich zu verkuppeln, doch mein Vater wird das nicht erlauben.«

»Ich wage zu behaupten, dass Ruark so etwas auch nicht erlauben würde«, meinte Cass lachend, und ihre bernsteinfarbenen Augen leuchteten. »Er liebt dich sehr und würde nie etwas vorantreiben, was nicht in deinem Sinne ist.«

»Ich weiß, und ich bin dankbar, dass ihr beide mir erlaubt, hier bei euch zu leben. Ich danke dir für die Beantwortung meiner Fragen. Ich werde kein einziges Wort wiederholen.«

Cass schaute sie eindringlich an. »Höre auf deinen Instinkt und vertraue deinem Herzen. Das ist der beste Rat, den ich dir geben kann. Außerdem solltest du dich nicht beim Küssen erwischen lassen.« Sie zwinkerte Kat zu und stand erneut auf.

Kaum war sie weg, sprang Kat auf und machte die Tür fest zu. Dann kehrte sie an ihren Schreibtisch zurück, um sofort alles niederzuschreiben, was sie besprochen hatten, woraus sich eine Reihe neuer Fragen ergab.

Sie hielt inne und blickte aus dem Fenster zu ihrer Linken, aber sie sah nicht wirklich etwas. All das, was Cass ihr erzählt hatte, ging ihr durch den Kopf. Offensichtlich hatte bei ihr der erste Kuss, den sie mit Ruark ausgetauscht hatte, genau das ausgelöst, was Kat fehlte. Verdammt, sie hätte Cass fragen sollen, ob sie für jemand anderen so empfunden hatte – auch ohne ihn zu küssen.

Sie wusste, dass Menschen sich zu anderen hingezogen fühlten oder sie zumindest anhimmelten, wenn sie bestimmte körperliche Attribute hatten. Ihre jüngeren Schwestern kommentierten oft, welche Gentlemen in ihrer Umgebung attraktiv waren, und ihre Mutter schloss sich diesen Gesprächen an. Immer wieder verstrickte Kat sich mit ihnen in Diskussionen darüber, was Attraktivität ausmachte. War es, dass sie aus objektiver Sicht gut aussahen? Konnte jemand aus objektiver Sicht für alle gleichermaßen attraktiv sein? Das glaubte sie nicht. Aber ihre Schwestern hatten argumentiert, dass Mr. Shiveley, ein Gentleman, der in der Nachbarstadt lebte, unbestreitbar und vollkommen attraktiv war.

Kat fand, dass Mr. Shiveleys Nase zu klein war. Ihrer Ansicht nach war er nett anzusehen, aber sicher nicht so sehr, um sich lange darüber auszulassen oder gar zu schwärmen, bis man schwach wurde. Diese Ohnmacht selbst erschien ihr völlig absurd. Wie konnte jemand von einem anderen Menschen so berührt werden, dass er in Ohnmacht fiel? Das würde Kat nie tun.

Sie schloss die Augen und versuchte, an den bestausse-henden Mann zu denken, der ihr je begegnet war. Sofort kam ihr Lucien in den Sinn, was aber daran lag, dass sie seit ihrer Unterhaltung gestern Abend sehr oft an ihn gedacht hatte. Dennoch war sie der Meinung, überzeugend darlegen zu können, dass er aus objektiver Sicht mit seinem zobel-braunen Haar, den dunklen, intelligenten Augen, seiner athletischen Statur und seinem umwerfenden Lächeln gut aussehend war. Er besaß tatsächlich ein entwaffnendes Lächeln. Und das waren nur einige seiner körperlichen Attribute. Er besaß noch viele andere bewundernswerte Eigenschaften, wie Großzügigkeit und Freundlichkeit. Seine Beliebtheit war kein Geheimnis, und die Leute suchten seinen Rat und seine Hilfe bei vielen Dingen. Nicht, dass Kat wüsste, bei was alles.

Kat drückte blinzelnd die Augen auf. Immer wieder kam sie auf das gleiche Thema zurück: Sie musste jemanden anderen küssen. Oder mehrere. Ohne erwischt zu werden.

~

*D*er private Besprechungsraum im obersten Stockwerk auf der Seite der Gentlemen des Phönix Clubs war fensterlos und beengt, was aber daran lag, dass er eigentlich ein Lagerraum sein sollte. Und dafür hielten ihn auch fast alle anderen, einschließlich Evie und andere Angestellte des Clubs.

Hier traf Lucien sich mit Oliver Kent und hier wurden andere Besprechungen – von denen Lucien die Einzelheiten nicht kannte – abgehalten. Kent sollte jeden Moment ankommen.

Während er wartete, setzte Lucien sich auf einen der vier schlichten Holzstühle, die in dem kleinen Bereich gedrängt standen, und nippte an einem Glas irischem Whiskey. Normalerweise zog er Scotch vor, doch der Club hatte im Augenblick keinen vorrätig.

Kent kam pünktlich und schlüpfte in den kleinen Raum, den er gern »Besprechungskammer« nannte, und schloss die Tür mit einem leisen Klicken. Groß und hager war Kent ein Mann, der letztes Jahr die sechzig erreicht hatte, obwohl er angesichts seines dichten grauen Haars und der Augen von einem klaren, stechenden Blau für jünger gehalten wurde. Er nahm seinen Hut ab und zog die Handschuhe aus, um sie dann auf einen leeren Stuhl zu legen. »Guten Abend, Lucien.« Sein Tonfall hatte eine formelle Qualität, die normalerweise nicht vorhanden war. Vielleicht war er ebenso angespannt wie Lucien.

»'n Abend, Kent.«

Kent wandte sich dem kleinen Barschrank in der Ecke zu und schenkte sich ein Glas Portwein ein. Dann setzte er sich Lucien gegenüber, nippte an seinem Wein und schloss für einen kurzen Moment die Augen, während ein Lächeln seine Lippen umspielte. »Mein absoluter Lieblingsportwein.«

Das wusste Lucien natürlich. Evie sorgte immer dafür, dass sie ihn vorrätig hatten, und das schon bevor sie richtig vermutet hatte, dass Kent einer der Unbekannten im Mitglieder-Komitees war.

»Ich denke, wir sollten gleich zur Sache kommen«, schlug Kent vor, bevor er einen weiteren Schluck trank. »Wie viele Kündigungen?«

»Achtunddreißig.«

Tiefe Falten gruben sich in Kents Stirn. »Wer?«

Lucien ratterte die Namen herunter. Er schaffte vielleicht die Hälfte, bevor er die Liste aus seiner Tasche nehmen musste.

»Zu viele«, befand Kent düster, sobald Lucien fertig war.

»Das ist nicht einmal ein Zehntel der aktuellen Mitgliederzahl.«

»Es sind erst fünf Tage vergangen. Sie glauben doch nicht, dass der Exodus vorbei ist?«

Lucien holte tief Luft und konzentrierte sich darauf ein ruhiges Äußeres zu bewahren. »Ich *denke*, dies hat keinen Einfluss auf die Operation. Warum sollte es?«

»Weil der Club an Popularität verliert. Sein Ruf ist angeschlagen. Er wird seine Effizienz einbüßen. Darüber hinaus sind einige der Ausgeschiedenen genau die Mitglieder, die das Außenministerium in diesem Club haben wollte.«

Bis zu einem gewissen Grad hatte Lucien das gewusst. Er wusste nicht unbedingt, welche Personen speziell zu diesem Zweck eingeladen worden waren, doch bei einigen hatte er eine Ahnung.

Kent verlagerte sein Gewicht auf dem Stuhl. Er runzelte die Stirn – aber über sein Glas, nicht über Lucien. »Meine Vorgesetzten sind mit dem derzeitigen Verlauf der Ereignisse nicht zufrieden.« Jetzt schaute er auf.

Lucien antwortete ihm mit einem schief geratenen halben Lächeln. »Vielleicht ist dieser Moment nicht der beste Zeitpunkt, um Ihnen mitzuteilen, dass Evie den Club nicht verlassen wird.« Er trank einen Schluck Whiskey und war dankbar für die Wärme, die seine Kehle belegte und seine Aufregung etwas linderte.

»Sie muss.« Kents Nasenflügel blähten sich und seine Augen weiteten sich. »Die Frage über ihren Weggang steht nicht zur Debatte.« Er umklammerte sein Weinglas mit mehr Gewalt, als Lucien je zuvor gesehen hatte.

Obwohl Lucien mit seinem Unwillen gerechnet hatte, war Kents Reaktion ein wenig heftig. »Ich weiß, was Sie und Lady Pickering gesagt haben.« Lucien bezog sich auf das andere geheime Mitglied, das über die Mitgliedschaften entschied. Ihre Verbindung zum Außenministerium war weniger klar als Kents. Lucien wusste nur, dass sie ihnen bei bestimmten Operationen behilflich war. Sie war eines der angesehensten Mitglieder der feinen Gesellschaft und kein Mitglied des Phönix Clubs. Sie hatte die Einladung ignoriert, die Lucien vor zwei Jahren ausgesprochen hatte, um wahrscheinlich zu verhüten, dass ihre Identität im Mitglieder-Komitee aufgedeckt wurde. Es würde gewiss niemand auf die Idee kommen, dass jemand, der kein Mitglied des Clubs war, dort im Mitglieder-Komitee sein könnte. »Aber dies ist mein Club, und ohne Evie wird er nicht so reibungslos funktionieren«, wand Lucien ein.

»Dem widerspreche ich vehement. Lady Warfield scheint absolut fähig zu sein.« Er meinte Ada, die Buchhalterin. Evie hatte sie mit nach London gebracht, als sie von ihrer Verwandlung der Mirabelle Renault in Evangeline Renshaw zurückgekehrt war. Sie hatte ein ausgezeichnetes Gespür für Zahlen und Organisation und war vielleicht die fröhlichste und liebenswerteste Person, die Lucien je kennengelernt hatte. Dass sie den mürrischsten und angeschlagensten Gentleman in Luciens Bekanntenkreis geheiratet hatte – seinen Freund und ehemaligen Kriegskameraden, Maximillian Hunt, den Viscount Warfield –, war eine der großen Ironien des Lebens.

»Ada ist mehr als fähig, aber sie teilt ihre Zeit zwischen dem Club und dem Leben als Viscountess auf.« Max' Familiensitz lag eine Tagesreise von London entfernt, und die beiden verbrachten viel Zeit dort, teilweise weil Max ihn nach seiner Rückkehr aus dem Krieg in Spanien hatte verfallen lassen. Zudem mochte Max London und seine Verpflichtungen bei den Lords nicht, doch Lucien fragte sich allmählich, ob Adas Charme und Gleichmut auf ihn abfärbten. Er war bei weitem nicht mehr so mürrisch wie noch vor sechs Monaten, während Lucien in letzter Zeit immer fahriger geworden war, weil so viel los war. »Evie bleibt«, wiederholte Lucien.

Wieder schaute Kent eher auf sein Glas als auf Lucien. »Sie scheinen unter dem Wahn zu leiden, dass Sie hier die Kontrolle haben. Ich muss Sie daran erinnern, dass Sie das nicht haben.« Er nahm einen weiteren Schluck Portwein, und Lucien hätte schwören können, dass seine Hand leicht zitterte. War er derart aufgebracht?

»Darüber lässt sich streiten, denke ich«, entgegnete Lucien gleichmütig. »Wenn das Außenministerium so enttäuscht über den Werdegang des Clubs ist, dann sollte es ihn vielleicht aufgeben.«

Kent setzte sein Glas brüsk ab, wobei der Portwein fast über den Rand schwappte. »Verdammt, Lucien, das Außenministerium hat zu viel investiert, um sich zurückzuziehen. Dass Sie glauben, so etwas könnte passieren, ist unbegreiflich. Ich dachte, Sie wollten der Krone dienen.«

»Das tue ich. Aber *ich* habe ebenfalls in den Club investiert – auf persönlicher Ebene. Ich werde einer meiner liebsten Freundinnen nicht den Rücken kehren. Wenn Evie in etwa einem Monat nach London zurückkehrt, wird der Klatsch eine alte Geschichte sein und eine Reihe von Skandalen wird ihn inzwischen abgelöst haben.

Sie wird außerdem die Ehefrau des Bruders eines Marquess sein. Sicherlich wird das in der Sache hilfreich sein.«

»Es wäre der Sache dienlich, wenn dieser Marquess – Witney – in den Club eingeladen würde.« Lucien spannte den Kiefer an. »Absolut nicht.«

»Meine Vorgesetzten wollen ihn hier.« Kent schwenkte seinen Wein und beobachtete, wie er die Innenwand des Glases benetzte. »Darüber kann nicht debattiert werden.«

»Witney hat versucht, sich seinen Weg in den Club zu erpressen. Ich will diese Art von Mitgliedern hier nicht. Es steht gegen die Mission des Clubs. Wenn Sie sich erinnern, war der ganze Sinn der Sache, einen Club zu haben, der anders als das White's oder das Brooks's war. Wie kann die Sorte von Menschen, die sich hier treffen müssen, das tun, wenn nichts als arrogante, oberflächliche Adlige hier herumlaufen?«

»Weil diese durch Ihr Konzept in der Minderheit sind.« Kent runzelte tief die Stirn. »Sie sind starrköpfig.«

»Warum wollen Sie ausgerechnet Witney? Er ist ein Schleimer.«

»Wir haben unsere Gründe.«

»In die ich nicht eingeweiht werde«, murmelte Lucien. Er stellte sich vor, dass Witney entweder jemand war, den das Außenministerium beobachten wollte oder – und das überstrapazierte seinen Glauben – er ebenfalls für sie arbeitete. Es musste Ersteres sein. Nun, das konnten sie anderswo tun.

»Nein, ich weigere mich, ihn einzuladen.«

Kent verengte die Augen und packte sein Glas so fest, dass seine Fingerspitzen sich weiß färbten. »Das können Sie nicht.«

Lucien entschied, dass es an der Zeit war, seinen Trumpf auszuspielen. Er beugte sich vor und wahrte dabei seine Haltung. »Was wird passieren? Wird das Außenministerium mich ausschließen? Wie wird das den Ruf des Clubs verbessern? Ich bin das Synonym für den Phönix Club. Wenn ich gehe, werden das auch alle anderen tun, und dann wird er scheitern.«

Ein leiser, gutturaler Ton stieg aus Kents Kehle auf, als er frustriert die Lippen aufeinanderpresste. Das Fleisch um seinen Mund wurde weiß und seine dicken grauen Brauen senkten sich tief über seine Augen. »Wollen Sie sich Ihren Vorgesetzten wirklich widersetzen?«, fragte er leise.

Was Lucien wollte, war echte Freiheit. Er wollte den Club allein besitzen. Und er würde eine Möglichkeit finden, das Geld dafür aufzutreiben. Allerdings müsste das Außenministerium seinen Anteil an ihn verkaufen, und laut seinem Vater würden sie das nicht tun. Er wollte Kent fragen, woher der Herzog von dieser Vereinbarung wusste, aber was, wenn Kent nichts davon wusste? Was, wenn der Herzog einen anderen Informanten hatte?

»Ich möchte, dass wir einen Kompromiss finden«, schlug Lucien vor. »Ich kann den Club nicht wie vereinbart ohne Evie betreiben oder Personen einladen, die mit der Mission des Clubs nicht harmonieren. Schon jetzt fragen sich die

Leute, wie Lady Hargrove überhaupt eingeladen, geschweige denn zur Schirmherrin gemacht werden konnte, wo sie doch so offensichtlich gar nicht hierhergehört.« Dass es sich diesen staunenden Menschen um Luciens enge Freunde und Familie handelte, spielte keine Rolle.

Kent zog ein Gesicht, als hätte er etwas wirklich Übles gerochen. Er drehte den Kopf und starrte einen Moment lang auf die Tür, bevor er seine Aufmerksamkeit wieder Lucien zuwandte. »Dann müssen wir uns wohl einigen. Können Sie wenigstens die Mitglieder zurückgewinnen, die ausgetreten sind?«

Lucien stieß einen Atemzug aus. Einige würden einlenken, doch bei anderen würden sich seine Bemühungen als unmöglich erweisen. »Gilt das auch für die Hargroves?«

»Ehrlich gesagt wäre es das Beste, wenn sie wiederkämen, wozu Sie sie allerdings nicht bringen werden, ohne die Änderungen vorzunehmen, die durchzuführen Sie sich geweigert haben.« Kent trank den Rest seines Portweins aus.

Lucien wusste, dass sie bald fertig waren. Normalerweise hielten sie diese Treffen kurz. Und dieses flehte geradezu nach einem Abschluss. »Ich werde mir alle Mühe geben, um die anderen zurückzugewinnen.«

»Das werde ich dem Außenministerium mitteilen.« Kent erhob sich und stellte sein leeres Glas auf dem Barschrank ab. Er nahm seinen Hut und die Handschuhe, um Ersteren auf seinen Kopf zu setzen und Letztere über die Hände zu streifen. »Provozieren Sie das Außenministerium nicht zu sehr.« Sein Blick begegnete dem von Lucien. Er drückte Verständnis, aber auch Müdigkeit aus. »Ihnen muss klar sein, dass sie Ihnen nicht erlauben werden, die Kontrolle über ihr Projekt zu übernehmen. Sie werden alles Erforderliche tun, um ihr Ziel zu erreichen – und sie werden nicht verlieren.« Er presste den Mund zu einer festen dünnen Linie zusammen, wünschte Lucien eine gute Nacht und ging.

Was für eine Drohung war das? Wie weit würde das Ministerium gehen, um zu bekommen, was sie sich wünschten? Lucien vermutete nichts Böses, aber sie würden sich ihre Möglichkeiten überlegen. Mit seiner Weigerung, sich an die Regeln zu halten, hatte er sie gezwungen, genau das zu tun.

Er kippte den Rest seines Whiskeys hinunter, um dann Kents benutztes Glas zu holen. Er würde beide Gläser an einem anderen Platz im Club abstellen, und ein Diener würde sie zur Reinigung abholen.

Seine Gedanken kreisten um seine neuen Aufgaben: Er musste einige der ausgeschiedenen Mitglieder zurückgewinnen und neue Mitglieder anwerben, die dem Außenministerium gefallen würden, und er musste dafür sorgen, dass der Club seine Mitgliederzahl und seine Popularität beibehielt.

Unter keinen Umständen wollte Lucien den Phönix Club verlassen. Sie würden ihn schon hinausschleppen müssen.

KAPITEL 5

Trotz seines Treffens mit Kent hatte Lucien letzte Nacht überraschenderweise so gut geschlafen wie seit Tagen nicht mehr. Vielleicht lag es daran, dass er das Gefühl hatte, endlich zur Tat schreiten zu müssen, um die ausgetretenen Mitglieder zurückzugewinnen. Nach ihrem Treffen gestern Abend hatte er Listen erstellt. Einige der Leute würde er persönlich ansprechen. Die übrigen würde er an seinen Bruder oder andere Mitglieder des Mitglieder-Komitees überantworten. Er überlegte kurz, ob er Con in den Ausschuss aufnehmen sollte, aber er bezweifelte, dass sein Bruder das akzeptieren würde. Er war viel zu sehr mit seiner Familie und seinen Pflichten im Oberhaus beschäftigt.

Der Februarnachmittag war mild und es war viel trockener als gestern. Die Sonne lugte sogar durch die Wolken, als Lucien in den Hyde Park schritt. Er ging in Richtung des Rings und hielt Ausschau nach Ruark und Cass, mit denen er sich treffen wollte. Ruark hatte die Einladung ausgesprochen – sofern das Wetter es zuließ –, und Lucien hatte geplant, ihn heute aufzusuchen. Er hatte eine Liste von

ausgetretenen Mitgliedern, und er brauchte Ruarks und Cass
´ Hilfe, um sie zur Rückkehr zu bewegen.

Dies war besser, als die beiden zuhause zu besuchen, da
er so vermeiden konnte, Kat zu begegnen. Letzte Nacht hatte
er tatsächlich von ihr geträumt. Sie hatten sich wieder über
die *Erfüllung* unterhalten und darüber, ob sie sie finden
könnte. Zum Glück war er aufgewacht, bevor dieses Bild
seine ... Erfüllung erreichen konnte.

Als Lucien sich dem Ring näherte, erblickte er Ruark, der
Lucien fast genau im selben Moment zu sehen schien. Aber
Ruark war allein. Lucien schaute sich nach Cass um und sah
sie bei einem Baum stehen, der in der Nähe des Rings am
Wegesrand stand. Sie war nicht allein. Kat stand neben ihr.

»Guten Tag, Lucien«, begrüßte Ruark ihn. »Machen wir
einen Spaziergang zu den Walnussbäumen und zurück.
Anschließend können wir uns den Damen anschließen.«

»Du hast mich heute aus einem bestimmten Grund eingeladen«, meinte Lucien mit einem leichten Lächeln. »Zufälligerweise habe ich auch einen Grund, dich zu sehen.«

Ruark grinste. »Brillant. Dann können wir ja gleich zum
Geschäftlichen kommen.«

»Meine Angelegenheit betrifft auch Cass, aber du kannst
sie später über die Einzelheiten ins Bild setzen.«

»Das werde ich tun«, versprach Ruark, während sie den
Weg entlangschritten. »Willst du anfangen?«

Lucien blickte zu seiner Schwester und Ruarks Schwester. Kat beobachtete ihn. Sie versuchte nicht einmal, ihre
Augen abzuwenden, als er in ihre Richtung blickte, und so
trafen sich ihre Blicke. Obwohl der Abstand zwischen ihnen
groß war, nahm er einen kurzen, aber heftigen Ruck wahr.
Er setzte sich in seinen Schulterblättern fest, sodass er hätte
schwören können, Kats Blick immer noch zu spüren, als die
Damen hinter ihnen waren.

»Nein, du machst den Anfang.« Lucien brauchte einen

Moment, um die Schwester seines Freundes aus seinen Gedanken zu verscheuchen.

»Der Grund, warum wir hier sind und Cass mit Kat dort drüben, ist, dass ich mit dir über Kat sprechen muss. Sie denkt, ich würde mit dir über die Geschäfte des Clubs sprechen.«

»Nun, das wird in Kürze der Fall sein«, entgegnete Lucien.

»Das habe ich mir schon gedacht. Ich muss dich um einen Gefallen bitten.« Ruark warf ihm einen besorgten Blick zu. »Ich frage mich, ob du helfen könntest, Kats Ruf aufzubessern.« Er neigte den Kopf von einer Seite zur anderen. »Nicht nur das, sondern auch, wie sie hier aufgenommen wird, da sie mehr Zeit in der Stadt verbringen wird.«

»Mir war nicht bewusst, dass ihr Ruf in Mitleidenschaft gezogen ist. Ich dachte eher, ganz London würde sich auf den Phönix Club, Evie und mich konzentrieren.«

»In erster Linie, ja.« Nun blickte Ruark ihn mitfühlend an.

Lucien winkte ab. »Wir werden es überleben. Hat der Vorfall aus Gloucestershire von letztem Jahr London schließlich erreicht?«

»Nicht, dass ich wüsste, aber meine Mutter hat mir geschrieben, dass Hickinbottoms Eltern in die Stadt kommen, um seiner jüngeren Schwester eine Saison zu ermöglichen.«

Das könnte problematisch werden, wenn sie mit Kat zusammentrafen. »Sorgst du dich, was passieren könnte, wenn Kat ihnen in der Gesellschaft begegnet?«

»Freilich. Aber ich weiß nicht, wie wir das vermeiden können.«

»Möglicherweise verkehren sie nicht in denselben Kreisen wie ihr«, meinte Lucien.

»Das ist durchaus möglich. Aber lade bitte keinen von

ihnen in den Phönix Club ein.« Er lachte.

»Darauf kannst du dich verlassen. Ich werde die Augen nach ihnen offen halten und achtgeben, was entweder von ihnen oder über sie geredet wird.«

»Ich danke dir. Da ist noch mehr«, fuhr Ruark fort. »Kat denkt nicht immer darüber nach, was sie sagt, bevor die Worte aus ihrem Mund kommen.«

Das hatte Lucien aus erster Hand erlebt. »Das ist mir auch schon aufgefallen.«

»Natürlich ist es das. Neulich bei der Soirée hat sie ein paar tratschende Damen im Ruheraum zurechtgewiesen.«

Lucien lächelte und wollte diese Geschichte hören. »Das klingt erbaulich. Ich bin immer dafür, dieser Verbreitung von Unsinn Einhalt zu gebieten.«

»Das wirst du in diesem Fall ganz besonders sein, da es sich um Evie drehte.«

»Das überrascht mich nicht. Was hat Kat gesagt?«

»Dass die Ladys nicht über andere urteilen sollten und Evie ein guter Mensch ist.«

»Wie liebenswert von ihr«, murmelte Lucien. Er glaubte nicht, dass Kat Evie sehr gut kannte, und fand es von ihr sowohl charmant als auch großzügig, jemanden zu verteidigen, den sie nur ein paar Mal getroffen hatte.

»Es waren Lady Wenlock und Mrs. Hanbury.« Ruark warf Lucien einen wissenden Blick zu. Sie waren unerbittlich im Verbreiten von Klatsch und Tratsch. Wenn Lucien etwas publik machen wollte, würde er es ihnen sagen.

»Ich nehme nicht an, dass Kat ihnen gesagt hat, dass Evie Lord Gregory heiratet.«

»Das hatten die beiden bereits besprochen, aber Kat behauptete, sie sei überzeugt, dass Evie ihm eine wunderbare Ehefrau sein würde.«

Lucien würde sich später bei ihr bedanken.

Ruark fuhr fort. »Jedenfalls fürchte ich, dass sie bei Kats

Vorliebe, ihrer Zunge freien Lauf zu lassen, und der Möglichkeit, dass sich der Skandal von Gloucestershire hier ausbreitet, jeden Moment in Gefahr ist, ruiniert zu werden.«

Lucien stolperte fast, denn Ruark wusste nicht einmal die Hälfte. Wenn er wüsste, dass seine Schwester darauf hoffte, Küsse und andere Paarungsrituale zu erforschen, indem sie sich daran beteiligte, würde er sie wahrscheinlich in ein Kloster in Irland stecken.

Ruark warf ihm einen Seitenblick zu. »Wenn du auch ein Auge auf Kat werfen könntest, während du dich zufällig am selben Ort wie sie aufhältst, insbesondere bei den Bällen des Phönix Clubs, wäre ich dir sehr dankbar. Es versteht sich wahrscheinlich von selbst, aber was immer du tun kannst, um sie zu empfehlen, wäre großartig.«

Behalte Kat im Auge ... Sie hatten die Walnussbäume erreicht und drehten sich nun um, um dorthin zurückzukehren, wo die beiden Frauen in der Nähe des Rings standen. Lucien bemerkte Kats hellblaue Röcke und konnte sich des Eindrucks nicht erwehren, dass Ruark ihm auftragen würde, sich fernzuhalten, wenn er wüsste, worum Kat ihn gebeten hatte.

»Ich bin mir nicht sicher, ob ich die beste Person bin, um ihren Ruf zu fördern. Meiner ist nicht gerade im besten Zustand.«

»Er ist immer noch besser als in deinen jüngeren Jahren als Wüstling.«

»Ich glaube, du meinst *unseren* jüngeren Jahren als Wüstlinge.«

Ruark gluckste. »Ja. Dein Ruf ist gut. Sind deine Einladungen weniger geworden?«

Lucien konnte es nicht sagen. Es war weniger als eine Woche her, dass die Nachricht über ihn und Evie veröffentlicht worden war, und er war zu beschäftigt, um sich um Einladungen zu kümmern. »Die Zeit wird es erweisen. Aber als ich neulich mit Kat spazieren ging, erwähnte sie, dass sie gehört hätte, wie mich jemand einen Teufel nannte.« Jetzt fragte er sich, ob es sich dabei um Lady Wenlock und Mrs. Hanbury gehandelt hatte.

Ruark verdrehte die Augen und grunzte. »Du bist eine Person, an die sich jeder in der Stunde der Not wendet. Jeder, der dich verunglimpft, ist entweder eifersüchtig oder er kann dich nicht leiden. Und da die Zahl der Menschen, die in die letztere Kategorie fallen, nicht sehr groß ist, würde ich wetten, dass es Lady Hargrove war.«

Das würde Lucien auch glauben. Er hatte sie letzte Woche aus dem Club verwiesen, nachdem sie eine Szene gemacht hatte. Er hatte sie in sein Büro zitiert, um ihr die Möglichkeit zu geben, sich zu erklären. Sie hatte sich jedoch geweigert und ihrem Unmut darüber Ausdruck verliehen, dass ihre Mitgliedschaftsempfehlungen und ihre Empfehlungen als Schirmherrin ignoriert worden waren. Als Lucien ihr deutlich machte, dass sie ihren Willen nicht durchsetzen würde und andeutete, sie wäre vielleicht glücklicher, wenn sie den Phönix Club verlassen würde, hatte sie gedroht, Evies Vergangenheit zu enthüllen.

»Wozu auch immer es gut ist, werde ich mein Bestes tun, um Sorge dafür zu tragen, dass Kat ein hohes Ansehen genießt. Ist dir schon einmal in den Sinn gekommen, dass die Saison ihr vielleicht langweilig werden würde?«

Ruark stieß die Luft aus. »Das erwarte ich eigentlich. Ich glaube nicht einen Moment, dass sie wirklich eine Heirat in Erwägung zieht. Anders als meine anderen Schwestern hat sie nie das geringste Interesse daran gezeigt.«

»Wie zeigt sich das? Kein Interesse zeigen, meine ich?«, fragte Lucien. Er wollte Kat angesichts dessen verstehen, was sie ihm über sich erzählt hatte. Wenn sie sich nie zu jemandem hingezogen gefühlt hatte, war es dann nicht nachvollziehbar, dass eine Heirat für sie unattraktiv schien?

»Sie hat nie Interesse bekundet, an Bällen teilzunehmen oder das Liebeswerben in der Umgebung zu erörtern. Sie interessiert sich auch nicht für Einkäufe der neuesten Mode oder dafür, ihr Haar so zu frisieren, dass sie ins Auge fällt.«

»Und jetzt interessiert sie sich für diese Dinge?«

»Das kann ich nicht behaupten, nein.« Ruark schüttelte den Kopf. »Ich weiß nicht, was sie im Schilde führt, aber ich möchte wetten, dass es sich nicht um die Suche nach einem Ehemann handelt.«

Lucien überlegte, ob er Kat verraten sollte, dass ihr Bruder nicht auf ihre List hereinfiel. Auf keinen Fall wollte er Ruark in ihre Absichten einweihen, es sei denn, es wäre notwendig. »Was den Club angeht ...«

»Ja, du bist an der Reihe«, meinte Ruark. »Wie kann ich helfen?«

»Du musst versuchen, Lord und Lady Coggeshall und die Dunhills dazu zu bringen, in den Club zurückzukommen.«

Ruark blieb stehen und drehte sich zu Lucien. »Wahrhaftig?«

»Ja. Sie wollten wahrscheinlich gar nicht gehen, sondern wurden dazu genötigt.« Lucien war sich ziemlich sicher, dass dies bei den Dunhills der Fall war. Joseph Dunhill war ein ehrgeiziger Anwalt mit einer glänzenden Zukunft.

»Mrs. Dunhill ist Irin. Bittest du mich deshalb, mit ihnen zu sprechen?«

Lucien lächelte. »Es schadet nicht. Und ich weiß, dass du Lady Coggeshall bezaubern kannst.«

Ruark stöhnte auf. »Ich kann vermutlich mit ihr tanzen. Ende der Woche findet ein Ball statt, glaube ich.«

»Das wird erheblich dazu beitragen, sie zu einer Rückkehr zu bewegen. Coggeshall wird alles tun, was sie sagt.« Lucien zählte ihm noch einige weitere Namen auf, mit denen Cass und er sprechen sollten.

»Ich werde sie informieren«, versprach Ruark. »Sie wird

begeistert sein, dass du dir ihre Hilfe für den Club
wünschst.«

Dann setzten sie ihren Weg zum Ring fort.

»Ich helfe gerne.« Ruark klopfte Lucien auf die Schulter.
»Es ist schön, endlich einmal derjenige zu sein, der dir hilft.«

»Es geht nicht nur um mich – es geht um den ganzen
Club. Ich weiß, dass er dir ebenfalls am Herzen liegt.«

»So ist es. Es wird schon alles ins Lot kommen«, entgegnete Ruark.

Als sie sich Cass und Kat näherten, überlegte Lucien, ob
er sich entschuldigen sollte. Wie auch Ruark hatte er das
Geschäftliche erledigt. Es gab für ihn keinen Grund zu
bleiben.

»Guten Tag, Lucien«, begrüßte Cass ihn und hielt ihm
ihre Wange für einen flüchtigen Kuss hin. »Du kannst Kat
begleiten, während wir um den Ring gehen.«

So viel zum Thema Verabschiedung.

»Ich bin hocherfreut«, meinte Lucien. Ihm fiel unweigerlich auf, dass Kat ihn mit einer unvergleichlichen Intensität
beobachtete. In der Tat hatte er sich noch nie so sehr als
Beute gefühlt, nicht einmal als junger Spund, der von
heiratswilligen Müttern beäugt worden war, die hofften, ihn
mit ihren Töchtern verkuppeln zu können. Allerdings war
seine Reaktion in diesem Fall eine ganz andere. Ihm *gefiel* die
Art, wie sie ihn ansah. Es war geradezu berauschend.

Kat nahm seinen Arm, und sie begannen ihre Runde um
den Ring. »Ich hatte gehofft, mit Ihnen unter vier Augen
sprechen zu können«, flüsterte sie und deutete damit an, dass
sie ihre Stimme tatsächlich senken konnte, was ihr bei ihrem
Gespräch auf der Soirée neulich Abend meistens nicht
gelungen war.

»Es sieht nicht so aus, als ob das möglich wäre«, sagte er
leise.

»Pfft.« Ihre Zunge lugte zwischen ihren Lippen hervor,

als sie diesen eher undamenhaften Laut von sich gab.

Lucien hätte gelacht, wenn er nicht durch den Anblick ihrer rosa Zunge auf ihren rosa Lippen abgelenkt gewesen wäre. Verflixt noch mal.

»Worüber haben Sie mit Ruark gesprochen?«, erkundigte sie sich.

»Über den Phönix Club.«

»Das ist mir bewusst.« Sie klang niedergeschlagen. »Worüber habt ihr denn genau gesprochen? Oder ist es langweilig?«

»Für manche ist das sicherlich langweilig. Ich brauche die Hilfe Ihres Bruders, um einige Mitglieder, die kürzlich ausgetreten sind, davon zu überzeugen, zurückzukommen.« Warum erzählte er ihr das?

»Er ist eine gute Wahl für diese Aufgabe. Ruark könnte einer Nonne die Unterröcke abschwatzen.«

Lucien lachte laut, was Cass dazu veranlasste, zu den beiden hinüberzusehen. Dann wanderte ihr Blick an Lucien vorbei, und sie blieb stehen.

Lucien hielt ebenfalls an und er fragte sich, was – oder wen – sie sah.

»Entschuldigt uns«, bat Cass. »Ich sehe Lady Sansberry.« Sie warf Lucien einen entschlossenen Blick zu, und er wusste, dass die Frau keine Chance gegen Cass hatte. Bei Einbruch der Dunkelheit würde die Witwe wieder auf der Mitgliederliste stehen.

»Was für ein Glück!« Kat grinste, als sie ihren Bruder und Cass davongehen sah. Sie drückte Luciens Arm, als sie zu ihm aufschaute. »Jetzt kann ich Ihnen die Fragen stellen, die ich gesammelt habe. Ich werde so viele stellen, wie die Zeit erlaubt, die wir haben. Ich werde schnell sprechen müssen.«

Lucien straffte sich. »Ich denke, Sie sollten wissen, dass Ihr Bruder nicht glaubt, dass Sie nach einen Ehemann Ausschau halten.«

Sie zog eine Schulter hoch. »Ich kann nicht behaupten, dass mich das überrascht.«

»Oder bekümmert, wie es scheint«, sagte Lucien lachend.

»Nicht wirklich. Das sollte ich wohl erklären.« Sie seufzte. »Er wird mich verwarnen, aber er wird Verständnis haben.«

»Sie können ihm nicht sagen, was Sie mir gesagt haben? Was Sie zu erfahren hoffen und wie Sie es zu tun gedenken?«

» Du lieber Himmel, nein! Jetzt seien Sie still, damit ich meine Fragen stellen kann.«

Lucien hielt inne und blickte sie an, bevor er erneut in Gelächter ausbrach. »Sie sind eine einzigartige Frau.«

»Ich danke Ihnen. Bevor ich meine Fragen stelle, habe ich beschlossen, dass ich es unbedingt noch einmal mit dem Küssen versuchen muss.«

Das Bild ihrer Zunge auf ihren Lippen kam ihm wieder in den Sinn, und jetzt dachte er selbst daran, sie zu küssen. *Zum Teufel.* Er warf einen Blick zu Ruark, der mit Cass und Lady Sansberry dastand. »Nein, das dürfen Sie nicht.«

Kat winkte ab, als sie sich wieder in Bewegung setzte. Lucien hatte keine andere Wahl, als mit ihr zu gehen. »Ich verlange nicht, dass Sie mir einen Wüstling suchen. Ich bin sicher, dass sich eine Gelegenheit zum Küssen ganz von selbst ergeben wird.«

Wieder musste Lucien sich in Acht nehmen, damit er nicht über seine eigenen verdammten Füße stolperte. »Was in Gottes Namen ist eine ›Gelegenheit zum Küssen‹?«

»Ich bin mir nicht ganz sicher, aber meiner Vorstellung nach geht es geht darum, einem Gentleman an einem abge-schiedenen Ort nahe zu sein. Ich werde es wissen, wenn es geschieht.«

»Nicht, wenn Sie sich nicht an abgelegenen Orten mit Gentlemen treffen.« Er warf ihr einen durchdringenden Blick zu. »Verdammt, Kat, so werden Sie kompromittiert. So werden Sie *ruiniert*. Haben Sie denn in Gloucestershire nichts gelernt?«

»Ich sagte Ihnen doch, das habe ich – mich nicht erwischen zu lassen. In diesem Ton klingen Sie wie mein Bruder. Bitte hören Sie auf.« Sie schaute ihn stirnrunzelnd an. »Ich denke, Sie sollten bedenken, dass Sie letztendlich doch sehr prüde sind.«

»Das bin ich nicht.« Warum fühlte er sich deswegen so angegriffen? »Warum sind Sie überzeugt, dass Sie jemanden küssen müssen?«

»Kürzlich habe ich mit jemandem gesprochen, der die Erfahrung gemacht hat, dass ein Kuss eine platonische Beziehung in eine romantische verwandelt.«

Kürzlich musste seit ihrem Gespräch vor drei Tagen sein. Mit wem sollte sie gesprochen haben? Das spielte keine Rolle. Sie sollte nicht mit *ihm* darüber reden. Aber er hatte versprochen, ihr zu helfen. Wie konnte er das tun, ohne sie zu küssen?

»Es gibt andere Wege, sich zu jemandem hingezogen zu fühlen, ohne ihn zu küssen. Vielleicht haben Sie einfach noch nicht die richtige Person kennengelernt.«

»Lucien, wie viele Geliebte hatten Sie schon?«

Dann stolperte er schließlich doch. Sein Fuß blieb einfach in der Luft hängen, als er zu erfassen versuchte, was sie gesagt hatte. Sie klammerte sich an seinen Arm, obwohl er nicht in Gefahr war, tatsächlich zu stürzen.

Er richtete sich auf, holte tief Luft und schüttelte die Schultern aus.

»Ich habe Sie mit dieser Frage schockiert«, stellte sie fest.

»Ich werde sie nicht beantworten. Wenn all Ihre Fragen dieser Art sind, können wir ebenso gut zu einem anderen Thema überwechseln.«

»Nein, ich hatte Sie das eigentlich gar nicht fragen wollen. Woher wissen Sie, wann Sie sich mit jemandem körperlich verbinden wollen? Was ist mit Mrs. Renshaw? Sie war Ihre Geliebte. Wie haben Sie sie ausgewählt?«

Jeder Fluch, den Lucien kannte, schoss ihm durch den Kopf. »Das hat nichts mit Mrs. Renshaw oder irgendjemand anderem zu tun, mit dem ich mich ... eingelassen habe.« Fast hätte er »gevögelt« gesagt. Verdammt noch mal, langsam geriet er ins Schwitzen, und dafür war es nicht annähernd warm genug.

Ihre dunklen Brauen zogen sich über ihren saphirblauen Augen zusammen. »Sie sind heute ungemein frustrierend.«

»Sie sind unersättlich wissbegierig.« Er würde versuchen, sie zu beschwichtigen. »Wenn ich Ihnen sage, wie ich mich für einen Liebhaber entscheide, hören Sie dann auf, mir persönliche Fragen zu stellen?«

»Für den Moment.«

»Gut.« Lucien wählte seine Worte so bedächtig wie möglich. Wie beschrieb man das Gefühl, jemanden streicheln zu wollen, das Verlangen, ihm Freude zu bereiten und sich, im Streben nach der eigenen Ekstase, in ihm zu verlieren? »Denken Sie daran, dass dies etwas anderes ist als die Wahl eines Ehepartners. Dazu kann ich gar nichts sagen. Ich fühle mich zu Frauen hingezogen, die intelligent und selbstbewusst sind. Ich mag eine Frau, die in sich selbst ruht und nicht zu ernst ist.«

»Das schließt mich also aus, denn jeder sagt mir, ich sei zu ernst. Und zu zielgerichtet.«

Lucien würde dem Letzteren sicherlich zustimmen. Verdammt! Hoffte sie etwa, er würde sie attraktiv finden? Das tat er, wie ihm klar wurde. Er fand sie attraktiv. Sie verkörperte alles, was er gerade beschrieben hatte. Im Gegensatz zu ihrer Aussage, erachtete er sie nicht als zu ernst, zumindest nicht in Bezug auf Dinge, die nicht so wichtig waren. »Erlauben Sie mir, das klarzustellen«, fuhr er fort. »Ich meine, dass Sie zu ernst mit sich selbst sind. Sie müssen in der Lage sein zu *lachen*. Ich habe Sie lachen sehen.«

»Das ist wahr. Sie fühlen sich also überhaupt nicht von Frauen aufgrund ihrer körperlichen Eigenschaften angezogen? Das finde ich faszinierend. Meine Schwestern schwärmen immer vom Aussehen eines Mannes.«

»Ich würde lügen, wenn ich behaupten würde, dass es keine Rolle spielt, aber ich finde die Summe aller Facetten einer Frau attraktiv. Das Aussehen allein reicht nicht, um mich zu verlocken.«

»Auch das ist faszinierend«, murmelte sie. »Ich wünschte, ich hätte mein Notizbuch mitgebracht.«

»Finden Sie nicht, es würde seltsam aussehen, wenn wir ab und zu den Weg verlassen würden, damit Sie sich etwas notieren könnten?«

»Ich gebe keinen Pfifferling darauf, wie etwas *aussieht*.« Nein, das tat sie eindeutig nicht. Und verdammt, wenn er das nicht *ungemein* attraktiv fand. »Sie haben mir gesagt, welche Art von Frau Sie attraktiv finden, aber wie machen Sie sie zu Ihrer Geliebten?«

»Das kommt darauf an. Normalerweise suchen diese Frauen auch nach einem Liebhaber ... oder Beschützer.« Wollte er wirklich mit ihr über das Aushalten einer Mätresse sprechen? Das hatte er seit Evie nicht mehr getan. Er war zu sehr auf den Club konzentriert gewesen. Was jedoch nicht bedeutete, dass er ein Mönch gewesen war. »Es ist eher eine auf Gegenseitigkeit beruhende Vereinbarung.«

»Das klingt sehr organisiert. Was ist mit der Leidenschaft? Dem animalischen Instinkt? Haben Sie sich noch nie von jemandem hinreißen lassen und sind einfach der Lust erlegen?« Sie stellte diese Fragen in einem gleichmäßigen, sachlichen Ton. Trotzdem spürte Lucien, wie ihn dies erregte und das ging einfach nicht.

Er blickte zu Ruark und hoffte, sie würden schnell mit

Lady Sansberry fertig werden, damit er von dieser Folter der Versuchung erlöst werden würde.

War es wirklich eine Folter? Ja, denn er konnte nichts dagegen tun.

»Sie versprachen, Sie würden aufhören, mir Fragen zu stellen. Für den Moment«, fügte er hinzu.

»Das habe ich vermutlich getan.« Sie klang enttäuscht.

Für einige Minuten gingen sie schweigend weiter, während derer Lucien versuchte, seinen rasenden Puls zu entschleunigen und nicht mehr an lüstern machende Fragen zu denken. Er fing an zu glauben, dass keine Möglichkeit bestünde, ihre Neugier zu befriedigen, bis sie jemanden geküsst hatte. Und das würde er nicht für sie arrangieren.

Womit er übrig blieb. Um sie zu küssen.

Verflixt.

»Schauen Sie sich dieses Paar dort drüben an«, meinte sie und nickte mit dem Kopf in die Richtung, wo eine junge Lady mit einem Gentleman abseits des Weges stand. Eine ältere Frau stand in der Nähe, wobei es sich wahrscheinlich um die Mutter des Mädchens handelte. »Sie scheinen zu flirten. Meinen Sie nicht?«

Ihre Köpfe waren einander zugewandt und die Hand der Frau lag um den Ellbogen des Mannes. »Meiner Erfahrung nach ist eine Frau umso interessierter an einem Mann, je höher ihre Hand an seinem Arm liegt. Und je dichter der Mann besagten Arm an seine Seite hält, desto mehr weist dies darauf hin, dass er ebenfalls interessiert ist.«

»Was für eine hilfreiche Beobachtung. Wie kommen Sie darauf?«

»Beides drückt Intimität aus – oder einen Wunsch danach. Indem er seinen Arm eng an seine Seite hält, drückt er ihre Hand an seinen Körper. Ihr scheint das nichts auszumachen und ihr Griff höher an seinem Arm bringt ihre Hand in diese Position nahe bei ihm.«

»Ist das allgemein bekannt?«

»Ich habe nie mit jemandem darüber gesprochen.« Er lächelte ihr verhalten zu. »Sie sind die erste Person, die eine wissenschaftliche Herangehensweise für diese Angelegenheiten hat.«

»Ich muss wirklich ein Notizbuch bei mir tragen«, murmelte sie.

Endlich entfernten Ruark und Cass sich von Lady Sansberry. Lucien verschwendete keine Zeit, ihre Richtung zu ändern und ihnen entgegenzugehen.

»Wohin gehen wir?«, fragte Kat. »Ach, ich sehe, Ruark und Cass sind frei. Ich vermute, Sie müssen sich auf den Weg machen?« Wieder klang sie enttäuscht.

»Ja, ich bin sicher, dass ich Sie bald wiedersehen werde.« Das hoffte er nicht, da er sich jedoch einverstanden erklärt hatte, ihr zu helfen nicht in Schwierigkeiten zu geraten – nicht, dass Ruark diese Beschreibung benutzt hatte, aber sie war verdammt zutreffend –, nahm er an, dass er das tun musste.

»Ich glaube, am Samstag findet ein Ball statt. Vielleicht werde ich Sie dort sehen. Ich werde Ihnen einen Tanz reservieren.« Ihre Nase krauste sich ein wenig. »Wie kann ich ihre lebhafte Begeisterung abweisen?«

Sie drehte den Kopf zu ihm und lächelte breit. Sie war betörend. »Hoffentlich können Sie das nicht.« Sie nahm die Hand von seinem Arm, aber nicht, ehe sie sie fast bis zu seinem Ellbogen hochgeschoben hatte.

Hatte sie das absichtlich getan?

»Danke, Lucien. Unser heutiges Treffen war sehr erhellend gewesen.« Der Schalk in ihren blauen Augen sagte ja - sie hatte das mit voller Absicht getan.

Und er dachte, sie sei diejenige, die vor Schwierigkeiten bewahrt werden müsste. Er steckte bereits mittendrin.

KAPITEL 6

*D*as kleine Notizbuch passte gerade eben in Kats Retikül, das sie an ihrem Handgelenk sicherte, ehe sie vor Viscount Fallins Haus aus der Kutsche stieg. Oder besser Lady Fallins neuem Haus. Jessamine war Kat eine liebe Freundin geworden, nachdem sie vergangenen Sommer einige Wochen zusammen bei Lady Pickering verbracht hatten. Sie beide hatten London nicht mit ihren Familien verlassen wollen, also hatte die Baroness sie in ihre Obhut genommen. Jessamine war sogar mit Lady Pickering zu ihrem Haus in Hampshire gereist. Dort hatte Kat ebenfalls nicht hingehen wollen, und außerdem waren Ruark und Cass in London zurückerwartet worden, während sie fort waren.

Während ihrer gemeinsamen Zeit hatten Kat und Jess sich gut kennengelernt. Jess war außerordentlich gut im Lösen von Puzzeln und Rätseln. Und sie las ebenso gern wie Kat.

Kat hatte sich darauf gefreut, mehr Zeit mir ihr zu verbringen, als sie in die Stadt zurückgekehrt war, doch dann hatte Jess Lord Fallin geheiratet. Seitdem hatten sie ihre Zeit auf dem Anwesen seines Vaters in Schottland verbracht. Kat war nicht sicher gewesen, wann sie wieder in London zurück sein würden, und war gestern hocherfreut gewesen, eine Nachricht von Jess zu erhalten, die eine Einladung zu einem Besuch heute einschloss.

Der Butler ließ Kat ein und führte sie sofort nach oben in den Salon. Jess erhob sich vom Sofa. Ebenso wie Kat war sie ein heller Typ, aber fast fünf Jahre älter. Ihre Augen waren kobaltblau anstatt Kats dunklerer Farbe und ihre hellbraunes Haar war auf ordentliche, aber unkomplizierte Weise frisiert. Lächelnd eilte sie herbei: »Kat!«

Sie umarmten sich und Kat bemerkte sofort, dass Jess sich ein bisschen anders anfühlte. Sie trat einen Schritt zurück und blickte an Jess herab. »Hast du zugenommen?«

Jess blinzelte und dann lachte sie leise. »Du bist noch immer die scharfsichtigste Person, die ich je getroffen habe.«

»Bei einigen Dingen«, entgegnete Kat. Ihre Mutter wäre die Erste, die behaupten würde, dass Kat recht begriffsstutzig sein konnte. Das passierte normalerweise, wenn sie sich auf etwas konzentrierte. Was zugegebenermaßen oft der Fall war. »Dann habe ich recht?«

»Ja, aber ich hatte nicht gedacht, dass es schon sichtbar wäre.«

»Ich konnte fühlen, dass du dicker bist, aber ich glaube nicht, dass irgendjemand das bei deinem Anblick sagen könnte. Versuchst du, es geheim zu halten?«

»Vielleicht noch eine Weile.« Jess wedelte mit der Hand. »Wahrscheinlich macht es nichts aus. Ich bin schon zur Hälfte durch, denke ich.«

Sie schlenderten zu einem kleinen runden Tisch beim Fenster, um sich dort niederzulassen, als ein Dienstmädchen mit einem Tablett eintrat, auf dem Tee und kleine Küchlein angerichtet waren. Sie schenkte den beiden ein und dann entfernte sie sich.

»Ich freue mich so, dass du wieder in London bist«, ergriff Kat das Wort, während sie Sahne und Zucker in ihren Tee rührte, nachdem sie ihr Retikül auf den Tisch gelegt hatte. »Bleibt ihr für die Saison?«

»Ja. Dougal hat Geschäftliches hier zu erledigen und es sieht so aus, als würde er einen Regierungsposten erhalten. Es ist noch nicht endgültig, aber er ist froh, wieder hier zu sein. So sehr wir Schottland lieben – es ist unglaublich schön –, lieben wir beide London.«

»Ich glaube nicht, dass ich irgendwo anders leben möchte.« Darüber hatte Kat vorher gar nicht nachgedacht, aber sie erkannte, dass es die Wahrheit war.

»Was hast du alles unternommen, während ich fort war? Irgendwelche neuen Nachforschungen?«

»Ja, im Grunde genommen schon. Ich führe meine Studien der Paarungsrituale weiter fort, aber ich konzentriere mich jetzt auf Menschen.«

Jess´ Augen weiteten sich kurz. »Wie funktioniert das denn? Ich meine, ehrlich gesagt, wie stellst du das an? Es ist ja nicht so, dass man ein Notizbuch mit in den Ballsaal nehmen kann, um einen Eindruck zu skizzieren oder Beobachtungen festzuhalten.«

»Das ist wahr.« Kat öffnete ihr Retikül und nahm ihr Notizbuch samt einem Bleistift heraus. »Aber ich habe beschlossen, es an so viele Orte mitzunehmen, wie ich kann.«

Lachend nahm Jess ein Stück Kuchen vom Tablett. »Was kannst du denn erhoffen, heute hier bei mir zu lernen?«

»Eine ganze Menge, hoffe ich.« Kat nippte an ihrem Tee. Sie stellte ihre Tasse ab und nahm ihren Bleistift zur Hand. »Ich habe Ruark und Cass erklärt, dass ich an der Saison teilnehmen möchte. Es gibt keinen besseren Ort als den Heiratsmarkt, um Menschen bei der Verpaarung zu beobachten. Oder ihren Versuchen in diese Richtung.«

»Das ist wirklich brillant. Wissen die von deinen Absichten?«

»Ich habe behauptet, ich würde eine Heirat in Betracht ziehen. Allerdings hat Lucien mich informiert, dass Ruark mir nicht glaubt. Das hätte ich wissen müssen. Ich hätte ihm die Wahrheit gesagt, doch ich nahm an, er würde versuchen, mich von meinem Vorhaben abzubringen.«

»Da hast du wahrscheinlich recht«, stimmte Jess zu. »Lucien hat dich informiert? Habt ihr euch angefreundet, während ich fort war?« Sie nahm einen Bissen von dem Kuchen, den sie sich genommen hatte.

»Das haben wir vermutlich. Schließlich sind wir ja irgendwie verwandt.«

Jess schluckte zu Ende. »Ist er nun dein Schwager oder etwas anderes? Ein entfernter Schwager vielleicht?«

»Mir ist nicht bekannt, ob es eine offizielle Bezeichnung für diese Verbindung gibt. Ich bezeichne ihn als den Bruder meiner Schwägerin. Jedenfalls habe ich ihn um Hilfe gebeten, denn damit beschäftigt er sich.«

»Mit deinen Nachforschungen?« Sie warf Kat einen eher erstaunten Blick zu. »Du hast ihn nicht gebeten, dir die Paarungsrituale zu demonstrieren, oder?«

»Habe ich nicht. Ich habe ihn gefragt, ob er mir einen verwegenen Gentleman suchen würde, mit dem ich Experimente durchführen kann, aber er –«

»Hat hoffentlich nein gesagt!« Jess lachte. »Nur du würdest so etwas für möglich halten.«

Kat runzelte die Stirn. »Nun, es *ist* möglich.«

»Theoretisch schon, aber in der Praxis würde ein Gentleman wie Lucien dir unter keinen Umständen in dieser Weise helfen.«

»Das hat er auch gesagt. Also habe ich ihn überredet, dass er mir persönlich hilft.«

»Mit den Experimenten?« Jess schob sich den Rest des Kuchens in den Mund.

»Nein, aber ich hätte nichts dagegen, ihn zu küssen, muss ich gestehen. Ich würde das sehr gerne noch einmal ausprobieren.« Sie hatte Jess alles über den Kuss mit Hickinbottom von vergangenem Jahr erzählt.

»Das kann ich dir nicht verübeln, wenn man bedenkt, welche Erfahrung du gemacht hast.«

Kat erinnerte sich daran, dass Jess auch von ihrem Kusserlebnis erzählt hatte. Es war vor Jahren mit einem Amerikaner gewesen, den sie zu heiraten gehofft hatte, aber ihre Eltern hatten ihn fortgeschickt. »Deines war viel besser. Wenn dir meine Frage nichts ausmacht, würde ich gern wissen, wie es im Vergleich zu Fallin ist?«

»Das lässt sich nicht vergleichen. Nachdem ich Dougal geküsst hatte, hatte ich sogar vergessen, jemals einen anderen geküsst zu haben.«

»Aber ich erinnere mich, wie du mir erzählt hast, du hättest den Kuss mit dem Amerikaner genossen. Das hast du ausdrücklich gesagt, nachdem ich dir mein Kusserlebnis – wenn man das so nennen kann – mit Hickinbottom beschrieben hatte.«

»Das habe ich gesagt, und vermutlich kann ich mich daran erinnern, dass es gut war.« Jess zuckte mit den Schultern. »Das ist dann wohl der Vergleich. Der Kuss *war* gut. Vielleicht sogar angenehm. Aber Dougal zu küssen ist, als würde man nach Wochen kalter, dunkler Nässe die Sonne sehen. Oder seine Leibspeise zu riechen und festzustellen, dass man seinen Hunger, den man gar nicht bemerkt hatte, vollkommen und auf wunderbare Weise gestillt bekommt.«

Kat schrieb ihre Worte auf. »Was für eine schöne

Umschreibung. Hast du das bei seinen Küssen sofort so empfunden?«

»Ja. Von Anfang an konnte ich nicht genug bekommen.«

»Wie ist es passiert? Euer erster Kuss, meine ich?« Kat tippte ein paar Mal mit ihrem Bleistift auf den Tisch. »Ich versuche gerade herauszufinden, wie man jemanden küsst, ohne sich dabei erwischen zu lassen.«

»Nun, das ist eine überaus verworrene Geschichte, aber er war in Hampshire, als ich mit Lady Pickering dort war, und wir hatten die Gelegenheit, allein miteinander zu sein.« Jess streckte die Hand nach einem weiteren Stück Kuchen aus. »Es war ein bisschen skandalös.«

»Aber du bist nicht erwischt worden!« Kat war erstaunt. »Wie hast du das geschafft?«

»Reines Glück.«

»Verdammt, ich hatte gehofft, du könntest mir etwas Brauchbares erzählen.« Kat lächelte. »Du machst mir Hoffnung, dass ich mal einen Kuss mit jemandem genießen kann, der nicht Hickinbottom ist.«

Jess' zog die Augenbrauen zusammen. »Sorgst du dich, dass dem vielleicht nicht so sein wird? Ich kann mich nicht erinnern, dass du das schon einmal erwähnt hast.« Sie knabberte an dem Kuchen.

»Ich habe mehr und mehr darüber nachgedacht.« Insbesondere seit ihrem Gespräch mit Lucien auf der Soirée. Und vielleicht noch stärker nach dem Spaziergang mit ihm im Park neulich. Fast war sie sich sicher, ihn mehr als einmal dabei erwischt zu haben, wie er den Blick auf ihren Mund geheftet hatte. »Der Umstand, dass ich noch nie den Wunsch verspürt habe, jemanden zu küssen, ist es, was mir eigentlich Sorgen bereitet. Mit Hickinbottom war es einzig und allein um meine Nachforschungen gegangen. Du *wolltest* den Amerikaner, und vermutlich auch Fallin, küssen.«

»Ja, ich wollte Dougal küssen. Sehr sogar. Wir hatten

einige Zeit miteinander verbracht, und beinahe seit unserer ersten Begegnung hatte ich mich zu ihm hingezogen gefühlt.«

»Kannst du diese Anziehungskraft beschreiben? Ich habe Lucien eine ähnliche Frage gestellt, worauf er Attribute aufgezählt hat, die er anziehend findet, unter denen nicht eins körperlicher Natur war.«

»Tatsächlich? Nun, ich scheue mich nicht zuzugeben, dass ich Dougal ungemein gut aussehend fand. Allein durch seinen Anblick brachte er mein Herz dazu, höher zu schlagen.« Jess formte die Lippen zu einem Lächeln, und ihr Blick nahm einen warmen Schimmer an.

Kat schrieb alles ins Notizbuch, was Jess sagte. »Ich glaube nicht, dass ich das je erlebt habe.« Als sie Lucien neulich im Park gesehen hatte, hatte sich etwas in ihrer Brust zusammengezogen, was sie allerdings dem Übermaß an Bücklingen anlastete, die sie zum Frühstück verspeist hatte. »Was, wenn ich nicht in der Lage bin, Erregung zu fühlen?«

»Das kann nicht möglich sein.« Sie zog eine Augenbraue hoch. »Kann es das?«

»Ich beabsichtige, das herauszufinden. Das wird sich aber als schwierig herausstellen, wenn ich niemanden küssen kann. Oder idealerweise mehrere.«

»Hoffst du, wenn du in die Gesellschaft eingeführt wirst, auf jemanden zu stoßen, den du gern küssen würdest?

Kat liebte es, dass Jess ihr Tun nicht in Frage stellte. Sie stellte Fragen, die jedoch von ihrem Interesse und ihrer Unterstützung herrührten, im Gegensatz zu Luciens Empörung. Vielleicht war er nicht der Freund, für den sie ihn hielt. »Das tue ich vermutlich. Morgen Abend findet ein Ball statt.«

»Du könntest im Park oder Vauxhall mehr Glück haben, insbesondere im Hinblick darauf, dich nicht erwischen zu lassen. Aber natürlich ist es für Lustgärten viel zu früh in der Saison.«

Ja, das war es, und falls Kat warten müsste, bis das Wetter wärmer würde, um diesem Aspekt ihrer Nachforschungen auf den Grund zu gehen, würde sie vor Frustration schreien. »Ich werde daran denken. Sich nicht erwischen zu lassen, ist offenbar die Hauptsorge.«

»Was ist mit dem Phönix Club?«, sinnierte Jess. »Es gibt einige halbwegs abgeschirmte Nischen und Rückzugsbereiche. Wirst du an den Bällen teilnehmen?«

»Ja. Der erste findet nächsten Freitag statt. Vermutlich bist du jetzt Mitglied?«

»Das bin ich.« Jess grinste. »Ich kann kaum erwarten die Bibliothek für die Ladys zu besuchen.«

»Ich bin unglaublich eifersüchtig. Das ist der erste Grund – und wirklich der einzige, warum ich eingeladen werden möchte.«

»Ich freue mich auch darauf, die Seite der Gentlemen an den Dienstagen zu besuchen. Ich habe sehr bedauert, dass das Wetter unsere Reise verzögert hatte und wir es diesen Dienstag verpasst haben.« Jess aß ihr zweites Stück Kuchen zu Ende und dann schaute sie zu dem Tablett. »Ich könnte den ganzen Teller essen. Nun, alle Kuchenstücke darauf, meine ich.«

»Lass dich von mir nicht aufhalten. Ich bin zu sehr auf meine Aufzeichnungen konzentriert, um zu essen.«

»Wenn du darauf bestehst.« Jess grinste sie kurz an, ehe sie ein drittes Stück Kuchen nahm. »Das Baby treibt mich dazu, Kuchen und Plätzchen zu essen. Bald werde ich so breit wie eine Kutsche sein.«

Kat dachte über Jess´ Rat nach. »Hast du irgendwelche Vorschläge, wie ich vielleicht entscheiden könnte, wen ich küssen will?«

Wollen? Wann war das so wichtig geworden? Sie hatte

Hickinbottom nicht küssen wollen. Sie hatte ihn als Ziel ausgewählt, weil er nicht verfügbar war. Er würde nicht annehmen, dass sie eine Heirat erwartete, weil sie das absolut nicht tat. Das würde sie jedem klarmachen müssen, ehe sie ihn küsste.

»Du sagst, du fühlst dich zu niemandem hingezogen. Habe ich das richtig verstanden?« Auf Kats Nicken hin fuhr sie fort. »In diesem Fall willst du vielleicht eine Reihe von Gentlemen bei verschiedenen Gelegenheiten beobachten, um dir dann eine Liste von, sagen wir, fünf bis zehn Kandidaten anzulegen, die in Frage kommen könnten.«

»Das ist ausgezeichnet.« Kat schrieb mehrere Ideen nieder. Sie würde nach Männern Ausschau halten, die flirteten. Exzessiv. Niemanden, der verheiratet oder verlobt war – sie hatte ihre Lektion gelernt. »Vermutlich sollte ich mein Können im Flirten aufpolieren, das übrigens nicht vorhanden ist, damit ich es einsetzen kann, um das Interesse eines Gentlemans zu wecken.«

»Wenn du durchblicken lässt, dass du nicht abgeneigt wärst, dich küssen zu lassen, wirst du keine großen Schwierigkeiten haben, zahlreiche Interessenten zu finden«, entgegnete Jess mit einem sardonischen Lachen. »Aber du musst sehr vorsichtig sein. Einige Gentlemen werden nach einem einfachen Kuss nicht aufhören wollen.« Sie runzelte die Stirn. »Tatsächlich bin ich mir nicht sicher, ob dies ungefährlich ist.«

»Warum nicht? Du hast Fallin geküsst, bevor ihr verheiratet wart.«

»Er war auch ein vollendeter Gentleman. Es hat sich vollkommen sicher angefühlt.«

Ohne den Blick zu senken, notierte Kat das Wort »sicher«. »In welcher Weise?«

»Erst hat er mich um einen Kuss gebeten. Und er hat

weiterhin stets dafür gesorgt, dass ich mich mit unserer … Intimität, wohlfühlte.«

Kat lehnte sich ein wenig vor und ihr Bleistift schwebte dabei über ihrem Notizbuch. »Habt ihr mehr miteinander gemacht, als euch nur zu küssen?«

»Ähm, ja.« Farbe überzog ihre Wangen, ehe sie den Blick zur Tür schweifen ließ. »Dougal, Liebling.«

Kat drehte sich in ihrem Sessel, damit sie ebenfalls zur Tür schauen konnte. Fallin, ein großer dunkler Mann mit mandelfarbener Haut und einem heiteren entwaffnenden Lächeln, schritt herein. Hinter ihm kam Lucien. Das merkwürdige Kneifen machte sich schon wieder in Kats Brust bemerkbar. Und verdammt, wenn ihr Puls sich nicht beschleunigte.

Moment. Fühlte sie sich von Lucien angezogen?

Wenn das stimmte, wäre es wundervoll. Aber wie konnte sie sicher sein?

Die beiden kamen auf den Tisch zu und Fallin strebte zu Jess' Sessel. Er berührte sie an der Schulter. »Du lässt dir noch mehr Kuchen schmecken, wie ich sehe.«

»Missgönne mir – oder dem Baby – nicht, wonach es uns verlangt.«

»Dem Baby?«, fragte Lucien.

»Wir werden diesen Sommer Eltern werden«, verkündete Fallin mit einem besonders breiten Lächeln.

»Das ist außerordentlich.« Lucien schlug Fallin auf den Oberarm. »Gratuliere.« Er verbeugte sich vor Jess. »Ich freue mich für Sie.«

»Danke«, entgegnete Jess. »Ich habe nicht gewusst, dass Sie kommen würden, Lord Lucien. Soll ich nach weiteren Erfrischungen klingeln?«

»Nur Lucien, bitte. Ihr Ehemann ist einer meiner ältesten und liebsten Freunde.«

Jess lächelte zu ihm auf. »Dann müssen Sie zum Tee – und Kuchen – bleiben, Lucien.«

»Wir haben Angelegenheiten des Phönix Clubs zu besprechen.«

Kat schüttelte den Kopf. »Wirklich Lucien. Warum ist das Mitglieder-Komitee so ein Geheimnis, wenn es eindeutig offensichtlich ist, dass es aus Ihnen, Mrs. Renshaw, meinem Bruder, Lord Overton und Fallin hier besteht?«

»Ich weigere mich, irgendetwas zu bestätigen.« Er sah sie aus schmalen Augen an und beugte sich ein wenig zu ihrem Sessel. »Sie sind viel scharfsichtiger, als gut für Ihr eigenes Wohl gut ist. Ganz bestimmt nicht für meines«, murmelte er.

Ein Schauder stahl sich über ihre Wirbelsäule, der sich in ihrem Nacken festsetzte und ihr Fleisch kribbeln ließ. War das ebenfalls Anziehung? Es juckte sie in den Fingern, diese Empfindung niederzuschreiben. Plötzlich wünschte sie, die beiden würden gehen, damit sie Jess danach fragen konnte.

»Lassen Sie sich nicht von uns aufhalten«, entgegnete Kat liebenswürdig.

Luciens Augen verdunkelten sich kurz und ein leicht missbilligender Ausdruck umspielte seine Lippen. Doch er lenkte den Blick von ihr ab und der Ausdruck verschwand. »Wir wollten nur kurz hereinkommen damit ich Sie nach Ihrer Rückkehr nach London willkommen heißen kann, Lady Fallin«, meinte Lucien.

»Sie können von mir nicht erwarten, Sie Lucien zu nennen und mich dann so formell anzusprechen. Ich bin Jessamine. Jess für meine Freunde, von denen Sie hoffentlich einer sind.«

»Ganz bestimmt.«

»Wir sind in meinem Arbeitszimmer«, meinte Fallin und gab Jess einen leichten Kuss auf die Stirn.

Als sie gingen, sah Kat Lucien nach und beobachtete, wie sich sein Frack um seine breiten Schultern schmiegte und er die Frackschöße mit den Beinen schwingen ließ. Er hatte lange Beine. Plötzlich fragte sie sich, wie sie unter seiner Kleidung aussahen.

»Kat?«

Als ihr aufging, dass sie ihren Blick auf einen leeren Türrahmen richtete, drehte sie sich wieder zu Jess um. »Nur einen Augenblick, bitte.« Kat notierte die Empfindungen, die sie bei Luciens Anblick verspürt hatte, und endete mit *Anziehung?* Sie umkreiste das Wort.

»Anziehung?«

Kat blickte auf und sah, dass Jess sich von ihrem Sessel erhoben hatte, sodass sie über den Tisch sehen und lesen konnte, was Kat geschrieben hatte. Sie klappte das Notizbuch zu, als ihr ein heißer Schauer über den Rücken lief, und schürzte die Lippen. »Nun, darüber haben wir gesprochen.«

»Ja, und dann hast du eifrig Notizen gemacht, nachdem Lucien hereingekommen war. Fühlst du dich zu ihm hingezogen?«

»Das scheint die Frage zu sein.« Jetzt fragte sich Kat, warum sie so reagiert hatte – dass sie das Notizbuch zugeklappt und sich peinlich berührt gefühlt hatte. »Ich hatte vor, dich zu fragen. Ich weiß nicht, warum ich vorhin versucht habe, meine Reaktion zu verbergen.«

»Weil du nicht weißt, was du mit dem Gefühl der Anziehung anfangen sollst.« Jess lächelte ihr aufmunternd zu. »Was hast du gefühlt, als du Lucien gesehen hast? Hat sich dein Puls beschleunigt?«

»Das tat er tatsächlich. Und ich spürte dieses seltsame Ziehen in der Brust. Das ist mir neulich im Park auch passiert. Ich dachte, ich hätte mich überessen.«

Jess lachte. »Daran lag es nicht, wage ich zu behaupten. Deine Augen haben bei Luciens Eintritt geleuchtet und das war mein erster Hinweis.«

»Haben sie das? Mir ist aufgefallen, dass das bei Cass und

Ruark passiert, wenn sie sich sehen, insbesondere, wenn sie schon eine Weile getrennt waren, den ganzen Tag zum Beispiel. Ist das Anziehung?«

»Es könnte vieles zu bedeuten haben, und ich würde wetten, dass darunter auch Liebe zwischen deinem Bruder und deiner Schwägerin ist. Aber da ich bezweifle, dass du in Lucien verliebt bist, also ist es in deinem Fall Anziehung.«

Kat war sich mehr als sicher, dass sie sich von Lucien angezogen fühlte. Er war körperlich attraktiv, wie ihre Gedanken über seine Beine bewiesen. »Ich wünschte, ich könnte ihn dazu bewegen, mich zu küssen. Aber er hat sich geweigert, an meiner Studie teilzunehmen.«

»Ich kann mir nicht vorstellen, dass er Teil eines Experiments sein will. Vielleicht solltest du eine andere Vorgehensweise ausprobieren.«

»Was schlägst du vor?«

»Glaubst du, er teilt deine Anziehung?«

»Ich habe keine Ahnung, aber neulich hat er mir mehrmals auf den Mund geschaut.«

Jess lächelte sittsam. »Dann würde ich ja sagen. Er teilt deine Anziehung.« Jess nahm einen weiteres Stück Kuchen und knabberte langsam daran, während sie zum Fenster schaute. Nachdem sie den Kuchen verzehrt hatte, blickte sie Kat mit einem entschlossenen Blick an. »Ihr beide seid gerade hier im selben Haus. Wir können es sicherlich so einrichten, dass ihr beide eine Weile allein seid, davon bin ich überzeugt. Überlass es nur mir – euch beide allein zusammenzubringen, meine ich. Der Rest, meine Liebe, liegt bei dir. Du wirst deine Fähigkeiten im Flirten aufpolieren müssen, würde ich sagen.«

»Jetzt? Heute?« Ihr wurde heiß und sie wusste, dass zumindest ein Teil davon eine plötzliche Beunruhigung war. In der Regel spürte sie das nur, wenn sie sich von einer

Menschenmenge überfordert fühlte und der Lärm und die Hitze ihr zu viel wurden.

»Das ist die perfekte Gelegenheit. Ihr seid beide hier, und du hast in mir eine Komplizin.« Ihre Augen strahlten vor Vorfreude.

»Du bist meine allerbeste Freundin«, meinte Kat leise, ehe sie sich aufrichtete und Jess aufmerksam anschaute. »Und nun bringst du mir bei, wie man flirtet.«

KAPITEL 7

»Etwas zu trinken?«, fragte Dougal, als er die Tür zu seinem Arbeitszimmer hinter Lucien schloss.

»Da ich sicher bin, dass du Scotch mitgebracht hast, gern.« Lucien setzte sich in einen der Sessel beim Kamin.

»Es ist eine ausgezeichnete Lieferung, wenn ich das so sagen darf. Ich habe auch Ale von meinem Cousin mitgebracht. Seine Braukunst ist unvergleichlich.«

»Warum beliefert er den Phönix Club nicht?«

Dougal lachte. »Er kann kaum seine Aufträge in Edinburgh erfüllen. Ich bekomme als Familienmitglied eine Sonderbehandlung.« Er zwinkerte Lucien zu, als er mit zwei Gläsern Scotch auf ihn zukam. Nachdem er Lucien das eine überreicht hatte, setzte er sich.

Lucien hob sein Glas. »Auf die Vaterschaft.«

»Ja.« Dougal ließ ein Grinsen aufblitzen, ehe er einen Schluck trank.

»Mhm, das ist sehr gut«, stellte Lucien fest, nachdem er einen Schluck probiert hatte. Er stützte seinen Ellbogen auf die Sessellehne und stellte das Glas, um das er die Hand geschlossen hatte, auf das Ende. »Du siehst vollkommen trunken vor Glück aus.«

»Das bin ich. Es ist so unerwartet und etwas überwältigend, wenn ich ehrlich sein soll.«

»Ich kann es mir nur vorstellen. Es ist noch nicht einmal ein Jahr seit dem Tod deines Bruders vergangen.«

Für Dougal hatte sich letzten Sommer alles geändert, als sein Bruder plötzlich gestorben war. Dougal war zum Erbe aufgestiegen und hatte erfahren, dass sein Vater an einem schwachen Herzen litt. Er hatte seine Karriere im Außenministerium beenden müssen, um die Pflichten des Earls of Sterling zu erlernen, was er nie vorhergesehen hatte. Seine letzte Mission für das Außenministerium hatte darin bestanden, den Ehemann für seine jetzige Ehefrau Jessamine zu spielen, die wegen ihrer Fähigkeiten im Lösen von Rätseln angeworben worden war. Sie hatten einem Ehepaar auf den Zahn gefühlt, bei dem es sich angeblich um französische Spione handelte. Jess war auch mit der Aufgabe betraut worden, gegen Dougal zu ermitteln, um sicherzustellen, dass er nicht gegen das Außenministerium arbeitete.

Lucien fuhr fort. »Ich kann mir vorstellen, wie erfreut dein Vater ist, dass ihr beide, Jess und du, ein Kind erwartet.«

»Das ist er wirklich. Es war schwer, ihn zu verlassen, aber er plant im Frühling für einige Monate nach London zu kommen.«

»Dann ist er wohlauf?«

»Es geht ihm tatsächlich wunderbar. Der Arzt sagt, es könnten noch mehrere Jahre ins Land gehen, ehe sein Herz sich entscheidet, aufzugeben.«

Grinsend lehnte Lucien sich hinüber und tippte Dougal leicht ans Knie. »Das sind fantastische Neuigkeiten.«

Beide tranken sie einen Schluck von ihrem Whisky. »Bedeutet das, du wirst ins Außenministerium zurückkehren?«

»Ich werde von Zeit zu Zeit meine Hilfe zur Verfügung stellen, wenn sie gebraucht wird, aber nein, ich werde meine volle Konzentration auf Jess, meinen Vater, Stagfield und natürlich das Baby richten, wenn es geboren wird. Wie genießt dein Bruder seine Vaterschaft?«

»Mehr als ich es für möglich gehalten hätte«, entgegnete Lucien mit einem Lachen. »Nicht dass ich ihm einen Vorwurf mache. Robert ist ein Engel. Er ist ganz nach seiner Mutter geraten. Ebenso wie du nicht daran interessiert bist, dich wieder dem Außenministerium anzuschließen, um mehr Zeit mit deiner Familie verbringen zu können, verbringt Con weniger Zeit in Besprechungen Ich denke, er könnte auch ein Komitee abgegeben haben. Er behauptet, es nicht zu vermissen, aber es ist noch nicht allzu viel Zeit vergangen.«

»Ich vermisse meine Arbeit auch nicht, aber wie du sagst, ist es auch noch nicht allzu lange her. Nur ein paar Monate, um ehrlich zu sein.«

Lucien schwenkte den Whisky in seinem Glas und über-legte, wie er seine nächsten Worte am besten formulieren sollte. »Du weißt, dass das Außenministerium irgendwie mit dem Phönix Club verflochten ist?« Dougal war über die Treffen im Bilde, die dort abgehalten wurden, und dass Leute, die für das Außenministerium arbeiteten, dort gele-gentlich Unterkunft fanden. Er wusste *nicht*, dass das Außen-ministerium tatsächlich Besitzer des Clubs war, da von Lucien erwartet wurde, dieses Geheimnis zu wahren. Lucien musste sich allerdings jemandem anvertrauen. Mehr als das brauchte er Hilfe, und niemand war dafür besser geeignet als Dougal, der für das Außenministerium gearbeitet hatte. »Aber ich war über das Ausmaß ihrer Beteiligung nicht ganz ehrlich zu dir.«

Dougal erstarrte mit dem Glas in der Hand, das er halb

zum Mund gehoben hatte, und seine dunklen Augen fixierten Lucien. »Das klingt ernst.«

Mit gepressten Lippen kämpfte Lucien die Frustration nieder, die beinahe überpräsent war, wenn es um die Kontrolle des Außenministeriums über den Club ging. »Mir gehört der Club nicht richtig. Ich habe Geld investiert, aber der Großteil stammte vom Außenministerium im Austausch dafür, den Club bei Bedarf zu benutzen.«

Dougal machte ein finsteres Gesicht, nachdem er einen Schluck Scotch getrunken hatte. »Ich hatte nicht erkannt, dass sie ein finanzielles Interesse haben.«

»Es ist mehr als das. Die beiden anonymen Mitglieder? Oliver Kent und Lady Pickering.«

»Ich hatte Kent in Verdacht«, meinte Dougal. »Aber Lady Pickering ist eine Überraschung. Ich gestehe, dass ich bekümmert bin, nicht darüber informiert worden zu sein. Ich habe auf direktere Weise für das Außenministerium gearbeitet als du. Das hatte ich jedenfalls gedacht.« Dougal war mit der Aufgabe betraut gewesen, im Namen des Außenministeriums Ermittlungen auf englischem Boden durchzuführen. Sein Schwerpunkt lag auf der Entlarvung von Spionen und der Pflege seiner Informanten.

»Du weißt, wie sie sind«, bemerkte Lucien. »Niemand weiß alles über alles.«

»Genauso gefällt es ihnen.«

Lucien machte ein finsteres Gesicht. »Ich frage mich weiter, was es ist, dass ich nicht weiß.«

»Das frage ich mich auch«, entgegnete Dougal mit einem bedächtigen Nicken. »Über diese Sache mit dem Club hinaus.«

»Ich habe neulich Abend Kent getroffen und es war … sonderbar. Nein, *er* war sonderbar.«

Dougal legte die Stirn in Falten. »Inwiefern?«

Schulterzuckend hob Lucien sein Glas an den Mund. »Er

war überaus wütend. Und er wandte andauernd die Augen während unseres Gesprächs von mir ab.« Er nippte an dem Alkohol und ließ sich von ihm seine Zunge benetzen. Er behielt ihn eine Weile im Mund, ehe er schluckte.

»Das klingt gar nicht nach ihm«, bemerkte Dougal.

»Das hatte ich auch nicht gedacht. Er ist schon lange im Geschäft und normalerweise unberührt. Ich kann mich nicht erinnern, ihn je zuvor wütend gesehen zu haben.«

»Nachdem Giraud umgebracht worden war, wirkte er angespannt, da er vermutete, ich könnte vielleicht beteiligt sein, da ich derjenige war, der ihn gefunden hatte.« Dougal bezog sich auf einen Franzosen, der als Kurier für das Außenministerium gearbeitet hatte. Als Dougal sich mit ihm treffen wollte, fand er seinen Leichnam mit aufgeschlitzter Kehle vor. Von dieser und einer anderen missglückten Mission erschüttert, hatte Dougal seine eigenen Ermittlungen durchgeführt. Schließlich hatte Kent einen Beweis gefunden – einen verschlüsselten Brief – dass Giraud für Frankreich gegen das Außenministerium gearbeitet hatte. Es wurde angenommen, dass jemand vom Außenministerium ihn umgebracht hatte, doch die Identität des Mörders war ihnen noch immer unbekannt.

»Aber die Untersuchung seiner Ermordung wurde vor deiner Abreise nach Schottland abgeschlossen«, wandte Lucien ein. »Das ist Monate her. Ich glaube nicht, dass es darauf zurückzuführen ist.«

»Du könntest recht haben.« Dougal verlagerte das Gewicht in seinem Sessel. »Irgendetwas an der ganzen Situation fühlt sich für mich nicht ganz richtig an. Es war einfach nicht einleuchtend, dass Giraud sich gegen uns gewendet und nach Frankreich zurückgekehrt war. Er verabscheute sein Heimatland und ganz besonders Napoleon. Entweder bin ich eine Niete im Einschätzen von Menschen oder Giraud wurde von demjenigen, der die Geheimnisse in

Wahrheit stahl und sie den Franzosen weiterleitete, als Schuldiger dargestellt und ermordet.«

»Es hatte mir nie gefallen, dass Kent *dich* verdächtigt hatte«, meinte Lucien dunkel. »Oder dass er Jess angeworben hatte, um dich auszuspionieren.«

»Das wird mir wahrscheinlich für immer zu schaffen machen.« Dougals Miene war grimmig. »Ich muss gestehen, dass meine Beziehung zu Kent nie wieder wie vorher sein wird.«

»Vielleicht ist es diese ganze Situation, die Kent bedrückt.« Das konnte allerdings nicht alles sein. »Oder es macht zumindest einen Teil dessen aus. Noch immer ist er wegen des Clubs aufgeregt. Man hat darauf bestanden, dass ich Evie ganz ausschließen soll, wozu ich mich allerdings geweigert habe. Himmel, du weißt doch gar nicht, was passiert ist, oder?«

»Doch. Jess und ich haben auf unserer Reise nach Süden die Nachrichten aus London verfolgt. Es tut mir so leid, dass Evies Vergangenheit aufgedeckt wurde.« Dougal hatte gewusst, dass sie früher Luciens Mätresse gewesen war. »Wie geht es ihr?«

»In ein paar Wochen werden Lord Gregory Blakemore und sie heiraten.«

»Tatsächlich?«, fragte Dougal lächelnd und seine Augen leuchteten vor Freude. »Ich freue mich so für sie. Und ich bin sehr froh, dass du diesen Erlass abgelehnt hast. Wie lautete die Begründung für diese Forderung?«

»Die Sache würde Mitglieder vertreiben und die Popularität des Clubs beeinträchtigen. Das wiederum würde zu Problemen für das Außenministerium führen. Sie brauchen einen Club, in dem viel Betrieb herrscht, damit ihre Leute sich einfügen können. Außerdem wollen sie gewisse Personen auf der Mitgliederliste stehen haben. Ich habe mich bereit erklärt, zu versuchen, einige derer, die in der letzten

Woche ausgetreten sind, zur Rückkehr zu bewegen. Falls du nichts einzuwenden hast, würde ich dir gerne eine Liste geben, damit du mir bei diesem Unterfangen helfen kannst.«

»Das mache ich mit Freuden«, antwortete Dougal. »So gut ich kann.«

Als Farbiger, der von weißen Eltern aufgezogen wurde – Dougals Mutter hatte sich auf eine Affäre mit einem dunkelhäutigen Kapitän eingelassen und Dougals Vater hatte ihn begeistert wie seinen eigenen Sohn aufgezogen – sowie als zweiter Sohn eines schottischen Earls wurde Dougal von der feinen Gesellschaft nicht gerade begeistert aufgenommen. Genau das machte ihn allerdings zum perfekten Mitglied des Phönix Clubs. Er war genau die Art von Mitglied, die Lucien für seinen Club wollte. »Du bist jetzt der Erbe. Jetzt wirst du von allen begrüßt werden, dessen bin ich sicher.«

»Irgendwie hege ich da meine Zweifel«, meinte Dougal mit einem Augenzwinkern. »Ich bin nur froh, dass Evie uns nicht verlassen wird.«

»Es wird nicht einfach sein, aber die Dinge werden zur Ruhe kommen. Zurück zu Kent und dieser Sache mit Giraud«, meinte Lucien. »Sollen wir die Ermittlungen zu seinem Tod weiter betreiben?« Er hatte Dougal geholfen, der Angelegenheit auf den Grund zu gehen – oder sich zumindest bemüht. Er hatte versucht, Zugang zu Berichten oder Dokumenten zu erhalten, die mit Giraud und gestohlenen Geheimnissen zu tun hatten, doch es war nichts zu finden gewesen. Oder besser ausgedrückt waren ihm diese Dinge nicht zugänglich.

»Für Kent war die Sache damit erledigt. Er ließ von Jess eine verschlüsselte Nachricht entziffern, in der Giraud zugab, falsche Nachrichten verfasst und die tatsächlich aus Frankreich gelieferten vernichtet zu haben.« Dougal wandte seinen Blick zum Kamin und seine Augen wurden schmal. Einen langen Moment schwieg er und war offensichtlich in

Gedanken versunken, wobei Lucien ihn nicht unterbrechen wollte. Schließlich lenkte er den Blick wieder zu Lucien. »Was, wenn die verschlüsselte Nachricht gefälscht war?«

Luciens Puls legte an Tempo zu. »Erstellt von dem echten Verräter im Außenministerium?«

»Das ist doch möglich, nicht wahr?«

»Wir müssen herausfinden, wer Giraud auf dem Gewissen hat.«

»Ja, ich denke, das müssen wir.« Dougal tippte mit dem Finger gegen sein Whiskyglas. »Ich frage mich, ob Kent deshalb so verstimmt ist. Vielleicht hat er festgestellt, dass die Nachricht gefälscht war.«

»Auch das ist möglich. Sollen wir ihn einfach fragen?«

Dougal starrte ihn mit gespielter Entrüstung an. »Du hast doch nicht vor, mit jemandem aus dem Außenministerium offen zu kommunizieren?«

Lucien gluckste. »Es ist, denke ich, für uns an der Zeit, genau das zu tun. Aber vielleicht sollte ich dich da nicht mit hineinziehen.«

»Nun, ich stecke bereits mittendrin. Wenn ich Girauds Unschuld beweisen kann, wovon ich mehr und mehr überzeugt bin, wäre es das Mindeste, was ich für den armen Mann tun kann. Er hatte England gut gedient. Und er war ein Freund«, fügte Dougal leise hinzu. Er hob sein Glas und trank einen Schluck.

Lucien schloss sich dem schweigenden Toast an und nippte an seinem Whisky. Es gab noch mehr zu berichten. »Ich habe noch etwas anderes zu erzählen: Mein Vater weiß von der Beteiligung des Außenministeriums am Club.« Er sah das Aufflackern von Unbehagen in Dougals Augen und wusste sofort, dass sein Freund es gewusst hatte. »*Das* ist es, was ich nicht wusste, was mir das Außenministerium vorenthalten hat. Verdammt. Und natürlich durftest du es mir nicht sagen.«

Dougals Blick drückte Entschuldigung aus. »Der Herzog hat sich dort jahrelang engagiert, aber er hat sich zurückgezogen, nachdem du aus Spanien nach Hause geschickt worden warst.«

»Warum?« Lucien dachte an die Enttäuschung seines Vaters, als er nach seiner Verwundung nach England zurückgekehrt war. Ehrlich gesagt, war die Verletzung nicht ernst genug gewesen, um Luciens Entlassung zu rechtfertigen, und vielleicht war allein das der Grund für die Verachtung seines Vaters.

Doch da Lucien inzwischen wusste, dass sein Vater Verbindungen zum Außenministerium hatte, musste er sich fragen, was dieser wusste. Luciens Verwundung war entstanden, weil er seinem Freund Max zur Hilfe gekommen war, der eine kleine Gruppe französischer Soldaten angegriffen hatte. Max hatte sich rächen wollen, weil sie die Frau getötet hatten, die er heiraten wollte – und die außerdem ein Kind von ihm erwartete. Vor Wut und Schmerz war Max durchgedreht, und Lucien verfolgte ihn, um ihm schließlich das Leben zu retten. Dann hatte er gelogen, um Max zu schützen, indem er behauptete, sie hatten den Verdacht, dass die Soldaten Informationen gestohlen hätten. Einem der Toten hatte er einen Brief untergeschoben, der Luciens »Verdacht« bestätigt hatte.

Max und Lucien waren beide verwundet worden und als Helden verehrt. Sie waren nach England zurückgeschickt worden, wo Lucien weiter für das Außenministerium gearbeitet und Ermittlungen von der Art koordiniert hatte, wie Dougal sie durchführte. Später war Kent auf ihn zugekommen, um einen Ort in London zu finden, der für geheime Aktivitäten benutzt werden könnte. Lucien hatte die Idee für den Club, etwas das er ebenfalls für solche Menschen gründen wollte, die keinen der etablierten Mitglieder-Clubs beitreten konnten – und hatte es Kent vorgeschlagen. So war der Phönix Club geboren worden.

Kannte Luciens Vater die Wahrheit darüber, was mit Max in Spanien passiert war? War das der Grund, warum er sein mittleres Kind verachtete?

Das konnte nicht sein, denn der Herzog hatte schon so lange etwas an Lucien auszusetzen, wie dieser sich erinnern konnte.

»Ich weiß nicht, warum er sich vom aktiven Dienst zurückgezogen hat«, antwortete Dougal. »Wenn ich es wüsste, würde ich es dir erzählen.«

»Wie du mich auch über seine Beteiligung unterrichtet hast?« Lucien winkte ab. Er war nicht wütend. »Ich weiß, warum du es nicht getan hast. Es ist dasselbe, warum ich dir nicht alles erzählt habe, was mit dem Club zu tun hat.« Er schaute Dougal direkt in die Augen. »Aber das tue ich jetzt. Wenn es also etwas gibt, was du mir gern sagen möchtest, würde ich dich bitten, das jetzt zu tun.«

»Ich habe dir alles erzählt, was ich weiß, und ich werde dich über alles auf dem Laufenden halten, was ich erfahre. Wir stecken zusammen in dieser Sache.« Er blickte Lucien ernst an.

Lucien nickte. »Ich werde das Gleiche tun. Ich werde ihren Direktiven nicht mehr einfach nur blind folgen. Ich habe den Club gern zum Einsatz gebracht, um ihnen zu helfen und die Wahrheit ist, dass ich das Unternehmen auf seinem jetzigen Stand nicht ohne ihre Unterstützung hätte finanzieren können.«

»Hast du überlegt, sie auszukaufen?«, fragte Dougal.

»Ja, aber wie soll ich das anstellen? Ich habe keine Rücklagen.« Er zuckte zusammen. »Im Interesse der vollkommenen Offenheit sage ich dir und nur dir, dass ich zu meinem Vater gegangen bin, um ihn um Geld zu bitten. Ich habe die Bitte nicht einmal aussprechen können, ehe er schon abgelehnt hatte. Er sagte, ich würde sie nicht auszahlen können, selbst wenn ich das Geld hätte.«

Dougal zog eine Grimasse. »Das hätte ich natürlich erkennen müssen. Aber du würdest ihnen trotzdem erlauben, ihn wie bisher zu benutzen, also was macht es denn schon aus, wenn du ihn ganz besitzt?«

»Weil sie dann nichts mehr vorschreiben können, wie beispielsweise, wen wir einladen. Die Ironie ist, dass alle glauben, ich hätte das letzte Wort über die Mitglieder, aber das habe ich absolut nicht.« Jedenfalls nicht, wenn es wirklich darauf ankam. Es war ihm nie ein in Frage kommendes Mitglied abgelehnt worden, aber er war auch angewiesen worden, eine beachtliche Anzahl von Menschen einzuladen, die er nicht ausgewählt hätte, da sie mit der Mission des Clubs nicht im Einklang standen.

»Ich kann verstehen, warum du diese Freiheit willst. Aber vielleicht kannst du zu einer neuen Vereinbarung mit dem Außenministerium kommen.«

»Nicht solange Kent mein Vorgesetzter ist. Er wollte mich zwingen, Evie auszuschließen, aber ich habe ihm erklärt, dass sie mich dann auch entfernen müssten, und dies den Club schneller als alles andere ruinieren würde.«

Dougal stieß die Luft aus und es hörte sich beinahe wie ein Pfeifen an. »Ich kann mir nicht vorstellen, dass er das gern gehört hat.«

»Das hat er nicht. Er hat mir geraten, nicht zu provozierend zu sein und dann habe ich versprochen, einige der ausgetretenen Mitglieder zur Rückkehr zu bewegen.«

»Gehören die Hargroves dazu?«, fragte Dougal. »Ich gestehe, ich war sehr froh darüber, dass Lady Hargrove nicht länger Schirmherrin sein würde.«

»Wir haben uns darauf geeinigt, dass ihre Rückkehr mehr Schaden als Gutes bewirken würde. Und so sind sie Gott sei Dank für immer fort.«

»Ausgezeichnet.« Dougal trank seinen Whisky aus und setzte sich vor, wobei er die Ellbogen auf die Knie stützte. »Das ist allerdings alles heikel. Irgendetwas scheint im Außenministerium los zu sein.«

»Da stimme ich zu, weshalb ich denke, dass die Untersuchung von Girauds Ermordung für den Anfang der beste Ort ist. Da hast du bemerkt, dass die Dinge etwas ... merkwürdig wurden?«

»Ja.«

»Ich frage mich, ob mein Vater irgendetwas weiß«, schnaubte Lucien.

Dougal zog eine Augenbraue hoch. »Du solltest ihn vielleicht fragen.«

Sie schauten einander einen Augenblick an und dann brachen sie in Gelächter aus. Ein Klopfen an der Tür unterbrach ihre Belustigung. »Ja?«, rief Dougal.

Der Butler öffnete die Tür, genügend, um drum herum zu schauen. »Ihre Anwesenheit wird im Salon erbeten, Lord Fallin.«

Dougal stand auf. »Ist alles in Ordnung?«

»Ich habe keinerlei Schwierigkeiten bemerkt, Mylord. Lady Fallin hat nur um Ihre Anwesenheit gebeten.«

Dougal stellte das Whiskyglas auf den Tisch und schaute zu Lucien. »Macht es dir etwas aus, zu warten?«

»Überhaupt nicht. Da ist doch noch mehr Whisky, nehme ich an?«

Dougal warf ihm ein Grinsen zu und dann verließ er das Arbeitszimmer und ließ die Tür dabei angelehnt. Lucien trank seinen restlichen Whiskey aus und dann stand er auf, um sich nachzuschenken.

Das leise Klicken des Türgriffs veranlasste ihn, sich umzudrehen. »Du kannst doch nicht so schnell zurück –« Der Rest der Worte verlor sich in seinem Mund, als er die Person erkannte, die eingetreten war. Es war nicht Dougal.

Kat.

»Was machen Sie hier?«, fragte Lucien und warf einen Blick auf die geschlossene Tür.

»Jess musste etwas mit Fallin besprechen, also habe ich beschlossen, die Gelegenheit beim Schopf zu packen, Sie allein zu treffen. Es gibt Dinge, die wir besprechen müssen.« Sie schlenderte auf ihn zu, und ihre Hüften schwangen dabei auf eine seltsame Weise. Dann blinzelte sie ihn mehrmals hintereinander an. Was tat sie da?

»Gibt es das?«, fragte Lucien. »Ich dachte, wir hätten im Park alles abgehakt.«

Sie bewegte sich weiter in seine Richtung, bis sie nahe genug war, dass er ihren Lavendelduft wahrnahm. »Überhaupt nicht. Ich fahre mit meinen Beobachtungen fort und erfahre Dinge, die es erforderlich machen, dass ich Sie befrage – denn Sie sind mein einziger männlicher Informant. Wie soll ich sonst meine Nachforschungen vollenden? Es sei denn, Ihnen fällt ein Wüstling ein, der an Ihrer statt helfen könnte. Ich bin zu dem Schluss gekommen, dass es schlichtweg unumgänglich ist, dass ich jemanden küssen muss.« Sie teilte ihre Lippen und blinzelte wieder.

Er erkannte, dass sie sich bemühte, verführerisch zu wirken. Sie war nicht sehr gut darin. Das machte allerdings nichts, denn ihre bloße Nähe machte seinen Entschluss, sie nicht zu berühren, zur Hölle. Lieber Himmel, sie waren allein in einem Zimmer und die Tür war geschlossen. Das war nicht zu ertragen.

»Das ist unangemessen«, meinte er, und seine Stimme, zumindest in seinen Ohren, klang höher als sonst.

»In meinem heutigen Gespräch mit Jess habe ich erfahren, dass es verschiedene Arten des Küssens gibt. Es könnte sein, dass Hickinbottom einfach nur sehr schlecht darin war.«

»Ich glaube, das habe ich auch schon angedeutet.«

»Das haben Sie.« Sie trat einen Schritt näher, sodass sie nun direkt vor ihm stand. Er könnte die Hand ausstrecken und sie an sich ziehen, womit die wenigen Zentimeter, die sie voneinander trennten, wegfallen würden. »Ich würde gerne jemanden küssen, der das nicht ist. Ich meine, schlecht darin.«

Lucien schluckte. Verdammt, sein Herz klopfte, und sein Geschlecht verhärtete sich allmählich. Das war sehr, sehr gefährlich.

Kat legte eine Hand auf seinen Arm – oberhalb seines Ellbogens, wie er feststellte. »Ich habe auch erfahren, dass ich mich eventuell tatsächlich zu Ihnen hingezogen fühle. Aber ich kann mir nicht sicher sein, solange Sie mich nicht küssen. Wir haben nur ein paar Minuten hier für uns allein, und ich hoffe, Sie könnten ...«

»Keinesfalls.« Vehement schüttelte er den Kopf, in der Hoffnung, damit die Lust aus seinem Gehirn vertreiben zu können.

Sie schmollte und stellte ihre üppigen rosafarbenen Lippen so richtig zum Küssen zur Schau. »Ich verlange ja nicht, dass Sie mich verführen. Nur ein einfacher Kuss. Sie müssen nicht einmal Ihre Zunge benutzen.«

Ein leises Stöhnen vibrierte in Luciens Kehle.

»Ich muss nur diesem kleinen Aspekt meiner Recherche nachgehen«, fuhr sie fort. Sie warf einen Blick zur Tür. »Aber die Zeit läuft uns davon. Ich muss gehen, bevor Fallin zurückkehrt.«

Ein kleiner Teil von Luciens Gehirn registrierte, dass Jess in diese kleine List eingeweiht sein musste, aber der Rest von ihm interessierte sich einzig und allein dafür, Kat das zu geben, was sie brauchte.

Und was sie beide wollten.

»Sie glauben, Sie fühlen sich zu mir hingezogen?« Wieder

war seine Stimme zu hoch. Zu erregt. Zu leidenschaftlich.
»Warum?«

»Weil es in meiner Brust zwickt und mein Herz schneller schlägt, wenn ich Sie ansehe. Ich fühle mich irgendwie … atemlos. Jess meinte, das klingt nach Anziehung. Ich hoffe, das bestätigen zu können, wenn Sie mich küssen. Oder vielleicht küssen Sie mich auch und ich bin dann genauso angewidert wie bei Hickinbottom, was bestätigen würde, dass ich eine Art Anomalie bin. Es ist ja nicht so, als hätten die Leute das nicht schon von mir gedacht …«

»Hören Sie auf.« Lucien tat, was er sich einen Moment zuvor vorgestellt hatte: Er fasste sie um die Taille und zog sie zu sich heran. Ihre Brust prallte gegen seine. »Hören Sie einfach auf«, flüsterte er in der Sekunde, bevor seine Lippen die ihren berührten.

KAPITEL 8

*E*s passierte alles so schnell, aber Kat versuchte, jeden Moment einzeln zu sehen, um zu verarbeiten, was vor sich ging und möglichst viele Informationen zu sammeln. Aber es war zu viel. Zu schnell. Zu verheerend. Es gelang ihr einfach nicht, so zu denken, wie sie es sollte.

In der Sekunde, in der seine Hand sie an der Taille berührte, wich ihr der Atem aus den Lungen und ein Schauder überlief ihr Rückgrat und die Hinterseite ihrer Beine. Dann traf ihre Brust auf seinen Oberkörper, und weitere Empfindungen breiteten sich in ihr aus, die ihr ... an den seltsamsten Stellen ein *Kribbeln* verursachten. Nun, es war nicht seltsam, wenn sie darüber nachdachte, wozu sie im Moment absolut *nicht* imstande war.

Als ihre Münder sich trafen, wusste sie sofort, dass es nicht wie bei Hickinbottom wäre. Es war, als hätte sie der Blitz getroffen, aber nicht von der Art, die sie auf qualvolle und möglicherweise tödliche Weise unter Strom setzte. Dieser Blitz war hell und wundervoll, und er verlieh ihr ein Gefühl des Schwebens, wie sie es noch nie zuvor erlebt hatte. Es war, als könnte sie den Himmel berühren.

Oder den göttlichen Himmel, falls sie an die Existenz eines solchen Ortes glaubte.

Oh, er existierte, und er war gleich hier in Luciens Armen zu finden. Seine Lippen bewegten sich über die ihren und verlockten sie, es ihm gleich zu tun. Sie stand nicht regungslos da – das war nie ihre Absicht gewesen. Sie war eine willige Teilnehmerin an dieser Studie.

Lucien zog seinen Mund von ihrem fort, um dann ihre Wange und ihren Kiefer entlang bis zu ihrem Ohr zu küssen. »Du denkst zu viel darüber nach. Ich kann hören, wie deine Gedanken sich wie eine Mühle drehen.«

Er hatte recht. »Es ist schwer, das zu unterlassen.«

»Denke nicht. Fühle einfach.« Er saugte – saugte! – an ihrem Ohrläppchen, bevor er sich ihrem Mund zuwandte, um sie erneut zu küssen. Er hielt eine Hand auf ihrem unteren Rücken und drückte sie an sich, während seine andere Hand ihren Nacken umfasste.

Kat überlegte, ob sie etwas mit ihren Händen machen sollte. Die eine lag immer noch auf seinem Oberarm, während die andere nutzlos an ihrer Seite hing.

Denke nicht. Fühle einfach.

Kat verbannte ihre Gedanken und ließ sich in ihn sinken. Sie schloss die Augen, als sich seine Lippen auf ihre legten, und entspannte ihren Körper. Genau in diesem Moment drängte er mit seiner Zunge in ihren Mund. Ein zweites Mal schlug der Blitz ein und brachte eine Kaskade der Hitze und Sehnsucht in ihr auf den Weg. Das war Erregung, dessen war sie sich sicher.

Denke nicht. Fühle einfach.

Sie ergriff seinen Arm und schob ihre andere Hand unter seinen Frack, um sich an seine Seite zu klammern. Er war warm und fest und muskulös. Sie nahm jede Stelle wahr, an der sie sich berührten, und auch die Art, wie seine Hüften sich gegen ihre pressten.

Denke nicht. Fühle einfach.

Er duftete nach Sandelholz und Gewürzen. Seine Zunge glitt über die ihre und lehrte sie, das Geben und Nehmen von Lust. Es war alles so einfach, und doch waren die Empfindungen alles andere als das. Ihr Körper pulsierte vor ... Verlangen.

Sanft drückte er seine Finger in sie, und sie drückten und liebkosten sie gleichzeitig. Sie fühlte sich verehrt und wertgeschätzt. Dann vollführte seine Zunge eine eher erobernde Taktik, indem sie in ihren Mund eindrang, und sie fühlte sich plötzlich berauscht und begierig. Ihr gesamter Körper stand in Flammen.

Er schob seinen Daumen hinter ihr Ohr und fuhr damit zu ihrem Kiefer hinauf, wobei er mit der Kuppe über ihr Fleisch glitt. Sie war nicht imstande zu atmen, und es war ihr egal. Noch nie hatte sie ein solches Wunder, eine solche Glückseligkeit empfunden. Ihre Beine wurden schwach, und sie hielt sich noch stärker an ihm fest.

Der Kuss wurde weicher und seine Zunge sanfter, als er sich zurückzog. Seine Lippen lösten sich kurz von ihren, um dann zurückzukehren, als er den Kopf leicht bewegte. Ein Geräusch vor dem Arbeitszimmer durchdrang ihre Trance.

Lucien wich zurück und Kat verstand endlich, wie es möglich war, in Ohnmacht zu fallen. Ihre Beine waren in der Tat schwach vor Leidenschaft, und sie sank allmählich zu Boden. Erneut fühlte sie, wie seine Arme sich um sie legten und er sie wieder hochzog.

»Wie beschämend«, murmelte sie.

»Pst.« Lucien drehte den Kopf zur Tür und blieb stocksteif stehen. Alles war still, bis auf die Geräusche ihres schnellen Atems. Kat fühlte sich, als wäre sie von den Ställen in Warefield zum Haus und wieder zurück gerannt.

Mit Verspätung wurde ihr klar, dass sie Gefahr liefen,

erwischt zu werden. Sie warf einen Blick auf die Tür, aber sie blieb geschlossen.

Lucien blickte zu ihr hinunter. »Geht es dir gut?«

»Bin ich in Ohnmacht gefallen?« Sie umklammerte seinen Bizeps, wo sie sich an ihm festgehalten hatte, nachdem er sie vor dem Aufprall bewahrt hatte. »Fallen Männer jemals in Ohnmacht? Das sollte ich auch studieren. Es ist das seltsamste Gefühl, wenn sich die untere Hälfte so anfühlt, als wäre sie gar nicht mit dir verbunden. Ich dachte, ich fliege vielleicht, aber das ist albern ...«

Wieder lagen Luciens Lippen auf ihren, und der Funke in ihr war sofort entfacht – falls er in der kurzen Zeit zwischen den Küssen überhaupt erloschen war. Diesmal schob sie ihre Zunge in *seinen* Mund.

Er stöhnte leise auf, als er sie wieder an sich zog und sie mit einer wilden Intensität an sich drückte, die sie direkt durchdrang. Küsse konnten vieles sein, erkannte sie. Dieser hier war dunkel und verboten. Absolut köstlich.

Sie legte die Hände auf seine Schultern und drückte ihren Körper an seinen, nach jedem Kontakt lechzend, den sie zustande bringen konnte. Sie wurde von einer Dringlichkeit in ihr beherrscht und einem verzweifelten Verlangen, mehr zu fühlen. Zu fühlen, bis sie ein ... Ende erreicht hatte. Wie lautete das Wort? Erfüllung. Ja, sie wollte Erfüllung. Mit ihm.

Sein Mund verließ den ihren. »Kannst du stehen?«, fragte er und er klang heiser.

»Willst du damit fragen, ob ich wieder in Ohnmacht falle? Nein, ich glaube nicht. Aber warum hast du aufgehört, mich zu küssen?«

Er lenkte seinen Blick zu ihr hinunter. Noch nie hatte sie seine Augen so dunkel oder eindringlicher gesehen. Sie schienen die pure Leidenschaft widerzuspiegeln, die sie bis ins Mark spürte.

»Weil dies Wahnsinn ist. Du musst gehen. Ich hätte dich

nach dem Lärm vor der Tür nicht mehr küssen dürfen.« Er ließ von ihr ab, doch er behielt seine Hände in offenkundiger Erwartung, dass sie umfiel, an ihren Armen. »Verflixt, aber ich hätte dich schon beim ersten Mal nicht küssen sollen.«

»Mit mir ist alles in Ordnung«, entgegnete sie, womit sie auf seine Positionierung Bezug nahm. »Ich kann noch nicht gehen. Jetzt habe ich noch mehr Fragen.«

Er starrte sie an. »Du kannst nicht allen Ernstes glauben, *dies* sei der richtige Zeitpunkt?«

»Na schön. Ich gehe wieder hinauf und notiere sie in mein Notizbuch, damit ich dich ein anderes Mal fragen kann.«

»Du hast dein Notizbuch mitgebracht?« Er fuhr sich mit der Hand über sein Gesicht. Seine Augen verengten sich kurz. »Weiß Jess darüber Bescheid?« Er schüttelte den Kopf. »Schon gut. Du musst gehen. *Jetzt.*«

Lucien trat an die Tür und öffnete sie, womit ihr keine andere Wahl blieb, als zu gehen.

Sie holte tief Luft, doch ihr Puls schlug weiterhin schneller als gewöhnlich. »Ich gehe ja schon. Aber wir sind noch nicht fertig.«

»Das müssen wir aber.« Er sprach durch zusammengebissene Zähne.

Kat starrte auf seinen Mund. Seine Lippen waren dunkler, was wahrscheinlich vom Küssen kam. Sie fühlte, ein neuerliches Anschwellen ihrer Erregung. Dann lächelte sie, weil es so wundervoll war, zu wissen, wie sich das anfühlte. Und anzuerkennen, dass sie am Ende keine Anomalie war. Zumindest nicht in dieser Hinsicht.

»Aber ich bin noch nicht zufriedengestellt«, sagte sie und ging auf ihn zu.

»Nein, das kann ich mir vorstellen.« Eher heftig nickte er mit dem Kopf in Richtung Tür.

Kat stieß die Luft aus und verließ das Arbeitszimmer. Ehe

sie draußen war, hörte sie ihn mit tiefer, sinnlicher Stimme sagen: »Ich auch nicht.«

Achtsam kehrte Kat den Weg zurück, den sie gekommen war, und hielt sich dabei an eine Route, auf der sie laut Jess' Aussage Fallin nicht über den Weg laufen würde. Jess würde erfahren wollen, ob ihr Unterfangen erfolgreich gewesen war, und Kat würde jede Einzelheit ausplaudern. Es gab Fragen, die Jess ihr wahrscheinlich beantworten konnte. Zum Beispiel, was es mit dem ständigen Pochen zwischen ihren Beinen auf sich hatte. Es hatte mit ihrem Geschlecht zu tun, das wusste sie freilich, aber was würde dieses Gefühl lindern? Oder würde es irgendwann von selbst vergehen? Ihrer Vermutung nach musste es irgendetwas mit dem Abschluss des Ereignisses zu tun haben.

Eines war sicher: Weitere Nachforschungen waren vonnöten. Und sie mussten mit Lucien durchgeführt werden. Ein weiteres männliches Subjekt zu diesem Zeitpunkt einzuweisen, würde das Experiment ruinieren. Was wäre außerdem, wenn Kat nur für *ihn* Erregung verspürte? Nun, das war eine weitere Frage, die sie sich stellte und die sie vielleicht zu einem späteren Zeitpunkt beantworten konnte. Zunächst war sie entschlossen, das Experiment zum Abschluss zu bringen. Mit ihm.

Sie begründete ihren Entschluss damit, dass sie beide Befriedigung brauchten. Dem konnte Lucien doch bestimmt nicht widersprechen?

~

*L*icht und Gelächter begrüßten Lucien, als er das Edgemont House im Herzen von Mayfair betrat. Lord und Lady Edgemont gaben in der Regel einen der ersten Bälle der Saison. Dieses Jahr hatten sie ihre Gästeliste erweitert, doch Lucien bemerkte, dass sie Mitglieder des

Phönix Clubs eingeladen hatten, die nicht regelmäßig an Bällen teilnahmen, welche von der Elite der Gesellschaft veranstaltet wurden, was auf die Edgemonts zutraf. Da Lady Edgemont nun eine Schirmherrin des Clubs war, fühlte sie sich vielleicht dazu veranlasst. Was auch immer der Grund sein mochte, war Lucien froh, an einer Veranstaltung teilzunehmen, auf er der sich beinahe ebenso wohlfühlte wie im Phönix Club. Dennoch wäre er froh, wenn er nach seinem Auftritt wieder dorthin zurückkehren könnte.

Er war nervös, was er auf den Club und das Außenministerium schieben wollte, aber er wusste, das war nicht das ganze Problem. Es war zwei Tage her, dass er vollkommen den Verstand verloren und die Schwester seines besten Freundes geküsst hatte.

Zwei Tage, in denen er jede Liebkosung, jeden Atemzug und mit jedem Herzschlag das Verlangen erneut durchlebt hatte. Zwei Tage, an denen er sich für sein äußerst jämmerliches Urteilsvermögen und seinen Leichtsinn gerügt hatte. Zwei Tage, an denen er sich endlos gefragt hatte, ob er die Gelegenheit bekäme, es wieder zu tun. Und wenn ja, *wann*.

Es schien, als wäre er noch immer nicht ganz bei Verstand.

Nachdem er seine Gastgeber begrüßt hatte, lenkte Lucien seine Schritte zum Spielsalon, obwohl er gar nicht am Spielen interessiert war. Er umging den Ballsaal, in dem er mit großer Sicherheit auf Kat treffen würde. Aber warum war er überhaupt hier, wenn er nicht beabsichtigte, den Ballsaal aufzusuchen?

Weil er seine Unterstützung für eine seiner neuen Schirmherrinnen zeigen wollte. Er wusste auch, dass es besser war, wenn er sich wie üblich in der Gesellschaft zeigte. Seine Theorie war, dass die Leute wahrscheinlich weniger geneigt wären, über ihn oder den Club zu reden, wenn er direkt vor ihnen stünde.

Er brauchte – nein, er wollte, so handeln, als wäre nichts im Argen und der Phönix Club ebenso spektakulär wie immer. Und verdammt, das war er.

Und *darauf* musste sein Fokus liegen – auf dem Club und seiner Auseinandersetzung mit dem Außenministerium einschließlich der Untersuchung von Girauds Tod. Und nicht auf einer gewissen dunkelhaarigen, blauäugigen Sirene, die seine komplette Kapitulation forderte.

»Lord Lucien, darf ich Sie kurz sprechen?« Lord Edgemont näherte sich und seine Stirn war sorgenumwölkt. Er war ein hellhäutiger Mann mit zurückweichendem dunklen Haar und einem runden, heiteren Gesicht. Normalerweise war er ein Garant für die Verbreitung von Gelächter und guter Laune.

»Gewiss.« Lucien folgte ihm in eine Ecke des Raumes, wo es ruhiger war.

»Ich weiß es zu schätzen, dass Sie heute Abend gekommen sind«, meinte Edgemont. »Lady Edgemont ist so froh, Schirmherrin des Phönix Clubs zu sein.«

Lucien lächelte. »Und wir sind froh, sie zu haben.«

Die Furchen in Edgemonts Stirn vertieften sich. »Ich gestehe, dass ich mir Sorgen wegen des Skandals um Mrs. Renshaw mache. Lady Edgemont mag sie natürlich sehr gern, aber es ist trotzdem ein Skandal und ich freue mich nicht besonders darüber, dass meine Frau damit in Verbindung gebracht wird. Es tut mir leid, das sagen zu müssen.« Er wirkte tatsächlich so, als würde er sich ein bisschen schämen und sein Gesicht färbte sich rosa, während er die Augen vor Unbehagen abwandte.

»Ich kann Ihre Sorge verstehen«, antwortete Lucien gleichmütig. »Ich denke, Sie kennen den Rest der Geschichte über Mrs. Renshaw – dass ihr Vater ein französischer Edelmann war und sie nächsten Monat Lord Gregory heiraten wird.«

Edgemont blinzelte Lucien an. »Das über ihren Vater wusste ich wirklich nicht.«

Verdammt, dies war eine weitere Einzelheit, die sie bekannt machen sollten, erkannte Lucien. Es war lächerlich, dass ihr Ruf möglicherweise durch ihre Abstammung gerettet werden sollte, doch dies war das Gerüst, auf dem die Gesellschaft aufgebaut war. Wer man war und woher man kam, war von entscheidender Bedeutung. »Zufälligerweise befindet ihr Vater sich jetzt hier in England. Ich bin sicher, dass Sie ihn irgendwann kennenlernen werden.«

»Wie außerordentlich. Aber wie tragisch ist es, dass er seine Familie im Stich gelassen hatte. Wo ist er die ganze Zeit gewesen?«

Lucien mahlte mit den Zähnen. »In einem französischen Gefängnis seit den Unruhen.«

Edgemonts blaue Augen weiteten sich. »Gütiger Himmel! Das ist wirklich tragisch. Ich bin so froh über die gelungene Wiedervereinigung mit seiner Tochter.«

»Wie Sie sehen, musste Mrs. Renshaw aufgrund ihrer unglücklichen, ja tragischen Umstände einige ... heikle Entscheidungen treffen. Sie war eine wundervolle Schirmherrin und Leiterin des Phönix Clubs, und es täte mir leid, wenn ihr Leben ein zweites Mal aus den Fugen geriete. Sicher können Sie sich vorstellen, wie entsetzlich es für ihre Familie war, auf der Flucht aus Frankreich getrennt zu werden.«

»Ja, ja, gewiss. Davon sollten mehr Menschen erfahren. Dann wären sie ihrer Anwesenheit gegenüber erheblich aufgeschlossener, glaube ich.«

Es zerrte an Luciens Nerven, dass Evie sich erklären musste, aber vielleicht sollte man ihre Geschichte im großen Stil publik machen. Lucien würde sich mit Ada besprechen, die Evie gut kannte. Außerdem würde er an Evie schreiben müssen. Ohne ihr Einverständnis würde er die Einzelheiten ihres Lebens nicht veröffentlichen.

»Ich werde daran denken«, meinte Lucien mit einem milden Lächeln. Er wollte dieses Gespräch unbedingt hinter sich bringen. »Jetzt sollte ich mich glaube ich in den Ballsaal begeben. Ich habe meiner Schwester versprochen, dass ich nach ihr Ausschau halten werde.«

»Natürlich. Ich danke Ihnen für Ihre Zeit«, entgegnete Edgemont.

Lucien verließ den Spielsalon, doch er ging nicht direkt in den Ballsaal. Stattdessen betrat er einen Ruheraum für Gentlemen, der eigentlich nur ein Vorwand für die männlichen Gäste war, um sich anstelle von Ratafia im Ballsaal mit verschiedenen Spirituosen zu versorgen.

Bevor Lucien jedoch um ein Glas dessen, was auch immer angeboten wurde, bitten konnte, schritt ein Mann namens Pawley auf ihn zu. Er war untersetzt, hatte dunkelblondes Haar und kleine braune Augen. Sein Gesichtsausdruck war äußerst abweisend. Lucien spannte sich an, denn Pawley war ein Freund von Lord Hargrove.

»Sie besitzen die Frechheit, hier aufzutauchen«, griff Pawley spöttisch an.

»Ich wurde eingeladen«, entgegnete Lucien trotz der in ihm tobenden Emotionen ruhig. Er musste seine Wut unter Kontrolle halten. Pawley war eines der ausgetretenen Mitglieder, die Lucien für das Außenministerium zur Rückkehr überreden sollte. »Und Ihnen einen guten Abend.«

»Sparen Sie sich Ihre Galanterien für jemanden, der sich für Ihren ... Unfug interessiert. Sie sind eine Peinlichkeit und haben in der feinen Gesellschaft nichts verloren. Es interessiert mich nicht, dass Ihr Vater der Herzog of Evesham ist.«

Lucien musste sich beherrschen, um nicht zu kontern: *»Und ihm ist es egal, dass ich sein Sohn bin.«*

»Sie haben den Phönix Club vollkommen ruiniert«, fuhr

Pawley fort. »Was haben Sie sich dabei gedacht, Ihre ehemalige Mätresse in etwas einzubeziehen, was mit dem Club zu
tun hat? Sie – und sie – sind eine Schande. Und Aldington zu
schicken, damit er mich zur Rückkehr überredet?« Er stieß
ein bissiges Lachen aus. »Ich würde nicht in den Phönix Club
zurückkehren, und wenn es der letzte Mitglieder-Club
Londons wäre. Außerdem werde ich alles dafür tun, dass der
Club als das betrachtet wird, was er ist: ein Hort des Skandals und der Unanständigkeit!«

Lucien spannte und entspannte die Hände, um die
Anspannung zu lindern, die ihn fest im Griff hatte. Er
brauchte sich jedoch keine Antwort einfallen zu lassen, denn
Pawley stapfte aus dem Raum.

Die schockierten Blicke der anderen Gentlemen ignorie-
rend, trat Lucien zu einem der Diener und bat um einen
Brandy. Er kippte ihn schnell hinunter und gab das leere
Glas zurück. Niemand sprach ihn an, als er den Raum
verließ.

Anstatt den Ballsaal aufzusuchen, fand Lucien eine Tür
zum Garten und ging nach draußen. Die Nacht war für Ende
Februar sehr mild, und in der Luft lag ein Hauch von Frühling. Mit tiefen Atemzügen versuchte er, seine Wut zu
beschwichtigen. Nach einigen Minuten fühlte er sich etwas
besser und kam zu dem Schluss, dass es ihm so gut ging, wie
es unter den Umständen möglich war. Er drehte sich um und
strebte zum Haus zurück, doch dann hielt er inne, als er eine
hellhäutige Lady vor der Tür stehen sah.

Lady Pickering schlenderte auf ihn zu. Ein modischer
Turban mit einer roten Feder bedeckte ihr dunkles Haar. Als
sie näher kam, tauchte eine Laterne ihr Gesicht ins Licht. Sie
hatte leichte Kosmetik auf ihre elfenbeinfarbene Haut aufgetragen, und ihre grünblauen Augen funkelten wie Edelsteine.
»Lucien, es ist nicht Ihre Art, sich zu verkriechen.«

»Denken Sie, ich tue das?«

»Ja. Und Sie müssen im Ballsaal sein, Ihren Kopf hoch tragen und allen zeigen, dass Sie – und der Phönix Club – diese ... Unannehmlichkeiten überstehen werden.«

Es schien, als wüsste sie, was sich gerade ereignet hatte. »Sie haben schon von Pawleys Ausbruch gehört?«

»Pawley brüstet sich damit vor jedem, der zuhören will. Er erzählt allen, wie er Sie in die Schranken gewiesen hat, und da man Sie noch nicht im Ballsaal gesehen hat, fügt er hinzu, dass Sie wahrscheinlich mit eingezogenem Schwanz in Ihren erfolglosen Club zurückgekrochen sind.«

Diese Art von Pawleys Verhalten würde Lucien normalerweise zum Lachen bringen. Aber die Vorstellung des eventuellen Scheiterns des Phönix Clubs, war nur allzu real.

Lady Pickering runzelte die Stirn. »Ihr Schweigen ist besorgniserregend. Wo ist Ihre übliche schlagfertige Art geblieben? Sie können Pawley nicht erlauben, so weiterzumachen. Seien Sie stark. Dies wird vergehen.«

»Wird es das? Oder habe ich mit der Einstellung meiner ehemaligen Mätresse einen unverzeihlichen Fehler begangen?«

»Ja, für einige haben Sie das. Allerdings müssen Sie sich nicht um diese Leute sorgen und Sie wollen sie auch nicht in Ihrem Club. Oder irre ich mich da?« Sie sprach, als gehörte sie nicht genau der Instanz an, die ihm vorschrieb, wen er aufnehmen musste.

»Ist es von Belang, was ich will? Das Außenministerium – und Sie – haben mir klargemacht, dass ich nach ihren Regeln zu spielen habe.«

»Was Sie allerdings nicht tun. Sie behalten Mrs. Renshaw und wir müssen mit den Folgen klarkommen. Ich bin hier, um Ihnen zu sagen, dass Sie nicht damit fertigwerden, indem Sie hier im Garten schmollen. Ehrlich gesagt, Lucien. Sie sind nicht Sie selbst.«

Nein. Das war er nicht. Zwischen dem Club, dem Außenministerium, seinem Vater, und den Dingen, die mit Kat passierten, war er fraglos aus dem Gleichgewicht geraten. »Wie sollte ich dann damit umgehen?«

»Gehen Sie in den Ballsaal und lachen Sie. Tanzen Sie mit jemandem. Zeigen Sie allen, dass Sie von Pawley vollkommen unbeeindruckt sind.«

»Er sagte, er würde nie wieder in den Club kommen, und gelobte dann, sein Bestes zu tun, um dafür zu sorgen, dass andere ebenfalls fernblieben.« Das waren nicht seine genauen Worte, aber ganz bestimmt seine Absicht. »Regt Sie das nicht auf? Ich hatte die Anweisung, ihn in den Club zurück zu bringen.«

Lady Pickering stieß die Luft aus. »Das wird eindeutig nicht passieren. Also müssen Sie Ihr Bestes tun, um den Schaden abzumildern, den er anzurichten versucht. Und vergessen Sie nicht, dass die Leute Sie weit besser leiden können als ihn. Warum versuchen Sie nicht einige neue Leute ausfindig zu machen, die Sie einladen könnten?«

»Was ist mit Ihnen? Unsere Einladung ist inzwischen zwei Jahre alt. Ich verstehe nicht, warum Sie sie nicht annehmen. Niemand wird je von Ihrer Verbindung zu der Instanz erfahren, die hinter diesem Club steckt, weil niemand weiß, dass eine Instanz hinter dem Club steht.«

»Ich bin in diesem Fall gern die Beobachterin. Abgesehen davon unterstützt es meine Rolle als anspruchsvolles Mitglied der feinen Gesellschaft, dass ich die Einladung nicht angenommen habe.«

»Aber es würde dem Club helfen, wenn Sie das tun würden.«

Sie zuckte mit den Schultern. »Das werde ich tun, wenn es erforderlich wird. Ich habe einen Ruf zu wahren, Lucien, selbst wenn er nicht ganz reflektiert, wer ich bin.« Sie senkte die Stimme zu einem Grabesflüstern. »Wissen Sie, es würde mir sehr gefallen, an den Dienstag Abenden dort zu sein. Und nun gehen Sie in den Ballsaal.«

Als sie sich umdrehte, fiel das Licht auf ihre persimonfarbenen Röcke, ehe sie zum Haus zurückkehrte. Lucien blickte ihr nach und fragte sich, was sie wusste und er nicht, oder was er wusste und sie nicht. Oder stand sie im Außenministerium weit genug oben, um alles zu wissen? Stand irgendjemand außer Castlereagh so hoch? Ganz gewiss nicht Lady Pickering. Ihre Beteiligung hatte auf Lucien immer symbolisch gewirkt.

Er konnte nicht anders als zu denken, dass er das Außenministerium in einem neuen Licht sah, seitdem er erfahren hatte, dass sein Vater über das Arrangement mit dem Phönix Club im Bilde war. Er würde sich wirklich gern ganz vom Ministerium distanzieren, doch dieser Schritt würde bedeuten, dass er auch dem Phönix Club entsagte.

Es musste eine Lösung geben. Lucien konnte den Club nicht länger leiten und sich dabei über die Schulter schauen lassen. Er stöhnte frustriert auf und lief durch den Garten auf die Türen des Ballsaals zu.

Und dann stieß er direkt mit einer anderen Frau zusammen. Diese war allerdings weitaus gefährlicher.

Kat legte den Kopf schief. »Ich dachte mir, dass Sie das waren.«

Plötzlich konnte er an nichts anderes mehr denken, als sie in einen schattigen Winkel zu ziehen, wo er sie küssen würde, bis sie beide das Atmen vergäßen. Seine Stimmung, die ohnehin schon in Gefahr war, in absolute Schwärze abzusinken, sackte noch weiter ab.

»Kat, ich habe jetzt keine Zeit für dich.«

Sie blinzelte ihn an, dann wölbte sie eine Braue. »Du scheinst ziemlich aufgeregt zu sein. Mir fällt eine Sache ein, die dich besänftigen könnte.«

»Wenn du glaubst, ich würde dich mitten auf einem Ball

küssen, irrst du dich gewaltig. Egal, wie sehr wir beide das wollen.«

Warum verflixt hatte er das gesagt? Weil er in ihrer Gegenwart mehr und mehr die Fähigkeit verlor, bei klarem Verstand zu bleiben. Sein Körper riss die Kontrolle an sich und würde ihn noch zur absoluten Kapitulation zwingen.

»Wir sind nicht mitten auf einem Ball. Wir sind im Garten, und niemand weiß, dass wir hier draußen zusammen sind. Mir scheint es der perfekte Zeitpunkt und der perfekte Ort, um sich zu küssen, insbesondere, wenn man deine Worte bedenkt – wie hast du es ausgedrückt? – wie sehr wir beide es wollen.«

Beinahe hätte er es getan. Der Drang, sie in die Dunkelheit zu ziehen und sich zu erlösen, wurde fast übermächtig. Das würde er ihr jedoch nicht antun. Noch war sie nicht bereit für die vollkomme, sinnliche Hingabe, und er sollte nicht derjenige sein, der sie mit solchen Dingen bekannt machte.

»Kat, zu deinem eigenen Besten werde ich nein sagen. Wenn du mich jetzt entschuldigen würdest.« Er war im Begriff, an ihr vorbeizugehen, doch sie ergriff seinen Arm, und ihre Hand lag auf seinem Ellbogen, während ihre Finger sich in die Schichten seiner Kleidung gruben.

In diesem Moment wusste er es. Er war verloren.

KAPITEL 9

»Zu meinem eigenen Besten?«, hakte Kat nach. »Was genau ist daran zu meinem Besten? Du hilfst mir bei meinen Forschungen. Außerdem ist es überaus angenehm. Dass du mich ablehnst, ist das Gegenteil dessen, was zu meinem Besten ist.«

»Bis wir zusammen erwischt werden und dein ohnehin schon auf der Kippe stehender Ruf vollends im Eimer ist.«

Kat nahm die Hand von seinem Arm. »Mit meinem Ruf ist alles in Ordnung.«

»Du scheinst zu vergessen, was in Gloucestershire passiert ist. Ist dir bewusst, dass Hickinbottoms Eltern in der kommenden Saison hier sein werden, um seine jüngere Schwester auf dem Heiratsmarkt zu präsentieren?« Lucien stieß ein Geräusch aus, das tief aus seiner Kehle kam. »Schon gut. Es steht mir nicht zu, das mit dir zu erörtern.«

»Ruark hat mir mitgeteilt, sie würden heute kommen, aber er hat auch gesagt, dass wir ihnen aus dem Weg gehen werden. Ich bin nicht besorgt. Warum bist du es dann? Warum weißt du überhaupt davon?« Plötzlich ging Kat ein

Licht auf. »Ruark hat dich gebeten, ein Auge auf mich zu haben.« Dann lachte sie.

Lucien warf ihr einen Blick zu. »Was ist daran so amüsant?«

»Dass mein Bruder dich bittet, auf mich achtzugeben. Das ist so, als würde man den Fuchs den Hühnerstall bewachen lassen, meinst du nicht auch?«

Seine Miene wurde finster, und sie konnte erkennen, dass er alles andere als guter Laune war. »Vielleicht.« Das Wort kam in einem scharfen Tonfall über seine Lippen.

»Was stimmt nicht?«, fragte sie. »Du bist offenkundig verärgert.«

»Wie ich schon sagte, habe ich keine Zeit, mich damit zu befassen. Ich muss in den Ballsaal. Du könntest mir sogar behilflich sein, indem du mit mir tanzt.«

Sie verzog das Gesicht zu einer Grimasse. »Ich habe schon zwei Sets getanzt. Das ist meine Grenze, fürchte ich.«

»Nun, ich danke dir für deine Hilfe.«

»Also gut, ich tanze mit dir.« Noch nie hatte sie ihn so schlecht gelaunt erlebt. »Das ist wohl das Mindeste, was ich tun kann, nach der Hilfe, die du mir erwiesen hast. In diesem Zusammenhang habe ich noch weitere Fragen, die durch unseren Kuss neulich aufgekommen sind.«

»Verstehst du nicht, dass ich dir nicht mehr helfen kann? Du solltest diese Nachforschungen gar nicht erst anstellen.«

Jetzt war sie wütend. »Na schön, dann finde ich eben einen anderen, der mir behilflich ist.« Sie machte auf dem Absatz kehrt, doch nun war er es, der sie am Ellbogen festhielt.

»Das kannst du nicht tun.«

Sie blickte ihn an und befreite ihren Arm. »Du kannst mich nicht aufhalten.«

»Ich werde Ruark über dein Tun informieren.« Er hatte

gezögert, ehe er dies hervorbrachte, worauf sie annahm, dass er das nicht wirklich tun würde.

»Dann wirst du gestehen müssen, dass du mich geküsst hast.« Sie drehte sich zu ihm um und verschränkte die Arme vor der Brust. »Und wenn du das nicht tust, werde ich es ihm sagen. Was denkst du, was dann passiert?«

Er knurrte sie an. Wie ein Tier. Es war sogar gewissermaßen erregend. Sie konnte dieses Gefühl jetzt mühelos identifizieren. Seit sie Lucien geküsst hatte, verspürte sie sogar ein tieferes, intuitiveres Verlangen nach ihm. Sie dachte fast ständig an ihn. Manchmal war es beinahe lästig, da sie anderes zu tun hatte.

»Er wird vorschlagen, dass wir heiraten, nehme ich an, und das will keiner von uns beiden.«

Damit hatte er recht. Noch nie zuvor hatte Kat sich so sehr gewünscht, eine ältere Jungfer zu sein wie in diesem Moment. Dann könnte sie einfach eine diskrete, aber leidenschaftliche Affäre vorschlagen, die keinen von ihnen in Schwierigkeiten bringen würde.

Könnten sie das nicht trotzdem tun, wenn sie sich auf *Diskretion* konzentrieren würden?

»Kehre in den Ballsaal zurück«, bat Lucien und klang plötzlich müde. »Ich habe zu viel um die Ohren, und du musst mir nicht noch mehr Sorgen bereiten.«

Das war sie also für ihn?

Sie wich zurück und ließ ihre verschränkten Arme sinken, ehe sie auf die Türen des Ballsaals zuging. In dem Moment, in dem sie eintrat, fühlte sie sich unwohl. Da waren so viele Kerzen, und es war viel wärmer als draußen. Und dann gab es auch noch die Musik und die Unterhaltungen. Es war absolut erdrückend. Kat hatte sich immer gefragt, woher dieses Wort stammte. Es beschrieb auf perfekte Weise, wie solch eine Veranstaltung auf sie wirkte. Es war, als würde sie von dem Krach und den Menschen erdrückt.

Wenn die Leute sie berührten, wollte sie schreien. Ganz bestimmt würde sie jetzt nicht mehr tanzen.

Hoffentlich könnte sie ihr Gleichgewicht wiederfinden. Sie sah sich nach Cass um, doch stattdessen entdeckte sie Jess. Und sie war mit Lady Pickering zusammen.

Jess bemerkte Kats Blick und lächelte. Jetzt konnte sie ihnen nicht mehr ausweichen. Hatte Kat darauf gehofft? Wäre es nicht schön, sich mit ihnen zu unterhalten? Sie könnten sich über die Zeit unterhalten, die sie letzten Sommer zusammen bei Lady Pickering verbracht hatten.

Kat zwang sich zu einem Lächeln und ging auf die beiden zu. Zumindest befanden sie sich im Außenbereich des Ballsaals, sodass sie am Rande der Kakophonie waren.

»Kathleen, Sie sehen entzückend aus«, meinte Lady Pickering. Sie ergriff Kats Hand und küsste sie auf die Wange.

Kat gab sich alle Mühe, nicht von dem Kontakt zurückzuweichen, den sie in diesem Augenblick nicht wollte, und biss die Zähne zusammen. Gott sei Dank hielt Lady Pickering ihre Hand nicht fest.

»Wie schön, Sie zu sehen, Lady Pickering.«

»Ich bin gerade erst diese Woche aus Hampshire zurückgekehrt«, entgegnete die ältere Lady. »Gestern habe ich diesen Turban ausgesucht. Was halten Sie davon? Es ist mein erstes Exemplar.« Sie drehte den Kopf von einer Seite zur anderen.

»Er ist überaus elegant«, antwortete Jess. »Und diese rote Feder ergänzt Ihr Kleid perfekt.«

Kat war an Gesprächen über Mode nicht interessiert. Aber andererseits hatte sie auch Schwierigkeiten, mit dem Krach und der Hitze, die alles unruhiger machten. Eine Gruppe junger Ladys kam vorbei und ihr Geschnatter riss an Kats Nerven.

»Ich könnte ebenfalls gleich meine Neuigkeiten mitteilen«, meinte Jess und lenkte Kat ab, wofür diese dankbar war. »Fallin und ich werden im Sommer Eltern werden.«

Lady Pickerings Augen leuchten freudig auf. »Wie wundervoll. Stirling ist bestimmt begeistert, kann ich mir vorstellen.« Sie bezog sich auf Jess' Schwiegervater. »Wie sicherlich auch Ihre Eltern.«

»Ja. Meine Mutter ist besonders erfreut darüber, Großmutter eines zukünftigen Earls zu werden.«

»Da Sie nun glücklich verheiratet sind, wage ich zu sagen, dass wir unsere Aufmerksamkeit jetzt auf Kathleen lenken müssen.« Lady Pickering drehte sich mit erwartungsvollem Blick zu Kat um. »Da Sie heute Abend hier sind, darf ich davon ausgehen, dass Sie auf dem Heiratsmarkt nach einem Ehemann Ausschau halten?«

Jetzt wünschte Kat sich, sie hätte Jess ignoriert und den Ballsaal direkt durchquert. Sie würde sich an einen Diener wenden und ihn bitten, Ruark oder Cass ausfindig zu machen – das war der Plan, falls Kat eine Veranstaltung verlassen musste. Der eine oder der andere von ihnen würde sie in der Eingangshalle treffen und Kat könnte verschwinden. Leider hatte sie gedacht, sie könnte sich ein wenig erholen, bevor sie aufgeregt wurde. Vielleicht hatte Luciens Stimmung auf sie abgefärbt.

»Nicht unbedingt«, meinte Kat. »Ich genieße es, Menschen zu beobachten.«

»Sind Sie immer noch nicht sicher, ob die feine Gesellschaft das Richtige für Sie ist?«, fragte Lady Pickering. Kat hatte letzten Sommer etwas in der Art als Antwort darauf gesagt, warum sie bei allen Veranstaltungen der Saison abwesend war. »Eine ganze Menge Menschen finden ihren Gatten nicht in der Gesellschaft. Schauen Sie sich Jess an.«

Kat fragte sich, ob Lady Pickering sie nach Hampshire einladen könnte, wo Kat sich zufällig mit Lucien treffen könnte, damit sie eine unerlaubte, aber *private* Affäre verfolgen konnten. Nicht dass Jess und Fallin eine Liaison gehabt hatten. Was genau *war* passiert? Jess war sehr vage gewesen und jetzt wollte Kat die Einzelheiten erfahren.

Aber warum? Es war nicht so, als ob Lucien daran interessiert wäre, sich auf irgendeine Art von Umgang dieser Art mit ihr einzulassen. Ganz eindeutig bedauerte er es, sie geküsst zu haben, und wollte diesen Vorfall nicht wiederholen.

Stimmte etwas nicht mit ihr? Sie war sich sicher gewesen, dass er es genossen hatte, insbesondere nachdem, was er über seinen Mangel an Befriedigung gesagt hatte. Als sie ihn dann heute Abend im Garten getroffen hatte, versicherte er, sie verzweifelt gern küssen zu wollen. Es schien, als würde er alles Erdenkliche tun, um ihr und was immer er für sie fühlte, auszuweichen.

Hatte er seine Gründe dafür nicht deutlich gemacht? Wenn sie erwischt würden, wäre dies ein Desaster. Nun, dann würden sie sich nicht erwischen lassen. Es musste eine Möglichkeit geben, eine Affäre zu haben. Was genau das war, was Kat wollte. Wie sonst könnte sie ihre Nachforschungen voll und ganz durchführen?

Kat erkannte, dass Lady Pickering ihre Ausführungen darüber, wie und wo Kat einen Ehemann finden könnte, fortgesetzt hatte.

»Aber was, wenn ich eigentlich keinen will?«, fragte Kat schnell. »Was, wenn es mir lieber wäre, Jungfer zu bleiben?«

»Das ist auch in Ordnung«, meinte Jess leise, was Kat denken ließ, sie hätte etwas falsch gemacht. Es war an der Zeit zu gehen, ehe sie noch vollkommen die Kontrolle über sich verlieren würde.

»Wollen Sie mich bitte entschuldigen?«, bat Kat. »Ich muss den Ruheraum aufsuchen.«

Sie wartete die Antwort der beiden nicht ab, ehe sie sich ihren Weg zum Ballsaal bahnte. Jemand streifte sie im

Vorbeigehen am Arm und sie hätte ihn beinahe mit dem Ellbogen gestoßen. Stattdessen brachte sie ein Geräusch hervor, das sie, wie sie erkannte, sehr an Luciens früheres Knurren erinnerte. Hatte er sich genau wie sie überwältigt gefühlt? Nein, natürlich nicht. Niemand tat das.

Genau in dem Moment, bevor sie den Türbogen erreichte, der sie von der Missstimmung entfernen würde, stieß sie auf einen Diener. Sie bat ihn, Lord oder Lady Wexford für sie zu finden und sie zu bitten, sich mit ihr in der Eingangshalle zu treffen, wobei sie ihn ersuchte, sich zu beeilen.

Der Diener entfernte sich und Kat strebte mit schnellen Schritten auf die Eingangshalle zu. Als sie die Treppenhalle betrat, stieß sie auf die Person, die ihre derzeitige Erregung garantiert noch steigern würde.

Luciens Augen weiteten sich, als er sie sah. »Kat, stimmt etwas nicht?«

Wie konnte er das wissen? Sie konnte sich jetzt nicht mit ihm abgeben. Sie brauchte Frieden und musste für sich sein. »Geh fort, Lucien.«

»Bitte erlaube mir, mich für vorhin zu entschuldigen.« Er brachte seine Worte in einem mitfühlenden Ton hervor, den sie im Augenblick nicht hören wollte. Sie wollte sein Mitgefühl oder seine Gesellschaft nicht. Den Blick von ihm abgewandt bat sie ihn, sie in Ruhe zu lassen. Dann eilte sie in die Eingangshalle.

Vor Sorge, dass er ihr womöglich folgen könne, fing sie an, ihre Muskeln anzuspannen und zu entspannen. Einen Moment lang schlang sie die Arme um sich und drückte. Das wiederholte sie zweimal, ohne die Aufmerksamkeit der Leute auf sich zu lenken, die den Bereich durchquerten. Vor Jahren hatte sie das mit sich selbst getan und ihre Mutter hatte ihr verboten, dies vor anderen auszuführen. Es sei verwirrend und befremdlich, hatte sie behauptet und die Leute würden sie für eine Anomalie halten.

Aber genau das war sie auch.

Cass und Ruark kamen mit besorgten Mienen in die Eingangshalle. Wie Kat dies verabscheute. Sie brauchte ihr Mitleid oder ihre Besorgnis nicht. Dies war ein normales Vorkommnis für sie und eines, das behoben wurde, indem sie sich aus dem Umfeld zurückzog.

»Ich werde die Kutsche holen«, meinte Ruark und ließ Cass bei Kat.

»Alles in Ordnung?«, erkundigte sich Cass.

»Mir geht es gut«, presste Kat hervor. »Dies ist kein Problem.«

»Ich hatte nicht gesagt, es wäre eines«, entgegnete Cass ruhig. »Vermutlich versuche ich herauszufinden, wie du dich fühlst.«

Ihre Schwägerin wollte nur helfen, erkannte Kat, und sie wollte ermitteln, ob Kats Situation katastrophale Ausmaße angenommen hatte. Dem war nicht so. »Ich bin wohlauf, wirklich. Wenn Ruark und du noch bleiben wollt, solltet ihr das tun. Ich schicke die Kutsche für euch zurück. Mir fehlt nur Ruhe.«

»Natürlich.« Cass schenkte ihr ein mitfühlendes Lächeln. Sie war wirklich der wunderbarste Mensch, den Ruark hätte heiraten können. Sie bemühte sich sehr, Kat zu verstehen und sie zu unterstützen, wie es ihre Mutter und ihre Schwestern nicht getan hatten.

Ruark kehrte zurück. »Es dauert noch einige Minuten, es sei denn, du willst der Kutsche auf der Straße entgegengehen.«

»Warum macht ihr das nicht?«, schlug Cass vor, ehe Kat antworten konnte. Sie lenkte den Blick zu Ruark. »Du begleitest sie und setzt sie in die Kutsche. Wir müssen nicht mit ihr gehen, sie braucht uns nicht.«

Kat achtete nicht besonders auf die beiden, zumindest nicht visuell. Aber sie konnte die unausgesprochene Kommunikation verfolgen. Darin waren die beiden unter sich sehr gut.

»Meinetwegen«, entgegnete Ruark. Er bot Kat den Arm an. »Sollen wir?«

»Danke«, murmelte sie. Sie streckte die Hand aus und berührte Cass kurz am Arm, ehe sie sich umdrehte und mit Ruark das Haus verließ.

Sie waren bereits vom Haus entfernt und passierten die Reihe der an der Straße geparkten Kutschen, als er das Wort ergriff. »Ich hoffe, es hat sich nichts Schlimmes zugetragen. Du weißt, du kannst immer mit mir reden, egal ob es jetzt, morgen oder in einem Monat ist.«

»Ich weiß. Und dafür liebe ich dich.«

»Ich liebe dich auch.« Er schwieg, bis sie bei der Kutsche ankamen, und noch nie war sie so dankbar, dass er ihr Bruder war. Nie drängte er sie und nie erwartete er mehr, als zu geben sie bereit war.

Er öffnete die Tür der Kutsche und half ihr beim Einsteigen, ehe er davonging, um mit dem Kutscher zu sprechen. Bei seiner Rückkehr schaute er ins Innere und lächelte sie einfach an.

Dann schloss er die Tür und die Kutsche fuhr an. Sie sah, dass er auf dem Bürgersteig stehen blieb, bis sie außer Sichtweite war.

KAPITEL 10

»Guten Tag, Lu«, begrüßte Cass ihren Bruder, als Lucien ihren Salon betrat. »Falls du Ruark besuchen wolltest, er ist nicht hier.«

»Das hat mir euer Butler gesagt. Zufälligerweise bin ich gekommen, um dich zu sehen – und natürlich Ruark, falls er anwesend ist.«

»Ist das ein normaler gesellschaftlicher Besuch?« Cass blinzelte ihn an. »Ohne eine bestimmte Absicht?«

Lucien lachte, als er auf den Tisch zuging, an dem sie Tee trank. »Du hörst dich an, als käme ich nie ohne eine bestimmte Absicht.«

»Das scheint in letzter Zeit der Fall zu sein«, entgegnete Cass. »Was ich vollkommen verstehen kann.«

Der Butler kam mit einem kleinen Tablett herein, auf dem eine Teetasse für Lucien stand. Er stellte die Tasse auf den Tisch und schenkte Lucien ein, wobei er Milch und Zucker hinzufügte, so wie Lucien es bevorzugte.

»Danke, Bartholomew.«

Der Butler neigte den Kopf und zog sich zurück.

Cass hob ihren Tee. »Du scheinst heute in besserer Stimmung zu sein.«

Nachdem er an seinem Tee genippt hatte, stellte Lucien seine Tasse ab. »War ich in schlechter Stimmung?« Was für eine verdammt verlogene Frage, die er seiner eigenen Schwester stellte.

»Warst du das nicht? Du hast angespannt gewirkt, was durchaus nachvollziehbar ist. Ich bin nur froh, dass du dich letztendlich entspannt hast.«

»Du irrst dich nicht. Ich war ... angespannt.« Und die Dinge hatten gestern Abend einen Höhepunkt erreicht. Er hatte sich in einem schrecklichen Gemütszustand befunden und Kat gegenüber unhöflich reagiert. Dann war er ihr noch einmal begegnet und hatte sie in Nöten gesehen. Das hatte ihn aus seinem Trübsinn aufgerüttelt. »Lady Pickering hat mir gestern Abend einen Rat erteilt, den ich mir zu Herzen genommen habe. Ich werde mehr Erfolg haben, die Mitglieder im Club zu halten, wenn ich nicht so verdammt mürrisch bin.«

Cass lachte. »Das sehe ich genauso. Ich bin froh, dass sie dir dies geraten hat. Das hätte *ich* eigentlich sagen sollen.«

»Wo ist Kat?« Sie war der eigentliche Anlass für seinen Besuch. Er wollte sich vergewissern, dass es ihr gut ging. »Ihr schien gestern Abend nicht ganz wohl gewesen zu sein. Sie ist doch hoffentlich wohlauf?«

»Du hast sie auf dem Ball gesehen?« Cass´ Augenbrauen hoben sich kurz. Als Lucien nickte, fuhr sie fort: »Sie hat sich nicht wohl gefühlt und ist früh gegangen. Heute hat sie einen Tag für sich allein.«

»Was soll das heißen?« Lucien nahm sich einen Keks, den er sich in den Mund schob.

»Genau das, wonach es klingt – sie verbringt den Tag allein. In erster Linie. Damit erhält sie die Möglichkeit, sich von ihrem ... ich weiß nicht, wie ich es nennen soll, zu erholen.« Cass zuckte mit den Schultern. »Das tut sie jedenfalls von Zeit zu Zeit, insbesondere nach einer ... Begebenheit wie gestern Abend.«

Eine *Begebenheit*. »Was soll das heißen?«

»Sie fühlt sich überwältigt. Es ist so ähnlich, wie Sabrina sich fühlt, wenn sie mit unbekannten Menschen zusammenkommt.«

»Beklemmungen?«, fragte Lucien. Sabrina hatte hart daran gearbeitet, sich in der Gesellschaft wohler zu fühlen. Ihre Beklemmung in gesellschaftlichen Situationen ließ sie zunächst unnahbar wirken, doch so war es gar nicht. Das hatte Con bei ihrer Hochzeit nicht bemerkt, da sie vorher keine Gelegenheit gehabt hatten, einander kennenzulernen. Jetzt achteten alle darauf, dass sie sich wohlfühlte, wenn sie zusammen unterwegs waren. Lucien verwendete besondere Aufmerksamkeit darauf, wenn sie im Phönix Club war, obwohl sie inzwischen so oft dort gewesen war, dass sie genau wusste, wohin sie flüchten konnte, wenn ihr nach Ruhe oder Einsamkeit war.

»Ja, aber es ist mehr als das. Es ist der Lärm und die Beengtheit. Es macht ihr körperlich und seelisch zu schaffen, was sich seltsam anhören mag. Offenbar war es in jüngeren Jahren noch schlimmer und ihr Zustand konnte durch Verschiedenes wie Kleidung, die sie nicht mochte oder andere Dinge ausgelöst werden, oder wenn sie aufhören musste, einer Beschäftigung nachzugehen, die sie genoss.«

All das war für Lucien neu, doch er kannte Kat auch nicht so gut wie seine Schwester, da die beiden im gleichen Haushalt lebten. »Das muss für sie als Kind schwer gewesen sein.«

»Das war es, und zwar für die ganze Familie, meint Ruark. Er war nicht so oft daheim, aber seine Mutter hat ihm häufig ihr Leid geklagt. Als sie allerdings älter wurde, besserte es sich. Ich glaube, ihre Mutter war dankbar, als Kat zu uns gezogen ist. Zumal Kat es klar machte, dass sie nicht gewillt war, sich verheiraten zu lassen.«

»Mrs. Shaughnessy wollte Kat loswerden«, schlussfolgerte Lucien und verspürte eine plötzliche Gereiztheit gegenüber Ruarks und Kats Mutter.

»Das scheint mir auch so«, antwortete Cass leise. Sie griff nach einem Keks und biss ein kleines Stück ab. Dann betrachtete sie Lucien aus leicht zusammengekniffenen Augen.

»Was ist?« Er konnte es hören, wie sich ihre Gedanken drehten.

»Warum interessierst du dich für Kat?«

Verflixt. Er hatte nicht vorgehabt, die Aufmerksamkeit auf ... was auch immer zwischen ihnen war, zu lenken. »Sie gehört zur Familie.«

Cass wirkte keineswegs überzeugt, aber sie antwortete mit »Ja, das tut sie«, und aß ihren Keks zu Ende.

Warum *war* er so interessiert? Er erkannte, dass er sich mit ihr darüber unterhalten wollte, was Cass ihm erzählt hatte. Er wollte verstehen, wie sie sich gestern Abend gefühlt hatte und was sie dazu trieb, einen ganzen Tag Einsamkeit zu brauchen. »Verbringt sie wirklich den ganzen Tag allein?«

Das war für Lucien, der sich stets nach Austausch sehnte, fast unvorstellbar. Einen Club zu leiten, in dem er an jedem Tag mit einer Vielzahl von Menschen sprechen konnte, bedeutete für ihn das reinste Paradies.

»So gut wie. Sie hat natürlich ihre Zofe, aber manchmal ist das alles. Gelegentlich statte ich ihr auch einen Besuch ab. Das passiert immer häufiger, seit wir uns nähergekommen sind.«

»Seid ihr das? Euch nähergekommen, meine ich.«

»Ich glaube schon. Es ist schön, eine Schwester zu haben. Auf jeden Fall besser als zwei nervtötende ältere Brüder.«

Lucien grinste. »Das ist nur gerecht.« Er trank noch

einen Schluck Tee und aß einen weiteren Keks, um dann seine Enttäuschung darüber erkennen zu müssen, Kat heute nicht zu sehen. Er wollte sich für seine Schroffheit auf dem Ball entschuldigen.

Ja, er war nach Pawleys Tirade im Spielsaal in einer schrecklichen Stimmung gewesen, und die Begegnung mit Kat hatte seine Frustration noch verstärkt. Weil sie ihn mit ihren verdammten Nachforschungen und ihrem verlockenden Mund provoziert hatte. Bei ihr konnte er seine Frustration lindern – dessen war er sich sicher. Und das regte ihn noch mehr auf.

Das Ganze war ein gottverdammtes Problem.

Es sei denn, er ging ihr einfach aus dem Weg. *Einfach.* Er musste sich beherrschen, um nicht zu lachen. Dies hatte er bereits versucht und war kläglich gescheitert. Wie sollte er ihr aus dem Weg gehen, wenn sie zum Haushalt seiner Schwester gehörte? Das war nicht nur Unsinn, sondern obendrein unmöglich. Er musste schlichtweg eine Möglichkeit finden, nicht mehr daran zu denken, sie zu küssen, oder ihr bei ihren verdammten Nachforschungen zu helfen und ihrer beider tiefsten fleischlichen Gelüste zu erfüllen.

Und jetzt wurde er allmählich erregt, während er mit seiner Schwester Tee trank. Das war genug! War er wirklich so schlimm?

»Papa hat sich nach dir erkundigt«, meinte Cass.

Lucien war dankbar, dass sie seine Grübeleien nicht bemerkt hatte. Oder falls doch, dass sie ihn nicht darauf aufmerksam gemacht hatte. »Man sollte doch meinen, ich hätte mich längst daran gewöhnt, dass du ihn Papa nennst.«

»Hast du ihn nie so genannt?«

»Nicht, dass ich wüsste. Con nennt ihn auch nicht so.«

»Du weichst meiner Frage aus«, bemerkte sie streng.

»Ich glaube, du bist für deine Mutterrolle bereit«, meinte

er mit einem Grinsen. »Du hast mir eigentlich gar keine Frage gestellt.«

Sie schürzte ihre Lippen. »Du weißt, was ich meine. Du hast keine Antwort auf Papas Frage nach dir?«

»Nein.«

»Nun, er hofft, dass du ihm bald einen Besuch abstattest.«

Trotz ihres konfliktiven Verhältnisses besuchte Lucien seinen Vater noch immer regelmäßig. Das hatte er immer so gehalten. Jetzt allerdings nicht mehr. Er konnte sich die Behandlung seines Vaters nicht länger gefallen lassen. Warum sollte er sich der Verachtung dieses Mannes aussetzen?

»Richte ihm aus, dass es hoffnungslos ist. Ich habe nichts mit ihm zu besprechen.« Lucien schnappte sich einen weiteren Keks und kaute ihn energischer als nötig.

Cass runzelte die Stirn. »Du wirkst heute aufgeräumter, aber das stimmt, glaube ich, nicht ganz. Wo ist mein zuversichtlicher, charmanter Bruder? Ist die Situation mit dem Club so arg? Ich dachte, du und die anderen hättet einige Mitglieder zur Rückkehr überreden können?«

Bislang hatten sie zehn der ausgetretenen Mitglieder zur Rückkehr überreden können. Das war besser als gar nichts, aber würde dieses Ergebnis das Außenministerium zufriedenstellen? Verflixt, aber er war seine Sorge um sie leid. »Einige, ja. Aber die Teilnehmerzahl ist rückläufig.« Mit Sorge blickte er dem ersten Ball entgegen, der für Freitag angesetzt war. Zweifelsohne würde er für diese Saison den Ton für die Saison angeben. Im vergangenen Jahr waren die Veranstaltungen seines Clubs die beliebtesten in ganz London gewesen.

»Es ist noch früh in der Saison«, beschwichtigte Cass ihn. »Ich bin mir sicher, dass der Ball am Freitag zu einem großen Erfolg wird. Wer kann schon einem Thema wiederstehen bei dem es um das Schaltjahr geht, bei dem die Ladys die Gentlemen zum Tanzen auffordern?«

Lucien hoffte, sie würde recht behalten. Urplötzlich war er in weitaus schlechterer Laune als bei seiner Ankunft. Lag es daran, dass Cass den Club zur Sprache gebracht hatte, oder war es etwa, weil er Kat nicht sprechen konnte?

Was auch immer der Grund sein mochte, er fühlte sich, als hätte sich eine düstere Wolke direkt über seinem Kopf festgesetzt, die ihn bald mit Donner und Regen übergießen würde. Rasch trank er seinen Tee aus.

»Ich muss mich auf den Weg machen.« Er musste sich in der Tat mit Dougal treffen, der um ein kurzes Treffen am Grosvenor Square gebeten hatte. Lucien beugte sich vor und küsste seine Schwester auf die Wange.

»Danke für den Besuch. Es ist schön, dich gelegentlich einmal allein zu sprechen. Stell dir vor, wie schön es wäre, wenn du, Con und ich uns treffen könnten. Nur wir drei.«

»Viel Glück dabei, ihn von Robert loszueisen«, entgegnete Lucien kichernd. Dann warf er einen Blick auf ihre Körpermitte. »Dir wird es bald ähnlich ergehen.«

»Aber dir niemals?«, gab Cass fragend zurück, und ihre Augen funkelten vor Hoffnung.

»Das ist nicht mein Plan.« Ohne ein gutes väterliches Beispiel bezweifelte Lucien, dass er diese Rolle übernehmen konnte. Er hatte ehrlich gesagt Angst, es zu verpatzen. »Richte Ruark Grüße von mir aus. Und Kat«, fügte er hinzu. Hoffentlich würde Cass nicht zu viel hineininterpretieren.

Das würde sie wahrscheinlich.

Lucien verließ das Haus und konnte nicht umhin, einen Blick auf die Fassade zu werfen, während er den Bürgersteig entlangschlenderte. Er wusste genau, wo sich Kats Zimmer befand, und sein Blick wanderte direkt zu ihrem Fenster im zweiten Stock. Was tat sie gerade? Wusste sie, dass er im Haus gewesen war? Dass er jetzt zu ihr hinaufschaute?

Lucien lockerte die Schultern und lenkte seine Schritte zum Grosvenor Square. Er war ein paar Minuten zu früh, und hielt sich aber so weit wie möglich vom Haus seines Vaters entfernt, das auf der anderen Seite des Platzes in der Nähe der South Audley Street lag.

Dougal näherte sich ihm von der Grosvenor Street aus, in der er wohnte. »Stierst du etwa Evesham House an?«, fragte er und folgte Luciens Blick.

»Nicht absichtlich. Das ist, fürchte ich, mein natürlicher Zustand, was meinen Vater anbelangt.« Allerdings galt das nicht dem Haus. Er hatte viele schöne Erinnerungen daran, wie er dort mit Con und Cass aufgewachsen war. Ungeduldig, seinen Vater aus seinen Gedanken zu verbannen, wandte er sich Dougal zu. »Was gibt es Neues?«

»Bedauerlicherweise nicht viel, aber ironischerweise habe ich habe ein paar Dinge über deinen Vater erfahren.«

»Wolltest du dich deshalb hier mit mir treffen?«

Dougal zog eine Schulter hoch, um dann wieder in die Richtung von Evesham House zu blicken. »Ich dachte, du wolltest vielleicht mit ihm reden.«

»Das bezweifle ich. Was hast du in Erfahrung gebracht?« Lucien war überrascht, dass er es unbedingt wissen wollte. Nein, nicht überrascht. Er war enttäuscht. Er wollte sich für nichts interessieren, was mit dem Herzog zu tun hatte.

»Er hat überhaupt nichts mehr mit dem Außenministerium zu tun, aber er stand einmal ziemlich weit oben. Ich konnte nicht herausfinden, was er offiziell gemacht hat, aber er war ein vertrauenswürdiger Offizier, soweit ich das beurteilen kann. Noch immer hat er Freunde dort.«

»Wusste er daher von dem Club? Oder lag sein Weggang erst so kurz zurück, dass er darüber im Bilde war?«

»Er ist vor einigen Jahren ausgeschieden. Es war ungefähr zu der Zeit, als du aus Spanien zurückgekehrt bist.«

Das war sonderbar. »Du weißt vermutlich nicht, warum?«

»Nicht genau, aber ich hatte den Eindruck, dass er entweder bereit war, sich anderen Dingen zuzuwenden, oder er ist gegangen, um Platz für dich zu machen.«

»Was soll das heißen? Er hat seinen Posten aufgegeben, damit ich einen bekommen kann? Das ergibt doch keinen Sinn.«

»Und deshalb dachte ich, dass du dich vielleicht mit ihm unterhalten willst. Du könntest ihn einfach fragen.«

Lucien schnaubte. »Als ob er antworten würde. Ich hätte schon längst wissen müssen, dass er für das Außenministerium arbeitet. Er beherrscht die dafür nötigen Ausweichmanöver. Und er besitzt auch die Arroganz.«

»Nun, man könnte sagen, dass wir beide ebenso sind.« Dougal grinste.

»Das könnte man. Aber wir sind nicht einmal im selben Umfeld wie mein Vater, wenn es um solche Machenschaften geht.« Lucien lenkte den Blick auf Evesham House zurück. Sein Vater wäre daheim. Er verbrachte den Sonntagnachmittag gern lesend. Und Cass hatte gesagt, dass er Lucien sehen wollte …

»Ich habe dich noch nie zuvor so wütend auf ihn erlebt«, bemerkte Dougal. »Geh einfach. Du musst ja nicht bleiben.«

Lucien blickte stirnrunzelnd auf seine Krawatte. »Aber ich trage einen weißen Krawattenschal.« Immer wenn er seinen Vater besuchte, wählte er ein Exemplar in schreienden Farben, um seinen Vater zu ärgern. Mit Ausnahme seines letzten Besuchs, als er sich ein Darlehen erhofft hatte, um dem Außenministerium seinen Anteil am Phönix Club abkaufen zu können. Bei der Gelegenheit hatte er als Zeichen seiner Kapitulation eine weiße Krawatte getragen. Es war absolut vergeblich gewesen.

Dougal zog einen puterroten Krawattenschal aus seiner Tasche. »Daran habe ich gedacht.«

»Du kannst von mir nicht erwarten, mich gleich hier umzuziehen?«

»Wenn du und ich nicht mit solchen Dingen fertigwerden würden, stünde es uns nicht an, für das Außenministerium zu arbeiten.«

»Nun, du tust das ja nicht mehr«, entgegnete Lucien scherzhaft.

»Hör auf, ein Pinkel zu sein und trete einfach hinter den Baum dort drüben und zieh diesen Krawattenschal an.«

»Ich bin eine Niete im Binden von Krawattenschals.« Das war keine Lüge.

Dougal hob die Hand an seine Wange und verzog den Mund in gespieltem Schock. »Du kannst den Herzog auf keinen Fall in einer puterroten Krawatte besuchen, die aussieht, als hätte sie ein Kleinkind gebunden. Was würde er denken?«

»Oh, gib mir das Ding her!« Lucien entriss dem grinsenden Dougal den Seidenschal. »Du bist urkomisch.«

»Das finde ich auch.«

Lucien stieß die Luft aus und blickte stirnrunzelnd zu Evesham House. »Gut. Ich werde sehen, was ich herausfinden kann.«

»Komm, lass uns zu dem Baum dort drüben gehen, und dann schirme ich dich einfach gegen neugierige Blicke ab«, erbot Dougal sich.

»Wie galant von dir. Das ist das Mindeste, was du tun kannst«, murmelte Lucien.

Als Dougal auf seinem Posten war, wandte Lucien sich dem Baum zu und zog rasch sein weißes Halstuch aus. Er schleuderte es in der Erwartung, dass Dougal es auffangen würde, hinter sich. Dann gab er sich alle Mühe, den puterroten Seidenschal einigermaßen ordentlich zu binden.

Er drehte sich wieder zu Dougal um, der die weiße Krawatte in seine Manteltasche steckte. »Wird das genügen?«

Dougal neigte den Kopf zur Seite und zupfte an dem Knoten, den Lucien gebunden hatte. »Es wird genügen. Und es wird ihn ärgern, also sollte dich das freuen.«

»Ungemein.« Lucien machte Anstalten, sich umzudrehen.

»Willst du dich nicht bei mir bedanken?«, fragte Dougal.

Lucien blitzte ihn aus den Augenwinkeln an. »Nicht heute.«

»Na schön. Viel Glück!«, rief er jovial, als Lucien in Richtung Evesham House davonstapfte.

Er würde kurzen Prozess machen. Er würde dem Herzog seine Fragen stellen, die dieser Hund nicht beantworten würde, und dann würde er gehen. Sein Schritt verlangsamte sich, als er sich dem Haus näherte. Warum nahm er diese Mühe überhaupt auf sich?

Weil seine Neugierde die Oberhand über ihn hatte.

Kaum hatte er angeklopft, öffnete Bender ihm schon die Tür. Lucien lächelte den Butler an. »Guten Tag, Bender.«

»Seine Gnaden ist in seinem Arbeitszimmer.«

»Wollen Sie mich ankündigen?«, fragte Lucien.

Bender warf ihm einen erstaunten Blick zu, als hätte Lucien eine Frage gestellt, auf die er die Antwort kennen sollte. »Wenn er mir keine andere Anweisung gibt, seid Ihr und Eure Geschwister immer willkommen.«

»Ich war mir nicht sicher, ob das noch der Fall ist.« Lucien übergab dem Butler Hut und Handschuhe, um sich dann auf den Weg zum Arbeitszimmer des Herzogs zu machen.

Die Tür stand halb offen, was bedeutete, dass er beschäftigt war, aber unterbrochen werden konnte. Lucien vergaß manchmal, wie stark in Evesham House Regeln und Routinen herrschten – die allesamt dem Herzog galten.

Er saß in seinem Lieblingssessel beim Kamin, in dem ein loderndes Feuer knisterte, und hielt ein Buch in der Hand. Er blickte nicht in Luciens Richtung.

»Lucien«, sagte er.

»Vater. Cass sagte, du hättest nach mir gefragt.«

»Hat sie das?« Das wollte er natürlich nicht zugeben.

»Ja, aber du kannst so tun, als hättest du das nicht getan. Wirst du auch so tun, als hätte unser letztes Gespräch nicht stattgefunden, oder können wir darüber reden?« Lucien bezog hinter einem anderen Sessel Stellung, der dem seines Vaters gegenüberstand. Er wollte sich nicht setzen.

Jetzt blickte der Herzog von seinem Buch auf, das er auf seinen Schoß hatte sinken lassen, und schloss es um seinen Finger, der zwischen den Seiten lag. »Setz dich.«

»Ich stehe lieber, danke. Sitzen ist so ... gebunden.«

Der Blick seines Vaters blieb auf der puterroten Krawatte haften, und Lucien beschloss, sich nicht nur bei Dougal zu bedanken, sondern dem Mann ein ganzes Zimmer voller Blumen zu schicken. »Ich mochte den weißen lieber.«

»Tatsächlich? Ich finde, dieser hier verleiht mir ein robustes Aussehen.«

»Wenn du gekommen bist, um schnippisch zu werden, kannst du gern deiner Wege gehen.«

»Ich bin gekommen, weil du darum gebeten hast und weil ich erfahren möchte, wie du von der Beteiligung des Außenministeriums am Phönix Club wissen kannst. Ich habe erfahren, dass du um die Zeit gegangen bist, als ich aus Spanien zurückgekehrt bin. Was mir sagt, dass du genau wusstest, warum ich nach Hause gekommen war und meine militärische Karriere nicht wirklich ›hingeworfen‹ hatte – das ist, glaube ich, das Wort, das du benutzt hast –, sondern eine andere Rolle in meiner Arbeit für das Außenministerium übernommen habe. Wusstest du, dass ich in Spanien für sie spioniert hatte?«

»Wer, glaubst du, hatte das arrangiert?«

Lucien hätte sich setzen sollen. Stattdessen packte er die Rückenlehne des Sessels und seine Fingerspitzen gruben sich in den Stoff. »Ich bin nicht sicher, ob ich irgendetwas glauben kann, was du sagst.« Nicht, dass er das wollte. Wie konnte er einen Vater, der für seine Beförderung zum Spion gesorgt hatte, mit einem Vater in Einklang bringen, der ihn regelmäßig als Nichtsnutz und Enttäuschung verunglimpfte?

Der Herzog zuckte mit den Schultern. »Dann lass es.«

»Warum hast du das Außenministerium verlassen?«

»Weil ich dir die Bühne überlassen wollte.«

Lucien starrte ihn an, als eine Myriade von Emotionen über ihn hereinbrach. »Du lässt es so klingen, als hättest du mich für eine Rolle vorbereitet und sie mir dann freudig übergeben. Ich bin nicht Constantine.«

»Nein, das bist du nicht. Und du hast mich schon wieder mit diesem Unsinn über den Phönix Club enttäuscht. Du hättest deine frühere Mätresse nie einstellen dürfen und ganz bestimmt hättest du ihr nicht erlauben sollen, zu bleiben.«

Die Emotionen verhärteten sich zu einer – Wut. Lucien strengte sich an, sie unter Kontrolle zu halten. Der Verlust seiner Beherrschung vor dem Herzog würde sein Missfallen noch verstärken. »Wir werden uns über diesen Punkt nie einigen. Evie ist mir so teuer wie Familie. Teurer als gewisse andere Familienmitglieder, um ehrlich zu sein.« Mit Befriedigung nahm Lucien den sehr schwachen Schatten wahr, der über die Züge des Herzogs huschte.

»Du hast ihr den Vorzug vor deinem Land gegeben.«

»Ganz und gar nicht. Ich kann die Geschäfte des Außenministeriums auf die gleiche Weise im Club durchführen. Ich verstehe den Wirbel darum wirklich nicht.«

»Du hast Mitglieder verloren und die Anwesenheit ist gesunken. Das Arrangement, das du eingegangen bist, erfordert einen bestimmten Mitgliederstamm und ein lebhaftes Umfeld. Ohne diese Dinge ist der ganze Plan zum Scheitern verurteilt.«

»Nicht alles ist immer nur so schwarz und weiß, wie du es darstellen willst.« Lucien dehnte die Handflächen gegen den Sessel. »Wir haben einige Mitglieder zurückgewonnen und werden das auch weiterhin verfolgen. Bis Lady Evangeline zurückkehrt, werden die Leute alles vergessen haben, insbesondere wenn ich es publik mache, dass sie sich kürzlich mit ihrem Vater wiedervereinigen konnte – einem französischen Edelmann. Wirklich Vater, ich bin überrascht, dass du etwas damit zu tun hattest, obwohl du sie in ihrem Skandal hättest schmoren lassen können. Dies wird ihre Sache nur unterstützen.«

»Unabhängig davon, was du denken magst, bin ich nicht herzlos«, entgegnete der Herzog kalt und in vollkommenen Gegensatz dazu, was er sagte. »Und ich glaube nicht, dass es ihr so viel helfen wird, wie du glauben willst, aber viel Glück euch allen.«

Lucien war überrascht, wie aufgeschlossen der Herzog war. Wo war seine typische Schrägheit geblieben? »Warum hast du sie zusammengeführt? Ich kann meinen Verstand einfach nicht dazu bringen, deine Beteiligung an solch einem herzerwärmenden und großherzigen Unternehmen zu verstehen.«

Stirnrunzelnd blickte der Herzog Lucien unter seinen dichten Augenbrauen hervor an. »Ich habe einem Freund einen Gefallen getan, als ich für Witney eingesprungen bin, nachdem er so plötzlich verstorben war.«

»Seit wann tust du anderen Gefallen?«

»Wenn ich sie schulde.«

Himmel, jetzt wollte Lucien wissen, warum er Witney einen Gefallen geschuldet hatte, aber er hatte den Verdacht, dass er die Kapazitäten seines Vaters für das Mitteilen von

Vertraulichkeiten erschöpft hatte. »Ich würde dich fragen, was für einen Gefallen du Witney schuldetest, aber ich habe den Verdacht, dass du das lieber für dich behalten willst.«

»Er wollte deiner Mutter den Hof machen, aber ich hatte ihn gebeten, das nicht zu tun. Wenn sie eine Wahl zwischen ihm und mir gehabt hätte, dann wäre ihre Entscheidung sicherlich auf die Rolle der Marquise of Witney gefallen.«

Lucien musste sich mit aller Macht kontrollieren, damit er nicht mit offenem Mund dastand. Dies war vielleicht das Persönlichste, was sein Vater je mit ihm geteilt hatte. Er wusste nicht, wie er darauf reagieren sollte.

»Lucien, füge dich den Wünschen des Außenministeriums. Wenn sie dich noch einmal bitten, die Französin ausschließen, dann tu es bitte. Oder handle einen Kompromiss aus. Lass sie ihre Mitgliedschaft behalten, aber ihre Aufgaben abgeben.«

Das würde er nie tun, aber er hatte keine Lust mehr, sich mit seinem Vater darüber auseinanderzusetzen. Zu sehr hatte ihn all das erschüttert, was er heute erfahren hatte. »Ich überlasse dich wieder deiner Lektüre.« Lucien wollte sich umdrehen, aber er zögerte. »Ich wünschte, du würdest mir vertrauen.«

»*Ich* wünschte, du würdest bessere Entscheidungen treffen.«

»Nur weil sie nicht dem entsprechen, was du entscheiden würdest, sind sie nicht schlecht«, entgegnete Lucien leise. Er ging auf die Tür zu.

»Hast du jemals überlegt, woher ich weiß, dass sie schlecht sind?«, murmelte der Herzog.

Lucien drehte den Kopf, nicht ganz sicher, was sein Vater meinte. Wollte er damit sagen, dass er aus Erfahrung sprach? Dass er Entscheidungen getroffen hatte, die er nun für schlecht hielt?

Der Herzog las wieder in seinem Buch, was bedeutete,

dass das Gespräch beendet war. Das war gut, denn Lucien glaubte nicht, dass er heute noch mehr von ihm verkraften würde.

Es sah ganz so aus, als brauchte er einen guten, starken Drink.

Oder zehn.

KAPITEL 11

*N*ach einem langen, ausgezeichneten Nachtschlaf fühlte Kat sich am Montagmorgen erfrischt, als sie die Treppe hinunter in den Frühstücksraum ging. Den Vortag hatte sie in ihrem Zimmer verbracht, um zu lesen und sich zu entspannen, und das war genau das Richtige für sie, um sich zu erholen.

Cass saß am Frühstückstisch und blätterte in einer Zeitung, während sie an einer Scheibe Toast knabberte. Bei Kats Eintreten blickte sie auf. »Guten Morgen! Du siehst gut aus.«

»Danke. Ich fühle mich auch viel besser.« Kat ging zur Anrichte und füllte ihren Teller mit ihren Lieblingsspeisen, ehe sie sich zu Cass an den Tisch setzte. »Ich weiß es zu schätzen, dass ihr, Ruark und du, mich in Ruhe lasst, wenn ich allein sein will.« Das war zuhause in Warefield oft ein Problem mit ihrer Familie gewesen. Ihre Mutter erwartete von ihr, dass es ihr ausgezeichnet ging, nachdem sie sich überfordert gefühlt hatte, und dass selbst dann, wenn sie einen außergewöhnlichen nach außen sichtbaren Ausbruch erlebt hatte, was dieses Mal nicht der Fall gewesen war.

Eigentlich erwartete ihre Mutter von ihr, dass sie aufhörte, sich überfordert zu fühlen. Leider war das nicht so einfach. Aber Kat hatte gelernt, besser mit ihren Reaktionen klarzukommen und auch, wie sie sich am besten davon erholte.

»Unser Wunsch ist es, dass du dich hier immer wohlfühlst.« Cass schenkte ihr ein warmes Lächeln. »Außer deinen eigenen Ansprüchen zu genügen, musst du hier keine anderen erfüllen.«

Kat strich sich Feigenmarmelade auf ihren Toast und nahm einen großen Bissen. Einen zu großen Bissen, würde ihre Mutter sagen. Nachdem sie ihn gekaut und geschluckt hatte, fragte sie: »Ist Ruark heute Morgen ausgeritten?«

Cass nickte.

Kat ritt normalerweise ein paar Mal pro Woche mit Ruark aus, meistens dienstags und freitags, wenn das Wetter es zuließ. Auf dem Land ritten sie fast jeden Tag zusammen. Beim Reiten fühlte sich Kat immer erholt.

Da Kat Cass und Ruark seit dem Ball am Samstagabend nicht mehr gesehen hatte, hatte sie sich nicht nach dem erkundigen können, was Lucien gesagt hatte, dass er gebeten worden war, sie im Auge zu behalten. »Hat Lucien gestern einen Besuch abgestattet?« Sie hatte ihn von ihrem Fenster aus gesehen. Er hatte zu ihrem Zimmer hochgeschaut, als ob er genau gewusst hätte, wo sie war.

»Ja. Wir hatten eine angenehme Zeit.«

»Habt ihr, Ruark und du, ihn gebeten, auf mich aufzupassen?«

Cass hielt in der Bewegung inne, als sie gerade ihre Teetasse anhob. Ihr Blick traf Kats, und ihre Wangen färbten sich in einem schwachen Rosa. »Wir haben ihm gegenüber wahrscheinlich so etwas erwähnt. Nur weil er zur Familie gehört und gute Beziehungen hat – wenn es Gerüchte über dich gäbe, würde er sie wahrscheinlich hören.« Sie nippte an ihrem Tee.

»Warum machst du dir über Gerüchte Sorgen?«

»Weil die Hickinbottoms in die Stadt kommen werden. Wir wissen nicht, ob sie den Leuten erzählen werden, was sich zwischen dir und ihrem Sohn abgespielt hat. Hoffentlich tun sie das nicht, denn es ist ja alles gut ausgegangen.« Cass setzte ihre Tasse ab.

Obwohl Kat ihre Unterstützung normalerweise zu schätzen wusste, gefiel es ihr gar nicht, das Gefühl zu haben, betreut zu werden. »Es wäre mir lieber, wenn ihr nicht ohne meine Kenntnis oder mein Einverständnis, einfach Leute zu meiner Beaufsichtigung bestimmt. Das gibt mir das Gefühl, ein Kind zu sein.«

»Das war nicht unsere Absicht«, meinte Cass. »Ich entschuldige mich.«

»Wie würdest du dich fühlen, wenn dein Bruder dir das antun würde?«

Cass zog eine Grimasse. »Ich würde auf die gleiche Weise reagieren. Tatsächlich hätte ich sogar mehr Empörung an den Tag gelegt. Du bist zu loben.«

Kat winkte ab. »Ich verstehe eure Besorgnis. Ich hatte einen Gentleman zum Küssen ausgewählt, der verlobt war. Seid versichert, dass ich nichts mehr in dieser Richtung unternehmen werde, um meinen Ruf nicht noch weiter zu schädigen.« Sie hatte aus ihrem Fehler gelernt – sie hatte große Sorgfalt walten lassen, um die Situation zu organisieren, in der Lucien und sie sich geküsst hatten.

Dennoch hörte sie Luciens Stimme in ihrem Kopf, der sie vor den Gefahren warnte, die damit verbunden waren, erwischt zu werden. Er hatte ihr deutlich gemacht, dass er das nicht riskieren würde, was bedeutete, dass es Zeit für sie war, ein anderes Subjekt zu finden.

Als sie in ihren Schinken schnitt, verspürte sie einen Stich der Enttäuschung. Es war mehr als ein Stich. Sie war davon wie von einer Last durchdrungen, die ihre Glieder schwer machte. Sie wollte sich nicht von Lucien abwenden. Nicht wenn sie sich noch nie zuvor zu jemandem hingezogen gefühlt hatte. Was, wenn sie sich nie zu einem anderen hingezogen fühlen würde?

Sie weigerte sich, das zu denken. Nie war Versagen eine Option für sie gewesen. Sie musste sich wieder ihren Nachforschungen widmen.

»Cass, wo kann ich Bücher über Paarung und menschliche Geschlechtsbeziehungen finden?«

Es war Cass hoch anzurechnen, dass sie sich nicht an ihrem Tee verschluckte, den sie gerade trank. Allerdings stellte sie die Tasse mit einem lauteren Klicken auf die Untertasse als normal. »Ähm, warum?«

»Ich brauche sie für meine Forschung. Da ich diese Dinge nicht selbst erleben kann, muss ich auf die Informationen anderer zurückgreifen.«

»Nun, ich rechne dir hoch an, dass du mich nicht nach Einzelheiten befragst«, meinte Cass lachend. »Es ist wohl überraschend, aber ich weiß genau, wo du hervorragende ... Literatur finden könntest.«

Kat lehnte sich leicht vor. »Tust du das?«

»In der Bibliothek für die Ladys im Phönix Club. Dort gibt es einige Bücher, die dich interessieren könnten, darunter auch erotische Literatur.« Sie senkte die Stimme zu einem Flüstern. »Sag Ruark nichts. Oder irgendeinem Mann. Wir wollen nicht, dass sie etwas aus unserer Bibliothek stibitzen.«

Kats Aufregung, die sie plötzlich empfand, wurde durch die Tatsache gedämpft, dass sie kein Mitglied des Clubs war. »Aber ich darf nicht in die Bibliothek. Es sei denn, mir wird gestattet, sie während des Balls aufzusuchen?«

»Das kannst du im Grunde genommen schon tun, aber wenn du einige Bücher mit nach Hause nehmen willst, wirst du diese Umstände nicht auf dich nehmen wollen. Es ist

besser, zu einem anderen Zeitpunkt zu gehen.« Bevor Kat sie
daran erinnern konnte, dass sie kein Mitglied war, fuhr Cass
fort: »Ich werde dich irgendwie hineinschmuggeln müssen.«

»Das würdest du tun?« Bei dem Gedanken, nicht nur
diese Bücher in die Hände zu bekommen, sondern auch
außerhalb eines Balls in den Phönix Club eingelassen zu
werden, beschleunigte sich Kats Puls.

»Ich denke, morgen Abend wäre es am günstigsten.
Dienstags ist die Seite der Ladys des Clubs immer wie ausgestorben.«

»Weil sich alle lieber auf der Seite der Gentlemen
aufhalten?«

Cass grinste. »Freilich. Auf unserer Seite befinden sich
wahrscheinlich nur eine Handvoll Damen, also werden wir
dich verkleiden.« Sie neigte ihren Kopf zur Seite. »Eine
Perücke und etwas Kosmetik, denke ich.«

Aufregung durchströmte Kat. »Ich bin überrascht, dass
du mein Vorhaben unterstützt, einmal abgesehen davon, dass
du den Vorschlag machst. Das muss ich zugeben.«

Cass lachte. »Das wärst du nicht, wenn du wüsstest, dass
ich mich letztes Jahr als Dienstmädchen verkleidet in den
Club gestohlen habe. Mit Fiona. Das war ein sehr ereignis-
reiches Abenteuer«, fügte sie mit funkelnden Augen hinzu.

»Ich hatte keine Ahnung, dass du so dreist bist«, gestand
Kat. »Wie habt ihr es geschafft, euch als Dienstmädchen zu
verkleiden?«

»Prudence   war   damals   Fionas   Gesellschafterin.«
Anschließend war Prudence Cass' Gesellschafterin, nachdem
sie nicht mehr in Fionas Diensten gestanden hatte. Dann
hatte sich herausgestellt, dass sie in Wahrheit Cass' Cousine
war – sie war die uneheliche Tochter der jüngeren Schwester
des Herzogs von Evesham, der Gräfin von Peterborough,
und des inzwischen verstorbenen Viscount Warfield, was
Prudence auch zur Halbschwester des jetzigen Viscounts

machte, der mit der Buchhalterin des Phönix Clubs, Ada, verheiratet war. Kat hatte die Zusammenhänge mehrmals hören müssen, ehe sie in ihrem Verstand Gestalt angenommen hatten.

»Sie war im Club gewesen«, fuhr Cass fort, »und hatte uns sagen können, was wir anziehen sollten, um nicht aufzufallen. Wir haben uns durch den Küchentrakt hineingeschlichen.«

»Das ist großartig. Was war daran so ereignisreich?«

»Nun, wir sind früh am Tag hingegangen, da wir dachten, es würde niemand dort sein. Unglücklicherweise war es genau an dem Tag, an dem die Schirmherrinnen sich mit dem Mitglieder-Komitee trafen.«

»Du hast gesehen, wer zu dem geheimnisvollen Mitglieder-Komitee gehört?« Kat verdrehte die Augen. Um die Geheimhaltung der Identität wurde viel Aufhebens gemacht, und nie hatte sie den Grund dafür verstanden.

»Vermutlich hätten wir das tun können, aber in Wahrheit hatte ich mich in einem Wandschrank versteckt, um nicht erwischt zu werden. Fiona und ich sind dabei getrennt worden.« Cass hielt sich die Hand vor den Mund, um sich ein Lachen zu verkneifen. »Wie es der Zufall wollte, wurde Fiona von ihrem Vormund erwischt. Overton versuchte, sie durch den Garten hinauszuschmuggeln, aber sie stießen beinahe mit einer der Schirmherrinnen zusammen, und er musste Fiona küssen, damit sie nicht gesehen und erkannt wurde. Da sie wie ein Dienstmädchen gekleidet war, dachte die Schirmherrin, Overton würde sich an einer Angestellten des Clubs vergreifen.«

»Mein Missgeschick in Gloucestershire hört sich jetzt gar nicht mehr so schlimm an«, befand Kat süffisant.

»Das ist noch nicht alles.« Cass beugte sich über den Tisch, ihre Augen funkelten, als wolle sie ein unausgesprochenes Geheimnis lüften. »Dein Bruder hat mich im Schrank aufgespürt und mich für ein Dienstmädchen gehalten. Dann hat er mich geküsst, und ich musste ihm sagen, wer ich in Wahrheit bin.«

»Du erkanntest ihn, aber er erkannte dich nicht?«

»Durch seinen irischen Akzent ist dein Bruder selbst im Dunkeln leicht erkennbar. Als er die Tür öffnete und das Licht einfiel, konnte er erkennen, wer ich war. Er war ... verärgert, als ihm aufging, dass er die Schwester seines besten Freundes geküsst hatte.« Kat konnte nicht anders, als recht laut zu lachen – und ihr Amüsement rührte wahrscheinlich noch eher von der Tatsache her, dass ebendieser beste Freund nun *Ruarks* Schwester geküsst hatte.

»Allerdings ist alles gut ausgegangen«, meinte Kat. Plötzlich sah sie für einen kurzen Moment eine Zukunft vor sich, in der sie mit Lucien verheiratet sein würde. Nein, sie wollte das nicht. Ganz und gar nicht. Sie hatte nicht die Absicht, zu heiraten. Niemals. Und er ebenso nicht.

Sie zwang sich, tief Luft zu holen.

Cass grinste. »Ja, es hat alles wunderbar geklappt. Jetzt lass uns die Einzelheiten für morgen Abend planen, und dann muss ich eine Perücke für dich auftreiben.«

»Hast du eine?«

»Vielleicht. Wenn nicht, schicke ich mein Dienstmädchen, um welche zu besorgen. Oh, das wird sehr unterhaltsam werden.«

Kat würde das Tragen einer Perücke und Kosmetik erdulden, wenn es ihr Zutritt zu der Ladys-Bibliothek und damit zu diesen hilfreichen Büchern verschaffte. Vielleicht konnte sie dann entscheiden, welcher Schritt bei Betreibung ihrer Nachforschungen als Nächstes an der Reihe wäre.

Was immer es war, würde es Lucien nicht mit einbeziehen.

*A*uf der Ladys Seite des Phönix Clubs herrschte am Dienstagabend tatsächlich Grabesstille. Glücklicherweise hatte Ruark früh im Club ankommen wollen, sodass Kat und Cass die Kutsche genommen hatten und den Club auf der Seite der Ladys betreten konnten. Der Diener an der Tür begrüßte sie, und Cass sprach laut, fröhlich und unaufhörlich, was dem armen Angestellten nicht ermöglichte, Kats Mitgliedschaft zu überprüfen. Cass´ Plan, sie hineinzuschmuggeln, hatte wunderbar geklappt.

»Hier ist die Bibliothek«, bemerkte Cass, als sie den großen Raum im ersten Stock betraten. Drei der Wände waren mit Regalen bestückt, und in der Mitte der vierten Wand befand sich ein großer Kamin. Es gab drei Sitzgruppen im Raum, unter der sich eine mit einem rechteckigen Tisch befand, der sich wunderbar zum Sitzen und Recherchieren eignete, wenn man Informationen notieren oder Skizzen anfertigen wollte.

Sehnsüchtig betrachtete Kat die Bücherreihen und war froh, eine Tasche mitgebracht zu haben, in der sie das, was sie mit nach Hause nehmen wollte, transportieren konnte. »Hier könnte ich eine Woche verbringen. Oder mehrere Wochen, um ehrlich zu sein.«

»Wenn du Mitglied bist, darfst du so viel Zeit hier verbringen, wie du möchtest.«

»Das wird für lange Zeit nicht der Fall sein. Wenn überhaupt jemals«, entgegnete Kat trocken.

»Man kann nie wissen. Vielleicht findest du den Mann, ohne den du einfach nicht leben kannst.«

Der Gedanke, jemanden zu haben, an dem man so sehr hängt, gefiel Kat ganz und gar nicht. »Ich bin der einzige Mensch, ohne den ich nicht leben kann.«

»Nimm das nicht so wörtlich«, riet Cass mit einem leisen Lachen. »Was ich meine, ist ein Mann, der dich mit Leib und

Seele vereinnahmt. Ein Mann, für den du gewillt bist, allen einmal abgelegten Gelübden und Versprechen abzuschwören, weil ihre Bedeutung neben ihm zu Staub zerfällt.«

»Das ermutigt mich noch immer nicht. Ich breche meine Versprechen nicht gern.«

»Dann hast du recht. Die Ehe ist vielleicht nicht das Richtige für dich.« Cass klang nicht überzeugt, aber sie wusste, wann sie sich geschlagen geben musste, und dafür war Kat ihr dankbar. »Die von dir gesuchten Bücher stehen dort drüben in der Ecke auf den beiden unteren Regalen.« Cass zeigte in Richtung der gegenüberliegenden Seite des Raumes und drehte sich dann zu Kat. »Brauchst du noch etwas, ehe ich gehe?«

Kat schüttelte den Kopf und blickte dann auf die Uhr auf dem Kaminsims. »Ich treffe dich um halb zwölf an der Kutsche.«

»Ja. Ruark wird so früh noch nicht aufbrechen wollen.« Cass versetzte ihr einen beruhigenden Klaps auf den Arm. »Vergiss nicht, dich nicht von hier zu entfernen. Ich bezweifle, dass dich jemand mit deinem blonden Haar und der ganzen Schminke erkennen würde, aber es ist besser, kein Risiko einzugehen.«

»Wenn du glaubst, ich würde diesen Ort überhaupt verlassen wollen, dann irrst du dich sehr.« Kat schenkte ihr ein vergnügtes Lächeln und hüpfte dann praktisch zu der Ecke, die Cass gezeigt hatte.

»Wir sehen uns später!«, rief Cass.

Kat drehte sich nicht einmal, um ihr beim Hinausgehen nachzusehen. Sie fing an, ein Buch nach dem anderen aus dem Regal zu nehmen und sie dann zum Tisch zu tragen. Nachdem sie den Großteil in ihrer Tasche verstaut hatte, setzte sie sich nieder und blätterte in dem Buch, das ihr am interessantesten schien. Es trug den Titel *Tagebuch einer Covent Garden Lady.*

Kat öffnete das Buch und fing zu lesen an. Es war eine turbulente Geschichte über das Leben einer jungen Frau als Prostituierte, die von jemandem namens A. Leffler erzählt wurde, da die Frau wahrscheinlich nicht schreiben konnte. Allerdings wurden über mehrere Seiten keine sexuellen Aktivitäten beschrieben. Enttäuscht und begierig darauf, etwas Nützliches zu finden, fing Kat an, die Seiten schneller umzublättern und überflog die Wörter dabei. Sie hielt inne, als sie auf einen zusammengefalteten Bogen Papier stieß, der zwischen zwei Seiten steckte.

Neugierig zupfte sie es heraus und faltete den Bogen über dem Buch auseinander. Es war ein kurzer Brief und völlig unverständlich. Sie hatte so etwas schon einmal gesehen, als sie mit Jess bei Lady Pickering gewohnt hatte. Es war eine Art Rätsel oder eine Verschlüsselung, und Jess war beim Lösen solcher Dinge außerordentlich geschickt.

Was könnte das sein? Gehörte es zu dem Buch, oder hatte es jemand in das Buch geschoben, um es dort zu verstecken? Warum sollte jemand so etwas an diesem Ort verstecken? Vielleicht war es ein vergessener Brief, der für denjenigen verloren war, wer auch immer ihn in das Buch gelegt hatte.

Kat ließ ihn in ihre Tasche gleiten. Sie würde ihn Jess zum Entziffern geben, und damit hoffentlich das Rätsel lösen, warum der Brief sich dort befand. Vielleicht handelte es sich um etwas, das für ihre Forschung nützlich war. Das wäre das beste Resultat.

Sie setzte ihre flüchtige Durchsicht des Buches fort und hielt an einigen Stellen inne, um zu lesen, an denen die Frau schließlich einen sexuellen Akt beschrieb. Obwohl sie dabei ins Detail ging, fehlte der Beschreibung dennoch ein Gefühl dafür, wie es für sie war. Hatte sie diesen Teil ausgelassen oder war A. Leffler ein mangelhafter Dokumentator gewesen?

Kat schlug das Buch zu und stand auf, um es wieder in

das Bücherregal zurück zu stellen. Einen kurzen Moment lang erwog sie, es mit nach Hause zu nehmen, um den Brief wieder zurückzulegen, nachdem Jess ihn entziffert hatte. Sie wollte aber nicht mehr mitnehmen, als sie brauchte. Schließlich legte sie das Buch zurück.

Stirnrunzelnd betrachtete Kat die Tasche mit den Büchern. Was, wenn sie alle so waren wie dieses eine? Noch hatte sie nichts gelesen, das damit mithalten konnte, was sie gefühlt hatte, als Lucien sie geküsst hatte. Das musste sie unbedingt wieder tun. Am besten mit ihm, doch da dies unwahrscheinlich war, sollte sie sich jemand anderen suchen. Und hier war sie in einer Verkleidung. Im Phönix Club. Wo es Männer gab.

Warum konnte sie nicht auf die Seite der Gentlemen hinübergehen? Sie könnte jemanden finden, der in der Stimmung zum Küssen war, und er musste ihre Identität nicht erfahren. Sie könnte eine Witwe sein, die letztlich nicht viel Zeit in London verbracht hatte.

Cass würde ärgerlich auf sie sein, wenn sie die Bibliothek verließ. Aber warum sollte sie davon erfahren? Sicherlich könnte Kat ihr ausweichen. Sie wusste, dass Cass eine Vorliebe für die Bibliothek der Gentlemen hatte. Dort schienen sie und ihre Freundinnen sich lieber zu versammeln als im Mitgliederrefugium.

Vorfreude keimte in ihr auf. Kat nahm ihre Tasche – lieber Himmel, wie schwer sie war – und trug sie zur Tür. Sie stellte sie neben der Wand auf dem Boden ab, streckte sich und strich ihre Röcke glatt. Dann marschierte sie aus der Bibliothek.

Wie gelangte sie jetzt auf die Seite der Gentlemen? Sie schien sich vage zu erinnern, dass es einen Zugang über ein Zwischengeschoss über dem Ballsaal gab. Es kostete sie einige Minuten, um herauszufinden, wie sie von dieser Etage zum Zwischengeschoss gelangte, doch dann stieß sie darauf und sie verspürte eine Art von Triumphgefühl.

Sie durchquerte das Zwischengeschoss, bis sie auf der anderen Seite in eine kleine Kammer gelangte. Von dort trat sie auf einen Absatz bei der Treppe hinaus. Unterhaltung und Gelächter schlugen ihr entgegen. Sie war auf der Seite der Gentlemen.

Wahrscheinlich wäre es das Beste, wenn sie ins Erdgeschoss hinunterging. Dort würde sie Cass sicher nicht begegnen. Sie drückte sich an die Wand und ging langsam bis zum oberen Ende der Treppe. Ein Gentleman betrat den Treppenabsatz und erwiderte ihren Blick. Er lächelte. »Guten Abend.«

»Guten Abend«, brachte Kat gerade so mit rasendem Herzen hervor.

Er hatte seinen Weg fortgesetzt, ehe ihr noch etwas anderes einfallen konnte. Sie würde rascher und reagieren müssen, wenn sie eine Gelegenheit zum Küssen finden wollte.

Wieder machte sie Anstalten, sich auf die Wand zuzubewegen, doch dann entschied sie, dass dies insbesondere auf der Treppe aussichtslos war. Mit hoch erhobenem Kopf, als gehöre sie hierher, schritt sie die Treppe hinab, wobei sie an zwei Ladys vorbeikam. Unten angekommen, atmete sie erleichtert aus, während sie überlegte, in welche Richtung sie als Nächstes gehen sollte. Es gab doch ein Speisezimmer, nicht wahr? Die Seite der Ladys hatte eines.

Rasch durchquerte Kat die Empfangshalle, um nicht die Aufmerksamkeit der Lakaien auf sich zu lenken. Was, wenn sie gleich merkten, dass sie kein Mitglied war? Das setzte voraus, dass sie sich jedes Gesicht einprägten, was beinahe unmöglich schien. Sie würde allerdings wetten, dass Lucien jedes einzelne Mitglied vom Sehen her kannte.

Hatte sie gehofft, auf ihn zu stoßen? Ja, aber er würde

erzürnt sein, sie hier anzutreffen. Wahrscheinlich. Am besten mied sie auch ihn.

Um ehrlich zu sein, sollte sie sich wieder auf die Seite der Ladys begeben. Die Wahrscheinlichkeit, heute Abend eine Gelegenheit zum Küssen zu finden, schien äußerst gering.

Niedergeschlagen machte sie kehrt und stieß dabei fast mit Jess zusammen. Gott sei Dank!

Kat hatte gar nicht gemerkt, wie nervös sie war, bis der Anblick einer Freundin sie wieder auf den Boden der Tatsachen brachte. »Jess!«

Jess blinzelte sie an. »Kat?« Sie beugte sich vor, und ihre Augen wurden schmal, als sie Kat genau in Augenschein nahm. »Ich hätte dich nicht erkannt, wenn du nichts gesagt hättest. Was in aller Welt tust du hier?« Sie warf einen Blick auf Kats blonde Perücke.

»Nachforschungen.«

»Hier? Wie bist du hereingekommen? Eine Verkleidung würde nicht ausreichen – es sei denn, du hast ihnen einen Namen genannt, der auf der Mitgliederliste steht.« Sie grinste. »Du bist noch cleverer, als ich dachte.«

»Nicht wirklich. Es war Cass´ Einfall. Ich wollte in der Bibliothek der Ladys Bücher lesen. Die Verkleidung war nur für den Fall, dass ich dort einer der Ladys begegne. Aber ich wollte mir die Seite der Gentlemen ein wenig ansehen.« Sie entschied, Jess nichts von ihrem Plan zu erzählen, eine Gelegenheit zum Küssen zu finden. Bei näherem Nachdenken erschien ihr das zu leichtsinnig.

»Nun, da ich das getan habe, werde ich mich wohl auf den Rückweg machen«, meinte Kat. »Aber vorher möchte ich dir noch etwas geben.« Sie sah sich um. »Gibt es einen stilleren Ort, an den wir uns begeben können?«

»Hier entlang.« Jess führte sie von der Treppenhalle an einem dicken Vorhang vorbei in ein Vorzimmer, das aussah,

als führte es in den Ballsaal, in dem die Bälle an den Freitag-
abenden stattfanden.

»Ich bin froh, dich getroffen zu haben, denn ich bin in der
Bibliothek auf etwas Interessantes gestoßen.« Kat zog den
gefalteten Papierbogen aus ihrer Tasche. »Das hat in einem
Buch gesteckt. Ich habe es sofort als eine Verschlüsselung
erkannt und dachte, du möchtest es vielleicht entschlüsseln.«

Jess nahm den Brief und öffnete ihn. Sie ließ den Blick
über das Papier wandern und sofort erhellte sich ihre Miene
voller Interesse. »Das hast du in einem Buch gefunden?«

»Ja. Was denkst du, was es ist? Es war in einem Buch über
eine Prostituierte, aber in der Publikation selbst fand sich
nichts Verschlüsseltes, was mir aufgefallen wäre.«

»Du hast das Buch vermutlich nicht bei dir?«, fragte Jess.

Kat schüttelte den Kopf. »Ich habe es ins Regal zurück-
gestellt.«

Jess blickte wieder auf den Brief hinunter. »Ich brauche
es vielleicht, um den Code zu entschlüsseln. Manchmal
werden Texte benutzt, um Codes zu erstellen, und somit
auch, um sie zu entschlüsseln.«

Kat runzelte die Stirn. »Daran hätte ich denken sollen.«

Jess lachte leise. »Wieso? Es ist doch kein Problem. Sag
mir einfach, wo ich das Buch finden kann, und ich werde es
holen, bevor ich heute Abend gehe.«

»Es heißt *Diary of a Covent Garden Lady* und steht in der
hinteren Ecke im untersten Regal. Du kannst es leicht
finden, denn in diesem Regal und in dem darüber liegenden
sind viele Lücken, da ich mir mehrere Bücher ausgeliehen
habe. Für meine Nachforschungen«, fügte sie hinzu.
»Glaubst du, der Brief hat etwas mit der Arbeit der Prostituierten zu tun?«

»Es könnte vielleicht überhaupt nichts mit dem Buch zu
tun haben. Tatsächlich könnte das Buch nur als Code benutzt
worden sein, und der Brief von irgendetwas handeln. Viel-

leicht ist es ein Liebesbrief.« Jess kicherte. »Ich habe tatsächlich einige davon in verschlüsselter Form gefunden.«

»Tatsächlich?« Kat war fasziniert. »Gehören Liebesbriefe zu einer Brautwerbung?«

»Diese Briefe wurden unter Eheleuten ausgetauscht«, entgegnete Jess. »Sie hatten Gefallen daran, in schriftlicher Form zu flirten. Das ist die beste Art, wie ich es beschreiben kann.«

»Waren sie … erregend?«

»Vermutlich. Sie waren zweifelsohne explizit.« Jess wackelte mit den Augenbrauen. »Wenn dies jedenfalls tatsächlich ein Liebesbrief ist, den du auf der Seite der Ladys gefunden hast, muss er zwischen Ladys ausgetauscht worden sein. Nicht wahr?«

Kat zog eine Schulter hoch. »Das ergibt den meisten Sinn. Es würde auch erklären, warum der Brief verschlüsselt ist. Niemand möchte seine Liebe für eine andere Frau an die große Glocke hängen.«

»Was ein Jammer ist. Ich verstehe nicht, warum es etwas ausmachen sollte, was die Leute in ihrem Privatleben machen oder wen sie lieben.«

»Ich stimme zu. Ich frage mich, ob ich lieber eine Beziehung zu einer Frau hätte«, meinte Kat. »Da ich mich bis auf Lucien zu keinem Mann hingezogen gefühlt habe.«

»Ich bin überrascht, dass du diesen Teil nicht erwähnt hast – darüber, dass du vielleicht Frauen den Vorzug gibst –, als wir uns letzte Woche unterhalten haben.« Jess' Lippen formten sich zu einem verschmitzten Lächeln. »Oder warst du zu sehr auf Lucien konzentriert?«

Jess wusste, dass sie sich in Dougals Arbeitszimmer geküsst hatten. Kat hatte sich verpflichtete gefühlt, sie ins Bild zu setzen, da sie geholfen hatte, den Plan in die Tat umzusetzen. Kat hätte es ihr ohnehin erzählt. Trotz der minutiösen Aufzeichnungen, die sie in ihrem Notizbuch festgehalten hatte, war ihr danach zumute gewesen, sich mit *jemandem* zu besprechen. »Wahrscheinlich ist es das«, gab Kat zu.

Noch *immer* war sie zu sehr auf ihn fixiert. So sehr ihr auch bewusst war, dass sie jemand anderen finden musste, der sie bei ihren Nachforschungen unterstützte, wünschte sie sich nur Lucien.

»Ich sollte auf die Seite der Ladys zurückkehren«, bemerkte Kat. »Soll ich einfach den Ballsaal durchqueren?«

»Ich bin mir nicht sicher, ob du das kannst. Vielleicht ist er abgeschlossen. Außerdem wird er gelegentlich von Leuten betreten und wenn du also vermeiden willst, irgendjemandem zu begegnen, solltest du einen anderen Weg finden. Bist du auf diese Weise hierher gelangt?«

»Nein, ich bin über das Zwischengeschoss gekommen.«

Jess nickte. »Ich begleite dich die Treppe hinauf, und dann kannst du auf gleichem Wege zurückkehren.«

Als sie die Treppe emporstiegen, wünschte Kat sich fast, sie könnte hierbleiben, um zumindest die Bibliothek der Gentlemen zu besichtigen, aber das wäre der Gipfel der Dummheit, denn dort würde sie unter aller Garantie Cass oder sogar ihrem Bruder begegnen. Tatsächlich sah Kat am oberen Ende der Treppe Cass von links kommen. Furcht wallte in ihrer Brust auf.

»Du musst Cass aufhalten«, flüsterte sie Jess eindringlich zu.

»Ich kümmere mich um sie. Du gehst. Und zwar rasch.« Jess eilte nach links, und Kat hörte, wie sie Cass lautstark begrüßte.

Kat lief nach rechts und ging in ihrer Eile genau an der Stelle vorbei, die sie zum Zwischengeschoss geführt hätte. Dann sah sie Ruark, der gerade in einem großen Raum stand – dem Mitgliederrefugium, wenn sie sich nicht irrte – und sie geriet in Panik.

Sie wirbelte herum, sah eine Tür und ging ohne zu zaudern hinein. Sie hätte ihre Schritte zum Zwischengeschoss zurückverfolgen sollen.

»Guten Abend.« Lucien stand hinter seinem Schreibtisch und betrachtete sie interessiert. Das musste sein Büro sein. Ausgerechnet hier musste sie sich wiederfinden ...

Moment, er hatte sie nicht erkannt? Vielleicht konnte sie entkommen, ohne dass er ihre Identität entdeckte. Plötzlich fiel ihr ein, wie Cass mit Ruark in einem Wandschrank eingeschlossen war und sie ihn anhand seiner Stimme erkannt hatte. Könnte es ihr nicht helfen, wenn sie ihre Stimme verstellte?

»Guten Abend, Mylord«, brachte sie mit ihrem besten irischen Akzent hervor. Sie war ehrlich gesagt furchtbar im Nachahmen eines Akzents, und Irisch war der einzige, den sie dank ihrer Eltern und Ruark einigermaßen beherrschte.

Luciens Augen verengten sich, und er kam um den Schreibtisch herum. Kat konnte sehen, dass sie seinen Argwohn geweckt hatte. Sie legte die Hand auf den Türgriff. »Ich bin eindeutig am falschen Ort. Ich bitte um Verzeihung.«

Ehe sie allerdings entkommen konnte, war Lucien bei ihr und seine Hand lag flach auf dem Holz neben ihr. »Kat?«

»Wer?«, fragte sie und vermied dabei, ihn anzuschauen.

Er stieß die Luft aus. »Wie bist du hier hereingekommen?«

Kat überlegte, ob sie weiterhin Unwissen darüber vortäuschen sollte, wer Kat war, doch dann kam sie zu dem Schluss, dass es zwecklos war. »Ich bin über das Zwischengeschoss gekommen. Ich bin nur hier, um mir die Bücher in der Bibliothek der Ladys anzusehen.«

»Nur dass du nicht ›nur‹ das tust«, konterte er.

Kat schaute zu ihm auf und erkannte einen Funken Heiterkeit in seinen Augen. »Du bist nicht verärgert?«

»Ich bin verärgert, dass du so mühelos in den Club gelangt bist, aber ich bin wohl beeindruckt.«

Ein absurdes Glücksgefühl wallte in Kats Brust auf. »Wie hast du mich erkannt? Ich dachte, Cass' Verkleidung wäre sehr gut.«

»Cass?«

Verdammt. »Vergiss, dass ich sie erwähnt habe.«

Er lachte. »Das wird nicht passieren. Aber ich werde nichts sagen, vorausgesetzt, du kehrst auf direktem Wege auf die Seite der Ladys zurück. Keiner wird wissen, wer du bist, und in einer Viertelstunde werden sich alle fragen, wer die umwerfende Blondine ist.«

»Du findest mich umwerfend?«

»Nun, ja. Und mit der Schminke siehst du sehr ... weltmännisch aus. Du wirst viel zu viel Aufmerksamkeit auf dich ziehen, und wenn dich niemand identifizieren kann, werden sich alle darum reißen, herauszufinden, wer du bist. Dann werden sie dahinterkommen, dass du kein Mitglied bist, und das wird der nächste Skandal sein, mit dem ich mich dann befassen muss.«

Jetzt hatte Kat ein schlechtes Gewissen, weil sie ihm Schwierigkeiten machte. »Das wäre wirklich ein ausgewachsener Skandal?«

»Kein ausgewachsener, aber es ist eine Sorge, die ich nicht gebrauchen kann. Also bringen wir dich dahin zurück, wo du hingehörst. Was eigentlich gar nicht im Club ist. Du kannst am Freitag wiederkommen. Warum wolltest du nicht einfach dann in die Bibliothek gehen?«

»Cass dachte, es wäre besser, heute Abend zu kommen, wenn diese Seite praktisch ausgestorben ist. Weil ich mir bestimmte Bücher ansehe.«

Er zog eine Augenbraue hoch. »Was für Bücher?«

»In der Bibliothek der Ladys stehen Bücher, die für meine Nachforschungen von Belang sind.«

»Das konntest du nicht wissen, also muss Cass dich informiert haben.« Als ihm diese Erkenntnis dämmerte, zeichnete sie sich deutlich auf seinem Gesicht ab. »Sie hat diesen ganzen Plan organisiert. Vielleicht *sollte* ich ein Gespräch mit ihr führen.«

»Nein, tu das nicht. Es ist ja kein Schaden entstanden, wirklich nicht. Ich werde jetzt einfach umkehren.« Kat griff nach dem Türknauf.

»Du siehst wirklich verändert aus. Wie eine ganz andere Person. Ich kann mir fast vorstellen, dass du nicht du selbst bist.«

Kat ließ ihre Hand sinken und sah ihn direkt an. »Wäre das gut? Ich habe mich gefragt, ob du mir bei meinen Nachforschungen weitergeholfen hättest, wenn ich nicht Ruarks Schwester wäre.«

Seine Nasenflügel blähten sich, und sie glaubte, ein Aufflackern von Begierde in seinen Augen zu erkennen, bevor er es wegblinzelte. »Darüber lohnt es sich nicht nachzudenken, da du Ruarks Schwester bist.«

»Ich verstehe schon, dass ich mir jemand anderen suchen muss, der mir hilft.« Sie merkte, dass sie ihn jetzt hänselte, dass er sie dabei nicht unterstützen würde.

»Das kannst du nicht tun.«

»Warum nicht? Ich denke nicht daran zu heiraten und ich werde diskret sein.« Kat verdrehte die Augen. »Ach, vergiss es. Ich werde dich nie davon überzeugen können, dich um deine eigenen Angelegenheiten zu kümmern. Ich weiß gar nicht, warum ich mich überhaupt noch mit dir unterhalte.«

»Ich versuche nur, dich zu beschützen.«

»Das ist nicht deine Aufgabe«, blaffte sie.

»Nein, das ist es nicht.« Er schaute sie stirnrunzelnd an. »Ich wollte mich wegen neulich Abend auf dem Ball entschuldigen. Ich war schlechtgelaunt und nicht galant zu dir. War ich die Ursache dafür, dass du gegangen bist und dich am nächsten Tag erholen musstest?«

Kat blickte ihn unverwandt an. Was wusste er? Sie hatte gesehen, dass er am Tag nach dem Ball zu Besuch gekommen war, aber was hatte Cass ihm erzählt? »Du hast nichts verursacht.« Außer Enttäuschung.

»Es tut mir trotzdem leid, dass du aufgewühlt warst. Darf ich fragen, was passiert ist?«

»Es war nichts Spezifisches. Manchmal fühle ich mich überfordert, wenn zu viel Lärm herrscht oder zu viele Leute da sind.« Sie nahm die Besorgnis in seinem Blick wahr. »Interessiert dich das wirklich?«

Er nickte. »Ja, das tut es. Wie äußert sich das?«

»Ich, nun ja, manchmal habe ich das Gefühl, als ob es juckt. Oder mir ist heiß. Manchmal möchte ich schreien und schimpfen. Und manchmal tue ich das auch, obwohl das nicht mehr so oft vorkommt. Seit ich reifer geworden bin, ist es leichter, meine Impulse zu kontrollieren.« Sein Interesse und seine Fürsorge schienen aufrichtig zu sein, also beschloss sie, ihm die Wahrheit zu sagen. »Ich denke, du hattest mich verärgert. Wenn ich gereizt bin oder mich aus irgendeinem Grund unter Anspannung fühle, kann das zu dem Druck beitragen, der um mich herum herrscht.«

»Hattest du diese ... Probleme schon immer?«

»Ja, als ich jedoch jünger war, konnte ich dies nicht wirklich erkennen oder verstehen. Ich habe mich einfach nur aufgeregt oder mich irgendwohin zurückgezogen, um allein zu sein. Für meine Mutter war das sehr frustrierend, und mein Vater meinte nur achselzuckend, es würde schon irgendwann vergehen. Er sagt ihr gerne, dass er ihr das ja prophezeit hatte.«

»Aber es ist nicht irgendwann vergangen«, stellte Lucien fest.

»Nein, aber ich habe gelernt, damit zurechtzukommen.

Meistens. Es ist einfacher für mich, mit Cass und Ruark zu leben. Sie nehmen mich, wie ich bin, und nicht so, wie sie mich gerne hätten.«

»Der Rest deiner Familie erwartet das von dir?«

»Meine Mutter und meine Schwestern.«

»Heißt das, du hast keine enge Beziehung zu ihnen?«

Kat zuckte mit den Schultern. »Eher zu meinen Schwestern als zu meiner Mutter. Ob wir an denselben Dingen Gefallen haben? Nicht wirklich. Meine Schwestern interessieren sich weitaus mehr für Handarbeiten, Tanzen und insbesondere daran, Ehemänner zu finden.«

»Sie interessieren sich nicht für dein Studium der Paarungsrituale?«

Kat lachte. »Ganz und gar nicht. Nicht einmal, als ich mit fünfzehn eine Vorführung des Pfauentanzes gegeben habe. Sie waren gar nicht beeindruckt. Es ist aber auch furchtbar schwer zu vermitteln, wenn man nicht all die Federn auf dem Rücken hat. Allerdings begehrten sie das Stirnband mit den Pfauenfedern, das zu kaufen ich Mutter überredet hatte.«

Jetzt lachte Lucien. »Ich würde diesen Tanz sehr gerne sehen.«

»Wirklich?« Sie kniff die Augen zusammen, nicht ganz sicher, ob er einen Scherz gemacht hatte. »Damit du darüber lachen kannst?«

»Vielleicht, wenn du besonders eifrig bei der Sache bist und kräftig mit dem Hintern wackelst. Hoffentlich lache ich dann *mit* dir.«

»Der Tanz ist nicht zum Lachen gedacht. Es soll das Weibchen zur Paarung verlocken.«

»Willst du mir erzählen, du hattest es nicht amüsant gefunden, dich wie ein herumstolzierender Pfau zu geben?« Lucien stemmte die Hände in die Hüften und ging mit dem

Hintern wackelnd von der Tür weg. »Mache ich das richtig? Sag mir, dass dich das nicht amüsiert.«

Kat unterdrückte ein Kichern. »Na schön. Ja. Ich bin dafür bekannt, dass ich die Dinge ab und an zu wörtlich nehme.«

»Und mir hat man vorgeworfen, fast immer das Gegenteil zu tun.« Grinsend kam er wieder auf sie zu und setzte seinen vogelartigen Stolzierschritt fort. »Wie sehe ich aus?«

»Lächerlich ohne die Federn. So sah ich wahrscheinlich auch aus.« Sie schnitt eine Grimasse. »Vielleicht war ich zu harsch, was das Desinteresse meiner Schwestern angeht.«

»Ganz im Gegenteil. Es klingt, als hätten sie dich – und sich selbst – zu ernst genommen.« Er ernüchterte. »Und das tut mir leid.« Als er zum Stehen kam, befand er sich direkt vor ihr.

Mit dem Rücken zur Tür blickte Kat zu ihm auf. »Ich danke dir. Dafür, dass du nach ... mir gefragt hast. Und für deine Großherzigkeit.«

»Du bist einer der bezauberndsten Menschen, die ich je getroffen habe, Kat, und wahrscheinlich der Authentischste.«

»Was meinst du damit?«

»Du bist immer ganz und gar *du selbst*, ohne Wenn und Aber. Das ist eine äußerst bewundernswerte Eigenschaft, finde ich.«

Die inzwischen wohlbekannten Empfindungen, die sie stets in seiner Gegenwart spürte – das Ziehen in ihrer Brust, die Wärme, die sich in ihr ausbreitete, die Beschleunigung ihres Pulses –, verstärkten sich. »Ich wünschte wirklich, du könntest mir helfen, meine Nachforschungen zum Abschluss zu bringen.«

»Abzuschließen?«, fragte er leise. »Was würde das bedeuten?«

»Ich will einen Abschluss finden, damit ich vollkommen

erfahre, was zwischen einem Mann und einer Frau vor sich geht.«

Sein Blick wurde dunkel, und er hob seine Hand, um mit der Fingerspitze zart über ihr Kinn zu streichen. »Das würde sehr lange dauern – der vollkommen erfahrene Teil.« Das tiefe Timbre seiner Stimme hallte in ihrem Körper wider und weckte ihre Sehnsucht nach noch mehr von seinen Berührungen. Überall.

»Warum?«

»Weil es so viele Möglichkeiten gibt, Vergnügen zu finden und das mit einem Partner zu entdecken ... *das* ist die Freude des Liebesaktes.«

Kat erschauderte. Sie fühlte sich in Gefahr, wieder ins Schwanken zu geraten. Gott sei Dank bildete die Tür einen soliden Halt in ihrem Rücken und hielt sie aufrecht. »Das würde ich sehr gern erleben.«

»Mir würde nichts mehr gefallen, als dir zu helfen. Aber ich kann nicht. Du verstehst das, nicht wahr?«

»Ich verstehe, dass du glaubst, du könntest es nicht tun, aber mein Bruder muss es ja niemals erfahren. Niemand muss es je erfahren. Und wenn ich mich in deinen Club stehlen kann, ohne aufzufliegen –«

»Kat, Kat, Kat«, murmelte er ihren Namen und seine Augen verschleierten sich, als er den Kopf senkte.

Sie legte die Hände auf seine Schultern und beugte sich zu ihm, während sie sich verzweifelt nach seinen Lippen auf ihren sehnte.

»Lucien?« Ruarks Stimme drang durch die Tür, zusammen mit einem Klopfen was wie ein Donnerschlag wirkte. Kat machte einen Satz auf Lucien zu, wobei sie die Hand über den Mund warf, um ein Aufkeuchen zu unterdrücken.

»Nur einen Moment!« Lucien packte Kat an der Hand und zog sie quer durch den Raum in eine Ecke mit einem

Bücherschrank. Er zog an einem Buch und der Schrank schwang nach innen, um einen Gang freizugeben. »Es tut mir leid, es ist dunkel dort drinnen, aber du kannst deinen Weg an der rechten Seite erfühlen. Es geht ein paar Treppen hinunter und dann zu einer Tür, die dich in das Zwischengeschoss entlässt. Von dort findest du dich zurecht.«

Ehe sie antworten konnte, hatte er sie sanft in den Gang geschoben, die Tür geschlossen und sie damit in die Dunkelheit getaucht.

»Es ist nur gut, dass ich mich nicht wie Aislinn in der Nacht fürchte«, murmelte Kat und bezog sich damit auf eine ihrer jüngeren Schwestern.

Sie streckte die rechte Hand aus und ging mit langsamen Schritten, wobei sie jederzeit mit der Treppe rechnete. Als sie sie endlich erreicht hatte, stieß sie die Luft aus und erkannte erst dann, dass sie sie angehalten hatte. Es war kurze Treppe, die nur aus fünf Stufen bestand und nach einigen weiteren Schritten war sie an der Tür. Als sie sie aufstieß, fand sie sich in dem bekannten Zwischengeschoss und sie atmete noch erleichterter auf.

Nachdem sie die Tür geschlossen hatte, wurde sie auf ihre Einfügung in der Wand aufmerksam. Wenn sie nicht gewusst hätte, dass die Tür dort war, hätte sie sie nie als Tür erkannt.

Sie kehrte in die Bibliothek zurück und blickte auf die Uhr. Es war erst kurz nach zehn. Sie hatte reichlich Zeit, ihre Bücher zu lesen oder sich Notizen zu machen.

Oder von Luciens Berührung zu träumen.

Letzteres gewann die Oberhand, und sie erkannte, dass keinerlei Hoffnung bestand, einen Ersatzpartner für ihre Recherchen zu finden. Niemand außer Lucien würde dafür genügen.

KAPITEL 12

»Es wird schon alles gut gehen«, versicherte Ada Hunt, die Viscountess Warfield, Lucien, als sie zusammen den Ballsaal in Augenschein nahmen. Blumen und Dekoration in leuchtenden Farben mit Schildern, auf denen »Frohes Schaltjahr« stand, füllten den Raum. Für diesen ersten Ball der Saison hatten sie sich besondere Mühe gegeben, doch das war im Vergleich zu den Plänen für das Thema der Frost Fair in der nächsten Woche noch gar nichts.

»Ich wünschte immer noch, Evie wäre hier. Und das nicht aufgrund fehlenden Vertrauens in deine Fähigkeiten«, versicherte Lucien Ada mit Nachdruck.

»Ich weiß. Du machst dies das erste Mal ohne sie«, sagte Ada leise. Ada, die eine zierliche Frau Mitte zwanzig, mit heller Haut dunklem Haar und blaugrauen Augen war, besaß eine positive und zuverlässige Persönlichkeit. Von Beginn an war sie die Buchhalterin des Clubs gewesen. Wie Evie, als sie die Stadt verließ, um ihre Identität zu wechseln, hatte auch Ada sich neu erfinden müssen. Das war ein Gewinn für den Phönix Club gewesen. Als Lucien sie dann zu seinem Freund

Max geschickt hatte, um ihm zu helfen, sein marodes Anwesen wieder auf Vordermann zu bringen, hatte sie nicht nur das Ruder herumgerissen, sondern den verbiesterten Mann in ihren Bann gezogen und war nun seine geliebte Frau. Es war zwar nicht Luciens Absicht gewesen, die beiden zu vereinen, doch es machte ihm nichts aus, die Lorbeeren dafür zu ernten, dass er die Verbindung ermöglicht hatte.

Lucien drehte sich, um den Duft einer Rose aus einem der Sträuße einzuatmen, die im Raum verteilt waren. »Es tut mir nur leid, dass sie dies verpasst. Insbesondere zusammen mit ihrem Verlobten sollte sie imstande sein, die Früchte ihrer Arbeit zu genießen. Ich hätte während des Balls gern auf sie angestoßen.«

»Aber es ist ein Schaltjahr-Thema, also ist es wohl am besten, wenn deine Schwester oder ich auf sie anstoßen.« Ada zwinkerte ihm zu. In einem Schaltjahr war es Sache der Ladys, die Führung zu übernehmen. Heute Abend durften nur sie um einen Tanz bitten. Die Rollen würden vertauscht werden.«

»Das ist wahr, aber auch du kannst das nicht tun, weil sie leider in Oxfordshire sind.«

»Wie wäre es, wenn wir trotzdem auf sie anstoßen? Bestimmt werden sie unsere guten Wünsche bis nach Threadbury Hall spüren.« Sie verwies damit auf das Haus von Evies Schwester und ihrem Schwager.

»Das ist eine fantastische Idee. Du bist fraglos der fröhlichste Mensch, den ich je getroffen habe.«

»Oh, danke. Auch du bist ziemlich charismatisch, würde ich sagen, obwohl du in letzter Zeit ein wenig ... besorgt warst. Ich verstehe natürlich, warum. Hoffentlich werden sich die Dinge bessern.«

»Der heutige Abend wird ein guter Indikator sein.« Lucien fühlte sich innerlich ganz kribbelig vor lauter Angst.

»Wir müssen dieses Ereignis einfach zu einem Erfolg machen.«

Ada drückte seinen Arm kurz und schaute ihn dann mit einem eindringlichen, aber optimistischen Blick an. »Das *wird* es auch. Alles sieht prachtvoll aus. Die Erfrischungen sind wunderbar. Die Musiker sind noch besser als die vom letzten Jahr.«

»Ich meine, was die Beteiligung angeht. All das wird vergebliche Mühe sein, wenn wir nicht mindestens so viele Teilnehmer bekommen wie vergangenes Jahr.« Die Bälle des Clubs in der letzten Saison waren das Gesprächsthema schlechthin gewesen, und die Gästezahl war von Woche zu Woche in die Höhe geschnellt. Die Leute hatten darauf gedrängt, eine Möglichkeit zur Teilnahme zu finden, auch wenn sie keine Mitglieder waren. Aufgrund der jüngsten Probleme und des Umstands dass heute Abend eine konkurrierende Veranstaltung stattfand, bezweifelte Lucien, dass dies heute der Fall sein würde. »Meiner Vermutung nach werden viele der Leute, die letztes Jahr gekommen sind, heute Abend anderweitig beschäftigt sein.«

»Ich bin der Ansicht, dass jeder, der zu Lady Hargroves Ball geht, anstatt hierher zu kommen, gern für immer fernbleiben kann.« Ada verzog das Gesicht und schnalzte mit der Zunge, was sehr undamenhaft war. Lucien konnte sich ein Lachen nicht verkneifen. »Du schreibst ihr zu viel Gewicht zu. Sie ist nicht annähernd so beliebt, wie sie gerne glauben möchte.«

Das war zwar richtig, aber nach großzügiger Verbreitung ihrer Darstellung über ihren Ausschluss aus dem Phönix Club hatte sie Sympathien gewonnen. Lady Hargrove hatte Lucien als gefühllosen Schuft beschrieben, der sie einfach hinausgeworfen hatte, weil sie in Frage gestellt hatte, warum einer ihrer Freundinnen keine Mitgliedschaft angeboten worden war. Es war nicht nur *eine* Freundin gewesen, und sie hatte nicht einfach irgendetwas *in Frage gestellt*. Sie war dem ganzen Club auf die Nerven gegangen, hatte gedrängt und schließlich eine Szene gemacht, die in Luciens Aufforderung gipfelte, sie solle den Club verlassen. Diese Version der Ereignisse wurde von vielen untermauert, doch es gab Leute, die lieber ihrer klagenden Erzählung glaubten. Lady Hargrove beherrschte die Kunst, anderen weiszumachen, ihnen könnte eine solche Behandlung drohen, wenn sie sich mit dem Phönix Club anlegten.

Lucien lächelte Ada zu. »Ich schätze deinen Optimismus. Vielleicht kann er mir meinen entlocken.«

»Das hoffe ich. Wir vermissen den wahren Lucien.«

»Wir?« Offensichtlich hatten sich seine Freunde, und vielleicht sogar seine Geschwister, über ihn ausgetauscht. »Hoffentlich vergeudet ihr nicht all eure Zeit damit, euch Sorgen um mich zu machen.«

»Ich mache mir nicht so viele Sorgen, sondern versuche Möglichkeiten zu finden, um zu helfen. Ich bin zuversichtlich, dass die Anwesenheit deine Hoffnungen erfüllen wird. Der Dienstag war stabil, oder?«

»Wenn du damit meinst, dass die Besucherzahl der von letzter Woche entsprochen hat, dann ja. Aber es war trotzdem kein normaler Dienstag.«

»Hab Vertrauen«, ermunterte sie ihn, als ein Dienstmädchen mit einem weiteren Blumenstrauß auf sie zukam.

Lucien überließ es Ada, sich der Lage anzunehmen, und schlug den Weg zur Seite der Gentlemen des Clubs ein. Der Dienstag war nicht enttäuschend gewesen, aber das lag einzig und allein an seiner Begegnung mit Kat. Sie hatte ihn von seinen Sorgen abgelenkt. Verdammt, sie hatte ihn irgendwie davon abgebracht, ihr zu zürnen, dass sie überhaupt in den Club gekommen war. Und das hatte sie noch nicht einmal versucht. Sie war einfach so faszinierend wie immer, und das reichte aus, um ihn vollkommen zu fesseln.

Er hätte sie wieder geküsst, wenn nicht im letzten Moment ihr Bruder gekommen wäre.

Nachdem sie von ihm praktisch in den Geheimgang geschoben worden war, hatte Lucien sich ein Glas Brandy eingeschenkt und ausgetrunken, ehe er Ruark die Tür geöffnet hatte. Der Alkohol hatte wenig dazu beigetragen, die unbändige Lust zu bändigen, die in seinen Adern rauschte, doch das war besser als gar nichts zu unternehmen.

Ruark hatte zum Glück nichts Eigenartiges an Lucien bemerkt, und die beiden hatten ihren Abend fortgesetzt. Trotzdem hatte Lucien unentwegt an Kat denken müssen. Dann hatte er von ihr geträumt, wie sie allein in der Dunkelheit in dem Geheimgang stand. Wie er ihr nachsetzte und sie einholte, ehe sie das andere Ende erreicht hatte. Der Rest des Traums war erotisch und obszön und absolut erregend gewesen. Er war schweißgebadet aufgewacht und hatte das dringende Bedürfnis, sich selbst zu befriedigen.

Mit welchem Zauber hatte sie ihn belegt?

Allmählich wurde ihm klar, dass sein Widerstand bröckelte. Er könnte sich sogar als völlig zwecklos herausstellen. Wäre es furchtbar, wenn er sich einfach dem hingeben würde, was sie sich beide wünschten? Dann könnte er sie aus seinem Geist und seinem Körper vertreiben, und sie würde es ihm gleichtun.

Er stieg die Treppe zu seinem Büro hinauf. Aber war ein Leben bis in alle Ewigkeit mit einer Person überhaupt möglich? Er war seinen Geliebten immer überdrüssig geworden. Mit Ausnahme von Evie. Das hatte er ihr irgendwann später gestanden, nachdem sie nach London zurückgekehrt war. Er hatte gedacht, es würde ihm nichts ausmachen, dass sie ihn abwies, doch es hatte ihn verletzt. Was war mit ihr anders gewesen? Sie hatte gefragt, ob dem so war, weil sie Freunde geworden waren – hatte er das mit irgendeiner anderen getan? Das hatte er nicht, und das könnte seiner

Ansicht nach der Unterschied sein. Das hatte ihn jedoch zu der Annahme gebracht, dass er sie wahrscheinlich liebte, und genau das hatte Evie dazu veranlasst, ihr Arrangement aufzukündigen. Offensichtlich waren die Gefühle von Intimität und Freundschaft für sie nicht dieselben gewesen.

Und jetzt beruhte die Liebe, die er für Evie empfand, auf *reiner* Freundschaft – einer Freundschaft, in der ein Gedanke an körperliche Intimität nicht angebracht gewesen wäre. Er fragte sich, ob er sich jemals wirklich in sie verliebt hatte, oder ob es die Erklärung war, die er sich selbst zurechtlegte, um die Möglichkeit zu beweisen, dass er lieben *konnte*.

»Da bist du ja, Lucien.«

Aus seinen Gedanken gerissen – und dankbar dafür – schaute Lucien auf und sah Dougal vor seinem Büro stehen. Seine Stirn war in Falten gelegt, und in seinem dunklen Blick lag ein Anflug von gespannter Erwartung. »Was gibt es Neues?«

Dougal nickte zu Luciens Büro und stahl sich hinein. Lucien folgte ihm und schloss die Tür. Er bemerkte, dass Dougal ein Buch bei sich trug. »Was ist das?«, fragte Lucien.

»Der Grund, warum ich gekommen bin und dich am Nachmittag vor dem ersten Ball der Saison belästige. Ich bitte um Entschuldigung, doch das konnte einfach nicht warten. Es gibt eine Geschichte zu erzählen, aber vielleicht ist es besser, wenn ich dir dies erst einmal zu lesen gebe.«

Lucien runzelte die Stirn. »Das Buch?«

Kopfschüttelnd öffnete Dougal das Werk und nahm einen zusammengefalteten Bogen Papier hervor. »Nein, diesen Brief.«

Als Lucien das Papier entgegennahm, erkannte er, dass es aus zwei Teilen bestand. Der erste war unzweifelhaft eine Verschlüsselung, denn es war ein Wirrwarr von Buchstaben, die keinen Sinn ergaben. Er blickte zu Dougal, der den Kopf in Richtung des Papiers neigte. »Das ist der Klartext.«

Lucien legte den zweiten Bogen Papier obenauf und las:

Problem mit Lady Macbeth. Müssen vielleicht dasselbe tun wie bei G. Treffen am Nachmittag des sechsten März. Besprechungsschrank.

Sehr kurz und bündig, und doch war der verschlüsselte Teil viel länger. Lucien sah Dougal an. »Diese kleine Nachricht ist bei all dem herausgekommen?«

»Ja. Sie war außerordentlich komplex. Seit Mittwochmorgen hat Jess daran gearbeitet.«

Das wäre Luciens nächste Frage gewesen. Er konnte sich nicht vorstellen, wen Dougal sonst mit der Entschlüsselung eines Codes beauftragt hätte. Jess war wegen ihrer Fähigkeiten, Codes zu knacken und Rätsel zu lösen vom Außenministerium angeworben worden. »Warum erzählst du mir erst jetzt davon? Und woher hast du das?«

»Jess hat mir erst heute Nachmittag davon erzählt, als sie den Code endlich geknackt hatte.« Dougals Stirn verfinsterte sich. »Sie hatte nicht gedacht, dass es so etwas wäre. Miss Shaughnessy hat es *hier* in der Bibliothek der Ladys gefunden. Sie gab es Jess, damit diese es entziffert. Die beiden gingen davon aus, dass es ein Liebesbrief oder eine andere harmlose Mitteilung wäre.«

Kat hatte das gefunden? Lucien las die Notiz noch einige Male durch. »Der ›Besprechungsschrank‹.« Er blickte Dougal stirnrunzelnd an. »So nennt Kent den Besprechungsraum im Obergeschoss.«

»Ich weiß. Bezeichnet ihn sonst noch jemand aus dem Außenministerium so?«

»Das weiß ich nicht, aber es ist möglich. Wir können nicht davon ausgehen, dass diese Notiz von Kent geschrieben wurde oder sie für ihn bestimmt war.«

»Nein, aber ich halte es für sehr wahrscheinlich, du nicht?«

»Das möchte ich nicht glauben, aber ja.« Lucien betrachtete Kent als einen Mentor. Der Gedanke, er könnte in den Mord an Giraud verwickelt gewesen sein, wenn man davon ausging, dass sich das »G« auf den verstorbenen Kurier bezog – und in den Plan möglicherweise noch jemanden umzubringen, wie diese Notiz anzudeuten schien –, war mehr als erschütternd. Es war fast verheerend. »Wer ist Lady Macbeth?«

Dougal presste die Lippen aufeinander. »Keine Ahnung, doch um wen auch immer es sich handelt, klingt in der Tat nach einem potenziellen Problem, wenn sie der eigentlichen Figur ähnelt.«

»Wäre diese Sache nicht so beunruhigend, wäre sie amüsant. Ich weiß nichts von einem Treffen am sechsten.« Lucien wurde über alle Treffen des Außenministeriums informiert, auch wenn er weder die Teilnehmer noch den Anlass derselben kannte. Auf diese Weise konnte er sicherstellen, dass keiner der Mitarbeiter den Sitzungsbereich betrat. So oft kam dies allerdings nicht vor.

»Wir könnten einfach Kent fragen, ob er etwas darüber weiß«, schlug Dougal vor.

»Das könnten wir, aber ich neige dazu, die Sache unter uns zu behalten und abzuwarten, wer bei dem Treffen erscheint.«

»Das gilt auch für mich.« Dougal hielt eine Hand hoch. »Ich habe dir nicht erzählt, was Jess über den Brief gesagt hat.«

»Erzähl schon«, entgegnete Lucien trocken.

»Sie hatte das Gefühl, als bestünden Ähnlichkeiten zwischen diesem Brief und dem von Giraud, den sie entziffert hat. Beide benötigten eine andere Textquelle, um den Code aufzulösen, aber Girauds Brief war einfacher und er hatte sich eines bekannten Textes bedient – der Bibel. Sie glaubt auch, dass die Handschrift, in der die beiden Briefe verfasst worden waren, die gleiche sein könnte.«

»Ich nehme an, das G in der Nachricht steht für Giraud.«

»Das nehme ich auch an.« Dougal verschränkte die Arme vor der Brust. »Ich wünschte, wir hätten den ursprünglichen Brief von Giraud noch.«

»Könnten wir ihn von Kent bekommen?«

»Welchen Grund sollten wir ihm nennen, ohne Verdacht zu erwecken? Ich glaube nicht, dass wir im Moment irgendjemandem trauen können. Was hat der Verfasser dieser Nachricht – und derjenige für den auch immer sie bestimmt war – mit ›G‹ gemacht?« Dougal blickte ihn mit einem finsteren Blick an. »Du denkst das Gleiche wie ich, da bin ich sicher.«

»Dass Lady Macbeth besser auf der Hut sein sollte.« Lucien lenkte seine Schritte zum Kamin. »Wer sind sie, und warum treffen sie sich? Wie gelangen sie außerdem in den Club? Es müssen Leute sein, die früher schon hier gewesen sind und sich leicht Zugang verschaffen können.«

»Wie wahr, denn dieser Brief war in der Bibliothek der Ladys deponiert worden. Meiner Meinung nach müssen wir davon ausgehen, dass der Verfasser eine Frau ist.«

»Oder jemand eine Möglichkeit gefunden hat, ihn dort zu hinterlegen. Vielleicht haben sie einen meiner Angestellten dazu benutzt.« Luciens Blut geriet in Wallung. Ihm gefiel es keineswegs, nicht die volle Kontrolle über den Club zu haben, doch dies hier war weitaus schlimmer. Jemand hatte ihn missbraucht, um Geschäfte zu tätigen, die sich seiner Kenntnis entzogen. »Was, wenn es sich dabei um das Außenministerium handelt? Der Phönix Club ist einer ihrer Kanäle für die Abwicklung von Geschäften.«

»Ich denke, wir müssen davon ausgehen, dass sie es sind.« Dougal bedachte ihn mit einem geheimnisvollen Blick.

»Angesichts dieses Briefes und seiner Ähnlichkeit mit dem angeblich von Giraud geschriebenen, können wir wahrscheinlich annehmen, dass Giraud den ersten, von Jess entzifferten Brief gar nicht verfasst hat.«

Lucien atmete aus. »Das können wir wohl, denke ich. Das unterstützt unsere Theorie, dass Giraud unschuldig war und er für die Verbrechen eines anderen büßen musste. Es war ein Glücksfall, diesen Brief hier zu finden.« Er warf einen Blick auf das Buch in Dougals Hand. »Wie heißt es?«

»*Diary of a Covent Garden Lady.*«

Das klang ganz wie etwas, das Kat lesen würde. Noch immer konnte Lucien nicht recht glauben, dass sie die Finderin war. »Weiß Kat, was in dem Brief steht?«

Dougal schüttelte den Kopf. »Nein, und Jess wird es ihr nicht sagen, zumindest nicht die Wahrheit. Sie wird behaupten, es sei ein dummer Liebesbrief.«

»Plant sie, eine Fälschung zu verfassen? Kat wird wahrscheinlich darum bitten, ihn zu sehen.« Darauf würde Lucien sein Leben verwetten. Sie konnte nicht anders, als neugierig und gründlich zu sein.

Dougals Augen leuchteten auf. »Brillant. Ich werde dafür sorgen, dass sie das tut, falls sie nicht schon selbst daran gedacht hat. Ich fürchte, sie wird heute Abend nicht am Ball teilnehmen. Sie hat zu viele lange Abende daran gearbeitet und ist insbesondere wegen des Babys erschöpft.«

»Ich verstehe. Bitte danke ihr von mir.« Lucien blickte auf die beiden Papierbögen. »Wir sollten das Buch so zurückstellen, wie Kat es gefunden hat. Unversehrt – mit dem gefalteten Brief darin. Hat Jess vielleicht eine Kopie des verschlüsselten Briefes angefertigt?«

»Das hat sie.« Dougal blätterte in dem Buch zu einer Seite und reichte sie Lucien. »Der Brief gehört dorthin.«

Lucien faltete den Brief und steckte ihn in das Buch. »Ich bringe es in die Bibliothek zurück. Wo gehört es hin?«

»Jess sagte, dass Miss Shaughnessy bei ihren Nachforschungen darauf gestoßen ist. Sie hat mehrere Bücher aus dem untersten Regal in der hinteren Ecke genommen. Du solltest leicht erkennen können, wo es hingehört.«

Lucien nickte. »Ich kümmere mich darum.«

»Was ist unser Plan für dieses Treffen?«, fragte Dougal.

»Ich weiß es nicht, aber das gefällt mir nicht.« Lucien hatte das Gefühl, er sei benutzt worden, und so war es auch. Man hatte ihn in diesem Club eingesetzt, um dem Außenministerium unterstellt zu sein. Lucien hatte sich allerdings mit dem Unternehmen identifiziert und betrachtete es nun als seins. Es *war* seins.

»Das tue ich auch nicht. Hier geschehen Dinge, von denen du nichts weißt. Ich kann mir vorstellen, wie du dich dabei fühlst.«

»Verflucht wütend. Ich muss mich fragen, ob nicht Leute, die im Club arbeiten, ihnen bei was auch immer behilflich sind. Es sollte eigentlich unmöglich sein, in den Club zu gelangen, ohne dass jemand etwas davon mitbekommt.« Doch genau das war vorgekommen. Erst vor wenigen Abenden, als es Cass gelungen war, Kat hineinzuschmuggeln. Auch letztes Jahr war es vorgekommen, als Cass und Fiona sich als Dienstmädchen verkleidet hatten, um sich Zutritt zum Club zu verschaffen. Plötzlich schien es nicht nur möglich, sondern absolut vorhersehbar, dass so etwas passierte. Lucien kämpfte seinen Zorn nieder. Mit seinen Sicherheitsmaßnahmen war er eindeutig zu nachlässig gewesen.

Lucien runzelte die Stirn. »Ich habe es gewusst und werde immer wieder darauf hingewiesen, dass es Leuten gelungen ist, den Club auf unterschiedliche Weise zu infiltrieren.«

»Offensichtlich, denn Miss Shaughnessy ist nicht einmal Mitglied«, bemerkte Dougal mit dem Hauch eines Zögerns, so als hätte er das nicht hervorheben wollen. »Was hatte sie überhaupt in der Bibliothek der Ladys verloren?«

»Cass hat ihr geholfen, hineinzukommen, damit sie Nachforschungen anstellen konnte, wie Jess dir berichtet hat.« Lucien massierte seine Stirn. »Ich muss offensichtlich die Sicherheitsstandards hochschrauben.«

»Gibt es Angestellte, denen du hundertprozentig vertrauen kannst?«, fragte Dougal.

»Vor einer halben Stunde hätte ich noch mit einem Ja geantwortet. Aber jetzt? Ich weiß es nicht. Wie du schon sagtest, denke ich nicht, dass wir irgendjemandem trauen können.«

Dougal warf ihm einen grimmigen Blick zu. »Vielleicht werden du und ich die Sicherheitseinheit sein müssen.«

»Reynolds kann hier Posten beziehen. Ich könnte ihn auf unbestimmte Zeit hier verpflichten.«

»Aber er ist dein Butler.«

»Er ist auch vollkommen vertrauenswürdig und wie du dich erinnerst, absolut in der Lage, mit jeder Situation fertigzuwerden, die sich eventuell ergeben könnte.«

Dougal hatte Reynolds in Spanien in Aktion gesehen. »Das tue ich in der Tat. Wenn du glaubst, es würde nicht zu viel Aufmerksamkeit erregen, wäre es gut, ihn hier zu haben. Wäre er imstande, ein paar Burschen anzuheuern, die ihm helfen könnten? Vielleicht könnte er die Männer zum Aufpassen in Schichten organisieren.«

»Eine brillante Idee, Dougal.« Lucien würde Reynolds mit der Rekrutierung der Männer betrauen, die ein wachsames Auge auf alles hielten und über alles Bericht erstatteten, was sie sahen. »Was ist mit den Leuten, die durch die Tür treten, als gehörten sie dazu? Was, wenn diese Leute, die zu dem Treffen kommen, Mitglieder sind?«

Dougal stieß die Luft aus und klang überfordert. »Du könntest den Club wahrscheinlich nie verlassen und alle im

Auge behalten, die hereinkommen. Ich sage das zum Scherz. Du kannst das absolut nicht tun. Was ist mit Arthur? Er kennt jedes Mitglied.«

Arthur war der Vorsteher der Diener und stand in der Eingangshalle Wache, wenn der Club geöffnet war. Bei den seltenen Gelegenheiten, bei denen er nicht dort war, übernahm Fulton seinen Platz.

»Was, wenn Arthur kompromittiert worden ist?« Lucien konnte nicht glauben, was er da sagte, geschweige denn, es zu denken. Seit der Club seine Türen geöffnet hatte, stand Arthur in seinen Diensten. Er war ungemein klug, organisiert und kannte den Club besser als jeder andere mit Ausnahme von Lucien, Evie und Ada. »Es würde mich niederschmettern, wenn dem so wäre«, meinte Lucien leise.

»Wir wissen nicht, ob dem so ist«, entgegnete Dougal beschwichtigend. »Du hast allerdings recht, wenn du allen gegenüber misstrauisch bist. Ich denke, es ist das Beste, wenn wir dies zwischen uns, Reynolds und seinen Helfern geheim halten.«

»Einverstanden.« Lucien verspürte eine kleine Erleichterung, aber auch gespannte Erwartung. »Bitte danke Jess und grüße sie von mir. Ich hoffe, sie bekommt all die Ruhe, die sie braucht und auch verdient. Sehe ich dich heute Abend?«

»Ja. Ich werde so oft wie möglich hier sein, insbesondere zwischen jetzt und Mittwoch.« Dougal nickte ihm zu, ehe er sich umdrehte und hinausging.

Anstatt das Buch in die Bibliothek zurückzubringen, entschied Lucien, dass er sofort mit seinem Butler sprechen musste. Noch für diesen Abend waren Sicherheitsvorkehrungen vonnöten, wenn das überhaupt möglich war.

Reynolds würde seinen Posten in Luciens Haus in der King Street nur ungern verlassen, doch er würde Freude daran haben, wieder eine Truppe zu führen. Und niemand war dafür besser geeignet als er.

Lucien hastete aus seinem Büro. Er hatte keine Zeit zu verlieren, da der Ball in wenigen Stunden beginnen würde. Er musste noch baden und sich ankleiden. Ach, verdammt, Reynolds fungierte normalerweise auch als sein Kammerdiener. Wenn der Butler und gleichzeitige Kammerdiener die meiste Zeit im Phönix Club wäre, würde Lucien seinen anderen Diener bitten müssen, diese Aufgabe zu übernehmen.

Zum ersten Mal dachte Lucien, es wäre schön, eine Frau zu haben. Sie könnte für die nächsten vierzehn Tage oder wie lange auch immer Reynolds hier im Club beschäftigt sein würde, die Rolle seines Kammerdieners spielen. Unverzüglich stellte er sich Kat in dieser Rolle vor und lächelte.

Dann stolperte er beinahe die verflixte Treppe hinunter.

Er dachte nicht daran, zu heiraten. Und ganz bestimmt nicht ausgerechnet Kathleen Shaughnessy.

Vielleicht machte ihm die Anspannung der letzten Zeit letztendlich doch noch zu schaffen.

KAPITEL 13

*K*at und Cass betraten den Phönix Club auf der Seite der Ladys, um an dem Schaltjahr-Ball teilzunehmen. Sie hätten auch die Eingangstür auf der Seite der Gentlemen benutzen können, aber da Ruark bereits im Club war, hatte Cass gemeint, sie sollten bei ihrem Eingang bleiben.

Kaum hatten sie den Ballsaal betreten, steuerte Ruark auf sie zu, den Blick auf Kat gerichtet. »Kathleen Shaughnessy?« Seine Kinnlade klappte kurz herunter – es war urkomisch – und dann bedachte er sie mit einem anerkennenden Lächeln. »Du siehst großartig aus. Man könnte meinen, du bist tatsächlich auf dem Heiratsmarkt.«

»Ach, sei still.« Kat verdrehte die Augen und mokierte sich. Sie wusste, dass sie verändert aussah und das war Sinn der Sache. Sie versuchte allerdings nicht, einen Ehemann anzulocken. Sie hoffte, einen bestimmten Clubbesitzer zu verführen ...

»Das ist eines der neuen Kleider, die ich für sie in Auftrag gegeben habe«, bemerkte Cass. »Ich liebe diese Farbe an ihr – es wirkt wie eine Flamme.«

Kat mochte es auch. Das Kleid war anders als alles, was sie je gesehen hatte, mit einem gelb-goldenen Mieder und einem Rock, der von einem blassen Pfirsich zu einem leuchtenden Rot-Orange überging. Es sah wirklich wie eine Flamme aus. Außerdem hatte Kat der Zofe von Cass erlaubt, ihr Haar auf kompliziertere Weise zu frisieren. Wahrscheinlich befanden sich tausend Haarnadeln und Kämme aus Rubin und Gold in ihrem Haar, die Cass ihr geliehen hatte. Sie hatte auch beschlossen, Schmuck zu tragen, was sie nur bei seltenen Gelegenheiten tat. Die dunklen Korallenohrringe waren ein wenig schwer und gewöhnungsbedürftig. Kat war sich ihrer Anwesenheit bewusst, hatte aber zumindest aufgehört, daran herumzuzupfen.

Ruark grinste Kat an, seine blauen Augen funkelten vor Humor. »Gut, dass die Gentlemen dich nicht zum Tanzen auffordern dürfen, sonst würdest du den ganzen Abend auf der Tanzfläche verbringen.«

»Wahrscheinlich würde ich mich eher im Garten oder in der Bibliothek verstecken.« Da Kat nun wusste, wo sich die Bibliothek befand und welche Schätze sie enthielt, würde sie wahrscheinlich einen Großteil ihrer Zeit während eines Balls dort verbringen, wie auch heute Abend.

Cass lachte. »Wirst du heute Abend jemanden zum Tanzen auffordern?«

»Vielleicht.« Sofort dachte sie an Lucien. Sie wollte mit keinem anderen tanzen. Und in Wahrheit wollte sie nicht einmal mit ihm tanzen. Wenn das aber die einzige Möglichkeit war, in seinen Armen zu sein, würde sie sie ergreifen.

Als sie Fallin in der Nähe entdeckte, entschuldigte Kat sich. Sie ging auf ihn zu und er begrüßte sie mit einem breiten Lächeln.

»Guten Abend, Miss Shaughnessy. Sie sehen heute Abend fantastisch aus.«

»Danke. Ich denke, es ist an der Zeit, dass Sie mich Kat nennen, da Ihre Frau und ich die besten Freundinnen sind.«

»Dann müssen Sie mich Dougal nennen. Ich muss mich immer noch an Fallin gewöhnen«, gab er in einem halblauten Tonfall zu.

»Wo ist Jess?«, fragte Kat, und blickte sich um.

Er warf ihr einen bedauernden Blick zu. »Sie wird heute Abend nicht hier sein, fürchte ich. Sie hat sich zu erschöpft gefühlt. Das passiert gelegentlich, seit sie schwanger ist. Sie hat mir aufgetragen, Sie von ihr zu grüßen und sie erwartet einen vollständigen Bericht über den Abend.«

Kat hatte einen Bericht über den Brief gewollt, den Jess entschlüsselte, aber sie konnte Dougal schlecht danach fragen. Ihre Enttäuschung beiseite schiebend versprach sie, Jess bald einen Besuch abzustatten Dann verabschiedete sie sich, und anstatt zu ihrem Bruder und Cass zurückzukehren, nahm sie den Weg am Rande des Ballsaals – auf der Seite mit den Erfrischungen und den Sitzgelegenheiten, denn die Tänzer und Musiker befanden sich auf der Seite der Gentlemen des Raumes – und hielt nach Lucien Ausschau. Sie harrte dort einige Minuten aus, um zu sehen, ob er auftauchte, doch dann war sie enttäuscht. Ohne ihn oder Jess flaute Kats Begeisterung für den Abend ab.

Vielleicht würde sich ihre Laune bessern, wenn sie sich eine Pause in der Bibliothek gönnte. Möglicherweise könnte sie dann sogar das Interesse aufbringen, einen Gentleman zum Tanz aufzufordern. Der heutige Abend wäre die perfekte Gelegenheit, einen potenziellen Liebhaber zu finden – es hatte keinen Sinn, sie jetzt noch als Objekte ihrer Forschung zu bezeichnen. Sie wusste, dass sie einen Mann begehrte, mit dem sie die Dinge erleben konnte, die Liebende erleben. Hatte es in der Bibliothek nicht ein Buch über das Tanzen gegeben? Ein Blick in dieses Buch könnte ihren Mut, wenn nicht gar ihre Lust wecken, sich auf die Tanzfläche zu wagen.

Als sie die Bibliothek erreichte, war sie froh, dass sie verwaist war. Sie schloss die Tür bis auf einen Spalt breit, in der Hoffnung, dass dies andere vom Eintreten abhalten würde.

Das Buch über das Tanzen stand in dem Regal oberhalb der unanständigen Bücher. Sie hatte fast alles gelesen, was sie neulich Abend mitgenommen hatte, aber zum Glück standen noch einige da, denn sie hatte nicht alles in die Tasche packen können.

Sie nahm das Buch in die Hand, von dem sie dachte, es handele vom Tanzen, und keuchte fast auf, als sie es aufschlug. Explizite Zeichnungen und Beschreibungen erotischer Handlungen sprangen Kat von der Seite ins Auge und weckten ihre lebhafte Fantasie. Natürlich hatte sie schon andere Zeichnungen gesehen, jedoch war keine davon war so anregend gewesen wie diese. Die Mienen der Menschen auf den Skizzen waren so echt, so *gefühlvoll*. Kat konnte praktisch spüren, was sie fühlten.

Sie blätterte die Seite um und starrte auf die Skizze einer Frau, die an einer Wand stand. Den Rock hatte sie dabei um die Taille geschlungen, während ein Mann vor ihr kniete, und sein Gesicht zwischen ihren Schenkeln vergraben war. Die Zeichnung zeigte die Frau im Zustand der Leidenschaft, mit geschlossenen Augen und geteilten Lippen. Mit einer Hand hielt sie ihren Rock und mit der anderen freien Hand umklammerte sie den Kopf des Mannes. Auf der nächsten Seite war die gleiche Szene zu erkennen, doch nun scheinbar aus der Perspektive des Mannes. Die Zeichnung zeigte das Geschlecht der Frau, und der Mann benutzte seine Hand, um ihre Schamlippen zu teilen. Seine Zunge war ausgestreckt, als ob er sie lecken wollte.

»Kat?«

Kat klappte das Buch um ihren Finger zu und drehte sich um. Sah ihr Gesicht so rot und heiß aus, wie es sich anfühlte? Auch ihr Körper war von Hitze gerötet. Nein, es war Verlangen. Ihr eigenes Geschlecht hatte pulsiert, als sie die Zeichnung eingehend betrachtet hatte.

»Lucien, du hast mich überrascht.«

Er war in den Raum gekommen, und fast bis zu der Stelle vorgedrungen, an der sie in der Ecke stand. Er ließ seinen Blick über sie schweifen. »Du siehst heute Abend besonders schön aus.«

Als er das Wort »besonders« benutzte, durchfuhr sie eine weitere Welle der Hitze und dieses vertraute Ziehen in der Brust.

Sie betrachtete seine elegante Abendgarderobe. Er war schwarz gekleidet, bis auf das gestärkte Weiß seines Hemdes und das schimmernde Elfenbein seiner Krawatte. Mitten in den blütenweißen Falten trug er eine kleine Smaragd-Anstecknadel. Er war so gut aussehend, dass sie beinahe zusammenzuckte, wenn sie ihn ansah. Was unglaublich lächerlich war. Sie reagierte wie eine ihrer Schwestern, wenn sie über Mr. Shiveley sprachen.

»Warum bist du nicht unten?«, fragte er.

»Jess ist heute Abend nicht hier, und dich habe ich nicht gesehen, also gab es nichts Interessantes, was mich dort unten hielt. Ich habe mir überlegt, ob ich mich nach potenziellen Herren zum Tanzen umsehen soll, da es ein Schaltjahr-Ball ist.«

Er machte einen Schritt auf sie zu. »Nur zum Tanzen?«

»Willst du herausfinden, ob ich die Absicht verfolge, einen willigen Teilnehmer für meine Forschung zu finden? Das habe ich immer im Hinterkopf.« Während Lucien, der einzige Teilnehmer, an dem ihr wirklich etwas lag, den Rest davon einnahm.

»Versprich mir, dass du heute Abend keinen Gentleman bitten wirst, dich zu küssen.«

»Ich werde nichts dergleichen tun.«

Er trat vor und stellte sich neben sie an das Bücherregal, seine Stirn verfinsterte sich. »Verdammt, Kat, du kannst dich doch nicht vor der Nase deines Bruders mit einem Gentleman davonstehlen.«

Ein Lächeln umspielte ihre Lippen, das sie aber zügelte. »Ist es nicht genau das, was ich in diesem Moment tue?«

Lucien runzelte die Stirn und gab dieses tiefe Knurren in seiner Kehle von sich, das gleichermaßen amüsant und verführerisch war.

»Wäre es nicht schöner, wenn du aufhören würdest, dich über deine Anziehung zu mir zu ärgern? Niemand muss je erfahren, was zwischen uns passiert, am wenigsten Ruark.«

»Ich bin zuversichtlich, dass Cass und er genau das Gleiche sagten, als sie miteinander anbandelten. Es war lediglich ein kleiner Fehler vonnöten – ein Diener hatte sie beim Verlassen einer Hausparty beobachtet und mir Bericht erstattet – und ihr Geheimnis war kein Geheimnis mehr.«

Kat rückte näher zu ihm und streifte dabei mit dem rechten Arm das Bücherregal. »Weiß irgendjemand, wo du bist?«

»Nein.«

»Es weiß auch niemand, dass ich hier bin. Aber niemand würde den Verdacht hegen, dass wir zusammen sind. An Abenden wie diesen bist du normalerweise beschäftigt, nicht wahr?«

»Ja. Insbesondere beim ersten Ball der Saison. Und wenn die Beteiligung nicht den Erwartungen entspricht.«

Sie nahm die Anspannung in seinen Schultern beim Sprechen wahr. »Tut sie das nicht?«

»Es ist zu früh, das zu sagen, aber seit die Geschichte über

Evies Vergangenheit bekannt geworden ist, haben in der Regel weniger Leute den Club besucht.«

»Das ist sicherlich eine vorrübergehende Situation. Der Phönix Club ist die beliebteste gesellschaftliche Anlaufstelle in London.« Nicht, dass Kat eine Autorität auf diesem Gebiet war, aber das hatte sie gehört.

»Ich weiß deine Zuversicht zu schätzen, wenn ich sie auch nicht teile.«

Sie erkannte, dass er ein Buch bei sich trug. Nicht nur irgendein Buch … »Woher hast du dies?«, fragte sie.

»Dougal hat es gebracht. Er hat mich gebeten, es in die Bibliothek zurückzubringen.« Er hielt es in die Höhe. »Es könnte tatsächlich für dich von Interesse sein.«

»Ich habe es schon durchgesehen. Neulich Abend, als ich hier war, um mir die Bücher auszuborgen.«

»Und dich auf die Seite der Gentlemen zu stehlen«, fügte er mit einem verführerischen Lächeln hinzu, bei dem ihr Herz einen Satz machte und dann sogar noch schneller schlug.

»Es gehört dort unten hin.« Kat deutete auf das halbleere Regalbrett. »Hast du es gelesen?« Wusste er von dem Brief? Wenn ja, würde er bestimmt etwas sagen. War Jess mit der Entzifferung des Briefes fertig geworden? Oder hatte sie das Buch schlichtweg nicht gebraucht und Dougal gebeten, es heute Abend zurückzubringen? Kat nahm sich fest vor, sie morgen zu besuchen.

»Das habe ich nicht. Ich bin nur gekommen, um es zurück zu stellen.« Er nickte zu dem Buch, das sie in der Hand hielt. »Was liest du gerade?«

»Ähm, ich lese nicht, sondern betrachte eher. Dieses Buch hier hat sehr viele Illustrationen.« Wieder konnte sie die Hitze in ihren Wangen fühlen.

Lucien bückte sich, um das Tagebuch der Prostituierten in das Regal zurückzustellen. Als er sich wieder aufrichtete, stand er dichter bei ihr. Hatte er das absichtlich getan? Kats Puls beschleunigte sich aufgrund seiner Nähe.

»Ich glaube, dieses Buch habe ich schon einmal gesehen.«

»Es ist weitaus interessanter – und lehrreicher als dasjenige, das du gerade zurück gestellt hast«, bekundete Kat. Hörte sie sich sonderbar an? Als wäre sie neun Jahre alt und beim Stibitzen von Papier aus dem Arbeitszimmer ihres Vaters erwischt worden? »Hast du dieses gesehen?» Sie schlug ihre Vorsicht in den Wind und öffnete das Buch vor seinen Augen, um ihm die Illustrationen zu zeigen, die sie bei seinem Eintreten betrachtet hatte.

»Nun ja, ich denke schon.«

»Das hast du bestimmt getan, nicht wahr?« Sie hielt den Atem an. Ihr ganzer Körper schien zu vibrieren, als die Luft zwischen ihnen immer dicker wurde. Alles fühlte sich plötzlich schwer an, aber auf eine wohlige Weise schwer, wie ein Haufen Decken in einer kalten Nacht.

»Ah, ja.« Jetzt klang er seltsam. Angespannt.

»Bringt diese Tätigkeit eine Frau zur Erfüllung?«

Er hielt den Blick auf die Illustrationen gerichtet. »Wenn der Mann es richtig anstellt.«

Kat hatte keinen Zweifel, dass er es richtig machen würde. »Wenn du mir das vielleicht demonstrieren möchtest, gibt es einen Geheimgang ganz in der Nähe ...«

Er schloss die Augen, und sie konnte ihn atmen hören. Sie konnte auch verfolgen, wie sich sein Brustkorb schneller hob und senkte, als dies in ruhigem Zustand der Fall wäre. Er schien ergriffen zu sein wie sie.

Als er die Augen aufschlug, bohrten sie sich unmittelbar in sie, und es war eine dunkle Glut in ihnen, die ihr Verlangen entflammte. »Wenn sich irgendjemand zwischen hier und dem Zwischengeschoss aufhält, werden wir getrennt weitergehen. Hast du das verstanden?«

Kat erstarrte. Er beabsichtigte, sie zu nehmen? Er wollte es ihr ... zeigen? Sie war sprachlos, also nickte sie.

Er nahm ihr das Buch ab und stellte es in das Regal zurück. Dann fasste er sie an der Hand und führte sie aus der Bibliothek. Er bewegte sich rasch, und sie musste große Schritte tun, um mit ihm mitzuhalten.

Abermals hielt sie den Atem an, als sie die Bibliothek verließen und in Richtung des Zwischengeschosses weitergingen, wobei sie betete, dass sie niemandem begegnen würden. Endlich schien es, als wäre das Schicksal ihr wohlgesonnen, denn sie erreichten das Zwischengeschoss, ohne einer Menschenseele zu begegnen. Lucien öffnete die Tür und zog sie nach drinnen. Dann schob er den Riegel vor.

»Hast du abgesperrt?«, fragte sie.

»Ja, und ich und Evie sind die Einzigen, die einen Schlüssel haben.«

»Evie ist nicht einmal in London.«

»Was genau der Grund ist, warum ich es dieses eine Mal erlaube. Der Zeitpunkt und der Ort könnten nicht ...«

»Perfekter sein«, beendete sie den Satz für ihn. Eine Vorfreude durchflutete sie, von der ihr ganz schwindelig wurde. Endlich würde sie erfahren, worauf ihr Geist und dann auch ihr Körper voller Sehnsucht gewartet hatten.

Im Geheimgang war es beinahe dunkel, aber weiter hinten in Richtung seines Büros flackerte ein Licht. »Heute Abend brennt hier ein Licht«, stellte sie fest.

»Ich benutze diesen Weg oft, um während der Bälle von einer Seite zur anderen zu gelangen, und deshalb zünde ich in der Mitte eine Wandlampe an.«

»Was für ein glücklicher Zufall.« Es war wirklich perfekt. Wie vorherbestimmt. Ausgerechnet an diesem Abend sollten sie zusammenfinden.

»Hast du mich gehört, Kat?« Seine Frage war dunkel und

fast ... verzweifelt. »Dies wird das *einzige* Mal sein. Ich werde
dir die Erfüllung zeigen.«

Sie musste schlucken, ehe sie ein Wort hervorbringen
konnte. »Wie in dem Buch?«

»Ja. Das ist in unserer derzeitigen Situation das Unkom-
plizierteste.«

Kat hatte die Zeichnung betrachtet und sich vorgestellt,
wie Lucien dies mit ihr machte, doch nun, wo sie beide allein
in diesem dunklen, kleinen Raum zusammen waren und er
ihr ankündigte, es zu tun ... fühlte sie sich, als hätte sie
Fieber. Es war allerdings nicht auf Krankheit zurückzuführen. Sondern es äußerte sich als pulsierendes, dringendes
Bedürfnis, dass er sie von ihren Qualen erlösen sollte.
Dennoch wollte sie nicht glauben, sie hätte ihn dazu
gedrängt.

Sie blickte zu seinem überschatteten Gesicht auf und war
kaum imstande, seine angespannten Züge zu erkennen. Sie
konnte überhaupt nicht ausmachen, wie er sich fühlte. »Ich
will nicht, dass du es tust, wenn du es nicht willst.«

Er zog sie zu der kurzen Treppe und drückte sie sanft
gegen die Wand. Hier war es etwas heller. Sie konnte das
dunkle Feuer in seinem Blick sehen.

Mit einer Hand umklammerte er ihre Taille, mit der
anderen umfasste er ihr Gesicht und dann blickte er ihr in
die Augen. »Kat, es gibt nichts, was ich lieber will. Ich habe in
den letzten Tagen an nichts mehr gedacht als an dies und es
lasten weiß Gott eine Menge Dinge auf meinem Verstand.
Aber du ...« Wieder knurrte er. »Du quälst mich und ich
kann es keinen Moment länger aushalten.« Er senkte den
Kopf und küsste sie. Kat wusste, was sie zu erwarten hatte,
und rief sich die Neigung seiner Lippen, die Bewegungen
seiner Zunge und die Wärme in seinem Mund in Erinnerung. Er küsste sie lang und leidenschaftlich und er domi-
nierte sie, als er seinen Körper an ihren presste und sie gegen

die Wand drückte. Sein Gewicht an ihr war wie ein köstliches Gefühl, das ihre Sehnsucht nährte.

Er ließ sein Becken an ihrem kreisen und entfachte damit einen quälenden Hunger in ihrem Geschlecht. Begehrlich wollte sie bekommen, was er ihr versprochen hatte – Erfüllung –, was auch immer das war, und somit wölbte sie sich ihm entgegen.

Er riss den Mund von ihrem los und hielt sie im Nacken, um ihr dann in die Augen zu schauen, die sie kaum geöffnet hatte, um festzustellen, warum er sie verlassen hatte. »Du hast meinen Bedingungen nicht zugestimmt.«

»Du hast sie nicht genannt.«

»Ich sagte, es wird ein Mal und nur ein einzige Mal geschehen. Bist du einverstanden?«

»Das ist eine Bedingung. Gibt es noch weitere?«

»Nein, nur diese eine.«

Kat klammerte sich an seine Schulter und seinen Rücken. »Ich stimme zu. Hör auf zu reden. Es sei denn, du willst mir erzählen, was du vorhast. Ich weiß eine gute Erzählung zu schätzen.«

Gelächter perlte aus seinem Mund hervor und wieder küsste er sie kurz, aber leidenschaftlich. »Du bist anders als alle Frauen, die ich je gekannt habe.«

»Ich hoffe, das ist etwas Gutes.«

»Im Moment ist es das Allerbeste«, flüsterte er, ehe er ihren Mund erneut in Besitz nahm und sie in einer Flut von Erregung und Sehnsucht mit sich riss. Er ließ seine Hand an ihrem Hals hinunterwandern und gelangte an ihrem Schlüsselbein an, wobei seine Finger über ihr nacktes Fleisch glitten.

»Du möchtest eine Geschichte hören?«, fragte er leise und fuhr mit seinen Lippen an ihrem Kinn und unter ihrem Ohr entlang. »Wir müssen auf dein Kleid achtgeben. Du musst es ganz vorsichtig halten, damit es nicht zerknittert.

Schaffst du das? Wenn nicht, sollten wir vielleicht nicht weitermachen.«

»Das kann ich bewerkstelligen.« Kat hätte auch die Höllenhunde besänftigt, wenn es bedeutet hätte, dass er sie nicht verlassen würde. Sie grub die Finger in seinen Rücken und seine Schulter. »Würdest du deinen Frack ablegen?«

»Das ist wirklich eine gute Idee.« Er ließ sie los, um das Kleidungsstück abzustreifen, und weil sie die Augen geschlossen hielt, hatte sie nicht die geringste Ahnung, was er damit anstellte. Dann fühlte sie, wie ihr Rock an ihren Beinen hinaufglitt und kühle Luft über ihre entblößte Haut strömte. Jetzt schlug sie die Augen auf und erkannte, wie er sich aufrichtete. »Halte das. Denk dran, ganz *vorsichtig*.«

Kat schloss die Finger um den Saum. »Lieber würde ich dich halten.«

Er lachte leise. »Wir alle müssen Opfer bringen, meine Süße.« Sein Blick fiel auf ihre Brust herab, während er die Hände nach oben führte, um ihre Brüste durch ihre Kleidung hindurch zu umfassen. »Dies ist meines. Ich möchte unbedingt deine Kleidung aufschnüren und an dieser Stelle an dir saugen.« Er strich mit seinen Daumen über ihre Brustwarzen. »Leider jedoch würde das dein Aussehen zu stark beeinträchtigen.«

Die Worte ‚*nächstes Mal*‘ lagen ihr auf der Zunge. Es würde kein nächstes Mal geben. Nur diese eine glorreiche, lebensverändernde Erfahrung. Sie konnte jetzt schon spüren, dass sie nie wieder dieselbe sein würde.

»Ist das alles, was du tun würdest?«, fragte sie mit leiser und dünner Stimme. »An mir saugen?«

»Ich würde dich streicheln, küssen, lecken und kneifen.« So gut es mit ihrer Kleidung möglich war, schloss er die Hände um sie, und ihre Brüste kribbelten vor Verlangen. Ihre Brustwarzen pochten, als würde er sie wirklich berühren. »Kat, du treibst mich fast zur besinnungslosen Hingabe.«

In diesem Moment wünschte sie sich, erleben zu können, wie er die Kontrolle verlor. »Es muss, glaube ich, ein wundervoller Anblick sein, dich in völliger Hingabe zu erleben.«

Er schaute ihr wieder in die Augen und strich ihr mit dem Daumen über die Lippen. Instinktiv leckte sie über die Stelle. Seine Augen verengten sich leicht. »Ja. Mach das noch einmal.«

Sie leckte ihn erneut.

»Jetzt saug daran.«

Sie tat, wie ihr befohlen, und nahm seinen Daumen bis zum Ansatz in den Mund. Mit der Zunge umschmiegte sie die Unterseite seines Fingers und saugte an seinem Fleisch. Er hielt die Augen geschlossen und teilte die Lippen. Es war keine vollkommene Hingabe, aber eine Ekstase, die sie ihm schenkte. Kat spürte eine Macht, mit der sie nie gerechnet hatte. Das erregte sie noch mehr. Sie hoffte, sie würde sich an jede Einzelheit dieser Begegnung erinnern können.

Er zog seinen Daumen zurück und benutzte ihn, um ihre Lippen zu befeuchten und sie zu teilen, ehe er mit seiner Zunge in ihren Mund drang. Ein leises Stöhnen erfüllte den Raum, und Kat stellte fest, dass es von ihr stammte. Sie konnte gerade noch ihren Rock festhalten, während er ihren Mund verheerte. Dann wanderte er zu ihrem Hals hinab und labte sich an ihr, während er mit den Fingerspitzen über ihre Schenkel strich. Er leckte so tief er konnte über ihre Haut, und als er mit seiner Zunge in ihr Dekolleté eintauchte, brachte er sie damit zum Keuchen. Sie sehnte sich danach, was er sich so sehr wünschte – sie wollte ihre Brüste befreien, damit er tun konnte, was er erzählt hatte. Davon würde sie für den Rest ihres Lebens träumen.

Sie spürte, wie er sich an ihrem Körper entlang immer

tiefer bewegte und dann verkrampfte sie sich, als sie seinen Atem an ihrem Geschlecht fühlte. Er drückte ihr einen keuschen Kuss auf den Oberschenkel.

»Sei nicht nervös«, raunte er ihr leise zu. »Ich glaube, du wirst es genießen. Wenn es dir in irgendeinem Moment nicht mehr gefällt, musst du mir das sagen. Das ist auch eine Bedingung, könnte man sagen. Bist du damit einverstanden?«

Sie hatte die Augen noch immer geschlossen und nickte.

»Kat, schau mich an.«

Sie öffnete die Augen und neigte den Kopf. Ihn so nah an ihrem Geschlecht zu sehen, ließ ihr Herz pochen. So viele seltsame Empfindungen rasten in ihrem Inneren. Kleine Schauder tanzten über ihre Wirbelsäule und in ihre Beine. Ihre Brüste fühlten sich schwer an und sehnten sich nach seiner Berührung. Ihr Geschlecht pulsierte vor Verlangen.

»Da du eine gute Geschichte magst, gestatte mir, dir eine zu erzählen. Ich werde dir Vergnügen bereiten und es wird in einem Orgasmus enden – oder in der Erfüllung, wie du zu sagen pflegst.« Sanft strich er mit den Fingerspitzen über ihre Schamlippen und sie ließ sich an die Wand sinken. »Halte dich an meiner Schulter oder meinem Kopf fest, wenn du musst, aber lass deinen Rock nicht los, und versuche um Himmels willen, ihn nicht zu zerknittern.«

»Ich werde es versuchen. Das ist sehr intensiv, Lucien.«

»Gut. Intensiv ist wundervoll. Das finde ich zumindest. Jetzt möchte ich, dass du deinen Fuß auf die zweite Stufe stellst. Damit wirst du dich für mich öffnen.« Er umfasste ihre Wade knapp unterhalb des Knies und setzte ihren Fuß auf die Stufe. »So. Ist das in Ordnung?«

Ganz eindeutig fühlte sie sich jetzt offen. Das steigerte ihre Vorfreude nur noch mehr. »Wann wirst du mich berühren?«

»Jetzt.« Er umfasste ihre Hüfte mit der linken Hand und

bewegte den Daumen der rechten an ihrem Geschlecht auf und ab, womit er sie gleichzeitig streichelte und neckte. »Fühlt sich das gut an?«

»Ja, aber ich will mehr. Es ist, als wäre etwas gerade außer Reichweite.«

»Das ist dann dein Orgasmus. Manche Frauen können ihn erleben, wenn sie hier, an der Klitoris, massiert werden.« Er ließ seinen Daumen gegen die Knospe an der Spitze ihres Geschlechts tippen.

Lust strahlte von dieser Stelle aus, und sie durchdrang ihren Unterleib, um bis in ihre Glieder zu strömen. Kat wimmerte wie ein Tier und hoffte, dass das nicht falsch war. Es wäre zu dumm, wenn dem so war, weil sie unfähig war, sich zu kontrollieren. Und ihre Hüften fingen an, sich zu bewegen und sie kreisten bei seiner Berührung auf der Suche nach Reibung.

»Andere Frauen«, fuhr er fort, »kommen, wenn sie penetriert werden. Es gibt eine Stelle im Inneren, die einen Orgasmus auslösen kann.«

»Kommen?«

»Wenn du einen Orgasmus hast, kommst du.«

Das war nicht verständlich. »Warum kommt man nicht an? Wenn es eine Erfüllung ist, würde man nicht kommen, sondern *ankommen*.

Wieder lachte er und sein Atem kitzelte ihr Fleisch. »Nur du würdest darüber debattieren. Willst du mich in dir fühlen?«

»Ja.«

Seine Hand strich von ihrer Hüfte zu ihrem Geschlecht und jetzt streichelte dieser Daumen ihr Geschlecht. Einer der Finger an seiner anderen Hand stieß sanft in ihren Spalt. »Hast du dies je zuvor selbst getan?«

»Nein.«

»Dann werde ich sehr behutsam vorgehen.« Stück für

Stückt drang er in sie ein und sein Daumen bewegte sich nach oben, um ihre Klitoris zu liebkosen, bis sie beinahe vor Lust keuchte.

Als sein Finger voll in sie eingedrungen war, krümmte er den Finger in seine Richtung. »Ist das die Stelle für dich?«

Es fühlte sich ganz bestimmt gut an. Weiße Lichter tanzten hinter ihren geschlossenen Lidern und sie tat, was er vorgeschlagen hatte. Mit der freien Hand fasste sie seinen Kopf. Doch das reichte nicht. »Ich weiß es nicht. Da muss noch mehr sein.«

»Und da ist mehr.«

Er zog seinen Finger fast vollständig zurück und dann stieß er wieder zu, wobei er immer noch langsam, aber schneller als beim letzten Mal vorging. »Wenn wir uns richtig vereinen würden, wäre dies, was mein Schaft mit dir machen würde.« Wieder und wieder stieß er in sie und legte mit jedem Mal an Tempo zu.

Der Gedanke, dass er dies mit seinem Geschlecht tun würde, entlockte ihr ein weiteres Stöhnen und sie musste sich gegen die Wand pressen, um nicht zusammenzubrechen. Alles war an der Stelle gebündelt, an der er sie berührte und sein Daumen quälte ihre Klitoris, während sein Finger erbarmungslos in sie drang.

»Das erregt dich«, meinte er mit einer tiefen und sinnlichen Stimme.

»Wie kannst du das wissen?«, fragte sie atemlos.

»Deine Muskeln krampfen sich um meinen Finger zusammen und du wirst feuchter. Fühlst du, wie leicht ich jetzt in dich dringe? Je mehr du erregt bist, umso feuchter wirst du werden und umso besser wird es sich anfühlen.«

Sie wollte, dass er nie wieder aufhörte. »Feuchter ist besser, ja«, murmelte sie und bog ihren Hals, als ihr Körper sich vor Verlangen anspannte. Dort war irgendetwas, gerade eben außer Reichweite. Sie musste nur dorthin gelangen. *Ich komme*, dachte sie. *Aha*. Aber sie dachte nicht, dass sie jetzt schon kommen würde.

»Wann werde ich wissen, dass ich erfüllt bin?«

»Du wirst es wissen, meine Süße.« Wieder küsste er sie und dieses Mal sehr nahe an ihrem Geschlecht. »Jetzt werde ich tun, was in dem Buch abgebildet war.«

Sie riss die Augen auf und dann blickte sie auf ihn hinab, um zu erkennen, dass er ihr Gesicht beobachtete. »Du wirst deinen Mund ... dorthin legen?«

»Ist das nicht, was du gewollt hast?«

»Wird mich das kommen lassen?«

»Ich denke ja.« Er lächelte und ihr Herz drohte, komplett auszusetzen. »Das hoffe ich. Ich werde mein Allerbestes tun. Kat, ich wünsche mir nichts mehr, als dir Vergnügen zu bereiten und dich in meinen Armen zergehen zu sehen. Wirst du das für mich tun?«

Sie glaubte nicht, dass sie sich zurückhalten könnte. »Ich fühle, wie sich etwas aufbaut. Als ob ich mich auf etwas zubewege.«

»Ja, bewege dich darauf zu. Und tu, was immer du tun musst. Du wirst mir nicht wehtun. Lass alle Geräusche heraus, die du hervorbringen willst. Niemand wird uns hier drin hören.«

»Es ist also vollkommen in Ordnung, wenn ich mich wie ein verwundetes Tier anhöre?«

»Es ist verdammt wunderschön«, krächzte er. »Ich kann keinen Augenblick länger warten, Kat.«

Sie grub ihre Finger in seine Kopfhaut. »Das kann ich auch nicht.«

Er leckte ihr Geschlecht und dann teilte er ihre Schamlippen, um seine Zunge in sie zu tauchen. Sie beobachtete ihn so gut sie konnte, und sie war von seinem Kopf zwischen ihren Beinen fasziniert. Es war genauso wie in dem Buch, aber es war natürlich real.

Dann lenkte er seinen Mund zu ihrer Klitoris und sie hörte auf, irgendwelche Vergleiche zu ziehen. Wieder schloss sie die Augen, als ihre Beine zu beben anfingen. Er küsste und saugte sie und bearbeitete ihr Fleisch, bis sie gleichzeitig wimmerte und stöhnte.

Erneut drang er mit den Fingern in sie ein, während er seine rücksichtslosen Aufmerksamkeiten mit seinem Mund fortsetzte. Ihre Hüften bewegten sich an ihm und sie betete, dass dies in Ordnung war. Sie wusste, dass es Teil der eigentlichen Vereinigung bildete, aber war es hierfür akzeptabel? Er hatte ihr gesagt, sie solle tun, was immer sie wollte, und dass sie ihm nicht wehtun würde.

Denke nicht, fühle einfach.

Kat schrie auf, als er das Gesicht an sie presste und mit seiner Zunge in sie drang. Sie war so nahe dran und ihr Körper taumelte auf dieses Licht der Seligkeit zu. Ihre Beine zitterten, doch bevor sie fallen konnte, hatte er sie aufgefangen und ihre Hüften fest gepackt, während er sie weiter leckte und saugte. Als sie wieder stabil war, bewegte er abermals eine Hand zwischen ihre Beine und brachte sich so in Stellung, dass er praktisch unter ihr war. Er hob ihr Bein von der Stufe und legte es sich über die Schulter.

Guter Gott, aber sie würde ihn reiten. Das war nicht wie auf der Abbildung, aber es fühlte sich verdammt gut an. Dann ging es los. Ein Gefühl der Verzückung entfesselte sich in ihr, als ihre Muskeln sich anspannten und das Vergnügen sie in Wellen überkam. Wieder und wieder schrie sie auf und ihre Oberschenkel spannten sich an.

Lucien ließ sie nicht los. Er hielt sie und streichelte sie mit seiner Zunge und den Fingern, bis sie vollständig erlöst war.

»Ich bin angekommen«, krächzte sie.

Irgendwie brach sein Gelächter durch ihren benommenen Zustand. Er liebkoste ihre Hüfte, ihren Rücken, und ihre Oberschenkel, als sie langsam wieder sie selbst wurde. Er hatte gesagt, sie würde auseinanderfallen und genauso hatte es sich auch angefühlt. Und was für eine spektakuläre Art und Weise es war, zu brechen.

»Du kannst dein Kleid jetzt loslassen.« Lucien klang, als würde er stehen und sie konnte ihn nicht mehr zwischen ihren Beinen fühlen. Sie hätte nicht sagen können, wann er aufgestanden war.

»Ich scheine irgendwohin gegangen zu sein«, meinte sie und schlug die Augen auf, um ihn an der gegenüberliegenden Wand lehnen zu sehen. Es war nicht weit entfernt, denn der Gang war recht eng.

»Ich glaube, du hast gesagt, du wärst angekommen.« Ein Lächeln umspielte seinen Mund und wenn sie nicht so schrecklich schwach vom Ankommen gewesen wäre, hätte sie sich auf ihn zubewegt und ihn geküsst.

»Ist mein Kleid in einem guten Zustand?«, fragte sie und bemerkte, dass er seinen Frack angezogen hatte, während sie verloren gewesen war.

Er ließ seinen Blick nach unten wandern. »Untadelig. Es ist ein atemberaubendes Kleid. Du siehst hinreißend darin aus.«

»Solange ich nicht hingerissen aussehe.«

»Deine Wangen sind gerötet, aber wenn du noch etwas wartest, bis du nach unten gehst, wirst du normal aussehen.«

»Ich weiß nicht, was es ist, aber wenn du sagst, dass niemand meine Veränderung bemerken wird, wäre das vermutlich das Beste. Ich werde allerdings *nie wieder* dieselbe sein und dafür danke ich dir von ganzem Herzen.«

Er stieß sich von der Wand ab. »Ich werde mein Büro aufsuchen. Du nimmst den Weg, auf dem wir hereingekommen sind. Wir können nicht riskieren, zusammen hinauszugehen.«

»Das ist vernünftig.« Sie fasste ihn an der Hand. »Ich danke dir. Wirklich. Ich weiß, du hast … gezaudert.«

Er drehte sich zu ihr und legte die Hände um ihr Gesicht. »Kat, ich bedauere nicht einen Augenblick und ich hoffe, das tust du ebenfalls nicht. Aber das ist alles, was es für uns sein wird.«

»Ich weiß.« Und schon wieder war da dieses Gefühl zu zerbrechen, doch es war anders. Dies war vollkommen emotionaler und ganz und gar nicht körperlicher Natur.

Er küsste sie auf die Wange und sie spürte seine Wärme. Es kam ihr in den Sinn, dass er keine Erfüllung gefunden hatte. »Was wirst du jetzt tun?«, fragte sie.

»Was meinst du?«

»Wirst du einfach zum Ball nach unten gehen, ohne … ich weiß nicht … ohne dich selbst zu befriedigen?«

Er schüttelte den Kopf und lächelte dabei schwach. »Tu mir einen Gefallen und bitte mich nicht, mit dir zu tanzen. Ich könnte es nicht aushalten.« Er ließ ihre Hand los und marschierte die Treppe hinauf zu seinem Büro.

Kats Körper brummte von einer befriedigenden Seligkeit, die sie nicht beschreiben konnte – aber sie würde es versuchen. Später, wenn sie nach Hause zurückkehrte und wahrscheinlich die ganze Nacht aufblieb, um jeden Moment neu zu durchleben damit sie ihn aufzeichnen konnte. Für ihre Forschungen oder die Nachwelt? Wie oft würde sie dies in den kommenden Jahren lesen?

Sie würde zwei Kopien anfertigen – mindestens. Denn sie würde sie wieder und wieder lesen, bis die Blätter zerfielen. Und dann würde sie sie neu schreiben.

Nichts wäre je mit dieser Nacht vergleichbar. Und das wollte sie auch nicht.

KAPITEL 14

ucien trat durch die geheime Tür des Bücherregals und zog sie wieder zu. Sein Blick war unstet, als er den Wahnsinn zu begreifen suchte, in den er sich gerade verstrickt hatte. Es gelang ihm, den Barschrank mit den Spirituosen aufzufinden und sich ein Glas Whisky einzuschenken. Er kippte es hinunter und schmeckte den Alkohol kaum, ehe er in seinem Magen ankam. Anstatt sich ein weiteres Glas einzuschenken, stellte er es ab und stolperte zum Kamin.

Er stützte die Hand auf den Kaminsims, neigte den Kopf und atmete tief ein, um seinen rasenden Puls zu beruhigen. Im Gegensatz zu Kat, war er nach ihrem Orgasmus keineswegs in einen entspannten Zustand geraten. Er war vor Lust erregter als je zuvor.

Was willst du jetzt tun?

Sich selbst befriedigen – das *sollte* er tun. Doch das wäre eine weitere Kapitulation. Verdammt, er hatte sich bemüht, sich vor ihr fernzuhalten. Er hatte sich auf den heutigen Abend gefreut, denn er hatte gedacht, sie würde ihn vielleicht zu einem Tanz auffordern, und dass er zumindest auf diese Weise die Möglichkeit bekam, sie berühren zu können. Lieber Himmel, hatte er sich wirklich so sehr nach ihr gesehnt, dass er sich auf eine so unbefriedigende Interaktion einlassen musste?

So war es offensichtlich. Denn sie hatte ihm nur eine erotische Illustration zeigen müssen, und schon war es vollends um seinen verdammten Verstand geschehen gewesen. Das und die geringste Andeutung auf den Geheimgang. Dies war der einzige Ort, an dem er sich fast vollkommen sicher fühlte, dass sie niemals entdeckt werden würden.

Er straffte sich, nahm die Hand vom Kaminsims und strich sich damit über das Gesicht. Er war auf sich selbst wütend, doch er bedauerte sein Tun nicht. Als er ihr gesagt hatte, es würde nur dieses eine Mal geben, hatte er seine Worte ernst gemeint. Das machte die Sache doch wieder wett, nicht wahr? Er lachte, und es war ein kratziger, heiserer Laut, der mit Humor nichts zu tun hatte.

Nein, es war ganz und gar nicht in Ordnung. Sie war Ruarks Schwester, und nach Luciens Reaktion auf die Beziehung von Ruark und Cass war dies mehr als heuchlerisch. Es würde allerdings nie wieder vorkommen.

Außer, wenn er sie hierher zurückholen könnte, würde er keine Sekunde zögern. Eines war sicher: Er konnte einfach nicht mit dieser pochenden Erektion und unerfüllten Lust auf dem Ball erscheinen.

Er stieß eine Abfolge von Schimpfwörtern aus und ließ sich in seinen Sessel neben dem Kamin fallen. Dann lehnte er den Kopf zurück und mit geschlossenen Augen knöpfte er seinen Schritt auf.

Kats Duft und Geschmack erfüllten seine Sinne, als er seinen Schaft aus seiner Unterwäsche befreite und ihn streichelte. Er stellte sich ihre Hand um ihn herum vor, ihren neugierigen Blick, ihre vollen Lippen, die sie sich voller

Erwartung leckte. Er stöhnte auf, als sein Körper der Erlösung entgegen stürmte.

»Kann ich helfen?«

Lucien riss die Augen vor Schreck auf, als würde der Club in Flammen stehen. Er entdeckte sie nicht sofort. Sie stand halb in und halb außerhalb des Geheimganges und hatte ihren Körper in das kaum geöffnete Bücherregal gepresst. Hatte er es nicht ganz geschlossen? Sie hätte nicht wissen sollen, wie der Mechanismus bedient wurde, um hereinzukommen.

Die Hand, die er um seinen Schaft gelegt hatte, kam zum Stillstand, doch er erschlaffte nicht. Im Gegenteil, es strömte noch mehr Blut hinein und machte ihn fast unerträglich steif. »Du solltest nicht hier sein«, brachte er heiser hervor.

»Ich weiß, aber ich bin gekommen, um mich zu vergewissern, ob mit dir alles in Ordnung ist. Das konnte ich mir nicht vorstellen. Wenn du mich verlassen hättest, bevor ich angekommen wäre, hätte ich den Rest des Abends nicht mehr aushalten können. Oder vielleicht sogar den Rest meines Lebens.« Sie lachte, und er hätte zurückgelächelt, wenn er nicht solche Qualen leiden würde.

»Du bist ein Schatz.« Und das war sie wirklich. Von nun an würde er immer an ankommen denken, wenn er kam. So wie sie bekundet hatte, für immer verändert zu sein, war er es auch. Noch nie hatte er eine solche Erfahrung mit jemandem wie ihr geteilt - jemandem, der mit solcher Freude neugierig und so verdammt aufrichtig war.

Sie trat ganz in das Büro, ihr Blick wanderte zu seinem erigierten Schaft. »Ich könnte dir behilflich sein, wenn du möchtest. Du wirst mich wahrscheinlich anleiten müssen, aber ich bin sehr lernwillig.«

»Natürlich bist du das. Das wird eine Sauerei werden. Bist du sicher, dass du nicht lieber zuschauen willst?« Gott, das wäre wahrscheinlich noch schlimmer. Ein Tropfen

Feuchtigkeit zeigte sich auf seiner Eichel, als sein Schwanz zuckte.

»Das ist ungemein verführerisch.« Sie tat einen Schritt auf ihn zu. »Aber da es ein Schaltjahr-Ball ist und es damit mir zufällt, die Fragen zu stellen, möchte ich noch einmal wissen, ob ich dir helfen darf. Du kannst vermutlich ablehnen, aber das wäre wirklich unhöflich.«

Jetzt lachte er tatsächlich. Nur Kat war imstande, es so zu drehen, dass er nicht ablehnen konnte, ohne das Gesicht zu verlieren. »Du willst damit sagen, ich sei kein Gentleman, wenn ich mich nicht von dir befriedigen lasse?«

»Nennt man das so? Und ja, du wärst ein Schuft.«

»Nach dem, was ich mit dir im Geheimgang gemacht habe, bin ich ganz unzweifelhaft ein Schuft.« Ein weiteres Aufflammen seiner Lust erfasste ihn. Gott, er konnte sie immer noch schmecken. »Dafür gibt es viele Namen«, entgegnete er und beantwortete damit ihre Frage.

Sie legte den Kopf schief. »Was wirst du tun, um zum Orgasmus zu kommen?«

»Ich werde mich streicheln, bis ich ... komme.«

»Du hast gesagt, es würde unschön werden.«

»Der Samen eines Mannes ist viel unfeiner als die ... Feuchtigkeit einer Lady. Er wird aus der Eichel spritzen.«

Sie nickte vage. »Das ist vermutlich notwendig, um sicherzustellen, dass die Frau schwanger wird, was der eigentliche Sinn der Paarung war.«

»Ich bin mir nicht sicher, ob das der Fall ist. Wenn dem so ist, warum fühlt es sich dann so verdammt gut an? Das solltest du einmal genauer untersuchen.« Er konnte kaum fassen, dass er in diesem Moment imstande war, diese Unterhaltung mit ihr zu führen, doch es gab nichts, was er lieber getan hätte.

»Du wirfst eine höchst interessante Frage auf. Ich werde ihr ganz bestimmt auf den Grund gehen.« Sie kam heran, um sich vor ihn zu stellen, wobei sie zwischen seinen Beinen Aufstellung nahm. »Zeig mir, wie du dich streichelst.«

»Hast du mir nicht von der Tür aus zugeschaut?«

»Das habe ich, aber ich will es noch einmal von diesem näheren Aussichtspunkt sehen.«

Lucien führte seine Hand an seinem Schaft entlang und ließ sie wieder bis zum Ansatz zurückgleiten. Ihr Blick war auf seine Bewegungen konzentriert und er fragte sich, wie oft er sich wohl streicheln müsste. Zweimal? Dreimal? Nicht sehr oft.

»Das würde ich tun?«, fragte sie.

»Ja.« Aber es würde sich so viel besser anfühlen.« Er nahm seine Hand fort. »Schling deine Hand um den Ansatz.«

Mit sanftem Griff umfasste sie ihn und für einen kurzen Moment schloss er die Augen, wobei er ein leises Grollen ausstieß. »Dieses Geräusch gefällt mir«, meinte sie und überraschte ihn damit. »Das ist sehr animalisch. Ich lerne, dass wir gar nicht so anders als die Tiere sind.«

»Es ist alles ein Urtrieb.« Lucien war kaum imstande, Worte zu bilden, während sie ihre Hand an seinem Schaft auf und ab bewegte. Er sah ihr dabei zu und sein Körper spannte sich vor Erregung an, was ihm beinahe den Verstand raubte.

Sie fing an, sich niederzuknien. Er fasste sie am Arm. »Tu es nicht. Dein Kleid. Was tust du?«

»Ich möchte meinen Mund auf dich legen, wie du es bei mir getan hast. Ich weiß, dass das nicht unüblich ist.«

»Nein, das ist es nicht. Aber für *dich* ist es überhaupt nicht üblich. Verdammt, Kat, ich sagte, das, was wir getan haben, sei ein einzigartiges Ereignis gewesen.«

»Dies ist eine andere Situation«, entgegnete sie. »Ich befriedige *dich*.«

Wie konnte er daran etwas falsch finden?

Er gab es auf. Und wirklich, hatte er je auch nur eine

Chance gehabt? »Setz dich auf den anderen Stuhl, aber versuche, dein Kleid nicht zu zerknittern.«

Sie beeilte sich zu gehorchen und setzte sich in den Sessel ihm gegenüber. Lucien vergewisserte sich rasch, dass die Bürotür verschlossen war, was er schon hätte tun sollen, als er vom Geheimgang hereingekommen war.

Als er zu ihr zurückkehrte, betrachtete sie ihn unter schweren Lidern hervor, mit geteilten Lippen, wobei die Zungenspitze gerade noch sichtbar war. Er musste seine ganze Willenskraft aufbringen, um nicht in ihren Mund zu stoßen.

»Erinnerst du dich daran, wie du an meinem Daumen gelutscht hast?« Irgendwie gelang es ihm, sie dies durch den Nebel der Lust in seinem Gehirn zu fragen. Als sie nickte, fuhr er fort. »Mach das mit meinem Schaft.«

»Wunderbar«, murmelte sie, mit einer Miene, die Hunger und Verlangen widerspiegelte. Ja, es war Ehrlichkeit. Nichts an ihr war gekünstelt. In diesem Moment war sie ganz und gar bei ihm, was ihm auf eine Weise das Gefühl gab, vollständig und komplett zu sein, wie er es wahrscheinlich noch nie zuvor erlebt hatte. »Komm zu mir«, meinte sie heiser.

Er bewegte sich auf sie zu, bis er vor ihr stand, und keuchte, als sie seinen Schaft mit beiden Händen umklammerte. Zunächst liebkoste sie ihn langsam und streichelte mit dem Daumen über die Eichel. »Bist du hier empfindsamer?«

»Ich bin überall empfindsam.«

Sie streichelte tiefer und berührte seine Hoden. »Hier auch?«

Er beugte sich über sie und hielt sich an der Sessellehne fest. »Ja. Bitte, Kat. Nimm mich in deinen Mund.«

Sie legte ihre Lippen um ihn, und er zuckte zurück. »Warte«, sagte er und unterbrach den erotischsten Moment

seines Lebens. »Ich habe gesagt, das ist schmutzig. Es wird ...
Sperma ...«

»Soll ich es schlucken? Das scheint am saubersten zu sein.
Und ist es nicht das, was man normalerweise macht?« Sie
hörte nicht auf, ihn zu reizen, während sie sprach, und er
glaubte, sterben zu müssen.

»In der Regel, ja«, krächzte er. »Aber manche Frauen
mögen es nicht.«

Sie hob eine Schulter und leckte sich über die Lippen.
»Ich lasse es dich wissen, wenn ich es probiert habe.«

Dann beugte sie sich vor und nahm seinen Schaft auf die
gleiche Weise in den Mund, wie seinen Daumen. Ihre Zunge
umspielte die Unterseite seines Schafts, und sie saugte ihn
bis ganz hinten in ihrer Kehle.

Beinahe wäre er gekommen. Er grub die Finger in den
Sessel und kämpfte gegen sein Verlangen an, sie zu berühren,
um ihre elegante Frisur nicht zu zerstören. Doch als sie
anfing, ihren Kopf zu bewegen und ihn in Ekstase versetzte,
umfasste er ihr Schlüsselbein und drückte mit den Fingern
in ihren Nacken.

Mit der einen Hand hielt sie sein Hinterteil umklammert,
und ihre Nägel gruben sich in sein Fleisch, während sie mit
ihren Lippen und ihrer Zunge über und um ihn herum arbeitete und Dinge tat, um die er sie niemals hätte bitten können.
Er war jetzt schon so lange nahe dran, dass er sich kaum
noch im Zaum halten konnte. Er konnte es nicht mehr. Sie
hatte ihn ganz und gar erobert, und er wollte nichts anderes,
als sich ihr völlig hinzugeben.

»Kat, ich ... komme.« Er stieß in ihren Mund, unfähig,
sich zurückzuhalten. Seine Hoden zogen sich zusammen und
er schrie auf, als sein Orgasmus über ihn hereinbrach.

Fast hätte er ihren Namen herausgerufen, doch er konnte
sich gerade noch davon abhalten. Sein Büro war nicht so
schallisoliert wie der Geheimgang. Mit geschlossenen Augen

hielt er sich an ihr fest, als wäre er in wilde Gewässer gestürzt. Sie war sein Anker, das Einzige, was ihn davor bewahrte, gänzlich in ferne Sphären zu entschwinden.

Allmählich wurde er langsamer, und die Stöße seiner Hüften verebbten. Sie löste ihren Mund von ihm, und als er die Augen aufschlug, fuhr sie gerade mit den Fingerspitzen über ihre Lippen.

Sie blickte mit einem vollkommen entzückenden Lächeln zu ihm auf. »Ich hoffe, du bist gut angekommen.«

»Es ging mir nie besser.« Ihm wurde klar, dass es stimmte. Das erotischste Erlebnis seines Lebens im Geheimgang war hiervon irgendwie noch übertroffen worden.

»Das Schlucken ist ein wenig gewöhnungsbedürftig, muss ich zugeben.«

Lucien erstarrte. Es fiel ihm schwer, seine Gedanken zu sammeln, und diese Bemerkung von ihr trug nicht zur Verbesserung ihrer Situation bei. Es gelang ihm, seinen Schaft wieder unter seine Kleidung zu schieben und seinen Schritt zuzuknöpfen. »Du brauchst nicht zu schlucken, wenn du es nicht willst. Ich kann mich auch anderswo erlösen.«

Ihre Augen leuchteten vor Interesse. »Wo?«

»Deine Neugierde verblüfft mich immer wieder. Vielleicht auf deinen Brüsten.«

Sie holte tief Luft und verzog den Mund. »Oh. Nun. Das nächste Mal könntest du mir das einmal zeigen.«

Lucien schüttelte mit aller Heftigkeit den Kopf. »Nein. Nein, es wird kein nächstes Mal geben. Ich habe es vollkommen ernst gemeint, dass dies ein einmaliges Ereignis ist, und du hast zugestimmt.«

Sie zog eine Augenbraue hoch. »Willst du dieses schwache Argument wirklich noch einmal vorbringen? Wir hatten jetzt zwei einzigartige Ereignisse, und ich für meinen Teil freue mich schon sehr auf das dritte. Ich verstehe, dass wir vorsichtig sein müssen, und wie du sagtest, war dies eine perfekte Gelegenheit in Bezug auf Zeit und Ort. Ich bin zuversichtlich, dass wir noch einmal eine solche Gelegenheit finden werden, sei es in einigen Tagen oder in ein paar Wochen. Ich kann geduldig sein, zumal ich jetzt die Erfüllung verstehe und sie eventuell sogar selbst herbeiführen kann.«

Verdammt noch mal, jetzt würde er sich dieses Bild beinahe ständig vorstellen. Der Gedanke an Kat im Zustand ihrer Selbstbefriedigung reichte seinem Schaft, um sich gleich wieder zu regen. Er starrte sie an und fragte sich, wie er sich verdammt noch mal so hier hinein verstrickt hatte. Und warum er nicht so schnell und weit er nur konnte von ihr wegrannte.

Weil er sie begehrte. Er mochte sie. Er sehnte sich so sehr nach ihr, wie er es noch nie erlebt hatte. Und, Gott half ihm, das war erst der Anfang.

Nein, das konnte es nicht sein. Er konnte nicht erlauben, dass es weiterging.

»Was soll ich nur mit dir machen?«, flüsterte er.

Sie grinste. »Sehr viele Dinge, gemäß dessen, was du kürzlich gesagt hast. Ich werde eine Liste anfertigen.«

Anstatt zu antworten – denn was konnte er eigentlich sagen? – wischte sich Lucien mit der Hand über das Gesicht.

»Ich sollte wahrscheinlich gehen«, bemerkte Kat und erhob sich von ihrem Sessel.

»Du nimmst den Weg durch den Geheimgang. Ich muss jetzt wirklich nach unten gehen. Ich bin schon viel zu lange fort.« Man vermisste ihn ganz bestimmt. Er ratterte die Entschuldigungen für seine Abwesenheit in Gedanken durch. »Du solltest für zehn Minuten in die Bibliothek zurückkehren – wir sollten besser nicht gleichzeitig beim Ball erscheinen.«

Sie nickte. »Das kann ich tun. Ich freue mich darauf, das Buch aus der Bibliothek zu holen und es mit nach Hause zu nehmen, obwohl ich es wahrscheinlich nicht auf den Ball mitnehmen sollte.«

»Lieber Himmel, nein, bitte tu das nicht.«

»Dann werde ich es holen, ehe ich gehe. Es wird überaus hilfreich sein, wenn ich unsere Liste erstelle.«

Unsere Liste. Sie hatte die volle Absicht, wieder mit ihm zusammenzukommen.

Er fürchtete, dass es sinnlos war, sie aufzuhalten, da er sich nichts mehr wünschte.

∿

*A*m Tag nach dem Ball stattete Kat ihrer Freundin Jess einen Besuch ab und erfuhr, dass es sich bei dem verschlüsselten Brief tatsächlich um einen Liebesbrief handelte, obwohl der Verfasser und Empfänger, für den er vorgesehen war, unbekannt blieben. Jess hatte ihr eine entschlüsselte Kopie übergeben. Wenn es auch faszinierend war zu erfahren, auf welche Weise Jess den Brief entschlüsselt hatte, hatte Kat sich eigentlich bereits von diesem Projekt abgewandt. Sie war weitaus stärker daran interessiert, ihre Liste der Forschungsthemen zu erweitern, die sie mit Lucien untersuchen wollte.

Obwohl sie darüber nachgedacht hatte, Jess ins Vertrauen zu ziehen und ihr zu erzählen, was mit Lucien geschehen war, hatte Kat sich letztendlich dagegen entschieden. Das Ereignis war in ihr Gedächtnis eingebrannt, was wahrscheinlich daran lag, dass sie fast die ganze Nacht wachgeblieben war, um jede Einzelheit auf eine Weise festzuhalten, dass sie zu einer sehr persönlichen und intimen Erinnerung geworden war. Keine andere von ihr durchgeführte Untersuchung war damit vergleichbar.

Hinzu kam noch Luciens Obsession, dass niemand etwas erfuhr, wofür sie Verständnis hatte. Es wäre Kats Ruin, nicht, dass sie das irgendwie kümmerte, doch die Sache würde ein schlechtes Licht auf ihre Familie werfen. Es würde sich außerdem negativ auf Lucien auswirken, was er derzeit bei allem, was sonst noch vor sich ging, ganz und gar nicht gebrauchen konnte. Sie hoffte, dass seine Aufregung sich ein wenig gelegt hatte, und wünschte, sie hätte ihn im Anschluss an ihre aufregenden Begegnungen befragt.

Drei Tage später pulsierte ihr Körper noch immer vor zufriedener Glückseligkeit. Oder vielleicht war es auch Vorfreude. Beides, dachte sie. Sie wollte Lucien unbedingt wiedersehen, doch sie wusste nicht, wann das passieren würde.

Würde er sie meiden? Das vermutete sie. Er war so zögerlich gewesen, sich ihrer gegenseitigen Anziehung hinzugeben. Und sie hatte gesehen, wie stark es ihn berührt hatte – ebenso wie sie selbst.

»Bist du schon fertig?«, fragte Cass, als sie in ihrer Abendgarderobe in die Eingangshalle rauschte. »Du siehst bezaubernd aus.«

»Danke.« Kat fiel auf, wie seltsam es war, dass sie auf Cass wartete und nicht umgekehrt, doch sie hegte die Hoffnung, dass Lucien heute Abend auf dem Empfang sein würde, und sie wollte unbedingt dorthin gelangen. Das war auch der Grund, warum sie sich besonders sorgfältig zurechtgemacht hatte.

Cass' Blick hielt bei Kats Kopf inne. »Du hast dich wieder von Eliza frisieren lassen.«

Seit Kat bei ihnen wohnte, hatte sie sich gegen eine eigene Zofe gesträubt, obwohl Cass sich wirklich Mühe gegeben hatte, sie zu überreden. Manchmal nahm sie Hilfe beim Ankleiden in Anspruch, doch alles weitere erschien ihr unnötig und aufdringlich. Kat schätzte ihre Einsamkeit und mochte es gar nicht, wenn andere Leute Aufhebens um sie machten. Als sie sich jedoch in Erinnerung rief, wie Lucien sie auf dem Ball betrachtet hatte, war Kat zu dem Schluss gekommen, dass es die Mühe wert war. »Das habe ich.«

»Nun, das ist … entzückend.« Cass war eindeutig überrascht. »Sollen wir jetzt gehen?«

»Kommt Ruark nicht?«

»Nein, er ist mit Lucien und Dougal und wer weiß wem sonst noch im Club.«

Plötzlich wurde die Halle dämmriger und Kat musste ihre Schultern straffen, damit sie nicht zusammensackten. »Kommt keiner von ihnen zum Empfang?«

»Ich glaube nicht. Sie haben eine Art Lagebesprechung, wie sie neue Mitglieder anwerben oder die alten zurückgewinnen können.« Cass winkte ab. »Ich bin nicht ganz sicher.« Sie strebte zur Tür und der Butler öffnete sie.

Kat würde den Empfang nun ohne einen Anflug von Interesse besuchen, und sie folgte Cass nur widerwillig aus dem Haus. Als sie in die Kutsche stiegen, erkundigte sie sich: »Wie lange müssen wir bleiben?«

Cass lachte. »Du hast diese ganze Mühe auf dich genommen und nun willst du nur eine Stippvisite machen?«

Schulterzuckend versuchte Kat, kein finsteres Gesicht zu machen. »Ich dachte, es wären mehr Leute da, die wir kennen.«

»Das ist sehr wahrscheinlich. Fiona wird dort sein und ich hoffe, Prudence wird ebenfalls kommen. Am Samstag ist sie mit Bennett und dem Baby in die Stadt zurückgekehrt.«

»Ich bin sicher, dass du dich darauf freust, sie zu sehen«, murmelte Kat, deren Gedanken noch immer auf den monotonen Abend fixiert waren, der vor ihnen lag.

»Du klingst nicht sehr enthusiastisch.« Cass, die neben Kat auf der in Fahrtrichtung gerichteten Sitzbank saß, drehte den Kopf. »Wer kommt nicht, den zu sehen du gehofft hattest?«

Kat zuckte mit den Schultern. »Niemand Besonderes,

nehme ich an. Es wird schön sein, Prudence zu sehen.« Vielleicht würde Jess ebenfalls kommen, doch sie hatte Kat am Samstag gesagt, dass sie wahrscheinlich nicht teilnehmen würde.

Glücklicherweise drängte Cass sie nicht. Einige Minuten später kamen sie an ihrem Ziel an und stiegen aus der Kutsche. Der Empfang wurde von Mr. und Mrs. Brightly gegeben. Er war im House of Commons ein wichtiger Mann.

Kat folgte Cass ins Haus, in dem mehr Leute anwesend waren, als ihr lieb war. Es war gut möglich, dass sie ohnehin früher gehen musste, wenn sie sich überfordert fühlte. Beinahe sofort entdeckte sie jedoch Lady Pickering, die direkt auf sie zukam.

Sie ergriff Kats Hand und betrachtete sie. »Sie sehen absolut umwerfend aus. Dieses Kleid ist eine Wucht.« Es war ein dunkles Orange und beinahe rot, was einem der Farbtöne des Kleides entsprach, das sie neulich Abend getragen hatte.

»Ich danke Ihnen. Die Modistin behauptete, diese Farbe würde mich zum Strahlen bringen.«

»Das bewirkt sie tatsächlich.« Lady Pickering tauschte einige höfliche Worte mit Cass aus, und dann gingen sie zu dritt die Treppe hinauf in den Salon. »Katapultiert Sie die neue Garderobe an die vorderste Front des Heiratsmarktes?«

»Das glaube ich kaum.« Kat versuchte, ihr Entsetzen über diese Aussicht nicht durchklingen zu lassen. Lady Pickering verstand ihren Wunsch nicht, unverheiratet zu bleiben, was für eine Witwe, die ihre Unabhängigkeit offenkundig genoss, ein wenig scheinheilig anmutete.

»Dann lassen Sie uns heute Abend einen Versuch unternehmen, das zu ändern. Sie sollten eine der begehrtesten jungen Ladys der Saison sein.«

Ehe Kat sich hilfesuchend an Cass wenden konnte, war ihre Schwägerin bereits gegangen, um mit sich mit jemandem zu unterhalten, der gerade vor dem Salon stand. Scheinbar würde Kat die Situation selbst meistern müssen.

Als Kat mit Lady Pickering in den Salon schritt, versuchte sie, ein hoffentlich angenehmes Lächeln aufzusetzen, das sich jedoch gekünstelt anfühlte. »Lady Pickering, ich bin überzeugt, dass ich Ihnen erklärt habe, kein Interesse an einer Heirat zu haben. Zumindest nicht zu diesem Zeitpunkt. Ich genieße meinen Aufenthalt in London, ohne die Verpflichtungen einer Ehe.«

»Papperlapapp. Wenn Sie erst einmal verheiratet sind, können Sie sich sogar noch freier bewegen.« Lady Pickering senkte ihre Stimme. »Der Trick ist, einen alten, *begüterten* Mann zu heiraten. Das habe ich getan, und so konnte ich ein prächtiges Leben führen.« Sie zwinkerte Kat zu.

»Ich bin sicher, dass Ihre Eltern von Ihnen verlangt hatten, dass Sie heiraten«, entgegnete Kat. »Das haben die meinen nicht getan.« Zumindest noch nicht, und deshalb würde sie die Zeit nutzen, die ihr blieb. Verdammt, sie hatte keine Lust, dies zu erörtern. Nun ja! Sie konnten sich über ein anderes Thema unterhalten. »Neulich habe ich im Phönix Club etwas sehr Faszinierendes gefunden.« Sie blieb vage, was den Zeitpunkt anging, da sie nicht verraten konnte, am Dienstag dort gewesen zu sein, aber sie war am Freitag auf dem Ball gewesen.

»Worum hat es sich gehandelt?«, erkundigte Lady Pickering mit mäßigem Interesse.

»Ich habe in der Bibliothek der Ladys recherchiert und dabei einen verschlüsselten Brief in einem der Bücher gefunden. Da Jess so gut darin ist, Puzzles und Rätsel zu lösen, habe ich ihn ihr gegeben.«

Lady Pickering richtete ihre Aufmerksamkeit auf Kat. »Ach, tatsächlich? Das ist faszinierend. Hat sie ihn entschlüsseln können?«

»Das konnte sie tatsächlich. Es handelte sich lediglich um

einen Liebesbrief, und sie weiß nicht, wer ihn verfasst hat, oder für wen er bestimmt war. Angesichts des Verstecks, an dem er sich befindet, muss ich annehmen, dass es sich um einen schriftlichen Austausch zwischen zwei Ladys handelt. Es ist nicht verwunderlich, dass sie heimlich kommunizieren.«

»Hat sie – oder haben Sie – den Brief zurückgelegt, damit die betreffende Person ihn erhalten kann?«

»Ja.« Am Samstag hatte Kat sich bei Jess erkundigt, ob der Brief in das Buch zurück gelegt worden war. Als sie mit Lucien in der Bibliothek gewesen war, hatte sie überhaupt nicht daran gedacht, das zu überprüfen. Verständlicherweise war sie durch andere Dinge abgelenkt worden, die ihr Interesse fesselten. Oder von dem Mann, der ihre Studien gestört hatte. Und zwar auf die bestmögliche Art und Weise.

»Kathleen?«

Kat blinzelte, als sie ihren Namen hörte. Lady Pickering weigerte sich, sie mit dem Namen eines Tieres anzusprechen, das sagte sie zumindest. Offensichtlich hatte sie einen Kommentar von Lady Pickering überhört. »Ja?«

»Ich habe gefragt, wie der Ball gewesen war. Da es ein Schaltjahr-Ball war, haben Sie vermutlich die Gelegenheit wahrgenommen und mehrere Gentlemen zum Tanz aufgefordert?«

»Das habe ich.« Wenn zwei als mehrere galt. Kat hatte natürlich Lucien fragen wollen, doch am Ende hatte ihr der Mut gefehlt. Außerdem war er ihr nach ihrer privaten Begegnung für den Rest des Abends ausgewichen. Wenn sie sich in irgendeiner Weise nahe kamen, hatte er sich stets rasch zurückgezogen. Stattdessen hatte sie zwei Gentlemen aufgefordert, die sie nur vage kannte. Vor nicht allzu langer Zeit hätte sie vielleicht versucht, einen der beiden für ihr Kuss-Experiment in den Garten zu locken, doch nach ihren Studien mit Lucien wollte ihr gar nicht mehr einfallen, warum sie diese Gentlemen überhaupt für ein Kuss-Experiment für würdig befunden hatte.

»Guten Abend, Lady Pickering, Kat.« Sabrina Westbrook, die Countess von Aldington, die mit Luciens älterem Bruder Constantine verheiratet war, war zu ihnen getreten. Ihr Mann stand in der Nähe und unterhielt sich mit dem Gastgeber. Kat erinnerte sich vage, dass die beiden gut befreundet waren.

Kat war erleichtert und froh, Sabrina zu sehen. Von allen Personen in ihrer inzwischen weitläufigen Familie fühlte Kat sich der Countess am stärksten verbunden. »Ich freue mich, dich hier zu sehen«, brachte Kat hervor und trat auf Sabrina zu.

»Ich habe mich entschlossen, mich Aldington anzuschließen«, bemerkte Sabrina.

»Wie geht es Ihrem kleinen Sohn?«, erkundigte sich Lady Pickering.

»Er entwickelt sich prachtvoll, danke.«

Sie plauderten einige Minuten, ehe Lady Pickering sich entschuldigte. Kat gestattete ihrem Körper endlich, sich ein bisschen zu entspannen.

»Habe ich dich vor etwas gerettet?«, fragte Sabrina leise.

»Warum sagst du das?«

»Du siehst sichtbar erleichterter aus als noch vor einigen Augenblicken. Oder liegt es nur an dem Getümmel?«

Kat war Sabrina für ihre Einfühlsamkeit dankbar. »Beides, um ehrlich zu sein. Lady Pickering hat sich nach meinen Bemühungen auf dem Heiratsmarkt erkundigt. Sie hat mich tatsächlich ermuntert, einen reichen, älteren Ehemann zu finden.«

»Nun, das hat sich für sie vermutlich als Erfolg erwiesen«, murmelte Sabrina. »Aber ich glaube nicht, dass du derzeit nach einem Ehemann Ausschau hältst, oder?«

»Nein, und ich bin dir dankbar, dies bemerkt zu haben.

Manchmal glaube ich, Cass und Ruark würden mich gerne verheiraten. Wenn das Baby kommt, werde ich nur stören.«

»Ich glaube nicht, dass die beiden so denken. Aber wenn dich jemals das Gefühl beschleichen sollte, du seist dort irgendwie im Wege, dann weißt du hoffentlich, dass du in Aldington House immer willkommen bist. Oder in Hampton Lodge.« Das war ihr Landsitz unweit von London in Middlesex, wo Sabrina und Con einen Großteil ihrer Zeit verbrachten. Würde Kat London nicht so sehr lieben, würde sie diese Möglichkeit in Betracht ziehen. Aber sie war nicht wirklich gerecht. Cass und Ruark waren froh, sie hier zu haben. »Du hast wahrscheinlich recht damit, dass ich diejenige bin, die glaubt, ich könnte mich aufdrängen, sobald das Baby auf der Welt ist.«

»Das solltest du nicht. Cass liebt dich wie eine Schwester, und sie würde sich freuen, stelle ich mir vor, wenn ihr Kind seine Tante um sich hätte.«

Das wäre sehr schön. Kat schaute sich im Salon um und spürte, wie ein Anflug von Beklemmung ihr am Nacken emporkroch. Es war sehr voll. Und laut. »Wie lange bleibst du?«, fragte sie Sabrina.

»Wahrscheinlich nicht lange. Hier sind mehr Leute auf engem Raum, als mir normalerweise lieb ist. Aber ich werde nicht gleich wieder gehen, denn ich möchte Mrs. Brightly nicht glauben machen, ich hätte mich unwohl gefühlt. Sie ist eine gute Freundin. Wie wäre es, wenn wir nach unten gehen? Dort geht es ruhiger zu.«

»Ja, bitte.« Kat bahnte sich einen Weg zur Tür und hielt kurz davor inne, um Cass zu informieren, wohin sie mit Sabrina gehen würde.

»Wunderbar.« Zwischen Cass' Augenbrauen bildete sich eine kleine Falte, die wahrscheinlich ein Zeichen ihres Erkennens dafür war, dass es ihren beiden Schwägerinnen möglicherweise zu viel wurde. »Ich komme gleich zu euch«, versprach sie, und drückte damit ihr Verständnis aus, dass sie wahrscheinlich bald gehen müssten.

Kat und Sabrina schritten die Treppe hinunter, wo es nicht nur ruhiger, sondern auch kühler war. Sie begaben sich von der Treppenhalle aus in einen anderen Raum – der wahrscheinlich die Bibliothek war.

Und in dem Moment ging der gesamte Abend zum Teufel.

Kat fand sich Mrs. Hickinbottom und ihrer Tochter gegenüber. Die Mutter war in den Vierzigern, mit einem rundlichen Gesicht und einem kleinen Kinn mit einem Grübchen. Scharf richteten sich ihre dunklen Augen auf Kat, während sie ihre schmale Nase rümpfte, als hätte sie einen schlechten Geruch wahrgenommen. »Ich hatte gehofft, dass wir Ihre Anwesenheit hier in der Stadt nicht erdulden müssten, Miss Shaughnessy.«

»Ich bitte um Verzeihung, aber ich bin die Countess von Aldington.« Sabrinas Ton und Blick waren hochmütig und kühl. Kat hätte sie dafür am liebsten in die Arme geschlossen. »Es besteht keinerlei Anlass für Unhöflichkeiten. Wahrscheinlich möchte Miss Shaughnessy Ihre Anwesenheit ebenfalls nicht ertragen.« Sie warf Kat einen Blick zu.

Kat nahm an, dass Sabrina nicht wusste, wer diese Personen waren, und warum sollte sie auch Kenntnis über sie haben? »Das ist Mrs. Hickinbottom und ihre Tochter Delia, oder besser gesagt, Miss Hickinbottom.« Kat kannte Delia, seit sie Kinder waren. Delia war im gleichen Alter wie Kats jüngere Schwester Iona und hatte ihre Gesellschaft stets der von Kat vorgezogen.

»Ach, ich verstehe.« Sabrina hakte sich bei Kat unter, um anscheinend zu zeigen, dass sie nun wusste, wer diese Frauen waren und dass sie Kat unterstützen würde.

»Halten Sie sich einfach von meiner Tochter fern«, gebot Mrs. Hickinbottom mit einem höhnischen Lächeln. »Warum

Sie in der feinen Gesellschaft geduldet werden, ist mir schleierhaft.«

»Es besteht keinerlei Anlass sich hier so zu äußern«, konterte Sabrina leise. Sie blickte sich verstohlen um, und Kat fragte sich, warum.

Dann trat Cass ein, und Kat spürte, wie Sabrina sich ein wenig entspannte. Cass kam geradewegs auf sie zu, ihre Gesichtszüge waren sorgenumwölkt. Doch kaum, dass sie angekommen war, lächelte sie strahlend. »Guten Abend, Mrs. Hickinbottom, Miss Hickinbottom. Wie schön, Sie zu sehen. Ich hoffe, es gefällt Ihnen in London? Es ist eine schöne Abwechslung zu Lechlade.«

»Sie sagten, Sie würden uns diese ... Dirne vom Leib halten, wenn wir in der Stadt sind.« Mrs. Hickinbottom gab sich nicht die geringste Mühe, leiser zu sprechen, und sogar Kat erkannte, dass ihre Stimme eher laut war.

»Ich habe versprochen, wir würden Ihnen möglichst aus dem Weg gehen, auch weil Sie unglaublich unsympathisch sind«, gab Cass mit einem breiten Lächeln zurück. »Aber wenn wir aufeinandertreffen, ist es das Beste, wir gehen einfach weiter, ohne uns in die Haare zu geraten, meinen Sie nicht auch?«

Mrs. Hickinbottom schürzte die Lippen.

»Mama, sollten wir nicht weitergehen?«, fragte Delia mit leiser Stimme. »Du hast gesagt, ich kann nicht in Miss Shaughnessys Gesellschaft sein, weil es mich ruinieren würde.«

»Als ob wir in Ihrer mürrischen Gesellschaft sein wollten.« Kat hatte das nicht sagen wollen, aber irgendwie hatten die Worte sich Bahn gebrochen. Sie wusste es besser, als ihren Impulsen freien Lauf zu lassen, doch manchmal war sie machtlos dagegen.

»Ja, ja, lass uns weitergehen.« Mrs. Hickinbottom starrte Kat finster an.

»Einen schönen Abend, Mrs. Hickinbottom«, wünschte Sabrina freundlich. »Ich werde Mrs. Brightly, die eine sehr gute Freundin von mir ist, wissen lassen, wie hoch wir von Ihnen denken. Wir werden auch Lady Wexfords Vater, dem Duke of Evesham, einen Gruß von Ihnen ausrichten.«

Mrs. Hickinbottom machte große Augen, ehe sie sich umdrehte und ihre Tochter mit sich zog.

»Lass uns gehen«, meinte Cass kurz und bündig. »Begleitest du uns, Sabrina?«

»Ich sollte Con informieren.« Sabrina drückte Kat den Arm, ehe sie ihre Schritte wieder in Richtung Treppenhaus lenkte.

Cass wandte sich an Kat. »Bist du wohlauf?«

»Ich hätte das nicht sagen sollen, aber sie waren unausstehlich.«

»Ja, und hoffentlich wurde das Gespräch nicht belauscht.« Cass schaute sich in der Bibliothek um, in der sich weniger als zehn Personen aufhielten, die sich in Paaren oder kleinen Gruppen zusammengefunden hatten. Es war schwer zu sagen, ob sie die Äußerungen gehört hatten.

»Mrs. Hickinbottom war sehr laut«, bemerkte Kat. »Aber hoffentlich waren alle anderen in ihre eigenen Unterhaltungen verstrickt.« Kat lag in Wirklichkeit nichts an ihrem Ruf – wofür brauchte sie ihn überhaupt? Die Idee, Einsiedlerin zu werden, die eine geheime Affäre mit Lucien führen könnte, wurde in diesem Moment immer verlockender.

»Ja, hoffen wir es«, murmelte Cass. »Ich bin froh, dass Sabrina bei dir war.«

»Warum, weil ich es vielleicht noch schlimmer gemacht hätte?»

Cass warf ihr einen Seitenblick zu, als sie auf die Treppenhalle zugingen. »Nein, denn sie ist eine Countess, und wenn Mrs. Hickinbottom in ihrer Gegenwart unhöflich ist, wirft das ein schlechtes Licht auf sie.«

»Was nicht so wäre, wenn es einzig um mich gegangen wäre?« Kat schüttelte den Kopf. »Ich werde die feine Gesellschaft nie begreifen.«

»Sprich bitte leiser«, meinte Cass. »Ach schau einmal, Sabrina hat Con dort auf dem Treppenabsatz getroffen.« Sie zeigte die Treppe hinauf.

Kat blickte auf und beobachtete, wie Con die Stirn runzelte. Dann blickte er zu Kat. Das Stirnrunzeln schien sich zu verstärken. Das war nicht ihr Verschulden!

Jedenfalls nicht heute Abend. Allerdings war sie nicht so dumm anzunehmen, dass die Ursache für dieses Problem nicht ihr Benehmen von letztem Jahr war. Vielleicht sollte sie zum Wohle aller zur Einsiedlerin werden. Es war wirklich nicht so, dass sie bei diesem Unfug hier eine gute Figur machte.

»Ich gehe zur Kutsche voraus«, verkündete sie Cass.

»Warte.« Cass versuchte, sie zu fassen zu bekommen, aber Kat bewegte sich zu schnell. »Du kannst doch nicht einfach ...« Sie hastete Kat hinterher.

Der Butler beeilte sich, die Tür für Kat zu öffnen, ehe sie in die kühle Märznacht stürmte. Inzwischen nieselte es, und die Kutsche war nirgends zu entdecken, denn es gab eine ganze Reihe von Kutschen, mit denen die Gäste gerade ankamen und abfuhren. Natürlich hätten sie einen Diener schicken sollen, aber Kat war einfach losgestürmt. *Sei nicht so impulsiv!*«, hatte ihre Mutter sie immer wieder gemahnt. *»Du musst lernen, dich in Geduld zu fassen.«*

Hatte Kat nicht zu Lucien gesagt, sie könne geduldig sein? Das hatte sie gelernt, wie sie auch gelernt hatte, nicht einfach aus einem Impuls heraus zu handeln. In der Regel.

Kat drehte sich zu Cass. »Wir sollten wieder hineingehen, bis die Kutsche da ist.«

»Ja.« Cass trat zu ihr und legte ihr den Arm um die Taille, um mit ihr ins Haus zu gehen. »Ich verstehe, dass du aufgebracht bist – und es eigentlich nicht sein willst. Ich weiß, dass du all dies nervtötend findest.«

»Das ist eine zutreffende Beschreibung. Vor einem Jahr habe ich einen Fehler gemacht. Muss er mich weiterhin verfolgen?«

Cass presste ihre Lippen zu einer grimmigen Linie zusammen. »Das ist leider sehr oft der Preis von Fehlern.«

Sie trafen Sabrina in der Eingangshalle. Sabrina teilte ihnen mit, dass bereits ein Diener auf dem Weg war, um Cass ´ Kutsche zu holen. Con würde ihre Kutsche ebenfalls persönlich abholen.

Kat musste ihn übersehen haben, als er aus der Tür gelaufen war. Sie blickte zu Sabrina. »Würdest du dich bitte bei deinem Mann für mich entschuldigen?«

»Das ist nicht nötig.«

»Er hatte den Blick auf mich gerichtet und die Stirn dabei gerunzelt.«

Sabrinas Blick weitete sich vor Schreck. »Was? Aber nein, er hat sich nur Sorgen um dich gemacht. Mrs. Hickinbottom war entsetzlich.«

»Macht er sich keine Sorgen, dass ich deiner Familie Probleme bereitet habe?«

»Ganz und gar nicht.« Sabrina winkte ab. »Er wird Mrs. Hickinbottom wie eine verirrte Fliege zerdrücken. Nun, das würde er tun, aber ich habe ihm gesagt, wir bräuchten gar nicht so weit gehen. Ich möchte gern glauben, dass sie dich jetzt in Ruhe lässt, da sie ihrem Unmut Luft gemacht hat.«

Das hoffte Kat, aber sie war nicht ganz sicher, ob sie das glauben konnte. »Wie kannst du sicher sein, dass dies eintreffen wird?« Vielleicht würde sie sich überhaupt nicht mehr in der Gesellschaft zeigen können.

Wäre das so schrecklich?

»Weil ich eine positive Einstellung bewahre«, entgegnete Sabrina fest. »Das solltest du auch tun. Wir sind jedenfalls nicht traurig, wenn wir gehen, nicht wahr?« Sie schaute Kat mit einem herzlichen Lächeln an.

»Nicht im Mindesten.«

Einen Augenblick später kam die Kutsche an und sie fuhren ab. Der Abend war zumindest kurz gewesen.

KAPITEL 15

Zwischen der gespannten Erwartung auf das heutige Treffen und seinen Gedanken, die sich noch immer viel zu viel um Kat drehten, hatte Lucien vergangene Nacht kaum ein Auge zugetan. Er war besonders spät im Club eingetroffen, und dass sogar für einen Dienstag, doch dann hatte er sogar noch mehr Zeit dort zugebracht. Insbesondere in seinem Büro, in dem Fantasiebilder von Kat seinen Verstand beschäftigten und seinen Körper quälten. Trotzdem er Qualen litt, war er gern dort, wo er das letzte Mal Zeit mit ihr verbracht hatte. Denn er hatte keine Ahnung, wann – oder ob – er sie jemals wieder so sehen würde.

Das würde er natürlich nicht. Sie beide hatten viel aufs Spiel gesetzt und waren nicht aufgeflogen. Er lebte allerdings lange genug, um sich im Klaren darüber zu sein, dass sie irgendwann erwischt werden würden. Je mehr ihre Leidenschaft sie verzehrte, desto unvorsichtiger würden sie werden. Und Lucien lief wegen ihr bereits Gefahr, den Kopf zu verlieren. Er kannte Ruarks Haus sehr gut und hatte sich ein Dutzend Wege ausgedacht, wie er hineingelangen und den

Weg zu Kats Zimmer finden konnte, ohne entdeckt zu werden. Das war Irrsinn, was ihn aber nicht davon abhielt, sich seinen Fantasien hinzugeben.

Nur das blieb ihm, da er eine weitere Begegnung mit ihr vermieden hatte, und das würde er auch weiterhin so halten. Es war das Beste.

Er hatte allerdings gerade eine Nachricht von Cass bekommen, die ihn zu einem Familienessen am Sonntag einlud. Da Prudence und Bennett wieder in der Stadt waren, wollte sie alle versammeln. Das schloss höchstwahrscheinlich auch ihren Vater ein, und Kat würde unweigerlich dabei sein. Das würde für ihn die gleichzeitig schönste und schlimmste Zeit werden.

Lucien schüttelte den Kopf. Er musste einen klaren Kopf bekommen. Das Treffen würde heute stattfinden, und da es inzwischen Mittag war, musste er seinen Posten beziehen, um das Eintreffen der Teilnehmer zu beobachten. Wer es sein würde, konnte er nur vermuten. Dougal war nicht imstande gewesen, etwas über ein Treffen in Erfahrung zu bringen, worüber Lucien nicht überrascht war. Er war kein offizieller Mitarbeiter des Außenministeriums mehr.

Reynolds hatte eine Mannschaft von Männern angeheuert, die den Club seit Freitagabend beobachteten. Bislang hatte niemand den Club betreten, der nicht hier sein sollte. Heute waren alle in höchster Alarmbereitschaft und achteten peinlich genau darauf, wer den Club betreten würde und wo. Lucien rechnete damit, dass sie das geheime Tor von der Bury Street zum Garten auf der Seite der Gentlemen benutzen würden. Von dort aus hatten sie Zugang zu der privaten Tür an der Hintertreppe, die sie in den zweiten oder obersten Stock führte, in dem sich der »Konferenzschrank« befand.

Aus diesem Grund wurde Dougal in der zweiten Etage postiert, und Lucien wollte sich hinter einer Strauchhecke im Garten verbergen, von wo aus er das Tor und die Tür im Auge behalten konnte. Reynolds befand sich auf der Straße und beobachtete das Tor von der Außenseite. Falls sich jemand auf diesem Weg Zugang verschaffte, würde Reynolds ihm kurz folgen, nur für den Fall, dass Lucien ihn übersehen würde. Sie wollten nichts dem Zufall überlassen.

Lucien erhob sich von seinem Stuhl hinter dem Schreibtisch und verließ sein Büro. Er ging auf die hintere Terrasse hinaus und nahm dann die Treppe hinunter in den Garten. Sobald er seinen Platz hinter dem Gebüsch eingenommen hatte, wurde ihm klar, dass er zumindest einen Hut hätte mitnehmen sollen. Der Märzwind blies lebhaft und kalt.

Es dauerte mehr als eine Stunde, bis endlich jemand durch das Tor kam. Lucien hatte sich in einen halb tranceartigen Zustand fallen lassen, in dem er Kat jedes Stück ihrer Kleidung vom Leib riss und jeden Zentimeter ihres Körpers huldigte, bis sie sich wand und stöhnte und ihn anflehte, sie ankommen zu lassen. Als die beiden Männer durch das Tor traten, musste Lucien blinzeln, um sich zu vergewissern, dass er tatsächlich etwas Wirkliches sah.

Einer der beiden war Oliver Kent. Ja, das war definitiv real. Luciens Magen krampfte sich zusammen. Wer auch immer bei diesem Treffen auftauchte, hatte wahrscheinlich eine Rolle bei Girauds Tod gespielt. Lucien bedauerte, dass der Mann, zu dem er lange Zeit aufgeschaut hatte, darin verwickelt war, auch wenn er zu diesem Zeitpunkt nicht überrascht war. Insbesondere deshalb, da Kent Jess damit beauftragt hatte, festzustellen, ob Dougal gegen das Außenministerium arbeitete. Das hatte Dougal eigens herausgefunden, weil es spezifisch darum gegangen war, ob er Giraud getötet hatte. Erkennen zu müssen, dass Kent darin verwickelt war, würde Dougal wütend machen.

Lucien erkannte den anderen Mann jedoch nicht. Er

wartete, bis sie den Club betreten hatten, und rannte dann durch den Garten, um ihnen nach drinnen zu folgen.

Als er am Fuße der Treppe stand, versuchte Lucien, tief und ruhig zu atmen, um sein rasendes Herz zu beruhigen. Er hörte, wie sich eine Tür im Treppenhaus über ihm schloss, und machte sich dann daran, die Treppe ganz leise hinaufzusteigen. Als er den Treppenabsatz im zweiten Stock erreichte, öffnete er langsam die Tür und spähte in den Korridor. Dougal kam aus einem kleinen Raum am anderen Ende.

Lucien eilte vorwärts, wobei er so leise lief, wie er nur konnte. Dougal traf ihn in der Mitte in der Nähe der Tür des Besprechungszimmers.

»Hast du ihn gesehen?«, fragte Lucien, der mit leiser Stimme sprach.

»Ich konnte um den Türrahmen herumspähen und habe zwei Männer erkannt«, flüsterte Dougal. »Einer sah so aus, als könnte es sich um Kent gehandelt haben.«

»Weil er es ist.«

Dougal presste missbilligend die Lippen zusammen. »Dieser Hundesohn. Bereit?«

Lucien antwortete mit einem Nicken. Einen Atemzug später stieß Dougal die Tür auf. Zwei Kerzen flackerten auf dem Tisch und Kent war gerade dabei, die Wandleuchte anzuzünden.

»Was ist heute hier los, Gentlemen?«, fragte Lucien leutselig. Dougal wirkte noch immer ein wenig verstört oder zumindest ernst. Lucien war sicher, dass er innerlich kochte.

Kent wandte sich von der Wandleuchte ab und schien überrascht. »Lucien, wie haben Sie überhaupt erfahren, dass wir hier sind?«

»Es ist mein Club. Ich weiß gern über alles Bescheid, was hier passiert.« Lucien fügte nicht hinzu, dass er dies wohl viel zu lange Zeit nicht getan hatte und er nun Maßnahmen ergriff, um diesen Mangel zu beheben.

Kent strich glättend über sein graues Haar. Er hatte Hut und Handschuhe abgelegt und sie auf dem Tisch deponiert. Der andere Gentleman trug noch immer seine Accessoires, was Lucien merkwürdig vorkam.

»Dies ist Martin«, stellte Kent vor, und deutete auf den anderen Gentleman, der mindestens einige Jahre jünger als Kent war, womit er Mitte oder Ende fünfzig sein musste. »Er arbeitet direkt für Lord Castlereagh.«

Tatsächlich? Lucien blickte zu Dougal, um zu sehen, ob er den Mann erkannte, doch Dougals Züge blieben absolut undurchschaubar.

»Willkommen im Phönix Club«, begrüßte Lucien ihn. »Welchem Anlass verdanke ich die Ehre Ihres heutigen Besuchs?«

»Wir sind hergekommen, um einige Dinge zu besprechen und Sie zu sehen, Lord Lucien.« Martin hatte einen Ostlondoner Akzent, wenn Lucien raten sollte, doch der Mann versuchte, dies zu kaschieren. Wahrscheinlich hatte er sich von einem niederen Rang die Karriereleiter hochgearbeitet und sich genötigt gesehen, seine Sprechweise zu kultivieren. Martin warf Dougal einen Blick zu, ohne ihn allerdings anzusprechen.

»Fallin, vielleicht würden Sie uns ein paar Minuten entschuldigen«, bat Kent mit einem schwachen Lächeln. Er wirkte ein bisschen nervös. Was Lucien beunruhigte.

»Er bleibt«, entgegnete Lucien. »Was wollen Sie von mir?« Er sprach sowohl Kent als auch den unbekannten Martin an.

Kent zog eine Grimasse. »Das ist eher delikat. Ich würde mich wirklich wohler fühlen, wenn Fallin sich entschuldigte.«

»Ich werde ihm alles berichten was Sie zu mir sagen«,

entgegnete Lucien. »Er ist ein Schlüsselelement des Phönix Clubs, und ich nehme an, dass Ihr heutiges Anliegen den Club betrifft.«

»So ist es«, bestätigte Martin. Die dünnen Lippen fest aufeinander gepresst trat er auf Lucien zu. Der Mann war erheblich kleiner als Lucien, aber das war oft der Fall, da Lucien über einen Meter fünfundneunzig groß war. Martin musste den Kopf in den Nacken legen, um Luciens Blick zu erwidern. »Ich komme gleich zur Sache. Wir wissen, dass Sie Giraud getötet haben, aber Sie bleiben straffrei, wegen seines Vorgehens gegen den Geheim–«

»Das ist nicht wahr.« Empörung, die sich mit Angst mischte, durchströmte Lucien und er unterbrach ihn. »Ich kannte den Mann kaum.« Giraud hatte einige Treffen im Club abgehalten und Informationen weitergegeben, während er sich als Mitglied ausgab. Dougal kannte ihn weitaus besser.

»Das können Sie nicht wissen«, meinte Dougal leise.

Lucien drehte den Kopf und sah, wie sein Freund Martin mit unverhohlener Bedrohung anstarrte. Hätte er nicht gewusst, dass Dougal sein Verbündeter war, hätte er Angst bekommen.

»Das *kann* ich wissen, und ich weiß es auch«, gab Martin zurück.

Dougal schritt auf Martin zu. »Lucien war nicht einmal in der Nähe von Bournemouth, als Giraud getötet wurde. Ich aber schon.«

»Sie hatten allerdings nichts mit seinem Tod zu tun«, warf Kent ein. »Sie haben immer behauptet, Sie hätten ihn tot aufgefunden, und wir haben keinen Grund, daran zu zweifeln.«

»Aber das haben Sie getan«, erinnerte ihn Dougal. »Oder ist Ihnen entfallen, dass Sie meine Frau angeworben hatten, um mich auszuspionieren?«

»Wir sind zu dem Schluss gekommen, dass Sie unschuldig sind«, murmelte Kent. Er sah Dougal nicht in die Augen, was Lucien ebenfalls beunruhigte. Irgendetwas stimmte nicht mit Kent. Wahrscheinlich war ihm die Situation einfach unglaublich unangenehm – seit Jahren war er mit Lucien bekannt.

»Sie können doch nicht glauben, ich hätte das getan«, brachte Lucien hervor. »Meine Position im Außenministerium verlangt diese Art von ... Aktivitäten nicht. Ich leite diesen Club, und das ist auch alles, was ich tue.«

Kent blickte nun Lucien an. »Es ist ja nicht so, dass Sie niemanden töten können. Das haben Sie in Spanien sehr gut bewiesen. Außerdem hätten Sie auch jemanden anwerben können, um Giraud zu töten.«

Spielte er damit auf die Episode an, als Max mit Luciens Hilfe die Soldaten tötete, die seine Verlobte ermordet hatten? »Ich werde immer für meine Waffenbrüder einstehen«, sagte Lucien leise, während er innerlich vor Wut kochte.

Er würde sich nicht dafür entschuldigen, was er in Spanien getan hatte. Diese Männer waren Barbaren. Ja, sie hätten gefangen genommen und sich vor Gericht für ihre Verbrechen verantworten müssen, aber so funktionierte Krieg nicht immer, insbesondere dann nicht, wenn unvorstellbare Verluste und Trauer im Spiel waren.

Martin räusperte sich und richtete den Blick auf Lucien. »Das Außenministerium hat beschlossen, dass Ihre Zeit gekommen ist, sich zurückzuziehen. Vollständig. Sie werden den Phönix Club ›verkaufen‹ und fortgehen.«

Lucien starrte den Mann an und konnte seine Entrüstung kaum zügeln. »Das werde ich nicht«, entgegnete er leise, aber mit Nachdruck. Unter all den Dingen, die sich seiner Vorstellung nach bei diesem Treffen heute ereignen würden, gehörte dies nicht dazu.

»Sie können ihn nicht dazu zwingen«, entgegnete Dougal

und sah zwischen Martin und Kent hin und her, bis er sich dann aber für Letzteren entschied.

»Das können wir und das werden wir. Lord Lucien hat keine andere Wahl, als zu tun, was ihm gesagt wird. Er ist nicht der Haupteigentümer des Clubs.« Martin sprach in einem vollkommen unbeteiligten Ton. »Das Außenministerium wird den ›Käufer‹ bald bekanntgeben und zu diesem Zeitpunkt wird Lord Lucien die Transaktion publik machen. Im Anschluss wird er fortgehen, am besten *weit* weg von London.«

Luciens Körper war erkaltet. Es genügte nicht, ihm seinen Club zu nehmen, man wollte ihn auch noch aus seiner Heimat vertreiben? Er schüttelte den Kopf. »Das werde ich nicht tun. Wenn erforderlich, werde ich die Verwicklung und Manipulation des Außenministeriums öffentlich bekannt geben.«

Kent streckte die Hand aus, als wolle er Lucien am Arm fassen, entschied sich aber in letzter Sekunde, darauf zu verzichten, und ließ die Hand wieder sinken. »Und wie wird sich das darstellen – wenn Sie sich gegen das Außenministerium wenden? Sie werden der Bösewicht sein, Lucien. Ich fürchte, Sie haben keine andere Wahl. Da Sie eine gewisse Investition in den Club getätigt haben, wird das Außenministerium Sie entschädigen. Sie sollen ja nicht mit leeren Händen dastehen.«

Genau das wäre es für ihn. Der Phönix Club bedeutete Lucien alles – er war seine Arbeit, sein Lebensunterhalt, seine Freunde, seine *Familie*. Sie, und allen voran Kent, der für Lucien mehr eine Vaterfigur war als sein eigener Vater, konnten das nicht von ihm verlangen.

Martin formte den Mund zu einem leichten, aber irritierenden Grinsen. »Ganz zu schweigen davon, dass Sie, wenn Sie Schwierigkeiten machen, nicht vergessen sollten, was Ihr Vater denken wird.«

Lucien sog die Luft ein und biss die Zähne zusammen. Sein Vater würde ihm das Leben zur Hölle machen – mehr noch, als er es ohnehin schon tat. Wusste er von diesem derzeitigen Manöver des Außenministeriums? Lucien wollte es unter keinen Umständen erfahren. Die Antwort würde ihn mit vollkommener Gewissheit am Boden zerstören.

Es musste sich eine andere Möglichkeit finden lassen, diese Sache zu umgehen. Dougal würde ihm helfen, den richtigen Weg zu finden.

»Ich muss aufbrechen«, meinte Martin, als hätten sie gerade ein freundschaftliches Treffen hinter sich und nicht gerade Luciens Leben zerstört. »Wir werden Sie über die Übernahme informieren.« Er warf Kent einen Blick zu, und dann ging er zur Tür.

Aufgrund des Platzmangels im Raum würden entweder Lucien oder Dougal – oder beide – beiseitetreten müssen, um ihn durchzulassen. Obwohl sie kein einziges Wort wechselten, rührte sich keiner, was Martin dazu nötigte, sich zwischen ihnen hindurchzuzwängen. Die Tür schloss sich hinter dem unverschämten Schurken.

Wieder, als hätten sie ihren nächsten Schritt besprochen, bewegten sich Lucien und Dougal gemeinsam auf Kent zu.

»Was zum Teufel?«, brachte Dougal wütend hervor. »Sie wissen, dass Lucien Giraud weder getötet hat noch hatte ermorden lassen. Welches Motiv sollte er haben?«

Kent lenkte seinen nervösen Blick zu Lucien. »Er hat versucht, das Außenministerium und damit auch die Krone zu schützen. Er hat bereits bewiesen, dass er nicht abgeneigt ist, die Dinge selbst in die Hand zu nehmen, anstatt den üblichen Verfahrensweg einzuhalten.«

Es schien, dass Kent über die Ereignisse in Spanien vollkommen im Bilde war. Und das nutzte er nun, um Lucien die Schuld an Girauds Tod anzulasten.

»Ich habe das mit Giraud nicht getan«, setzte Lucien sich

zur Wehr, wobei er irgendwie die Ruhe bewahrte. Er durch-bohrte Kent mit einem finsteren Blick. »Was Max und ich in Spanien getan haben, ist gefeiert worden. Man hat uns als Helden gepriesen. Haben Sie nicht erst im letzten Frühjahr seine Erhebung in den Grafenstand als Anerkennung für seine Tapferkeit befürwortet?« Tatsächlich sollte das laut Con bald geschehen.

»Auch Sie wurden für einen Titel in Betracht gezogen. Es ist keine Kleinigkeit für einen zweiten Sohn, sich einen eigenen Adelstitel zu verdienen«, meinte Kent und seine dunkelblauen Augen erstarrten zu Eis. »Aber vermutlich wird das jetzt nicht mehr passieren.«

Luciens Temperament begann sich zu entladen. »Als ob mich das *die Bohne* interessiert.«

Dougal schritt auf Kent zu. »Verdammt noch mal, das ergibt doch keinen Sinn. Lucien ist eindeutig dazu auser-koren worden, die Schuld an Girauds Mord auf sich zu nehmen. Und warum? Diese Information sind Sie uns schuldig.«

»Ich weiß nichts davon, dass Lucien die Schuld in die Schuhe geschoben wird.« Kent starrte Lucien finster an. »Sie können doch nicht glauben, diese Leute hätten nicht die Wahrheit über die Geschehnisse in Spanien herausgefunden, und dass Sie dem toten Soldaten Informationen unterge-schoben haben, um zu rechtfertigen, warum Warfield – mit Ihrer Hilfe – sie getötet hat.«

Lucien war möglicherweise naiv, aber er konnte sich nicht vorstellen, wie jemand das wissen konnte. Max und er waren die einzigen beiden Menschen, die die Wahrheit kannten und die an jenem Tag mit dem Leben davonge-kommen waren. Und Lucien würde sein Leben darauf verwetten, dass Max nie einen einzigen Ton gesagt hatte. Es sei denn ... hatten seine Schuldgefühle ihn überwältigt? Er war außer sich gewesen, nachdem er seine Verlobte brutal ermordet aufgefunden hatte. Die Zukunft, die er mit ihr geplant hatte, mit ihrem Baby, war in einem blindwütigen Augenblick dahin. Er hatte den Verstand verloren und die Männer angegriffen. Danach war er verwirrt gewesen und hatte sich fast von der Realität losgesagt. Doch er hatte sich auf seine Taten besonnen, und war entsetzt gewesen.

»Wenn Sie mir schon nicht sagen können, warum, dann erklären Sie mir wenigstens, woher Sie zu wissen *glauben*, was in Spanien passiert ist. Außer mir und Warfield war an diesem Tag niemand dort.«

Kents Gesichtsausdruck blieb kühl. »Warfield brauchte viel Zeit, um wieder gesund zu werden, ehe er nach Hause geschickt wurde. Er hatte viele Tage lang Fieber und er … hat geredet.«

Ach du lieber Himmel. Lucien betete, dass Max nie davon erfuhr. Er würde sich nicht verzeihen, Lucien in Gefahr gebracht zu haben. Er hatte bereits die letzten Jahre damit verbracht, wütend auf Lucien zu sein, weil er sich für ihn in Gefahr begeben und Max' Taten gedeckt hatte. Max glaubte, er hätte Bestrafung verdient und er hatte Jahre damit verbracht, sich zu hassen und zu quälen. Seit er sich in Ada verliebt hatte, war seine Genesung weiter fortgeschritten. Lucien würde nicht erlauben, dass er erneut in diesen finsteren Abgrund stürzte.

»Sie dürfen nichts von dem, was er geäußert hat, für die Wahrheit halten.« Lucien kümmerte es nicht, dass er weiterhin log. Das würde er bis zu seinem letzten Atemzug tun, um seinen Freund zu schützen. »Er war nicht bei Sinnen.«

»Allerdings ist es nachvollziehbar, wenn man bedenkt, was mit der Frau passiert ist, die er heiraten wollte.«

Lucien knurrte, während er die Hände zu Fäusten ballte. »*Diese Frau* war seine Verlobte und die Mutter seines Kindes.«

»Haben Sie es getan?«, fragte Dougal und unterbrach ihr Gespräch. Er richtete einen eisigen Blick auf Kent. »Haben Sie Giraud auf dem Gewissen?«

Kents Augen weiteten sich und er blähte seine Nasenflügel. »Wie können Sie so etwas auch nur andeuten?«

»Ihre Empörung, nachdem Sie erst mich unter Verdacht hatten und nun Lucien beschuldigen, ist vollkommen lachhaft. Ihr schlechtes Gewissen ist verständlich, wenn man bedenkt, wie tief Sie in alle Aspekte dieser Untersuchung involviert waren. Erst haben Sie mich verdächtigt, dann wurde die Sache aufgeklärt und jetzt sind Sie überzeugt, dass Lucien der Schuldige sein muss. Entweder sind Sie wirklich schlecht in Ihrem Aufgabengebiet geworden oder Sie lügen. Ich tendiere dazu, Letzteres anzunehmen. Es liegt in Ihrem Interesse, anderen die Schuld zuzuschieben. Dass Sie das sowohl bei mir als auch bei Lucien versuchen, den Sie als Mentor betreut haben und der Ihnen ein guter Freund war, ist widerwärtig.«

Kent hatte so viel Anstand, betreten zu wirken, wenn die Röte auf seinem Gesicht als Hinweis gelten konnte. Vielleicht war er auch bloß wütend. Wie dem auch war, würde Lucien dem Mann nie wieder vertrauen. Als wäre alles andere nicht schon schlimm genug, schmerzte ihn dieser Verrat besonders.

»Glauben Sie, was Sie wollen«, entgegnete Kent. »Sie haben im Außenministerium kein Ansehen mehr.«

Dougal sah ihn böse an, und Lucien freute sich über seine Loyalität. »Möglicherweise nicht, aber ich habe Freunde und Kontakte, und außerdem bin ich der Erbe des Earl of Stirling. Ich glaube, mein *Ansehen* ist größer, als Sie wahrhaben wollen.«

Kent kniff die Augen zusammen und wischte sich mit der Hand über das Gesicht. Als er die Augen wieder aufschlug und ihn erneut ansah, nickte er. »Bitte glauben Sie nicht, ich hätte in dieser Situation kein Mitgefühl. Lucien, wenn Sie wirklich nichts mit Giraud zu tun hatten …«

»Hatte ich nicht«, stieß Lucien hervor. »Dass Sie das glauben, ist einfach unglaublich.«

Mit zusammengepressten Lippen machte Kent einen gequälten Eindruck. Dennoch erkannte er nicht an, dass er sich grässlich benahm und seine Behandlung der beiden – sowohl Luciens als auch Dougals – haltlos und repulsiv war. »Ich werde tun, was ich kann, um mich für Sie einzusetzen. Allerdings weiß ich nicht, ob ich in Bezug auf den Club etwas unternehmen kann. Das Außenministerium ist nicht erfreut über die Art und Weise, wie Sie die Dinge in letzter Zeit gehandhabt haben. Sie waren nicht in der Lage, alle zurückzugewinnen, die wir uns gewünscht hatten.«

»Wir haben es versucht.« Lucien hielt sein Temperament fest im Zaum, sonst würde er explodieren. »Diejenigen, die sich weigern, können einfach nicht zurückgewonnen werden. Es sei denn, jemand anders vom Außenministerium würde es versuchen.« Es war ein sarkastischer Vorschlag, doch wenn ihnen wirklich so viel daran lag, diese Leute als Mitglieder zurückzugewinnen, könnten sie andere Leute, wie Kent oder Lady Pickering oder sogar seinen Vater damit betrauen – sie zu einem Wiedereintritt zu ermutigen.

Kent antwortete nicht darauf. Er schnitt eine Grimasse und nahm seinen Hut und die Handschuhe. »Sie werden jetzt als Ärgernis betrachtet, fürchte ich, Lucien. Sie handeln nach Gutdünken und Sie befolgen keine Weisungen. Das Beste, worauf Sie hoffen können, besteht in der Erhaltung Ihrer Mitgliedschaft im Club, wenn die neue Person die Leitung übernimmt.«

Als würde Lucien in dem Club bleiben, den *er* aufgebaut hatte. »Sie haben diese ganze Situation für Ihre eigenen Zwecke manipuliert.« Lucien musste glauben, dass Kent lediglich Informationen weitergab, wo und wann dies erforderlich war, womit er wahrscheinlich seine eigenen Interessen förderte. Und welche waren das? Es war, als hätte Lucien den Mann überhaupt nicht gekannt.

»Es tut mir leid, dass Sie das denken.« Kent blickte ihn traurig an. »Wir haben jahrelang gut zusammengearbeitet. Ich habe Sie oft als den Sohn betrachtet, den ich nie hatte.« Er warf einen Blick auf Dougal. »Zusammen mit Ihnen. Es schmerzt mich zu denken, dass Sie mir ein gewisses Fehlverhalten zutrauen.«

»Und doch sollen wir uns damit abfinden, dass Sie dasselbe von uns annehmen«, konterte Dougal.

Lucien sah Kent mit einem eisigen Blick an. »Ich dachte, Sie wären der Vater, den ich gern gehabt hätte. Es ist jammerschade, dass Sie sich als ebenso schrecklich erwiesen haben, wie mein eigentlicher Vater.«

Schmerz flammte in Kents Blick auf. »Ich werde tun, was in meiner Macht steht, Lucien.« Er neigte den Kopf und verließ den Raum, wobei er die Tür fest hinter sich schloss.

»*Verdammter Mist.*« Lucien wollte gegen die Tür hämmern, die Kent gerade geschlossen hatte.

»Was ist hier gerade passiert?« Dougal drehte sich zu Lucien um. »Ist dieses Treffen kompromittiert worden und sie wussten von unserem Kommen, oder war es wirklich geplant, dass sie über dich sprechen, um dich dann einzuladen, dich zu beteiligen?«

»Das ist eine ausgezeichnete Frage. Es besteht die Möglichkeit, dass es Letzteres ist. Aber macht mich das nicht zu Lady Macbeth?« Lucien kämmte sich mit der Hand durchs Haar und lenkte seine Schritte auf die andere Seite des kleinen Raumes. »Ich habe nichts ausgeheckt, und was würde eine solche Bezeichnung sonst bedeuten?«

»Ich glaube nicht, dass du darauf eine Antwort von mir willst.«

Lucien warf ihm einen schiefen Blick zu. »Glaube nicht,

dass ich nicht schon darauf gekommen bin. Wenn ich Lady Macbeth bin, könnte mich das Schicksal von Giraud ereilen.«

»Ich denke, du solltest Reynolds in dein Haus zurückholen«, bemerkte Dougal düster. »Und einer seiner Männer sollte dir die ganze Zeit über wie ein Schatten folgen.«

Als Allererstes dachte Lucien, dass ein Schatten bedeuten würde, nie wieder einen gestohlenen Moment allein mit Kat zu haben. Beinahe wollte er laut lachen. *Daran* dachte er in diesem Moment?

»Was hältst du von Martin?«, fragte Lucien. »Ich konnte nicht erkennen, ob du ihn überhaupt erkannt hast.«

»Ich habe ihn noch nie gesehen. Oder von ihm gehört. Aber ich nehme an, Martin könnte ein Deckname sein. Kent benutzt sie gerne. Er war Torrance, als er Jess rekrutierte.« Dougal runzelte die Stirn. »Das gefällt mir überhaupt nicht.«

»Mir gefällt das alles nicht. Insbesondere nicht die Rolle, die Kent dabei spielt. Er war offenbar nie auf unserer Seite gewesen.« Lucien atmete aus, doch dieser Akt trug nicht dazu bei, seinen Zorn oder seine Enttäuschung zu lindern. »Was sollen wir jetzt tun?«

»Wie ich diesem Schuft Kent gesagt habe, verfüge ich noch immer über Freunde und Kontakte.«

»Aber ich dachte, keiner von ihnen würde etwas preisgeben.«

»Noch nicht. Das wird sich vermutlich ändern, wenn ich ihnen erzähle, dass es Kräfte im Außenministerium gibt, die Unschuldige in die Falle locken, um Missetaten zu bemänteln. Es könnte über Giraud hinausgehen, und ich bin mehr denn je davon überzeugt, dass er keine Geheimnisse an Frankreich weitergegeben hat.« Dougals Gesichtsausdruck war eisig. »Auch er wurde reingelegt.«

»Ich stimme dir zu.« Lucien fühlte sich so verflixt hilflos. Dougals Ausdruck wurde wachsam und sein Blick verhalten. »Ich weiß, du wirst dich weigern, aber ich denke, wir sollten deinen Vater ins Vertrauen ziehen.«

»Auf keinen Fall.«

»Wir wissen nicht, wie viel Zeit uns bleibt.« Dougal schritt auf ihn zu. »Soweit wir wissen, könnte Martin die Übergabe des Clubs morgen schon einleiten.«

Verdammt, das war Lucien zuwider. Er dachte nicht daran, sich einen weißen Krawattenschal umzubinden und seinen Vater erneut um Hilfe zu bitten. »Er wird mir nicht helfen. Er hat sich bereits von mir abgewandt.« Unzählige Male.

Trotzdem sollte er es versuchen. Was blieb ihm anderes übrig, außer abzuwarten, ob Dougal herausfinden konnte, was wirklich los war? Oder darauf zu warten, ob Kent diese Leute tatsächlich umstimmen konnte – oder ob er es überhaupt versuchen würde? Lucien musste damit rechnen, dass er es nicht tun würde. Er hatte keine Ahnung, wessen Interessen Kent vertrat, aber Luciens waren es mit Sicherheit nicht.

»Wir werden der Sache auf den Grund gehen, Lucien. Das verspreche ich dir.«

»Das sollten wir besser, oder mich wird das gleiche Schicksal ereilen wie Giraud.«

Dougals Augen glitzerten vor kalter Wut. »Nicht, wenn ich es verhindern kann.«

KAPITEL 16

*W*ar wirklich schon eine Woche vergangen, seit Kat Lucien gesehen hatte? Seit er ihre Welt vollkommen auf den Kopf gestellt und ihr tausend Gründe zum Lächeln geschenkt hatte.

Ja, und sie war sich ziemlich sicher, dass er ihr aus dem Weg ging. Er hätte mindestens Cass irgendwann einmal aufsuchen müssen. Nicht wahr?

Nun, Kat würde ihm heute Abend nicht erlauben, ihr zu entkommen. Sie hatte ihm eine Nachricht geschrieben und hielt sie bereit, sie ihm in die Hand oder die Tasche gleiten zu lassen, je nachdem, was sich anbot. Darin bat sie ihn, sich mit ihr um neun im Geheimgang zu treffen, was bedeutete, dass ihr weniger als eine Stunde blieb, um ihren Plan in die Tat umzusetzen.

Das Thema des Balls heute Abend war das Frost Volksfest, ein Ereignis, das gelegentlich stattfand, wenn die Themse zufror. Das war vor zwei Jahren zum letzten Mal passiert.

Der Ballsaal war wie bei einem Volksfest hergerichtet worden und der Tanzboden bildete dabei die Schlittschuhbahn. »Händler« gaben Limonade, Ratafia, Kuchen und anderes Konfekt aus. Die Atmosphäre war besonders ausgelassen und Kat fragte sich, ob sie imstande wäre, den ganzen Abend durchzustehen. Sie war froh, dass sie den Zeitpunkt ihres Treffens mit Lucien auf neun Uhr festgelegt hatte, und nicht später.

»Was für eine herrliche Veranstaltung«, bemerkte Cass, als sie die Seite der Ladys des Ballsaals umrundeten. »Die Schirmherrinnen haben sich selbst übertroffen. Ich muss Ada loben. Es tut mir nur leid, dass Evie nicht hier sein kann, um es zu sehen.«

»Ist Lady Warfield heute Abend hier, oder ist sie bereits zur Hochzeit aufgebrochen?« Kat hatte Cass und Ruark zugehört, als sie sich darüber unterhalten hatten, ob sie zu Mrs. Renshaws und Lord Gregorys Hochzeit nach Oxfordshire reisen sollten. Am Ende entschieden sie sich dagegen, da Cass immer wieder mit Übelkeit und Erschöpfung durch die Schwangerschaft zu kämpfen hatte.

Kat war zu dem Schluss gekommen, dass eine Schwangerschaft grässlich sein musste. Sie ganz zu vermeiden war noch ein weiterer Grund, der für ein Leben als Jungfer sprach.

Lucien näherte sich von der Seite der Gentlemen, und seine große, athletische Gestalt zog Kats Blick sofort auf sich. Das Zwicken in ihrer Brust wurde nun von einer Hitzewallung in ihrem gesamten Körper und einem fast magnetischen Drang begleitet, auf ihn zuzugehen. Das hätte sie auch getan, wenn er nicht auf sie aufmerksam geworden und in ihre Richtung gekommen wäre.

Cass berührte ihn am Arm, als er sich zu ihnen gesellte. »Lucien, dieses Frost Fest ist die extravaganteste Veranstaltung, die du je ausgerichtet hast. Ich kann mir die Kosten dafür gar nicht ausmalen.« Unverzüglich schnitt sie eine Grimasse. »Das geht mich natürlich nichts an.«

»Ich hoffe nur, dass es mehr Leute anzieht als der Schalt-
jahresball am letzten Freitag«, entgegnete er und blickte
zu Kat.

»Das wird er bestimmt. Die Besucherzahlen nehmen mit
dem Voranschreiten der Saison zu«, versicherte Cass ihm.

Lucien richtete seine Aufmerksamkeit weiterhin auf Kat.
»Sie sehen heute Abend sehr schön aus.« Fand er das wirklich, oder ging es ihm nur darum, nicht mehr mit Cass über
den Club zu reden?

»Danke.« Kat überlegte, wie sie ihm den Zettel, ein
kleines Stück Papier, das in ein noch kleineres Quadrat
gefaltet war, zustecken sollte. Nachdem sie es aus ihrer
Tasche gezogen hatte, hielt sie es zwischen Daumen und
Zeigefinger in den Falten ihres Kleides. Aus den Augenwinkeln bekam sie mit, wie Prudence und Glastonbury den Ballsaal betraten. »Cass, Prudence ist angekommen.«

Als Cass ihren Kopf zur Tür drehte, rückte Kat näher an
Lucien heran. Sie drückte ihm den Zettel in die Hand und
warf ihm einen vielsagenden Blick zu.

Er runzelte kurz die Stirn, ehe er den klein gefalteten
Zettel in die Innentasche seines Fracks schob, wo sich wahrscheinlich eine Tasche befand.

»Warte nicht zu lange mit dem Lesen«, murmelte sie,
während Cass Prudence und ihren Mann begrüßte.

Lucien hieß sie willkommen, ehe er weiterging. Kat sah
ihm ein paar Minuten lang nach, in der Hoffnung, er würde
den Zettel lesen, was er allerdings nicht tat. Nun, sie würde
jedenfalls um neun Uhr im Geheimgang sein. Hoffentlich
käme er ebenfalls.

Nach einer Viertelstunde Lärm und Trubel – auf der
Seite der Ladys gab es in der Mitte sogar eine Bowlingbahn,
die beim letzten Frost Fest eine beliebte Unterhaltung
gewesen war – entschuldigte Kat sich. Cass hatte
Verständnis für ihr Bedürfnis, sich für eine Weile in Ruhe

und Einsamkeit zurückzuziehen. Kat erklärte, die Bibliothek aufsuchen zu wollen.

Ihre Vorfreude trieb sie ebenso wie der Wunsch an, dem lauten Ballsaal den Rücken zu kehren. Sie machte sich auf den Weg zur Bibliothek, da sie noch Zeit hatte, dort vor neun Uhr eine Weile zu stöbern. Dann übermannte ihre Ungeduld sie, und zehn Minuten vor neun Uhr war sie im Geheimgang. Sie saß auf der Treppe, bis es neun sein musste, dann stand sie auf. Und ging auf und ab. Es dauerte noch mindestens zehn Minuten, bis sie endlich Schritte im Gang hörte, die aus der Richtung von Luciens Büro zu kommen schienen.

Endlich kam er in Sicht, und ihr Körper reagierte wie immer bei seinem Anblick, was in einem Lächeln gipfelte, das sie nicht unterdrücken konnte. »Ich war mir nicht sicher, ob du kommen würdest.«

»Das hätte ich nicht tun sollen, aber ich habe gehört, dass du neulich Abend den Hickinbottoms in die Arme gelaufen bist und es zu einer Konfrontation gekommen ist. Geht es dir gut?«

Eine schwindelmachende Wärme blühte in ihr auf. »Ich weiß deine Sorge zu schätzen. Jetzt geht es mir gut. Es war ... ärgerlich. Ihr Sohn trug ebenso viel Schuld an der Sache wie ich. Niemand behelligt ihn wegen seines Verhaltens.«

»Vielleicht übernimmt das seine Frau.« Lucien grinste, und Kat lachte.

Sie blickte zu ihm auf. »Du bist so liebenswert.« Nie gab er ihr ein schlechtes Gefühl, nicht einmal aus Versehen. Jetzt fühlte sie sich jedoch plötzlich schlecht, und das war nicht seine Schuld. »Ich hätte ihn nicht küssen sollen. Es war rücksichtslos von mir, den Verlobten einer anderen Frau dazu zu verleiten.« Warum hatte sie das nicht schon früher gedacht? Es war ja nicht, dass die anderen, allen voran ihre Schwestern, sie nicht darauf hingewiesen hatten. Vielleicht lag es daran, dass Kat allmählich die Komplexität und Gefühle von zwischenmenschlichen Beziehungen zu begreifen anfing. Hatte sie eine Beziehung mit Lucien? Es sah nicht danach aus, da sie ihn seit einer Woche nicht mehr gesehen hatte.

»Warum gehst du mir aus dem Weg?«, fragte sie.

Er lehnte sich mit der Schulter gegen die Wand. »Ich denke, das ist offensichtlich. Außerdem war ich mit dem Club und ... anderen Dingen beschäftigt.«

»Das kann ich mir vorstellen. Dieser Ball ist überaus aufwendig. Du hast dir alle Mühe gegeben, ihn fast genauso wie eine echtes Frost Fest zu gestalten.«

»Die ganze Anerkennung gebührt Ada und den anderen Schirmherrinnen. Insbesondere Ada. Sie ist diejenige, welche die Oberaufsicht über die Ausführung hatte. Es tut mir leid, dass Evie nicht hier ist, um es zu sehen, aber Ada wird ihr alles darüber berichten, wenn sie zu ihrer Hochzeit in Oxfordshire kommt.«

»Bist du enttäuscht, dass du nicht dabei sein kannst?«, fragte Kat. Sie wusste von Cass, dass er nicht hinfahren würde. Und das überraschte sie nicht. Lucien verließ London nur selten. Tat er das überhaupt jemals?

»Das bin ich schon, aber ich kann jetzt nicht weg.«

»Wegen des Clubs. Aber du würdest vermutlich einen anderen Grund finden. Warum verlässt du die Stadt nie?«

Er lachte. »Das ist dir aufgefallen? Ich bin gelegentlich zu Max' Anwesen gefahren.«

»Aber kannst du von dort nicht am selben Tag zurückkehren?«

»Du hast mich ertappt. Ich entferne mich nicht gern sehr weit vom Club. Aber ich bin auch gerne hier in der Stadt. Nach meiner Rückkehr aus Spanien habe ich entschieden, nicht mehr fortgehen zu wollen.«

Kat rückte näher, sodass sie direkt vor ihm an der Wand stand. »Du sprichst nie über deine Zeit dort. War es so furchtbar? Ich kann mir vorstellen, dass du dich auch gelangweilt hast. *Ich* würde mich langweilen, denke ich.«

Er schmunzelte. »Dort hättest du reichlich Tiere, die du studieren könntest.«

»Willst du meiner Frage ausweichen? Ich würde gerne etwas über deine Erfahrungen dort hören.«

»Es ist nett, dass du Interesse zeigst, aber ich rede nicht gerne darüber. Du hast jedoch recht, wenn du dir vorstellst, es sei langweilig gewesen.«

Kat war sich im Klaren darüber, dass jetzt nicht der richtige Zeitpunkt war, ihn zu drängen. Ihnen war nur ein kurzes Intermezzo beschieden. »Nun, wenn du dich jemals aussprechen möchtest – über diese Sache oder den Club oder etwas anderes – würde ich gerne zuhören.«

»Ist das ein Angebot, damit du alles, was ich erlebt habe, für zukünftige Nachforschungen aufzeichnen kannst?«

»Und welche Nachforschungen wären das?«

Er zog die Schulter hoch, die nicht an der Wand lehnte. »Der Verstand eines ehemaligen Wüstlings?«

»Das ist ein verlockender Gedanke. Du bist selbst schuld, wenn ich mein Interesse in diese Richtung lenke.«

Grinsend stieß er sich von der Wand ab. »Ich werde mich selbst züchtigen. Warum hast du mich also um ein Treffen gebeten?«

»Das liegt auf der Hand, würde ich sagen«, antwortete sie ihm. »Ich wollte dich sehen.«

»Nur *sehen*? Nach unserer letzten Begegnung hier im Gang muss ich davon ausgehen, dass dies nicht alles ist, was du wolltest. Aber wir können das nicht tun. Und auch nichts von den anderen Dingen auf der Liste, die du aufgestellt hast.«

»Ich habe wirklich eine herrliche Liste. Soll ich sie für dich kopieren?« In diesem Moment beschloss sie, genau das zu tun, ob er nun wollte oder nicht. Wenn sie es sich recht überlegte, könnte sie ihm die Liste Stück für Stück zuschicken. Vielleicht würde er sich von einer unaufhörlichen Flut von Einfällen, was sie miteinander anstellen könnten, verlocken lassen, der Versuchung nachzugeben.

»Nein. Aber ich bin neugierig, das muss ich gestehen.« Ein kleines Lächeln umspielte seine Lippen, und das davon hervorgerufene Pulsieren in Kats Geschlecht war geradezu schamlos. Hoffentlich würde er es wieder tun. »Wie dem auch sei, ich muss zurück. Ich kann nicht so lange fort bleiben wie letzte Woche.«

»Der Club hat es *überlebt*«, meinte sie sardonisch. Sie trat sogar noch näher an ihn heran, sodass sie sich fast berührten, und legte eine Hand auf seinen Frack, wobei sie ihre Finger gegen sein Revers drückte. »Warum können wir uns nicht jede Woche so treffen, hier im Geheimgang, und sei es nur für zehn Minuten? Du sagtest, dies sei die perfekte Zeit und der perfekte Ort.«

Er stöhnte auf. »Das bedaure ich. Das Problem, meine bezaubernde Kat, besteht darin, dass zehn Minuten nicht annähernd genügend Zeit für etwas Lohnenswertes sind.«

Der Hunger und die Enttäuschung in seinem Ton waren nicht zu überhören. Kat fühlte eine Woge der Freude in sich aufsteigen – und der Macht.

Sein Blick wurde finster. »Das Risiko ist dennoch zu groß, fürchte ich.«

Sie drückte die Handfläche gegen ihn und schob sie zu seinem Hals empor, sodass ihre Fingerspitzen über die Haut oberhalb seines Krawattenschals und dem Hemdkragen streiften. »Oder ich könnte ganz aus der Gesellschaft ausscheiden und deine Geliebte werden. Wir könnten ...«

»Das wird *nicht* geschehen.« Er starrte sie an. »Das kann nicht dein Ernst sein.«

»Warum nicht? Ich verabscheue gesellschaftliche Verpflichtungen, und ich möchte nicht heiraten. Aber ich möchte alle Punkte auf meiner Liste abarbeiten. Es sind dreiunddreißig Punkte, Lucien.« Sie senkte die Stimme zu einem verführerischen Schnurren. »*Dreiunddreißig.*«

Einen kurzen Moment schloss er die Augen, als führte er einen innerlichen Kampf. Sie hoffte, der Teil von ihm würde unterliegen, der darauf bestand, zum Ball zurückzukehren.

»Hör auf. Du kannst mich nicht foltern. Nun, das kannst du, aber ich bitte dich, das nicht zu tun. Jedenfalls kannst du nicht einfach meine Geliebte werden.«

»Warum nicht?«

»Erstens will ich keine. Ich hatte keine mehr, seit – unwichtig, denn das sollte ich auch nicht mit dir erörtern.«

»Mrs. Renshaw?«, fragte sie. »Das ist allgemein bekannt.«

»Nicht, dass sie meine letzte Geliebte war.« Er fluchte. »Du bist viel zu provozierend. In jeder verdammten Hinsicht. Du kannst nicht einfach aus der Gesellschaft ausscheiden. Die Leute wissen, wer du bist. Dein Bruder ist ein Earl. Deine Schwägerin ist die Tochter eines Herzogs. Du bist eine *Persönlichkeit*, ob es dir nun passt oder nicht. Die Leute werden über dich und deine Taten reden.«

Kat fluchte, worauf Luciens Augenbrauen prompt in die Höhe schnellten. »Es kann dich doch nicht schockieren, dass ich so etwas sage.«

»Das sollte es nicht.« Wieder brachte er dieses verheerende kleine, verführerische Lächeln zustande, und sie hätte ihn beinahe mit sich auf den Boden gerissen. Er ernüchterte und fuhr fort: »Abgesehen davon wirkt sich dein Verhalten auf deine Familie aus. Du kannst nicht jemandes Geliebte sein.«

»Es wäre ein Geheimnis. Kathleen Shaughnessy würde London verlassen und in Vergessenheit geraten. Ich könnte deine Geliebte sein, und niemand würde meine Identität kennen.«

»Großer Gott, hast du denn nichts aus Evies Versuch

gelernt, eine Identität geheim zu halten? Im Übrigen war das ganz allein meine Schuld. Ich hatte sie überredet, das zu tun, damit sie hier arbeiten kann.« Er schluckte. »Ich bin wirklich ein selbstsüchtiger Pinkel.«

»Wohl kaum. Da kannst du alle fragen. Du bist die Person, die allen hilft.«

»In letzter Zeit nicht.« Seine Stimme hatte einen harten Ton angenommen, und jetzt war diese Härte auch in seinem Blick zu finden. »Nichts bleibt geheim, Kat. Daran bin ich in letzter Zeit zu oft erinnert worden, insbesondere in dieser Woche.«

Wieder spürte sie seine Frustration, seinen ... Kummer und wünschte, er würde mit ihr reden. Das war interessant, da sie dieses Treffen angezettelt hatte, um etwas von ihrer Liste abzuhaken. Stattdessen wollte sie einfach nur mit ihm plaudern, ihn trösten und ihm Mut machen. Ihre Verbindung war scheinbar mehr als nur körperlicher Natur. Zumindest galt das für sie. Für ihn galt vielleicht nicht dasselbe, so liebenswürdig er auch zu ihr war und so verständnisvoll und unterstützend er sich geben konnte.

»Ich kann sehen, dass du dich lieber in jeder Hinsicht von mir fernhältst, anstatt Trost in unserer Anziehung oder Freundschaft, oder was auch immer uns sonst noch verbindet, zu suchen. Es tut mir leid, dass ich dich belästigt habe.«

Kat drehte sich auf dem Absatz um und stolzierte aus dem Geheimgang. Ehe sie die Tür erreicht hatte, hörte sie ihn nach ihr rufen. Sie zögerte, drehte sich fast um, aber nein, sie wollte sich ihm nicht an den Hals werfen oder um seine Aufmerksamkeit betteln.

Vielleicht war es tatsächlich an der Zeit für sie, sich zurückzuziehen – insbesondere von Lucien.

*D*er Ball war ein Erfolg. Es waren mehr Gäste da als in der vorigen Woche, jedoch fiel die Teilnahme immer noch nicht so hoch aus, wie im letzten Jahr. Lucien hoffte, das Spektakel um das Frost Fest Thema würde in London die Runde machen und die Leute zum nächsten Ball in der folgenden Woche locken.

Aber der Erfolg – oder Misserfolg – des heutigen Balls lastete nicht so sehr auf ihm, wie seine Interaktion mit Kat vorhin. Er hatte seiner Frustration freien Lauf gelassen, was Kat getroffen hatte, doch es war nicht ihre Schuld, dass er wegen des Clubs, des Außenministeriums und, um ehrlich zu sein, wegen *ihr* so gerädert war. Es hatte ihn jedes Quäntchen Selbstbeherrschung gekostet, die Hände von ihr zu lassen und fast hätte er den Kampf verloren, als sie seinen Oberkörper berührt hatte. Sein ganzer Körper war darauf blitzartig in einen sensiblen Zustand geraten, und selbst jetzt, fast zwei Stunden später, begehrte er sie noch mit einer Heftigkeit, die seinen Schaft halb erigiert hielt.

Er hatte versucht, sie so gut wie möglich im Auge zu behalten, aber es war schwierig gewesen. Natürlich hatte er zu tun gehabt, und sie war nicht zu sehen gewesen. Er fragte sich, wie sie den Abend verbracht hatte, und musste feststellen, dass er jedes Mal eifersüchtig war, wenn sie mit einem anderen Gentleman tanzte oder sich mit ihm unterhielt.

Diese zunehmende Fixierung auf sie würde ihn noch in Schwierigkeiten bringen.

Deshalb hatte er ihr gegenüber diesen kalten Tonfall angenommen. Ihre Idee war absurd, seine Geliebte werden zu können, und das musste sie begreifen. Ruark würde ihn konfrontieren und verprügeln oder zu einem Duell herausfordern. Oder beides. Und Lucien hätte all das verdient.

Lucien drehte eine Runde durch den Club der Gentlemen, wie er es bei den Bällen regelmäßig zu tun pflegte. Es gab viele Gentlemen, die sich in den Spielsalon oder in das Mitgliederrefugium flüchteten, während ihre Frauen sich mit der Präsentation ihrer Töchter auf dem Heiratsmarkt befassten.

Als er die Treppe zum ersten Stock hinaufstieg, traf er auf Dougal, der erfreut schien, ihn zu treffen. »Ich war auf der Suche nach dir, denn ich habe mir ein kurzes Gespräch mit dir erhofft.«

»Natürlich.« Lucien gab ihm ein Zeichen, ihn die Treppe wieder nach oben zu begleiten, und sie gingen in sein Büro. »Hast du Neuigkeiten?«

»Nein, leider nicht, aber ich glaube, ich kann einen meiner ehemaligen Mitarbeiter mürbe machen. Er erwägt sein Ausscheiden. Ich merke, dass er wegen irgendetwas beunruhigt ist, was er aber nicht verrät. Ich bedränge ihn auch nicht, da ich ihn nicht vergraulen will. Aber ich bleibe an ihm dran.« Dougal stemmte eine Hand in die Hüfte. »Was ist mit dir? Hast du dir schon überlegt, was du unternehmen wirst?«

»Wenn du mich fragst, ob ich die Entschädigung annehme, die mir das Außenministerium anbietet, und mich dann in der Nacht davonschleiche, dann ist die Antwort nein.«

»Du wirst keine Wahl haben. Ich bin nicht sicher, ob ich ausschließen würde, dass sie deinen Namen als Girauds Mörder öffentlich machen und dich ins Gefängnis werfen lassen. Ich halte meine Ohren offen, ob irgendetwas über dich erwähnt wird, aber bislang ist alles still.«

Dougals Vermutung war überaus beunruhigend, aber Lucien konnte nicht abstreiten, dass diese Möglichkeit existierte. Zu diesem Zeitpunkt rechnete er mit beinahe allem. »Ich weiß deine Unterstützung bei all diesem Ungemach wirklich zu schätzen.«

»Sie gehört dir jetzt und auch sonst immer. Bist du sicher,

dass ich dich nicht überreden kann, mit deinem Vater über diese Sache zu sprechen?«

»Vollkommen sicher.«

Dougal nickte und ging in Richtung Tür. »Ich sollte mich auf die Suche nach Jess machen. Als ich sie das letzte Mal gesehen habe, hat sie sich mit Kat unterhalten.«

Luciens Blick schnellte zu Dougal. »Ich werde dich begleiten. Ich muss wieder nach unten.«

Sie kehrten ins Erdgeschoss zurück, in dem sich der Ballsaal befand, und betraten ihn auf der Seite mit der Tanzfläche. Diese war überfüllt, aber bevor er sich nach Kat umsehen konnte, kam Jess auf sie zu. Sie war in Begleitung von Cass und Ruark. Aber nicht von Kat. Lucien unterdrückte seine Enttäuschung.

»Was für ein wundervoller Ball«, lobte Jess. »Er ist überaus inspirierend. Die Leute werden noch wochenlang darüber reden, und wahrscheinlich sogar die ganze Saison hindurch. Ich denke, ihr müsst dieses Thema nächstes Jahr auch wieder aufgreifen.«

Damit hatte sie wahrscheinlich recht. »Ich werde diesen Vorschlag an Ada und die Schirmherrinnen weitergeben.«

»Oh, das habe ich Ada schon gesagt«, meinte Jess.

Lucien überlegte, wie er sich nach Kat erkundigen konnte, ohne verdächtig interessiert zu wirken, er entschied sich für folgende Variante: »Ich dachte, Miss Shaughnessy wäre bei dir.«

»Das war sie auch, aber sie tanzt gerade. Ich glaube, Sir Rowland ist ganz vernarrt in sie. Es ist das zweite Mal, dass sie tanzen.«

Cass machte große Augen. »Heute Abend? Weiß sie denn nicht, dass man das nicht tun sollte?«

»Nicht heute Abend. Sie haben vor etwa einer Woche auf einem Ball zusammen getanzt, wenn ich mich recht besinne.« Jess legte den Kopf schief. »Oder vielleicht war es bei der Veranstaltung davor.«

Das war eine Ablenkung für Lucien. Und es ließ seine Eifersucht wieder auflodern. Die Veranstaltung von letzter Woche war ihm zuzuschreiben.

Jess drehte sich zu Dougal. »Ich bin froh, dass du hier bist. Ich brauche einen Spaziergang im Garten, wo es bestimmt merklich kühler ist.«

Dougal grinste seine Frau an und bot ihr seinen Arm. »Mit Vergnügen.«

Sie gingen in Richtung der Türen zum Garten davon und umrundeten dabei die Tanzfläche.

»Lucien, vergiss das Abendessen am Sonntag nicht«, mahnte Cass.

Er warf ihr einen fragenden Blick zu. »Warum sollte ich das vergessen?« Er nahm ein kurzes Aufblitzen von Unbehagen in ihren Augen wahr, ehe sie den Blick abwandte. Er stieß die Luft aus und fragte: »Was verschweigst du mir?«

»Papa wird kommen. Er will Prudence sehen.«

»Kann er sie nicht einfach zu einer Audienz vorladen, wie uns andere Kinder auch?« Dass der Herzog die uneheliche Tochter seiner Schwester so freudig in seine Familie aufgenommen hatte, war für Lucien immer noch unglaublich.

»Wahrscheinlich, und das könnte er auch noch tun. Bitte versprich mir, dass du dich benehmen wirst.« Sie warf ihm einen flehenden Blick zu.

»Vielleicht werde ich vorher noch krank. Oder ich breche mir ein Bein.«

Ruark schnaubte, und Cass stieß ihm ihren Ellbogen in die Seite. Er räusperte sich und riet: »Trink einfach ein Glas Whiskey, bevor du kommst. Ich kann dir aber auch eines einschenken, wenn du früh ankommst.«

»Ich werde mehr als ein Glas brauchen«, murmelte Lucien. Er richtete den Blick auf die Tanzfläche und endlich konnte er Kat ausmachen. Sie stand auf der anderen Seite, und ihre Röcke aus einem dunkeln Gold wirbelten über den Boden, als sie sich bewegte. Ihren Gesichtsausdruck konnte er allerdings nicht erkennen. Amüsierte sie sich?

»Ich werde Kat nach Sir Rowland fragen müssen«, sagte Cass. »Ich frage mich, ob er sein Interesse daran bekundet hat, ihr den Hof zu machen.«

Ruark verzog das Gesicht. »Ich hoffe nicht. Er ist mindestens zehn Jahre älter als sie.«

Lucien war acht Jahre älter als sie. Disqualifizierte ihn diese Tatsache?

Wovon? Vielleicht brauchte Lucien diesen Schluck Whiskey gleich *jetzt*.

»Das ist kein so großer Altersunterschied«, beschied Cass. »Außerdem ist er ein wenig schüchtern und hat vielleicht nichts dagegen, wenn sie nach der Hochzeit gesellschaftliche Veranstaltungen meiden.«

»Du hast sie in Gedanken schon mit ihm verheiratet?«, fragte Lucien und hoffte, er klang nicht empört. Das war allerdings genau das, was er empfand.

Cass winkte ab. »Ich denke nur nach.«

Ruark blickte zu Lucien. »Cass hofft – gegen alle Hoffnung, wie ich ihr immer wieder sage –, dass Kat sich verliebt und bald heiratet. Sie sorgt sich wegen der Hickinbottoms, die wieder Ärger machen könnten und Kat eine Heirat erschweren oder gar unmöglich machen könnten.«

Lucien wollte ein Wort mit den Hickinbottoms wechseln, um sicherzustellen, dass sie Kat in Frieden ließen. Und wie ließe sich das anstellen? Er könnte ihre Akzeptanz in der Gesellschaft bedrohen? Er war nicht gerade das verehrteste Mitglied der feinen Gesellschaft, das er noch vor einigen Wochen gewesen war.

»Haben sie weitere Probleme verursacht?«, wollte Lucien

wissen. »Abgesehen von dem, was du mir über den Vorfall neulich Abend auf dem Empfang erzählt hast.«

»Nein, aber ich bin besorgt, weil ich nicht gehört habe, was sie sonst noch gesagt haben«, antwortete Cass. »Ich mache mir auch Sorgen, dass Kat etwas tun könnte, was sie in Gefahr bringt, wie sie es in Gloucestershire getan hat. Sie achtet einfach nicht so genau auf ihr Betragen, wie es ihr ansteht. Heute Abend war sie schon mehrere Male für eine Viertelstunde oder länger verschwunden.«

Ruark berührte Cass' Rücken. »Meine Liebe, sie hat sich müde gefühlt. Ich bin wirklich überrascht, dass sie so lange ausgehalten hat. Das ist dichtes Gewimmel hier, das für sie nur schwer zu ertragen ist.«

Da Lucien nun verstand, wie Kat davon betroffen sein konnte, schätzte er die Aufmerksamkeit und Sorge ihres Bruders um sie ganz besonders. »Sie hat Glück, dass du dich um sie kümmerst«, sagte er zu Ruark.

Cass richtete das Wort an Ruark. »Ich fühle mich wirklich erschöpft. Würdest du mich auf die andere Seite begleiten, damit ich mich setzen kann, und mir dann ein Glas Limonade bringen?« Sie klimperte mit den Wimpern.

Ruark lachte. »Für dich tue ich alles.« Er blickte zu Lucien. »Wirst du Kat informieren, wo wir sind? Oder nicht. Ich weiß, dass du beschäftigt bist. Sie wird uns dort drüben finden.«

»Mit Freuden«, entgegnete Lucien. Er würde die Gelegenheit wahrnehmen und sich vergewissern, dass er sie vorhin nicht verstimmt hatte. Er hatte nicht so ein Ekel sein wollen. Er musste aufhören, das mit ihr zu tun. Und warum tat er das? Lag es daran, dass er das Gefühl hatte, seine Emotionen nicht vor ihr verbergen zu müssen?

Ruark geleitete Cass auf die andere Seite des Ballsaals und Lucien beobachtete die Tänzer. Er umrundete sie langsam, bis er näher an der Stelle stand, wo Kat tanzte. Es war etwas kühler da die Türen zum Garten offen standen. Die Luft des ausklingenden Winters strömte herein, aber es war dennoch recht warm im Ballsaal. Er entdeckte Kat und erkannte, dass ihr Gesicht gerötet war. Sie wirkte auch geplagt. Ihre Brauen waren zusammengezogen und ihr Kiefer fest.

Dann passierte etwas Schreckliches. Sie holte mit dem Arm aus und traf Sir Rowland an der Brust. Er geriet ins Schwanken, aber er fiel nicht. Es war unmöglich zu sagen, ob sie das absichtlich gemacht hatte, doch Lucien glaubte das nicht. Sie hob die Hand an den Mund und dann ließ sie sie zu einer Faust geballt seitlich sinken. Als Nächstes floh sie von der Tanzfläche und stieß beinahe mit Lucien zusammen.

»Kat.« Sanft fasste er sie am Arm. »Geht es dir gut?«

»Ich muss hier raus. *Jetzt.*« Lucien bewegte sich schnell und führte sie zu den Türen in die kühle Nacht hinaus. »Besser?«

Sie schüttelte den Kopf. »Zu viele Leute.«

Es waren wirklich nicht viele Menschen hier. Die meisten zogen den Garten der Ladys vor. Er besaß ein großes Wasserbassin, in dem sich das Licht spiegelte, und mehr Bänke sowie mehr als ein Dutzend Fackeln, um die Umgebung zu erleuchten. Diese Seite war weniger bevölkert. Sie war dunkler. Und sie bot viel mehr Verstecke.

Allerdings würde er sie nicht hier draußen im Schatten verstecken. »Komm mit mir.« Er führte sie zu der Tür, die neben der Hecke fast unsichtbar und in der äußeren Mauer eingelassen war, die den Garten von der Bury Street trennte.

Nachdem er den Riegel gefunden hatte, öffnete er die Tür. »Nach dir.«

»Wohin gehen wir?«

»Zu einem Platz, wo es ruhig ist. Möchtest du das nicht?«

»Ja. Bitte. Oder nach Hause.« Sie trat ein.

»Das kannst du auch tun.«

Er schloss die Tür hinter ihnen. »Dies sind die hinteren Treppen, die in die oberen Stockwerke führen. Wir werden den ersten Stock überspringen, weil es dort überhaupt nicht ruhig sein wird.«

»Wohin gehen wir dann?«

Er bewegte sich so, dass er vor ihr stand. Auf halbem Wege die Treppe hinauf war eine Leuchte angebracht, sodass es nicht gerade sehr hell war. Ihr Gesicht lag im Schatten, aber er konnte erkennen, dass sie noch immer gerötet war, und ihre Augen waren auf einen Punkt hinter ihm gerichtet.

»Vertraust du mir?«, fragte er leise.

Sie nickte, also nahm er ihre Hand und fing an, die Treppe hinaufzugehen. Er bewegte sich langsam und gab ihr Zeit, wieder zu Atem oder zu Sinnen zu kommen – was auch immer für sie nötig war. Als sie auf der zweiten Etage ankamen, öffnete er die Tür zu einem Korridor.

»Was ist hier oben?«

»Mehrere Schlafzimmer. Die meisten Leute wissen nicht, dass man hier wie in einem Hotel übernachten kann.«

»Nur Gentlemen?«

»Auf der Seite der Ladys befinden sich ebenfalls einige Räume, aber wir haben noch nie jemanden dort über Nacht beherbergt. Adas ehemalige Wohnung ist dort drüben. Es ist tatsächlich noch immer ihr Büro.«

»Ich habe nicht gewusst, dass sie hier lebte.«

»Bis sie Max geheiratet hat.« Lucien fühlte sich durch Kats ruhige Konversation ermuntert. Im Ballsaal hatte sie sehr aufgeregt gewirkt. Ganz sicher hatte sie den Tanzboden auf eine Weise verlassen, die Tratsch nach sich ziehen würde. Das würde er heute Abend allerdings nicht zur Sprache bringen.

Mist. Wenn die Leute redeten, würden Cass und Ruark krank vor Sorge sein. Er würde eine Nachricht nach unten schicken, dass sie sich beruhigte und dann nach Hause fahren würde.

Lucien brachte sie in das Zimmer direkt über seinem Büro. Es war sein Zimmer. Es war das Kleinste auf der Etage, aber es war auch ganz und gar seins. Er erlaubte niemandem, es zu benutzen.

Nachdem er die Tür für sie geöffnet hatte, machte er ihr ein Zeichen, ihm voranzugehen. Dann schloss er sie ein. »Dies ist das Schlafzimmer, das ich gelegentlich benutze.«

Sie blickte sich in dem kompakten Raum um und ließ dabei den Blick von dem nicht zu großen Bett über die Waschschüssel bis zu einem kleinen Schreibtisch in einer Ecke und dem einzelnen Sessel wandern, der vor dem kalten Kamin stand. Kat erschauderte und brachte ihm somit zu Bewusstsein, dass kein Feuer brannte.

Lucien beeilte sich, dieses Problem zu klären. »Ich hatte nicht gedacht, dass ich heute Abend hierherkommen würde.«

»Wann kommst du denn hier hoch? Das heißt, wofür benutzt du diesen Raum?«

»An manchen Abenden bin ich zu müde, um nach Hause zu gehen, dann komme ich hier hoch und schlafe einige Stunden. Es kommt auch vor, dass ich am Nachmittag ein kurzes Nickerchen halte.« Er lächelte ihr über die Schulter zu, während er das Feuer entfachte.

»Du triffst dich hier nicht mit Frauen?«, fragte sie.

»Nicht vor heute Abend.« Er stand auf und suchte den Feuerstein, dann hockte er sich hin, um das Feuer anzuzünden. Als er sicher war, dass es lodern würde, erhob er sich wieder und sah sie an. »Ich werde Ruark und Cass benachrichtigen, dass du hier oben bist und dich ausruhst und bald nach Hause zurückkehren wirst.«

»Ich danke dir. Bitte richte ihnen aus, sie sollen nicht nach mir sehen.«

»Ich verstehe, dass du lieber allein sein möchtest.« Lucien
wollte erfahren, was mit Sir Rowland passiert war, doch er
kam zu dem Schluss, dass er dies auch später herausfinden
konnte. Eventuell, wenn er sie am Sonntag traf. Als ob er bei
einem Familienessen Zeit mit ihr unter vier Augen
verbringen könnte. Er ging auf die Tür zu.

»Nein, das möchte ich nicht. Ich wünsche mir, dass du
wiederkommst.«

Lucien drehte sich um. Die Farbe war ihr aus dem
Gesicht gewichen, aber nicht ganz. Kleine rosa Fleckchen
hielten sich auf ihren Wangen. Und ihr Blick war noch
immer auf etwas hinter seinem Rücken gerichtet. »Brauchst
du etwas?«

Sie schüttelte den Kopf. »Nur dich.«

Ihre Worte verursachten ihm einen Schauder auf der
Haut, als ob sie ihn berührt hätte. Er machte sich auf die
Suche nach einem Diener oder einem Dienstmädchen, um
von ihnen die Nachricht an seine Schwester und Ruark überbringen zu lassen. Und wenn er klug war, würde er gleich
weiter nach unten zum Ball gehen.

Doch heute Abend war er anscheinend nicht klug.

KAPITEL 17

*N*achdem er dem Diener wegen Kat ausdrückliche Anweisungen erteilt hatte, die er Cass und Ruark überbringen sollte, kehrte Lucien in sein Zimmer zurück. Er zauderte vor der Tür, denn wenn er eintrat, wusste er, dass alles passieren konnte. Oder auch nicht. Wahrscheinlich war Kat aufgeregt und würde bald nach Hause gehen wollen. Eigentlich hätte er Ruarks Kutsche vorfahren lassen sollen, um sie abzuholen.

Lucien trat ein und schloss die Tür hinter sich. Kat saß in dem Sessel beim Kamin. Sie hatte die Hände vor der Brust verschränkt, und es wirkte fast, als würde sie beten, während ihr Gesicht jetzt noch stärker gerötet war als unten im überhitzten Ballsaal. Sie blickte ihn nicht an.

»Kat ... ist alles in Ordnung?« Er gab sich Mühe, seine Sorge nicht durchklingen zu lassen, doch er war sich sicher, dass es vergeblich war.

»Es geht schon.« Sie hielt den Blick auf das Feuer gerichtet, während sie sich versteifte und die Hände derart stark zusammenpresste, dass die Knöchel weiß hervortraten.

Das beunruhigte Lucien und er bewegte sich langsam auf sie zu. »Du siehst nicht gut aus.«

Sie stieß einen Atemzug aus und sah zu ihm auf. »Ich sehe wie die Anomalie aus, die ich bin, dessen bin ich mir sicher.«

»Hör auf, so etwas zu sagen. Du bist keine Anomalie.«

Wieder spannte sie sich an, und ihr Gesicht war rot wie eine Kirsche. Dann ließ sie abrupt die Hände locker, um sie in ihren Schoß sinken zu lassen. Sie stieß die Luft aus und sog sie dann mehrmals tief ein. »Du schaust mich an, als wäre ich das.«

»Ich sehe dich an, weil ich mir Sorgen um dein Wohlergehen mache. Ich weiß nicht, was dort unten passiert ist, aber du warst sehr aufgewühlt. Cass und Ruark waren in Sorge, dass der Club heute Abend zu voll und laut für dich ist. Ich kann seine Kutsche kommen lassen, die dich nach Hause bringt.«

»Ja, schick mich nur nach Hause. Ich werde dort bleiben. Ich hätte es besser wissen sollen, als mich unter die Gesellschaft zu mischen, um zu forschen.« Sie strich sich mit der Hand über die Stirn. »Das interessiert mich gar nicht mehr.«

Lucien nahm sich den kleinen hölzernen Stuhl vom Schreibtisch und stellte ihn neben sie. Er setzte sich darauf und stützte die Unterarme auf die Beine, während er sich zu ihr hinüberlehnte. »Ich kann nicht glauben, dass das wahr ist. Morgen geht es dir bestimmt besser.«

»So wird es sein. Ich neige nicht dazu, mich an negative Gefühle zu klammern«, entgegnete sie ein wenig unbeteiligt, als wäre sie gerade dabei, genau das zu tun.

»Gut.« Aber Lucien war nicht von ihrem Wohlergehen überzeugt. Außerdem wollte er sie und die Dinge, die in ihr vorgingen, begreifen. »Warum glaubst du denn, dass du eine Anomalie bist?«

»Schau mich an. Ist dieses Verhalten denn normal? Ich bin sonderbar. Mir gefallen nicht die gleichen Dinge wie anderen Leuten, und wenn ich versuche, mit ihnen über das zu sprechen, was mir gefällt, finden sie mich langweilig oder nervtötend. Oder sie lachen mich aus. Insbesondere deshalb, weil ich nicht so gut tanze wie andere junge Ladys. Ich beherrsche zwar die Schritte, doch gelegentlich ist die Musik verwirrend.«

»Ist das dort unten passiert?« Lucien wollte erfahren, wer über sie gelacht hatte. Er würde dafür sorgen, dass diese Person nie wieder Zutritt zum Phönix Club erhalten würde.

Sie nickte. »Darüber möchte ich nicht reden.«

»Das musst du auch nicht. Aber ich bestehe weiter auf meiner Behauptung, dass du keine Anomalie bist. Du bist reizend und interessant, und ich genieße deine Gesellschaft sehr.«

»Außer wenn ich versuche, dich mit meinen Forschungen zu belästigen und dich überreden will, mir zu helfen. Gib zu, dass du es nervtötend findest.« Sie schnitt mit der Hand durch die Luft. »Ich weiß das es so war. Ich lasse mich immer zu sehr auf die Dinge ein, an denen mir etwas liegt und ich erwarte, dass andere sich auch darauf einlassen.«

»Mir gefallen deine Forschungen«, meinte er leise. »Ich würde nicht sagen, dass ich jemals genervt war. Eher vielleicht frustriert. Es ist sehr schwierig, dir zuzuhören, wenn du übers Küssen und andere Paarungsverhalten sprichst, ohne dass ich dich bis zur Besinnungslosigkeit vögeln möchte.«

Ihre Augen weiteten sich, als sie ihren Blick endlich auf ihn richtete. »Hast du schon immer so empfunden?«

»Nicht immer, aber seit geraumer Zeit. Tatsächlich kann ich den genauen Moment nicht benennen, wann es angefangen hat.« Er verstummte. »Bei nochmaligem Nachdenken bin ich mir ziemlich sicher, dass es passiert ist, als du mich gebeten hast, dir einen Wüstling zu suchen, der dir bei deinen Studien behilflich ist. Um ehrlich zu sein, war deine Belästigung – wenn du es so nennen willst – wegen deiner Forschungen das Einzige, was mich davon abgehalten hat, die Hoffnung auf den Club zu verlieren. Du bist der Ursprung all meiner Lächeln und das, worauf ich mich am meisten freue.«

»Bin ich das?«

Er ergriff ihre Hand, die angesichts ihrer zurückliegenden Aktivität überraschend kühl war. »Mich von dir fernzuhalten, meine Hände von dir zu lassen ... all das ist sehr schwierig. Je mehr ich mit dir zusammen bin, umso mehr möchte ich über dich wissen. Hoffentlich macht es dir nichts aus, aber Cass hat mir einiges davon erzählt, was du im Laufe deines Lebens durchgemacht hast.«

»Du weißt also, dass ich eine Anomalie bin und bist nur höflich.«

»So hat Cass dich nicht beschrieben, und das würde ich auch nicht tun.«

»Nicht einmal, nachdem du mitangesehen hast, was ich vor einigen Minuten getan habe? Früher habe ich das immer gemacht, wenn ich mich beruhigen wollte. Es mildert den Aufruhr in mir, der aufgrund dessen herrscht, was mich bedrückt. Es ist schwer zu erklären.«

Mit dem Daumen streichelte er ihren Handrücken. »Wenn ich mich beruhigen will, unternehme ich einen flotten Spaziergang oder einen rasanten Ritt. Das hört sich nicht sehr anders an.«

»Deine Handlungen sind allerdings akzeptabel und mein Verhalten wird als seltsam oder beunruhigend angesehen. Meine Mutter hatte es mir verboten, aber ich konnte nicht damit aufhören. Schließlich habe ich gelernt, nur dann darauf zurückzugreifen, wenn ich allein bin.«

Ihm blutete das Herz für sie. Für das Mädchen, das sich verstecken musste. »So wie jetzt? Mir ist allerdings aufgefallen, dass du bei meinem Eintreten nicht aufgehört hast.« Er hoffte, sie fühlte sich in seiner Gegenwart wohl und könnte ganz sie selbst sein. Es reichte aber nicht aus, darauf zu hoffen, dass sie das wusste. »Du sollst wissen, dass ich dich so akzeptiere und schätze, wie du bist. Mir liegt daran, dass du das weißt. Du brauchst dich niemals vor mir zu verstecken.«

»Das weiß ich, deshalb habe ich auch nicht aufgehört, als du hereingekommen bist. Was glaubst du, warum ich so zielstrebig darauf hinarbeitete, dass *du* mir bei meinem Studium hilfst?«

»Warum?«

»Zunächst, weil du der einzige Mensch bist, zu dem ich mich je hingezogen gefühlt habe, aber es geht nicht nur um die körperliche Anziehung, das weiß ich. Ich glaube, die körperliche Anziehungskraft ist eine Konsequenz aus der Tatsache, dass ich mich mit dir einfach wohlfühle. Ich habe nicht das Gefühl, ich müsste verstecken, wer ich wirklich bin.«

»Das freut mich«, entgegnete Lucien lächelnd. »Du scheinst dich besser zu fühlen.«

»So ist es. Du hast mir unglaublich geholfen. Wie ich schon sagte, neige ich nicht zum Festhalten an negativen Gefühlen, insbesondere dann nicht, wenn ich mich mit etwas anderem ablenken kann. Oder mit jemandem.«

Die Luft im Raum unterzog sich einem Wandel und war mit einem Mal von einer sinnlichen Elektrizität aufgeladen. »Soll ich Ruarks Kutsche vorfahren lassen?«

Sie schüttelte den Kopf. »Noch nicht. Manchmal, wenn ich mich überfordert fühle, hilft es, mein Korsett abzulegen. Ich fühle mich davon sehr eingeengt, insbesondere, wenn ich meine Pressaktionen gemacht habe.«

»So nennst du es also, was du da getan hast?« Als sie daraufhin nickte, erhob er sich und half ihr vom Sessel auf.

»Ich kann die Zofe spielen. Es sei denn, du brauchst mich nicht?«

»In der Regel bin ich nicht auf eine Zofe angewiesen, aber diese neuen Kleider, die Cass für mich hat anfertigen lassen, erweisen sich als komplizierter als alles, was ich gewöhnlich trage.« Kat drehte sich um. »Wenn du das hier aufschnüren könntest, werde ich den Rest selbst schaffen.«

Lucien betrachtete den eleganten Verlauf ihres elfenbeinfarbenen Halses, wo er auf ihr Schlüsselbein und ihre Schulter traf. Sie trug eine schlichte Perlenkette, und er entschied, dass er sie darin und in nichts anderem sehen wollte. In Kürze würde sie jedoch nach Hause fahren, und er sollte wieder nach unten gehen. Dazu hatte er allerdings keine Lust. Er wollte sie einfach nur entkleiden und ihr demonstrieren, dass sie nicht nur *keine* Anomalie war, sondern wunderschön und einzigartig, und dass er der glücklichste Mann war, sie auf diese Weise zu kennen.

Sein Atem geriet ins Stocken, als er in seine Lunge ein und ausströmte. Es kribbelte in seinen Finger, als er anfing, sanft an den Bändern ihres exquisiten Kleides zu zupfen.

Leicht vorgebeugt schloss er die Augen, während ihr Lavendelduft seine Sinne erfüllte.

Zu schnell hatte er seine Aufgabe beendet und das Kleid klaffte auf. Sie schob es sich von den Armen, sodass sich das Oberteil um ihre Taille bauschte. Regungslos stand er hinter ihr, während sie ihr Korsett aufschnürte. Sein Körper war ruhig, aber energiegeladen.

Sie drehte sich zu ihm um, während sie das Korsett so weit lockerte, dass sie es über den Kopf streifen konnte. Dann ließ sie es mit einem erleichterten Seufzer auf den Stuhl fallen. »Viel besser.«

Als sie ihre Arme gehoben hatte, war Lucien auf ihre Brüste konzentriert gewesen. Durch die Bewegung waren sie angehoben worden, und ihr Fleisch wölbte sich über den

Saum ihres Unterhemdes an, dem einzigen Kleidungsstück, das noch ihren Oberkörper bedeckte.

»Du schaust mich an«, meinte sie, und er lächelte über ihren charmanten Mangel an Arglist.

»Es ist unmöglich, das nicht zu tun.«

»Ich erinnere mich an alles, was du über meine Brüste zu mir gesagt hast.«

»Hast du das auf deiner Liste?«

»Es gibt mehrere Punkte, die meine Brüste betreffen.« Sie löste die kleine Schleife, die das Unterhemd am Hals zusammenhielt, und zog das Kleidungsstück nach unten, bis ihre Brüste zum Vorschein kamen. Sie waren nicht groß und nicht klein, aber sie hatten dunkle, rosafarbene Brustwarzen, die sich vor Erregung aufrichteten. »In diesem Buch aus der Bibliothek war eine Zeichnung zu sehen, auf der ein Mann seinen Schaft zwischen die Brüste klemmt, während die Frau sie um seinen Schaft drückt. Hast du das schon mal gemacht?«

Lucien stöhnte auf. »Das spielt keine Rolle. Alles, was ich je gemacht habe, ist bedeutungslos, da ich es nicht mit dir getan habe.« Er wusste, dass jede Erfahrung mit ihr neu und aufregend sein würde, ganz anders als alles, was er je gekannt hatte.

»Nun, willst du sie nicht berühren?«

Das sollte er unterlassen. Die Zeit der Ermahnungen und Vorsichtsmaßnahmen war jedoch vorüber. Hier war er nun allein mit ihr und einen besseren Zeitpunkt würde es nicht geben. Er konnte sie einfach nicht verschmähen. Oder sein Verlangen.

Sie hielt den Saum ihres Unterhemdes fest, und er legte die Hände über ihre, hob sie an und umschloss sie. »Hast du sie jemals berührt?«, wollte er wissen und hielt ihre Hände in Position. »Sie fühlen sich ganz wunderbar an, wenn sie deine

Hände füllen. Bemerkst du, wie hart und begierig die Brustwarzen sind?«

»Auf was?«, hauchte sie.

»Auf eine Berührung.« Er strich mit den Daumen
darüber. »Oder ein Zwicken.« Vorsichtig schloss er die
Daumen und Zeigefinger um beide Brustwarzen. »Oder vielleicht sogar ein Zupfen.« Sanft zog er daran, bis sie keuchte.
Oder stöhnte. Oder eigentlich beides.

»So etwas habe ich noch nie gemacht, und jetzt bin ich
sehr enttäuscht.«

Lucien lachte. »Vielleicht wollen sie lieber einen Kuss.
Das kannst du nicht selbst tun.« Er neigte den Kopf und
richtete ihn zu ihrer linken Brust, um sie sanft und voller
Ehrfurcht zu küssen. »Hmm, ein Lecken wäre vielleicht
angebracht.« Zärtlich streichelnd leckte er über ihre
Brustwarze.

»Darf ich loslassen und dich berühren?« Sie klang ziemlich verzweifelt.

»Wenn es sein muss«, meinte er, denn er genoss dieses
Spiel sehr.

»Ich muss meine Arme frei bekommen.« Sie zog sie aus
ihrem Hemd, und er war ihr dabei behilflich, indem er ihr
das Kleidungsstück bis zur Taille hinabschob. »Viel besser«,
murmelte sie und platzierte die Hände auf seinen Schultern.
»Hattest du nicht gesagt, du würdest daran saugen?«

»Das habe ich wahrscheinlich. Möchtest du das? Du
kannst mir immer gern sagen, was du möchtest, Kat. Aber
ich glaube, dass du damit Probleme haben könntest.« Er
lächelte an sie geschmiegt.

»Ja, das will ich. Ich will alles.«

Ihren Wunsch erfüllte er sofort, denn das wollte er auch
unbedingt. Er schloss die Lippen um sie und dann saugte er,
während er sie sanft an sich drückte. Sie ließ ihre Hände zu

seinem Hals wandern und legte eine davon um seinen Nacken.

Er zog sich ein wenig zurück und blies über ihre Brustwarze, wobei er ihr Zittern spüren konnte. Sie stöhnte leise auf. »Noch einmal«, forderte sie.

Er leckte und saugte und blies. Wieder und wieder, bis ihr Körper bebte. Dann wechselte er zu ihrer anderen Brust und vollzog den gleichen Tanz, während er die erste Brust weiter massierte und neckte.

»Ich verstehe nicht, warum mein Geschlecht so verzweifelt nach deiner Berührung verlangt«, bemerkte sie. »Und ich bin mir sicher, dass es feucht ist, was bedeutet, dass ich bereit sein muss, meine Erfüllung zu finden. Ist es möglich, dass das passiert, wenn du so weitermachst?«

Immer die Forscherin ... Lucien musste schmunzeln. Er hob den Kopf, um ihr ins Gesicht zu blicken. »Das ist, denke ich möglich, aber ich habe es noch nicht erlebt. Heißt das, ich soll noch nicht nach der Kutsche schicken?«

Sie blickte ihn mit ihren klugen Augen an. »Wenn du glaubst, ich würde gehen, ehe ich angekommen bin, kennst du mich nicht besonders gut.«

Lachend beugte er den Kopf, um sie zu küssen. Sie antwortete ihm begierig, indem sie die Lippen und die Zunge über seine gleiten ließ, als sie sich aneinanderklammerten. Lucien drehte sich mit ihr und geleitete sie zum Bett. Als sie es erreichten, hob er sie hoch, um sie auf die Matratze zu setzen, und schob die Röcke ihres Kleides und des Unterrocks bis zur Taille hoch. Er schob eine Hand unter ihr Unterhemd, das ihr bis zur Mitte des Oberschenkels reichte, und streichelte an ihrem Schenkel entlang, bis er ihr Geschlecht fand. Sie war tatsächlich sehr feucht, und seine Erektion pochte in seiner Kleidung.

Er neckte ihre Klitoris, während sie ihm die Hüften entgegenreckte. »Mehr?«, fragte er an ihrem Mund.

»Viel mehr.« Sie drückte seinen Nacken, während sie gleichzeitig ihre Schenkel öffnete.

Als er seinen Finger in ihren Spalt gleiten ließ, konnte er fühlen, wie sich ihre Muskeln sehnsüchtig um ihn zusammenzogen. Er sehnte sich so sehr danach, dass es anstatt dessen sein Schaft wäre. Dann stieß er tief zu und fand die Stelle, die sie in seinen Armen zucken ließ. Er wurde nicht enttäuscht.

Kat wimmerte und flehte ihn an, weiterzumachen. Er küsste sie, während er ihr gab, was sie wollte.

Nach mehreren Stößen zog sie ihren Kopf zurück. »Nein, hör auf.«

Lucien zog seinen Finger zurück und ließ seine Hand ruhen. »Was ist los?«

»Ich will mehr als das.« Mit ihrer Hand streichelte sie über seinen Unterleib, bis sie auf seinen erigierten Schaft traf. Sie legte ihre Handfläche darum und drückte. »Ich will *das*. In mir.«

»Kat, ich kann dir nicht die Jungfräulichkeit nehmen.«

»Warum nicht? Das ist nur ein Haufen Unsinn. Was ist Jungfräulichkeit? Unschuld? Ignoranz? Ich bin weder unschuldig noch ignorant und ich lasse mir auch nicht vorschreiben, dass ich meine gesamte sexuelle Ausbildung für meinen Ehemann aufzubewahren habe.«

»Es bestehen gute Chancen, dass er dies ohnehin nicht gut meistern würde«, murmelte Lucien, der glaubte, dass sie die erstaunlichste Frau war, die er je getroffen hatte. »Aber du wirst ohnehin nicht heiraten, wie du wiederholt gesagt hast.«

»Wenn du dir dessen bewusst bist, warum zögerst du dann? Es gibt keinen Grund, warum wir dieses … Beisammensein nicht voll auskosten könnten.«

Lucien stöhnte. Die Versuchung war überwältigend. Wenn sie eine andere gewesen wäre, hätte er sie längst gevögelt. Wahrscheinlich sogar viele Male. Ganz gewiss aber heute Nacht. Sie waren in einem Schlafzimmer allein und sie würden nicht gestört werden. Dennoch wurde sie zuhause zurückerwartet. Was wenn Cass und Ruark aufgebrochen waren, um nach ihr zu sehen und sie nicht dort wäre?

»So würde ich es mir nicht aussuchen«, meinte er sanft und streifte ihre Schläfe flüchtig mit seinen Lippen. »Ich würde dich die ganze Nacht behalten, damit wir viele Dinge von deiner Liste abhaken könnten.«

»Du hast bereits drei davon abgehakt.«

»Tatsächlich? Dann scheint es, als sollte ich zumindest versuchen, noch einige weitere zu erledigen, aber wir können uns nicht leisten, die ganze Nacht damit zu verbringen. Du wirst zuhause zurückerwartet.«

»Ich weiß.« Sie klang enttäuscht. »Aber ich werde nehmen, was ich kriegen kann, und bin dankbar dafür. *Bitte*, schick mich jetzt nicht einfach fort.«

Er stellte sich eine Nacht vor, in der sie einander erforschten und Vergnügen spendeten und empfingen, um dann zu dösen und zu reden, und am nächsten Tag aufzuwachen und den Tag zu begrüßen. Zum ersten Mal in seinem Leben erfüllte ihn dieses Potential mit einer Freude, die ihm den Atem nahm.

»Lucien?«, fragte sie verwundert.

Er schüttelte den Kopf und blickte ihr lächelnd in die Augen. »Ich habe nur daran gedacht, was ich gern tun würde – und mit dir. Hast du irgendwelche Anliegen?«

»Nur, dich zu fühlen – alles von dir – in mir. Ich möchte auf diese Weise ankommen.«

Wieder drückte er die Lippen auf ihre, während er ihr Geschlecht mit einem Finger streichelte. »Dann sollten wir diese Reise am besten gleich antreten.«

*V*orfreude und Entzücken durchströmten Kat, als sie sich küssten. Sie hatte gehofft, dass Lucien ihr ihre Bitte erfüllen würde, aber sie war sich nicht sicher, ob er es tatsächlich tun würde.

Er bewegte seinen Finger in ihr vor und zurück, was ihre Erregung steigerte, bis sie vor Verlangen keuchte. Sie wollte mehr von ihm fühlen, weshalb sie ihm den Frack von den Schultern schob. Er streifte ihn ganz ab, und dann fing sie an, seine Weste aufzuknöpfen.

»Wir können uns nicht die Zeit nehmen, uns vollständig zu entkleiden«, meinte er.

»Kann ich dir wenigstens das hier ausziehen?« Sie öffnete die Knöpfe, schob die Weste auseinander und drückte ihre Handflächen an seinen Oberkörper, um die Wärme seiner Haut nur durch die einzige Stoffschicht seines Hemdes zu fühlen.

Lucien schleuderte die Weste in dieselbe Richtung wie den Frack. »Lass bitte den Krawattenschal an. Ich bin eine Niete im Binden, und ich muss zum Ball zurück.«

Sie stieß einen tiefen Seufzer der Enttäuschung aus. »Eines Tages werde ich dich ohne Kleidung sehen. Bis dahin habe ich meine Fantasie.«

»Das gilt auch für mich. Leider haben wir nicht die Zeit, alles auszuziehen. Aber so bleibt uns etwas, worauf wir uns freuen können.«

Kats Herz machte einen Satz. Hatte er gerade von einem zukünftigen Liebesakt gesprochen?

Er senkte seinen Kopf wieder auf ihre Brust, und für einen Moment konnte sie nicht mehr klar denken. Nie hätte sie sich vorstellen können, welche Empfindungen dies auslösen würde, oder wie intensiv sie alles in ihrem Geschlecht spürte. Lust durchströmte sie, und sie konnte ihren Orgasmus erahnen, wenn er so weitermachte.

»Solltest du nicht aufhören?«, fragte sie atemlos. »Ich möchte mit dir in mir ankommen.«

»Mein Liebling, du kannst jetzt kommen und hoffentlich wieder mit meinem Schaft in dir.«

»Kann ich das? Bist du dir sicher?«

»Nun, nicht ganz. Aber meiner Erfahrung nach ist das mehr als wahrscheinlich.«

Sie vertraute ihm, und in Wahrheit fehlte ihr nicht mehr viel, um anzukommen. Zudem war sie sich nicht sicher, ob sie die Frustration ertragen konnte, wenn sie keine Erfüllung fände. Das wusste er scheinbar, denn er übte einen stärkeren und schnelleren Druck auf ihre Klitoris aus. Dann saugte er heftig an ihrer Brustwarze, und nur das war nötig, um sie in vollkommene Selbstvergessenheit zu stürzen.

Sie schrie auf und umklammerte seinen Kopf, während ihre Schenkel bebten. Ihr Körper spannte sich an, als eine Woge nach der anderen sie in die vollkommene Finsternis trieb. Als sie schließlich wieder in sich zurückfand, stellte sie fest, dass er ihr die Schuhe ausgezogen hatte und sie ganz auf das Bett legte.

Er stieg zu ihr ins Bett und legte sich geschwind zwischen ihre Beine. Sie zog ihr Kleid bis zur Taille hoch, während er seinen Schritt aufknöpfte. Sie schaute ihm zu und leckte sich über die Lippen, als er seinen Schaft befreite.

»Kat, du bringst mich dazu, meinen Samen zu ergießen, und ich bin dir noch nicht einmal nahe gekommen.«

Sie streckte die Hand nach ihm aus und legte sie um seinen Schaft, den sie einige Male streichelte. »Nun, du kannst jetzt kommen und in Kürze wieder.«

Er lachte, der Ton kurz und rau. »Bei Männern ist das nicht ganz dasselbe. Wir brauchen mehr Zeit zur Erholung.«

»Wie lange braucht ihr?«

»Länger als wir heute Abend haben, fürchte ich.« Er

führte seinen Schaft an ihr Geschlecht. »Ich werde langsam vorgehen.«

»Musst du das? Ich mag die Geschwindigkeit deiner Hand, wenn du mich dazu bringst, anzukommen.«

»Zunächst werde ich langsam anfangen.« Er hauchte das letzte Wort gerade noch hervor, als er in sie glitt. »Gott, das ist ... du bist ... ich kann nicht ...«

»Ich fürchte, du wurdest deiner Sinne beraubt, Lucien.«

»Ganz bestimmt. Und wenn es sich so gut anfühlt, will ich sie nicht wiederhaben.« Er drang in sie ein und erfüllte und dehnte sie. Es war nicht schmerzhaft, aber es war auch nicht gerade bequem. »Hebe deine Beine und leg sie um meine Taille.«

Sie tat es, und das machte die Sache besser. Ihr Becken kippte, sodass er bequemer zu passen schien. Und er drückte gegen diese innere Stelle, die sie vor Freude gurren ließ.

Er fing an, sich zu bewegen und diese Reibung war ein himmlisches Vergnügen. Sie klammerte sich an seinen Rücken und zog an seinem Hemd. Beim nächsten Mal wäre nichts zwischen ihnen. Zumindest vereinten sie sich dieses Mal auf die bestmögliche Weise.

Jedes Mal, wenn er in sie stieß, bewegte er sich ein bisschen schneller. Sie liebte das Gefühl, wie er sie erfüllte, und seinen Druck, den er gegen ihre Klitoris ausübte. Als er tief in sie stieß, bäumte sie sich auf und ließ die Hüften gegen seine kreisen. *Dies* war eine unvergleichbare Ekstase.

Dann kniff er sie in die Brust und brachte sie mit seinen Zähnen und Lippen zum Stöhnen. Nein, *das* war unerreichte Ekstase. Sie hoffte, sie würde sich an alles erinnern, was er tat, damit sie es von der Liste streichen konnte. Sie war sich sicher, dass sie noch einige Dinge hinzufügen musste.

Zum Beispiel die Art und Weise, wie er jetzt an ihrem Hals saugte. Warum fühlte sich alles *so* wunderbar an, was er tat?«

Er zog seinen Schaft fast ganz aus ihr zurück und drang wieder ein. Sie grub ihre Fersen in sein Hinterteil, da sie ihn tiefer und heftiger wollte.

»Kannst du schneller?« Sie machte es ihm nach und saugte an der Unterseite seines Kinns – das war das Beste, was sie tun konnte, da er den Krawattenschal noch um seinen Hals gebunden trug.

Er neigte den Kopf und küsste sie, wobei er seine Zunge mit denselben eindringlichen Stößen in ihren Mund trieb wie seinen Schaft in ihr Geschlecht. Sein Körper bewegte sich schneller und er drang mit einer unerbittlichen Leidenschaft in sie, die hinter ihren Augenlidern Lichter tanzen ließ. Ihr Orgasmus war gerade noch außerhalb der Reichweite. Dieser schien nicht ganz so zugänglich zu sein wie die anderen.

Seine Hand schloss sich um ihre Schulter, umfasste dann kurz ihren Hals, ehe er seine Handfläche zu ihrer Brust hinunterzog. Er kniff in ihre Brustwarze und zog daran. Dies bescherte ihr schockartig eine Lust, die sie bis an den Rand des Abgrunds trieb. Seine Hand blieb jedoch nicht still. Er strich über ihren Unterleib immer tiefer, bis er ihre Klitoris erreichte. Mit einer Abfolge von Streicheleinheiten brachte er sie genau dorthin, wo sie hinwollte, und zwar genau dort, wo die ultimative Befriedigung saß.

Als ihr Körper vor Loslösung bebte, stieß Lucien weiter zu. Die Beine um ihn geschlungen hielt sie ihn fest.

»Kat, ich muss ...«

Sein Hintern spannte sich an. Sein ganzer Körper wurde steif, und sie wusste, dass er ankam. Sie küsste ihn auf den Kiefer und streichelte seinen Hinterkopf.

Plötzlich zog er ihre Beine von seinen Hüften und zog sich aus ihr zurück. Er fluchte.

»Ich kann nicht sagen, ob das gut oder schlecht war«, meinte sie.

Er stieß sich hoch, als hätte sie Feuer gefangen, und rollte sich auf den Rücken. Dann fluchte er wieder. Mehrere Male. Auf immer blumigere Weise.

»Was ist los?« Kat griff nach ihrem Kleid, um es zu glätten, und steckte ihre Hand sofort in etwas Nasses. »Oh, du hast dich ergossen.«

»Mit Absicht, aber nicht früh genug. *Mist.* Es tut mir leid.« Er stand von der anderen Seite des Bettes auf und trat an den Waschtisch. Sie hörte, wie eine Schublade geöffnet wurde, konnte aber nicht sehen, was er tat, weil er ihr den Rücken zuwandte.

Als er sich umdrehte, was ziemlich schnell ging, knöpfte er gerade seinen Schritt zu. Mit einer raschen Bewegung kam er mit einem Tuch um das Bett herum. Er sah sie stirnrunzelnd an. »Das habe ich völlig vermasselt. Ich wollte mich aus dir zurückziehen, ehe ich ankomme. Um die Zeugung eines Kindes zu verhüten.«

Dazu war natürlich sein Samen nötig. »Nun, es fühlt sich an, als hättest du ihn auf mich und mein Kleid gekleckert.«

Er reichte ihr das Tuch. »Nicht alles, fürchte ich.«

Kat setzte sich auf und tupfte sich ab. Es war nicht besonders viel, aber es war gut, dass sie nicht vorhatte, zum Ball zurückzukehren. »Das lässt sich sicher auswaschen.«

»Wenn du nicht willst, dass die Mägde wissen, was du getan hast, solltest du es selbst waschen. Sag, du hättest etwas verschüttet.«

Sie lachte und warf ihm einen schiefen Blick zu. »Genau das ist passiert. Aber ich bleibe vage. Warum siehst du so verzweifelt aus?«

»Weil ich mich nicht früh genug aus dir zurückgezogen habe. Was ist, wenn du ein Kind bekommst?«

Daran hatte sie nicht gedacht, und das war töricht von ihr. Sie wollte keine Kinder, ebenso wenig, wie sie verheiratet sein wollte – zumindest nicht jetzt. »Das werde ich bestimmt nicht.« Sie ignorierte das beunruhigende Gefühl des Unbehagens, das sich in ihrem Hinterkopf festsetzte.

»Du musst auf deine Periode achten«, sagte er mit grimmiger Miene. »Versprich mir, dass du mir sofort Bescheid sagst. Wenn du schwanger bist, werde ich eine Sondergenehmigung einholen und wir werden heiraten.«

Der Gedanke, ein ganzes Leben in Luciens Armen zu verbringen, war zwar mehr als verlockend, aber Kat hatte ihn nicht um einen Antrag gebeten. »Ich habe meine Meinung über die Ehe nicht geändert.«

»Du kannst kein uneheliches Kind bekommen.«

»Das tun viele Frauen.«

Er beugte sich vor, um seine Weste aufzuheben und zog sie an. »Lieber Gott, Kat, manchmal gehst du in deiner Unbekümmertheit wirklich zu weit. Wenn du nicht an dich selbst denkst, dann denk an das Kind und was dies bedeuten würde. Und denk an deine Familie und daran, welche Auswirkungen es auf sie hätte.«

»Wenn ich ein Kind bekommen würde, dann geschähe dies nicht hier in London. Ich würde woanders hingehen und entweder ein Heim für es finden oder vielleicht würde ich auch entscheiden, selbst Mutter zu sein. Niemand müsste je davon erfahren.«

»Solche Geheimnisse bleiben scheinbar niemals geheim«, murmelte er. Er starrte sie an. »Ist dies ein weiterer Plan von dir, im Unbekannten zu verschwinden?«

»Er weicht ein wenig davon ab, was ich dir vorhin vorgeschlagen habe, weil ich tatsächlich fortgehen würde. Es sei denn, ich würde das Kind wirklich von anderen aufziehen lassen, und dann könnte ich vermutlich nach einer ausgedehnten ›Reise‹ zurückkehren.«

Er zog seine Schuhe wieder an, die er offensichtlich irgendwann ausgezogen hatte, während sie geredet hatte.

»Was ist mit *mir*? Was ist, wenn *ich* mein Kind aufziehen will?«

»Willst du das?«

Mit angespanntem Kiefer wandte er den Blick ab.

Kat legte das beschmutzte Tuch neben sich und streifte ihr Hemd wieder über Arme und Brüste, ehe sie den Ausschnitt zuschnürte. »Du wünschst dir ebenso wenig ein Kind wie ich, und heiraten willst du auch nicht. Das Letzte, was ich will, ist, dass du mich heiratest, weil du meinst, das müsstest du tun.« Vehement schüttelte sie den Kopf.

»Ich –«

Sie rutschte vom Bett und zog ihr Kleid so zurecht, dass sie es über ihren Oberkörper ziehen konnte. Es hatte keinen Sinn, ihr Korsett wieder anzuziehen, und sie würde auch nicht erklären müssen, warum sie es nicht trug. Wenn sie überreizt war, legte sie es immer ab. »Was?« Sie drehte ihm den Rücken zu, damit er ihr Kleid schnüren konnte.

»Ich weiß es nicht.« Er zerrte an den Bändern und schnürte das Kleidungsstück zu.

»Du musst es nicht so eng machen. Ohne das Korsett wird es ohnehin nicht ordentlich sitzen.«

Er setzte die Unterhaltung nicht fort, und sie fand ihre Schuhe. Sie schob ihr Korsett beiseite, setzte sich auf den Sessel, auf dem sie vorhin gesessen hatte, und schlüpfte mit den Füßen in ihre Schuhe. »Würdest du Ruarks Kutsche vorfahren lassen?«

»Ich werde dich in meiner nach Hause schicken. So kann Ruarks Kutscher nicht sagen, wie lange es gedauert hat, bis du gegangen bist.«

Sie winkte ab. »Denke nicht zu viel nach. Es ist nicht so wichtig, für wie lange ich hier oben war. Es ist nicht unge-wöhnlich, dass ich sehr viel Zeit zur Erholung brauche.«

»Allerdings war ich ebenfalls verschwunden, und ich

möchte nicht, dass man irgendwelche Vermutungen anstellt.«

»Tu, was du willst. Wo soll ich warten?«

»Geh die Hintertreppe hinunter, sobald du so weit bist. Ein Mann wird dich zur Kutsche begleiten.«

»Hast du keine Angst, dieser Mann könnte Geschichten erzählen?«, fragte sie. Er schien über jede Einzelheit so furchtbar besorgt zu sein.

»Das wird er nicht.«

»Sind deine Diener so vertrauenswürdig?«, wollte sie wissen.

»Er ist kein Diener, und er wird auch nicht in der Livree des Phönix Clubs erscheinen. Ich gehe jetzt.« Er begab sich zur Tür.

Kat erhob sich und strich sich mit den Händen über ihr furchtbar zerknittertes Kleid. Auch das würde sie problemlos erklären können. »Willst du mich nicht einmal küssen, bevor du gehst?«

Seufzend kam er auf sie zu. Er fasste sie an den Händen. »Versprich mir, dass du mich wissen lässt, falls ein Baby unterwegs ist. Es gibt ... Alternativen, und es wäre mir eine Ehre, wenn du sie mit mir besprechen würdest.«

Er war wirklich ungemein auf die Möglichkeit einer Schwangerschaft fixiert. Sie schätzte allerdings seine Sorge deswegen und seine Unterstützung, insbesondere in Bezug darauf Optionen zu besprechen. »Das verspreche ich«, antwortete sie leise.

Er küsste sie auf die Stirn und dann auf die Lippen. »Sorge dich nicht«, flüsterte er. »Wir werden all dies gemeinsam meistern.«

Gemeinsam. Noch nie hatte sie einen Partner gehabt. Jess war die engste Freundin, die sie je besessen hatte, und obwohl Ruark und Cass wunderbar waren, so war es

dennoch nicht dasselbe wie dies hier. Was auch immer dieses
»Zusammen« mit Lucien bedeutete.

Wieder traf sein Mund auf ihren, und er drückte sie kurz
an sich. Es war sehr kurz, denn gleich darauf entfernte er
sich abrupt mit einem Lachen. »Es sein denn, ich will heute
Abend nach Unzucht riechen, sollte ich die Finger von
deinem Kleid lassen.« Er schnitt eine Grimasse. »Es tut mir
so leid.«

»Es wird alles gut – alles«, versicherte sie ihm. »Und jetzt
geh.«

Sie verdrängte das Schreckgespenst eines Kindes aus
ihren Gedanken und genoss stattdessen die freudige Erinnerung, Lucien in ihren Armen zu halten. Außerdem hatte er
das nächste Mal erwähnt. Ja, darauf würde sie ihr Augen-
merk richten. In der Zwischenzeit musste sie noch *Einiges*
auf ihre Liste setzen müssen.

KAPITEL 18

ls Lucien am Sonntag zum Familienessen im Haus
der Wexfords eintraf, fühlte er sich bereits mürbe.
Zwischen der Warterei auf den nächsten Schritt des Außenministeriums in Bezug auf den Club und seiner inniger
werdenden Beziehung zu Kat schlief er nicht ausreichend,
und er war gereizt, was in letzter Zeit scheinbar die Regel
war. Hinzu kam die Tatsache, dass er diesen Abend in
Gesellschaft seines Vaters verbringen würde und Lucien
wünschte, er hätte vorher wenigstens eine halbe Flasche
Whiskey zu sich genommen. Vielleicht hätte er sich dann ein
wenig entspannen können.

Glücklicherweise war die Zeit vor dem Essen, die sie im
Salon verbrachten, nur kurz und Cass war umsichtig und
gutherzig genug, Lucien nicht in der Nähe seines Vaters,
sondern am anderen Ende des Tisches zu platzieren. Eigentlich war es üblich, dass der ranghöchste Gast neben dem
Gastgeber saß, aber Cass wusste, dass ihr Vater lieber neben
ihr als neben dem »Iren« sitzen wollte. Das bedeutete, dass
Lucien neben Ruark saß und Kat ihren Platz auf der anderen
Seite hatte.

Während des ersten Gangs neigte Lucien seinen Kopf zu ihr. »Steckst du hinter dieser Sitzordnung?«, flüsterte er.

»Nein. Das ist reiner Zufall.« Kat schenkte ihm ein Lächeln, dessen Strahlen ihn wie ein Blitz traf. Hatte sie jemals so heiter und so ... glücklich ausgesehen?

Lucien blickte über den Tisch hinweg zu seiner Schwester und hoffte, sie hätte nichts zwischen ihnen mitbekommen. Oder sie würde, was noch schlimmer war, die Heiratsvermittlerin spielen.

Nein, das würde sie nicht. Nicht bei Kat. Bei Lucien allerdings ... er hatte sich in genug Anbahnungen von Beziehungen eingemischt, um anzuerkennen, dass er wahrscheinlich jemanden verdient hatte, der ihn zu verkuppeln versuchte.

»Ich hoffe, es ging dir gut, nachdem du am Freitagabend den Club verlassen hast?« fragte Lucien leise.

»Durchaus. Du hast meine Erregung vollkommen kuriert. Ich glaube, ich habe etwas gefunden, das mich noch besser beruhigt als Pressen.« Sie sprach leise, aber es war nicht ganz ein Flüstern. Lucien befürchtete, die auf der anderen Seite sitzende Sabrina könnte sie hören. Also hörte er auf, sich mit ihr zu unterhalten. Zumindest über die Dinge, die mit *ihnen* zu tun hatten.

Während des gesamten Abendessens war er sich ihrer Anwesenheit bewusst, und ihr Lavendelduft neckte ihn. Er fühlte sich in Versuchung geführt, sie zu berühren. Als endlich der letzte Gang serviert wurde, ließ er seine Hand zu ihrem Stuhl wandern, wo er kaum merklich ihre Hüfte liebkoste.

Ihr Blick schnellte zu ihm und ihre Lippen teilten sich. Sofort bedauerte er seine Tat, denn jetzt wollte er sie küssen. Und sein Schaft schwoll an.

Um seine Lust zu bezähmen, erinnerte er sich, dass sie bereits sein Kind in sich tragen könnte. Das hatte die gleiche

Wirkung wie das Eintauchen in einen eisigen See. In Wahrheit war diese Möglichkeit zum Teil daran schuld gewesen, warum er nicht gut schlief.

Es war nicht so, als hätte er früher nicht schon Dinge verpatzt. Er hatte sich bei vielen Gelegenheiten zu spät zurückgezogen – oder dies, insbesondere in seiner Jugend, gar nicht getan.

Bislang waren ihm jedoch keine Ausrutscher bekannt. Er nahm nicht an, dass es sie folglich nicht gab, und das beunruhigte ihn verflixt noch mal von Zeit zu Zeit schon.

War er deshalb wegen der Möglichkeit so aufgeregt, dass Kat sein Kind in sich tragen könnte? Vielleicht, aber es lag auch an der Art und Weise, wie er für sie empfand. Sie war mit keiner der anderen Frauen vergleichbar, mit denen er ins Bett gegangen war. Verdammt, er hatte sie noch nicht einmal richtig in seinem Bett gehabt. Wie sehr er sich das wünschte. Er blickte zu ihr hinüber und hoffte dabei, seine Sehnsucht würde sich nicht auf seinem Gesicht widerspiegeln.

Und dann stellte sich da noch die schlichte Frage wegen des Kindes. Er hatte Kat gegenüber angedeutet, er würde es eventuell großziehen wollen. Sie hatte ihn jedoch sofort durchschaut und nach der Wahrheit gebohrt. Die wirkliche Wahrheit war, dass er nicht wusste, was er empfand. Nie hatte er sich vorstellen können, Kinder zu haben, weil er sich nie hatte vorstellen können, zu heiraten.

Das stimmte allerdings nicht ganz. Als er in Spanien war, hatte es Zeiten gegeben, in denen er sich allein und furchtsam gefühlt hatte. Mit den Kameraden hatte er sich unterhalten können, um die Belastungen des Krieges zu mildern, doch das war nicht mit jemandem zu vergleichen, dem er seine Seele offenbaren konnte. Solch einen Menschen hatte er nie gehabt.

Ihm dämmerte, dass Kat dieser Mensch sein könnte. Sie veranlasste ihn, Dinge zu äußern und zu tun, die er in der

Regel unterlassen würde. Sie regte ihn dazu an, über Möglichkeiten nachzudenken, die er noch nie erwogen hatte – Kinder, du lieber Himmel. Es war aber nicht nur das. Er hatte begonnen, sich mit der Frage zu beschäftigen, ob ein Weggang aus dem Club tatsächlich so schrecklich wäre ... um direkt in ihre Arme zu laufen.

Er räumte auch ein, dass er sich unter anderem deshalb so zu ihr hingezogen fühlte, weil sie sich für eine Anomalie hielt. Nein, der Grund war nicht ihre Meinung. Sondern die Meinung und das Urteil der anderen. Das hatte sich tief in sie gefressen, gleichwohl sie ihre Gefühle fast immer zu verbergen wusste.

Was auch immer am Freitag auf dem Ball geschehen war, hatte es sie sehr aufgewühlt. Bei seiner Rückkehr in den Ballsaal hatte er herauszufinden versucht, was geschehen war. Cass hatte ihm von Leuten berichtet, die zu erzählen wussten, dass Kat beim Tanzen gestolpert war und eine andere junge Dame hätte daraufhin etwas zu ihr gesagt, woraufhin sie um sich geschlagen und Sir Rowland getroffen hatte. Niemand wusste, was genau die junge Frau gesagt hatte. Offenbar gab die junge Dame auch keine Auskunft.

Das konnte Lucien sich vorstellen, aber er wollte es genau wissen. Er hatte herausfinden können, um wen es sich handelte, und würde dafür sorgen, dass sie bei künftigen Bällen nicht mehr erschien. An diesem Abend hatte er darüber hinaus auch verkündet, dass Klatsch und Tratsch über die Schwägerin seiner Schwester im Club nicht geduldet würde. Er war gegen bösen Klatsch in jeder Form. Darum ging es im Phönix Club nicht. Er sollte ein Zufluchtsort für Menschen sein, die nur allzu oft Zielscheibe solcher Boshaftigkeiten waren.

Als das Abendessen beendet war, hielt Lucien für Kat den Stuhl. Sie drehte ihren Kopf zu ihm. »Warum hast du mich berührt?«

Er schenkte ihr ein kleines Lächeln. »Ich konnte nicht widerstehen. Keine Sorge, ich behalte meine Hände für den Rest des Abends bei mir.«

Sie reagierte kurz mit einem Schmollmund. »Das ist bedauerlich. Vielleicht werde ich das nicht«, fügte sie keck hinzu und streifte mit ihrer Hand die seine.

Dann drehte sie sich auf dem Absatz um und schritt vor ihm her aus dem Speisesaal. Lucien lächelte schwach, als er auf die Tür zuhielt. Er nahm Blickkontakt mit seinem Vater auf, der ihn mit einem sonderbaren Ausdruck beobachtete. Er hatte doch nicht gesehen, dass Kat seine Hand berührt hatte, oder? Nein, der Stuhl wäre im Weg gewesen.

Bevor Lucien entkommen konnte, trat der Herzog auf ihn zu. Sie waren die einzigen beiden, die noch im Speisesaal waren. »Miss Shaughnessy und du seid die einzigen Unverheirateten unter den hier Anwesenden.«

Lucien fühlte sich in der Nähe des Mannes unbehaglich. »Das ist nicht absichtlich. Dies ist eine Familienfeier. Wir sind einfach die Einzigen, die unverheiratet sind. Eigentlich stimmt das nicht. Du bist nicht verheiratet.«

»Sie würde dir eine gute Ehefrau sein. Sie ist klug und konzentriert sich auf bereichernde Aufgaben. Cassandra sagt, sie forscht mit Eifer und verbringt viel Zeit mit Lesen. Sie ist weder flatterhaft noch albern.«

»Sie ist allerdings Irin. Damit kann sie für dich keine Empfehlung sein.«

»Das ist nicht ideal, zumal deine Schwester bereits einen von ihnen geheiratet hat. Allerdings hat Miss Shaughnessy keinen Akzent, da sie in Gloucestershire aufgewachsen ist, und sie scheint diese Religion nicht zu praktizieren.«

»Weil ihre Mutter den Verwalter ihres verstorbenen Mannes geheiratet hat und aus Irland geflohen ist. *Das* kann sie auch nicht für dich empfehlen.« Lucien sah den Herzog voller Argwohn an. »Warum spielst du Heiratsvermittler?«

Als Lucien jünger war, hatte sein Vater ihm eine Handvoll potenzieller Bräute vorgeschlagen, was er aber nach Luciens vermehrtem Desinteresse wieder unterlassen hatte. Allerdings hatte er nie ein Hehl aus seiner Enttäuschung darüber gemacht, dass Lucien lieber unverheiratet blieb.

»Mehr als alles andere mache ich Konversation. Ich dachte, ich hätte etwas zwischen euch beiden gesehen, als ihr vom Tisch aufgestanden seid, aber vielleicht habe ich mich geirrt. Komm, ich muss mich mit dir unterhalten. Wir werden Wexfords Arbeitszimmer benutzen.« Der Herzog drehte sich um und verließ den Speisesaal, ohne abzuwarten, ob Lucien einverstanden war, mit ihm zu gehen.

Lucien wollte ihn schon fast ignorieren und stattdessen in den Salon gehen. Oder sich vielleicht gleich ganz verabschieden. Aber nein, seine Neugierde und ein perverses Gefühl von Gehorsam trieben ihn dazu, diesem Mann zu folgen.

Bei Luciens Eintreten stand der Herzog in der Nähe des Kamins und blickte zur Tür. »Schließ die Tür«, bat er.

Lucien kam seiner Bitte nach, doch er drang nicht weiter in den Raum vor. »Was habe ich diese Ehre zu verdanken?«

»Ich weiß darüber Bescheid, was das Außenministerium von dir verlangt.« Der Herzog verschränkte die Hände hinter dem Rücken und reckte das Kinn. Er erwiderte Luciens Blick nicht ganz. »Ich kann dir helfen, wenn du es erlaubst.«

»Sie haben dich unterrichtet?« Luciens Zorn zerrte an seinem Inneren. »Ich dachte, du hättest dich zurückgezogen.«

»Fallin hat es mir gesagt.«

Lucien gelobte sich, Dougal zu schlagen. Zweimal. »Das hätte er nicht tun dürfen.«

»Er behauptete, du seist starrköpfig. Fallin weiß ebenso wie ich, dass du diesen Kampf nicht gewinnen kannst.

Verlass den Club einfach und nimm die Abfindung, die sie dir anbieten. Vielleicht reicht sie für die Gründung eines neuen Clubs. Wenn nicht, gebe ich dir, was du brauchst.«

Wäre das Haus um Lucien herum eingestürzt, wäre er weniger schockiert gewesen. »*Jetzt* bietest du mir Hilfe an?«

»Du bist darauf angewiesen«, entgegnete der Herzog mit großer Frustration.

Lucien mahlte mit den Zähnen. »Ich hatte sie schon einmal gebraucht, als ich vor Wochen zu dir kam und dich um Geld bat.«

»Das Außenministerium wird dein Geld nicht nehmen. Sie wollen den Club und den Nutzen, den er für sie hat.«

»Ich würde ihnen trotzdem geben, was sie wollen – den Zugang und die Geheimhaltung. Sie würden nur nicht in der Lage sein, mir meine Mitgliederliste vorzuschreiben.«

»Das bedeutet nicht, ihnen zu geben, was sie wollen. Du bist mit deinem kleinen Experiment, Geschmähte und Außenseiter einzuladen, zu weit gegangen.«

»Das war kein Experiment. Das ist der Phönix Club, und dem Außenministerium gefiel dieser Aspekt, als ich ihnen erklärte, wie er dafür sorgen würde, dass eine Vielzahl unterschiedlicher Menschen den Club besucht.«

Der Herzog löste die Hände und zupfte am Saum seiner Weste, um dann die Luft hörbar auszustoßen. »Nimm einfach die verdammte Entschädigung, Lucien. Dein Stolz wird sich erholen.«

»Es ist nicht nur mein Stolz! Es geht um meine Arbeit. Die du nie zu schätzen gewusst hast.«

»Warum biete ich dir dann meine Hilfe bei der Gründung eines neuen Clubs an?«, fragte der Herzog leise, und seine dunklen Augen – die wie ein Blick in den Spiegel von Luciens Zukunft aussahen – funkelten.

»Ich habe nicht die leiseste Ahnung. Was hat Dougal dir darüber hinaus noch erzählt?« Lucien befürchtete, der

Herzog könnte auch wissen, dass das Außenministerium ihn für einen Mord verantwortlich machte, den er nicht begangen hatte.

»Nichts.« Die Augen des Herzogs verengten sich fast unmerklich, aber Lucien konnte beinahe die Räder sehen, die sich in seinem Kopf drehten. »Was gibt es sonst noch zu wissen?«

Für einen Moment erwog Lucien, ihm die Wahrheit anzuvertrauen, aber zu welchem Zweck? Erwartete er wirklich, dieser Mann würde ihm helfen, oder dass er imstande dazu war? Scheinbar konnte nicht einmal der Herzog etwas tun, um das Außenministeriums umzustimmen und Lucien nicht aus dem Club zu drängen.

»Sag es mir«, drängte sein Vater.

Lucien legte den Kopf schief und schenkte ihm ein humorloses Lächeln. »Obwohl du im Ruhestand bist, bin ich zuversichtlich, dass du im Außenministerium alles Nötige in Erfahrung bringen kannst. Ich bin mir sogar sicher, dass sie deine Hilfe begrüßen würden, um mich dazu zu bringen, ihren Wünschen nachzukommen.«

»Verdammt, Lucien. Ich versuche, *dir* zu helfen, nicht ihnen.«

Von Wut und Schmerz getrieben tat Lucien jetzt zwei Schritte nach vorn. »Und solange du mir nicht den Grund dafür erklären kannst, werde ich nicht glauben, dass das wahr ist. Nie hast du mir geholfen, und ich würde gewiss nicht erwarten, dass du mich über dein Pflichtgefühl erhebst. Wie ich weiß, gibt es für dich kaum etwas Wichtigeres als das. Eventuell gibt es gar nichts anderes.«

Lucien wirbelte herum und riss die Tür auf. Sie prallte gegen die Wand, doch er blieb nicht stehen. Er marschierte aus dem Arbeitszimmer und dann in die Eingangshalle, wo er Bartholomew um seinen Hut und die Handschuhe bat.

Lucien überlegte kurz, ob er bleiben sollte. Er hasste es,

sich davonzumachen, ohne sich von Kat verabschiedet zu haben. Doch er musste von seinem Vater weg. Vielleicht wäre Dougal im Club und dann könnte Lucien seine Aggressionen an ihm auslassen.

Oder er würde sich ein ruhiges Plätzchen im oder am Haus suchen und warten, bis alle in ihren Betten lagen, um sich dann in Kats Armen zu verlieren. Sein Zorn schwand und wurde durch ein verzehrendes Bedürfnis ersetzt.

Bartholomew kam mit Hut und Handschuhen zurück. Lucien ging hinaus in die Nacht und erkannte, dass er eigentlich gar keine Wahl zu treffen hatte.

***

Kat war sehr enttäuscht, als Lucien nicht mit seinem Vater in den Salon kam. Sie fragte sich, was der Herzog gesagt hatte, um ihn zu vergraulen, und da war sie nicht die Einzige. Con und Cass zogen ihren Vater beiseite, und obwohl das Gespräch nicht zu hören war, so war der Zorn auf den Gesichtern der Geschwister unübersehbar.

Kurz darauf verließ der Herzog das Haus.

»Was ist passiert?«, erkundigte Kat sich bei Cass.

»Ich weiß es nicht genau, aber mein Vater hat sich mit Lucien in Ruarks Arbeitszimmer besprochen und Lucien ist gegangen.«

»Du hast nicht gerade erfreut über Seine Gnaden ausgesehen«, stellte Kat fest.

Cass runzelte die Stirn. »Soweit ich das beurteilen kann, hat er einen schönen Familienabend ruiniert, indem er Lucien irgendwie provoziert hat.«

Ruark kam herbei und legte Cass einen Arm um die Taille, ehe er ihr einen Kuss auf die Schläfe drückte. »Es tut mir leid, meine Liebe. Lass ihn nicht alles ruinieren.«

»Ich wünschte, Lucien wäre nicht gegangen«, meinte Cass. »Er war in letzter Zeit so angespannt, und das hätte seine Stimmung aufhellen sollen. Beim Essen schien er sich jedenfalls zu amüsieren.«

»Das ist wahr.« Ruark blickte zu Kat. »Bist du nicht auch der Ansicht?«

»Ja.« Und jetzt, wo er weg war, wollte Kat gar nicht mehr an den Aktivitäten teilnehmen, die Cass geplant hatte. »Macht es dir etwas aus, wenn ich mich zurückziehe?«

»Natürlich nicht.« Cass runzelte die Stirn. »Du bist doch nicht überfordert, oder?«

»Nein, ganz und gar nicht. Ich möchte nur noch ein wenig lesen.« Kat wünschte den beiden eine gute Nacht und wiederholte dies bei den anderen Gästen, denn die Höflichkeit gebot, dies zu tun. Es waren gut zehn Minuten vergangen, ehe sie in der Lage war, den Salon endlich zu verlassen und sich nach oben in ihr Zimmer zu begeben.

Kat war besonders froh, dass sie heute Abend nicht die Hilfe einer Zofe brauchte. Sobald sie ihr Zimmer betrat, streifte sie sich die Schuhe von den Füßen und schloss die Tür hinter sich. Immer ordentlich hob sie einen Schuh auf, aber dann musste sie nach dem anderen suchen. Die Spitze lugte unter dem Bett hervor.

Murrend bückte sie sich, um ihn zu erreichen, doch dann erstarrte sie, als ihr Blick auf einen weiteren Schuh fiel – ein Wellington. Ihr Herz hämmerte, als sie darum kämpfte, ruhig zu atmen. Als wüsste, wer auch immer sich unter dem Bett versteckte, nicht, dass sie hier war!

Moment. Wer könnte sich unter ihrem Bett verstecken? Ihr kam nur ein Name in den Sinn.

Sie kniete sich hin und beugte den Kopf hinab, um in den Schatten blicken zu können. »Lucien?«

»Bist du allein?«, flüsterte er.

»Hätte ich dich angesprochen, wenn ich das nicht wäre?«

Als er unter dem Bett hervorkam, stellte Kat ihre Schuhe ordentlich nebeneinander. Wie auch er richtete sie sich auf. »Was tust du unter meinem Bett?«

»Auf dich warten. Was sonst sollte ich dort tun?«

»Ich kann es mir nicht vorstellen«, murmelte sie, als ein schwindelmachendes Gefühl in ihr aufbrauste. Ihre Freude wurde von seinem sorgengefurchten Gesicht und dem dunklen Blick gedämpft. »Was ist mit deinem Vater passiert?« Sie wollte ihn auch fragen, wie er es geschafft hatte, unbemerkt hier heraufgekommen zu sein, aber diese Frage würde sie sich für ein anderes Mal aufsparen. Weit mehr Sorgen machte sie sich über seine offensichtlich gedrückte Stimmung.

»Ich will nicht darüber reden. Oder über ihn.«

»Es tut mir leid, dass er dich verstimmt hat. Ich wünschte, ich könnte ihn treten.«

Lucien lächelte, doch es war nicht sein übliches strahlendes Lächeln. Er war bekümmert.

Kat trat zu ihm und legte ihm die Hände auf die Brust. »Warum bist du dann hier? Hattest du gehofft, wir könnten Schach spielen? Oder uns über Tiere unterhalten? Ich bin dir noch eine Zeichnung für dein Arbeitszimmer bei dir zu Hause schuldig.«

»Bist du das?«

»Cass sagte, ich solle dir eine schenken. Ich habe mehrere, unter denen du dir eine aussuchen kannst.« Sie wollte sich zu ihrem Schreibtisch umdrehen, aber er schloss die Hand um ihr Handgelenk und zog sie zu sich zurück.

»Geh nicht.«, bat er mit kratzender Stimme.

»Nur zu meinem Schreibtisch.«

»Nein.« Er drückte ihre Hand wieder an seine Brust. »Ich bin gekommen, weil ich dich brauche. Darf ich bleiben?«

Sie erkannte den Hunger in seinem Blick, und ihr Körper reagierte mit einer verzweifelten Sehnsucht. »Jederzeit.«

»Gut.« Er gab sein Lucien-Knurren von sich und senkte den Kopf, um sie zu küssen. Die Berührung seiner Lippen versengte sie, als stünde sie neben einer lodernden Flamme.

Kat umklammerte sein Revers, um sich an ihm festzuhalten, als würde sie dadurch auf dem Boden bleiben, anstatt in den Himmel zu entschweben, wohin seine Küsse sie in der Regel zu schicken drohten. Diese Küsse waren jedoch anderer Natur. Sie waren rau und tief, und sie waren von einem leidenschaftlichen Verlangen angefeuert.

Lucien streifte seinen Frack ab und warf ihn an Kat vorbei. Seine Hände wanderten zu den Knöpfen seiner Weste und er fing an, das Kleidungsstück zu öffnen.

»Darf ich dir heute Abend deinen Krawattenschal abnehmen?«

»Du kannst das verdammte Ding sogar verbrennen.« Abermals eroberte er ihren Mund und drängte mit seiner Zunge gegen ihre.

Von Erwartungsfreude erfüllt, löste Kat seinen Krawattenschal, während Lucien sich daran machte, ihr die Nadeln aus dem Haar zu zupfen. »Lass sie nicht auf den Boden fallen«, sagte sie. »Wenn ich nicht alle finde, wird mich das unendlich ablenken.«

»Dann werde ich sie alle sicher hier in meiner Hand bergen.« Er küsste ihre Wange, dann wanderten seine Lippen zu ihrem Ohr, wo er an ihrer Haut leckte und saugte.

Kat erschauderte, als sie endlich seinen Krawattenschal aufgenestelt hatte. »Hossa!« Mit einem einzigen Schwung streifte sie den Seidenstoff von seinem Hals, ehe sie ihn vorsichtig auf die Bank am Fußende ihres Bettes fallen ließ.

Als ihre Blicke sich trafen, lag eine Intensität in seinem, wie sie es noch nie gesehen hatte. »Bitte ändere dich nie. Du bist der reinste und aufrichtigste Mensch, den ich je kennengelernt habe. Mit dir zusammen zu sein ist Balsam für meine Seele.«

Der Sinn der Worte entschlüpfte ihr für einen Augenblick, während sich ihr Inneres überschlug und ihr Herz zu zerspringen drohte. »Oh«, war alles, was sie hervorbrachte. »Das ist so reizend.«

»Du bist reizend.« Er entfernte die restlichen Nadeln aus ihrem Haar, und die ganze Masse fiel ihr bis auf die Mitte des Rückens.

Sie nahm ihm die Haarnadeln ab und legte sie auf den Tisch, der ihr am nächsten stand. »Weißt du, was schön ist? Du ohne Krawattenschal. Ich würde gerne feststellen, ob du ohne Hemd noch schöner bist.« Sie zerrte ihm das Kleidungsstück aus dem Hosenbund.

»Lass dich von mir nicht aufhalten.« Er hob die Arme, und sie schob das Hemd nach oben, bis er den Saum erwischte und es über den Kopf zog. Zumindest nahm sie an, dass er das tat. Ihr Blick war ganz und gar von der prachtvollen Breite seiner Brust und seines schlanken Bauches gefangen. Unter zwei rotbraunen Brustwarzen wölbten sich Muskeln, und das dunkle Haar, das den Zwischenraum bedeckte, bot eine aufschlussreiche Spur bis hinunter zu seinem Schaft. Nun, sie vermutete, diese Spur würde bis zu seinem Schaft reichen. Noch immer trug er zu viel Kleidung.

Kat strich mit ihren Händen über seine Haut und erkundete jeden Zentimeter seiner Schultern bis zu seiner Taille. Ungeduldig fing sie an, seine Hose aufzuknöpfen. »Es macht dir nichts aus?«

»Ich würde darum betteln, wenn du es nicht schon tun würdest.«

Seine Worte entflammten sie sogar noch mehr. Sie war sich nicht sicher, ob sie je zuvor schon einmal so erregt gewesen war, und bislang hatte er sie noch nicht einmal richtig berührt.

Als sein Schritt offen war, schob sie ihm die Hose über die Hüften, wobei ihr Blick langsam und genau über jeden

Zentimeter der neuerlich entblößten Haut wanderte. Er war so schön geformt. Sie wollte ihn einfach nur betrachten. Nein, sie wollte ihn zeichnen. Aber das würde sie nie richtig hinbekommen. Ihre Frustration würde nur noch wachsen, wenn sie mit ihrer Skizze hundertmal von vorn beginnen müsste.

»Warum siehst du so verstimmt aus?« Er streichelte sie mit dem Daumen zwischen ihren Brauen.

»Ich habe mir gedacht, ich würde dich gerne zeichnen, aber ich denke nicht, dass ich imstande bin, dem gerecht zu werden, wie prächtig du in Wirklichkeit bist.« Sie streifte ihm die Hose von den Schenkeln und hielt den Atem an, als sie seinen langen, prallen Schaft enthüllte.

Sie leckte sich über die Lippen und wollte ihn in den Mund nehmen, sobald sie seine Beine entblößt hatte. Sie wollte ihn ganz nackt sehen. Mit schnellen Handgriffen zog sie ihm die Stiefel aus, was mehr Mühe kostete, als sie angenommen hatte, und zerrte ihm dann die Hose von den Beinen. Er half ihr, indem er die Füße anhob. Zum Schluss zog sie ihm die Strümpfe aus. Sie kniete vor ihm und ließ ihren Blick zu seinem Schaft hinaufschweifen.

»Du bist dran.« Er fasste sie an den Oberarmen und zog sie zu sich heran.

»Aber ich wollte dich doch in den Mund nehmen.«

»Zuerst wirst du ebenso nackt sein wie ich. Ich habe schon viel zu lange darauf gewartet, dich auf die gleiche Weise anzuschauen, wie du mich, wenn du mich verschlingst.«

»Du siehst so verlockend aus, dass man dich verschlingen könnte.«

»Glaube nicht, ich hätte nicht gesehen, wie du dir die Lippen leckst. Du bist so eine Verführerin.« Er küsste sie heftig und schnell. »Kann man dieses Kleid vorn öffnen? Verflucht, ich hätte fragen sollen, ob du eine Zofe erwartest.«

»Hab etwas Vertrauen in mich. Das hätte ich dir gesagt. Und ja, es ist ein Rundes Kleid« Sie lockerte den Ausschnitt und hakte den vorderen Teil des Mieders knapp unterhalb der Schultern aus. Dann knüpfte sie das Kleid an der Taille auf, ehe sie die Arme aus den Ärmeln hervorzog. »Hilf mir bitte, es über den Kopf zu heben.«

»Nichts würde mich glücklicher machen«, murmelte er.

»Sei vorsichtig.« Sie nahm das Kleid von ihm entgegen. »Ich werde es nehmen.« Sie legte es über die Bank am Fußende ihres Bettes. Als Nächstes löste sie die Bänder ihres Korsetts. Sie fühlte, wie er hinter sie trat und ihr das Haar aus dem Nacken strich. Seine Lippen senkten sich auf ihr Genick und führten eine erotische Expedition von ihrer Haut, vom Ansatz ihrer Kopfhaut bis zum Rand ihrer Kleider durch.

Sie beeilte sich, das Korsett über den Kopf zu ziehen. Wieder half ihr Lucien und dieses Mal war ihr egal, was er mit dem Kleidungsstück anstellte. Ihr Körper bebte vor Verlangen. Sie wollte einfach nur seinen Mund wieder auf ihrem fühlen. Dann schob sie die Träger ihres Unterrocks von ihren Schultern, band ihn in der Taille auf und schob ihn ihre Beine hinunter, sodass er sich um ihre Füße bauschte.

Lucien legte die Arme um sie und fasste ihre Brüste durch das Hemd, während er ihr den Nacken küsste und daran saugte. Sie warf den Kopf in den Nacken und stöhnte, als er sie liebkoste und streichelte und ihre Brustwarzen in zwei harte, steife Spitzen verwandelte.

Sein Schaft drückte gegen ihre Kehrseite, und sie versuchte verzweifelt, das letzte bisschen Kleidung zwischen ihnen zu entfernen. Zappelnd schob sie das Kleidungsstück hoch. Dankenswerterweise nahm er ihr diese Aufgabe ab und zog es ihr mit einem Ruck vom Körper. Sie war allerdings nicht nackt, denn sie trug noch ihre Strümpfe.

Er war aber schon dabei, den rechten an ihrem Bein

hinunterzuschieben, seine Lippen und seine Zunge folgten dem Seidengewebe, während er es abstreifte. Kat wurden die Knie weich, als er mit dem zweiten Strumpf geendet hatte. Jetzt waren sie nackt füreinander.

Doch noch ehe sie sich umdrehen konnte, um sein Gesicht zu sehen, näherte er sich ihr noch einmal von hinten und fuhr mit seiner Zunge ihr Rückgrat hinauf. Sie stöhnte vor Verlangen und sehnte sich nach seiner Berührung. »Lucien, ich möchte ...«

»Pssst.« Nun küsste er sie unter dem Ohr. »Einen Moment noch.« Er führte sie zu der Bank. »Knie dich darauf und stütze dich mit den Ellbogen auf dem Bett ab.«

Was tat er da? Das stand nicht auf ihrer Liste.

Aber sie protestierte nicht. Sie würde alles tun, was er verlangte. Sie vertraute ihm voll und ganz.

Als sie sich entsprechend seiner Anweisung positioniert hatte, tippte er auf die Innenseite ihres Oberschenkels. »Stelle deine Knie weiter auseinander.«

Wieder gehorchte sie. Allmählich ahnte sie, was er plante, und das stand auf ihrer Liste. Ihr Geschlecht pulsierte, und sie klemmte die Lippe zwischen ihre Zähne, um nicht zu wimmern.

»Genau so.« Seine Stimme war ein sinnliches Krächzen, das tief aus seiner Kehle aufstieg, und ihr Verlangen nur noch mehr steigerte. Seine Hände schlossen sich um ihren Hintern, streichelten sie sanft und dann drückte er zu. »Du bist so exquisit. Ich würde dich überall lecken.« Er leckte über ihre Kehrseite – erst die eine Pobacke und dann die andere. Anschließend tauchte er mit der Zunge tiefer, bis er sie über ihr Geschlecht leckte, bevor er mit einem seiner Finger in sie glitt. »Und du bist so feucht. Erregt dich das? Willst du, dass ich dich von hinten nehme?«

»Ja. Ja.« Sie klammerte sich an die Bettdecke. »Bitte,

Lucien, ich will, dass du in mir kommst – heftig und
schnell.«

»Ich kann nicht widerstehen, aber ich tue es nur für einen
Moment. Ich möchte dich auf dem Bett nehmen, von Angesicht zu Angesicht.« Er fasste sie um die Hüfte, als er mit
seinem Schaft in sie eindrang.

Kat keuchte auf, als er sie ausfüllte. Eine unfassliche Woge
der Lust überschwemmte sie. Sie presste sich ihm entgegen,
bis ihr Hinterteil auf sein Becken traf. Er stieß in sie hinein,
und sie dachte in diesem Moment, sie würde kommen. Aber
dann zog er sich zurück, und sie fühlte sich gründlich beraubt.

Er lehnte sich über ihren Rücken, ergriff ihr Haar und
zog ihren Kopf hoch. Dann knabberte er an ihrem Ohrläppchen. »Du musst einmal ankommen, bevor ich dich aufs Bett
lege. Kannst du das für mich tun?«

Sie war schon ganz nah dran, doch sie konnte sich nicht
verständlich machen. Nur verstümmelte Laute kamen aus
ihrem Mund. Sie nickte und wimmerte, als sie sich mit dem
Hintern an ihn schmiegte.

»Gut.« Er ließ ihr Haar los und schlang einen Arm um
sie, um ihre Brust zu streicheln. Dann stieß er tief in sie
hinein, während er an ihrer Brustwarze zupfte, und sie
wusste, dass sie verloren war. Immer wieder schrie sie auf,
als er in sie eindrang, sie ausfüllte und in einer rauschhaften
Herrlichkeit dehnte. Seine Hand verließ ihre Brust und
wanderte tiefer. In dem Moment, als er ihre Klitoris streichelte, barst sie in tausend Teile.

Sie ließ den Kopf auf das Bett sinken und stieß eine Reihe
sehr lauter, undamenhafter Geräusche in die Bettdecke vor
sich. Bevor sie wieder zur Besinnung kam, hatte er sich aus
ihr zurückgezogen. Er hob sie hoch und setzte sie sanft auf
dem Bett ab.

Ihr Körper kribbelte überall von dem Orgasmus, den er

ihr gerade beschert hatte. Aber sie war noch längst nicht erfüllt. Mit geschlossenen Augen stand er neben dem Bett und sein Atem ging schnell.

»Lucien?«

Er schlug die Augen auf und wirkte ein wenig verloren.

Kat setzte sich auf und berührte ihn an der Wange. »Ist alles in Ordnung mit dir?«

»Ich bin nur ... « Er schüttelte den Kopf. »Es geht mir gut. Dank dir.« Er küsste sie sanft, seine Hand verhedderte sich in ihrem Haar, als er sie auf das Bett sinken ließ.

»Sorgen wir dafür, dass es dir mehr als gut geht«, flüsterte sie lächelnd.

KAPITEL 19

ucien hatte nicht die Absicht gehabt, in ihr Zimmer hinauf zu kommen. Er hatte beschlossen, zum Club zu gehen, um Dougal zu suchen und seinen Zorn an ihm auszulassen. Sein Körper hatte jedoch eine andere Entscheidung getroffen. Er hatte sich ertappt, wie er sich durch den Kücheneingang schlich und es dann riskierte, die Hintertreppe zum zweiten Stock hinaufzugehen. Von dort war es ein kurzer Lauf zu Kats Zimmer, wo er sich unter dem Bett verbarg, und darauf vorbereitet war, nötigenfalls stundenlang zu warten.

Es waren allerdings nur Minuten gewesen. Sie konnte nicht sehr lange im Salon geblieben sein. Hatte sie von seinem Weggang erfahren und sich entschieden, die Feier ebenfalls zu verlassen? Der Gedanke brachte ihn zum Lächeln.

Oder das hatte er jedenfalls. In diesem Moment war er von ihrer Sinnlichkeit, ihrer Schönheit, ihrer Großzügigkeit, und ihrer absoluten ... Freude überwältigt. Mit ihr zusammen zu sein, war weitaus besser, als sich von seinem Vater provozieren zu lassen.

Nein. Der Herzog durfte nicht hier sein. Nicht mit ihr.

Als Lucien zu ihr aufs Bett kam, schmiegte sie ihre Hand um seinen Schaft und streichelte ihn mit einer inzwischen routinierten Geschicklichkeit. Es war, als wäre sie für ihn geschaffen, und er für sie. Es überraschte ihn, dass er sie aufgefordert hatte, sich auf die Bank zu knien, aber noch schockierter war er darüber, dass sie es getan hatte. Das absolute Wunder war allerdings ihre Reaktion gewesen. Sie war ganz begierig auf all seine Vorschläge und vertraute ihm auf eine Weise, von der er nicht sagen konnte, dass dies je zuvor jemand getan hätte. Darüber hinaus hatte sie ihn irgendwie gereizt und gleichzeitig getröstet.

Er ließ den Blick über ihren Körper schweifen, wobei er langsam und akkurat vorging, um jeden Hügel und jede Vertiefung zu studieren. Er gab sich Mühe, nicht an ihre Hand auf seinem Schaft zu denken, während er ihren Nacken und ihre Schultern, ihren Bizeps und ihre Brüste liebkoste. Sie sog den Atem ein, als er seine Fingerspitze um jede Brustwarze kreisen ließ, um sich dann zwischen den Brüsten über ihren Unterleib einen Weg in die Tiefe zu suchen. Sie holte scharf Luft und hielt den Atem an, wobei sich ihr Bauch aushöhlte. Er ließ seine Hand zu ihrer Hüfte und ihrem Oberschenkel schweifen und dann noch tiefer zu ihrem Knie und ihrer Wade. Sie musste ihn loslassen, doch als er von ihrem linken Fuß zu ihrem rechten und das andere Bein wieder empor wanderte, hielt sie ihre Hand bereit, um seinen Schaft erneut zu umschließen.

Als sie die Finger wieder um ihn schlang, musste er für einen kurzen Moment die Augen schließen und sich zwingen, nicht mit den Hüften in ihre Hand zu stoßen. Bald würde er in ihren herrlichen Körper eindringen und sie beide dorthin führen, wo sie hinwollten.

Er stellte sich zwischen ihre Beine, worauf sie die Hüften anhob und ihre Füße auf die Matratze stemmte. Er blickte ihr in die Augen und ertastete ihren Kitzler. Ihre Lider sanken herab, und er legte die Hand über ihre und führte seinen Schaft zu ihrem Spalt. Sie half ihm, mit der Spitze einzudringen und dann legte sie ihre Hand auf seine Hüfte.

Sie war so eng und warm um ihn herum, so wundervoll perfekt. Er versuchte, gemächlich vorzugehen, doch dann stieß er tief in sie, bis er ganz in ihr war. Ihre Augen weiteten sich, und dann wurden sie schmal. Dann schnurrte sie. Wie eine Katze. Das schien passend.

»Warum lachst du?«

Tat er das? Offenbar ja. Er beugte sich zu ihr hinunter und küsste sie, wobei er mit seinen Lippen in sanften, neckischen Berührungen über die ihren fuhr. »Du bringst mir Freude, meine wilde Kat.«

»Du denkst, ich bin wild?« Sie legte ihre Wange an seine und biss sanft in sein Ohrläppchen. »Wie findest du das?« Dann wanderte sie mit ihren Lippen seinen Hals hinunter und knabberte erneut an ihm. »Oder das?«

»Ja, und hör niemals damit auf.« Lucien fing an, sich zu bewegen, zog sich zurück, stieß dann zu und wurde immer schneller. Sie schlang die Beine um ihn und presste ihn an sich, während er sich der Wonne in ihr zu sein hingab.

Diesmal durfte er die Kontrolle allerdings nicht verlieren. Er musste sich zurückziehen, bevor es zu spät war. Er drosselte sein Tempo und küsste sie erneut, während er sich an der Herrlichkeit labte, dies mit ihr zu erleben – endlich in einem Bett und ohne Kleidung.

»Warum bist du so langsam?«

»Weil ich nicht will, dass es vorbei ist.« Er küsste sie auf den Kiefer, die Wange, den Hals.

»Es fühlt sich sehr gut an. Ich liebe es, dich auf diese Weise an mir zu spüren. Es hat mir auch gefallen, dich von hinten zu fühlen.« Sie wackelte mit den Hüften, als er tief in sie eindrang.

Er stellte sich vor, wie sie in unterschiedlichen Stellungen beieinander lagen, die nackten Körper ineinander verschlungen, während sie sich in der Bettdecke verhedderten. Es war ein so atemberaubendes Bild, dass ihn das Gefühl überkam, seine Brust könnte bersten.

Er vergrub das Gesicht in ihrem Nacken und wurde wieder schneller, denn er brauchte die Reibung und ihr Geschlecht, das sich um ihn zusammenzog. Er küsste sie und wanderte dann mit den Lippen zu ihrer Brust hinunter, wo er ihre Brustwarze in seinen Mund saugte.

Sie wölbte sich, als ihre Muskeln sich um ihn anspannten. Sie hob ihre Beine höher, sodass sich ihre Fersen nun in seinen unteren Rücken bohrten. Lucien gab sich ihr hin und stieß immer wieder in sie hinein, während er sich an ihrem Orgasmus ergötzte. Als seine Hoden sich anspannten, wusste er, dass er sie verlassen musste. Ein weiterer Stoß ...

Er riss sich zurück, zog seinen Schaft aus ihr heraus und nahm ihn in seine Faust, um seinen Orgasmus zu vollenden. Er wollte sich von ihr wegdrehen, doch sie legte die Hand auf seine und streichelte ihn heftig und schnell.

»Wie hast du ...?«

»Ich will sichergehen, dass du ankommst. Verlass mich nicht. Du kannst dich ergießen, wo immer du willst. Ich glaube, du hattest meine Brüste vorgeschlagen?«

Sie drängte ihn, an ihrem Körper höher zu rutschen, während sie sich zu ihm hinunterbeugte, wobei sie die Bewegung ihrer Hand nicht stoppte. Er umfasste ihre Brüste seitlich und schob sie zusammen, als das Blut in seinen Schaft rauschte. Sein Körper versteifte sich und er stieß immer wieder erbarmungslos in ihre Hand. Er musste auf die Innenseiten seiner Wangen beißen, um nicht laut aufzuschreien und den ganzen Haushalt auf seine Anwesenheit aufmerksam zu machen. Sein Samen spritzte hervor und landete auf ihrer Haut. Sie zu beobachten, wie sie ihn auf diese Weise zum Finale brachte, ließ in den Gipfel seines Rausches auf eine Weise erreichen, wie er es noch nie zuvor erlebt hatte.

Er musste die Augen schließen. Er konnte keinen Augenblick mehr widerstehen. Dann sank er in tiefe erfüllende Erlösung.

Nach einigen Minuten kam er wieder zu sich. Sie streichelte ihn weiter, und er erkannte, dass er sie zu fest hielt. Abrupt ließ er sie los und hoffte, dass er keine Male auf ihrer Haut hinterlassen hatte. »Entschuldigung«, murmelte er.

»Wofür?«

»Habe ich dir wehgetan?«

»Nein, überhaupt nicht. Habe ich dir wehgetan?«, wollte sie wissen. »Du hast recht gequält gewirkt.«

»Das ist so, wenn man ankommt«, entgegnete er lächelnd, und seine Hüften beruhigten sich endlich von ihrem frenetischen Tempo. »Es sind nicht gerade unsere elegantesten Momente.«

Sie lachte leise. »Vielleicht nicht, aber sie fühlen sich besser als fast alles andere an, nicht wahr?«

Mehr oder weniger. Kat einfach in seinen Armen zu halten war das Einzige, was sich noch besser anfühlte. Das dachte er zumindest. Bislang hatte er das nicht wirklich tun können. Ihm ging auf, dass er deshalb heute Abend hierhergekommen war. Was sie gerade zusammen erlebt hatten, war eine zusätzliche Belohnung.

»Jetzt werden wir dich erst einmal säubern.« Er entfernte sich von ihr und stieg vom Bett.

»Dort drüben beim Waschtisch in der Ecke liegen Tücher.« Sie zeigte über das Bett hinweg.

Lucien kehrte zurück, um ihr ein Tuch zu reichen, nachdem sie sich aufgesetzt hatte, und dann machte er sich daran, sich selbst zu säubern. Als er sich dem Bett erneut zuwandte, sah sie ihn an.

»Du solltest jetzt nicht gehen«, sagte sie. »Ich weiß nicht, wie du hier heraufgekommen bist, aber ich bezweifle, dass schon alle gegangen sind. Es ist das Beste, wenn du wartest, bis Ruhe im Haus herrscht.«

»Würde es dir etwas ausmachen?«

»Ganz und gar nicht.« Sie schob die Bettdecke unter sich weg und schlüpfte zwischen die Laken. »Komm, leg dich zu mir.«

Keine Bitte war jemals einladender gewesen.

Er stieg ins Bett und drehte sich zu ihr um. »Danke.«

Sie drehte sich auf die Seite zu ihm. »Ich danke *dir*.« Sie lächelte. »Ist das typisch? Dass man sich nach dem Sex bedankt?«

»Du willst es für deine Forschung wissen, vermute ich.«

»Meine Neugierde ist selten befriedigt.«

Er kicherte und dachte, das sei das Wahrste überhaupt. »Nein, es ist nicht typisch.« Er zog sie an sich und küsste sie auf den Kopf. »Aber *du* bist auch nicht typisch.«

»Ich weiß. Ich bin merkwürdig.«

Er legte eine Hand unter ihr Kinn und hob ihren Kopf. »*Nein*. Du bist nicht merkwürdig. Du bist absolut einzigartig, und das ist wirklich spektakulär. Jeder sollte dich beneiden. *Ich* beneide dich.«

»Ach ja?«

»Du bist ehrlich und arglos, und du bist verdammt clever. Außerdem bist du sehr, sehr gut auf diesem Gebiet.«

»Sex, meinst du?«

»Ja.«

»Das ist sehr schmeichelhaft.« Sie küsste sein Kinn. »Das bist du auch. Ich glaube, wir sind zusammen sehr gut darin.«

Ja, das waren sie. Lucien schloss die Augen und schlief mit dem Gedanken ein, dass es – mit ihr – genau das war, was er am besten beherrschte.

~

*E*s war dunkel gewesen, als Lucien Kats Bett verlassen hatte. Sie hatte ihn beim Anziehen gehört, obwohl er sich Mühe gegeben hatte, dies leise zu tun. Er war zum Bett zurückgekehrt, um sie auf die Wange zu küssen, aber sie hatte den Kopf gedreht und seine Lippen getroffen. Dann hatte er sie zugedeckt, und sie war mit einem Lächeln wieder eingeschlafen.

Die Freude über seinen Besuch verharrte noch in ihr, doch mit dieser Freude ging auch eine Erkenntnis einher. Sie wollte nicht mehr so weitermachen wie bislang. Als sie am nächsten Nachmittag mit Cass in den Park ging, holte sie tief Luft, um ihr Geständnis abzulegen.

»Ich bin immer noch so wütend auf meinen Vater«, meinte Cass. Sie hatte ihre anhaltende Verärgerung schon einmal erwähnt, ehe sie das Haus verlassen hatten, und noch einmal danach.

»Das war mir klar«, murmelte Kat.

»Ich wünschte, ich wüsste, was er zu Lucien gesagt oder was er getan hat.«

Das wünschte Kat sich auch und sie hoffte, Lucien würde sie ins Vertrauen ziehen. Sie hatte Verständnis für sein Bedürfnis gestern Abend, nicht darüber zu sprechen. Er hatte so erschüttert gewirkt, als sie ihn unter ihrem Bett gefunden hatte. »Vielleicht war es nichts Besonderes«, schlug Kat vor. »Reicht die bloße Anwesenheit des Herzogs nicht aus, um Lucien den Abend zu verderben?«

»Normalerweise würde ich das bejahen, aber er hat das Abendessen überstanden und schien sich zu amüsieren.«

»Der Herzog saß am anderen Ende des Tisches«, meinte Kat mit einem Augenzwinkern. »Wir hätten dafür sorgen sollen, dass einer von ihnen sofort den Salon verlässt, damit sie nicht allein sind.«

Cass sah finster drein. »Ich hätte es besser wissen sollen. Aber ich muss zugeben, dass die Dinge sogar noch schlimmer zwischen ihnen sind, als ob etwas passiert sei.«

»Hast du einen Hinweis darauf, was das sein könnte?«

»Nicht wirklich, aber ich bin sicher, dass es mit dem Club zu tun hat. Seit dem Skandal um Evie ist Lucien vollkommen davon eingenommen. Oh, mein Gott. Lord Gregory und sie werden heute heiraten.« Cass' plötzliches Lächeln wurde fast ebenso schnell wieder von einem Stirnrunzeln ersetzt. »Ich wünschte, Lucien wäre gegangen. Evie ist eine seiner liebsten Freundinnen.«

»Er scheint die Stadt nur selten zu verlassen und angesichts allem, was im Club vor sich geht, bin ich nicht überrascht, dass er sich entschieden hat, hier zu bleiben.«

»Du bist sehr aufmerksam, was Lucien anbelangt.«

»Wir sehen ihn sehr oft«, entgegnete Kat und hoffte, Cass würde keinen Verdacht schöpfen.

»Das ist wahr. Er hat wahrscheinlich auch gedacht, dass eine Teilnahme an Evies Hochzeit nur weiterer Brennstoff für die Flammen des Skandals wären – weil sie einmal eine Liebesbeziehung gehabt hatten.«

»Das ist wahrscheinlich vernünftig.« Es bescherte Kat auch einen Anfall von Eifersucht, was absurd war, da Lucien und Mrs. Renshaw seit Jahren Freunde anstatt Liebhaber waren.

Cass warf ihr einen schnellen, fast zögerlichen Blick zu. »Ich wollte dich wegen der Sache auf dem Ball fragen. Willst du jetzt darüber reden, was passiert war?«

»Nicht besonders gern. Ich würde mich allerdings gern über die Saison unterhalten.« Es war Zeit für das Geständnis. »Ich habe einen Fehler gemacht, als ich versucht habe, daran teilzunehmen. Es gefällt mir einfach nicht.«

»Ich verstehe. Warum gönnst du dir nicht eine kleine Pause? Du kannst für eine Woche oder sogar zwei zuhause bleiben. Lies, zeichne und tu einfach, was immer dich glücklich macht.« Sie schenkte Kat ein aufmunterndes Lächeln.

»Das ist das Problem, mit dem ich zu kämpfen habe. Ich bin nicht sicher, was mich wirklich glücklich macht.« Schon immer hatte sich Kat auf ein Thema oder Projekt, das sie interessierte, unglaublich konzentriert. Derzeit war das Lucien. Sie konnte jedoch nicht alle Energie und Zeit auf ihn verwenden, so sehr sie das auch wollte.

Dies war vielleicht etwas, das für sich untersucht werden müsste. Sie besann sich darauf, was Lucien zu ihr darüber gesagt hatte, dass sie sich nicht zu viele Gedanken um andere machte. Er hatte recht. Kat dachte nicht immer an diejenigen, die sie umgaben. Normalerweise war sie viel zu vertieft in das, was immer *sie* gerade tat.

Kat schaute sich im Park um und dachte darüber nach, wie sie ihre Perspektive ändern könnte. Auf welche Weise könnte sie ihren Freunden und ihrer Familie helfen, anstatt ihre Konzentration nur auf sich selbst zu richten?

Sie nahm wahr, dass die Leute sie anstarrten. Und sich miteinander unterhielten. In dem Moment, in dem ihr Blick in ihre Richtung wanderte, lenkten sie ihre Aufmerksamkeit ab. »Ich glaube, die Leute reden über mich«, meinte sie leise. Damit lenkte sie die Aufmerksamkeit schon wieder auf sich selbst. »Oder vielleicht reden sie über dich.«

Als sie zu Cass hinübersah, bemerkte Kat ihre leichte Grimasse. Sie wollte Kat nicht beunruhigen. Die Leute redeten also über sie.

»Eindeutig über mich. Das ist allerdings nicht ungewöhnlich.« Mit Ausnahme der Tatsache, dass es verflucht viele waren.

Auf ihrem Weg kamen sie an zwei Ladys vorbei, welche die Köpfe zusammengesteckt hatten und sich in einem leisen Ton unterhielten. Es war kein direkter Schnitt, aber es fehlte auch nicht viel.

Cass zuckte neben Kat zusammen. »Ich bin so erzürnt. Wahrscheinlich hat es mit dem Vorfall neulich Abend im Phönix Club zu tun. Oder eventuell sind auch die Hickinbottoms daran schuld.«

Kat berührte ihre Schwägerin am Arm. »Das ist in Ordnung. Ich bin an das Gerede über mich gewöhnt.« Selbst in ihrer eigenen Familie.

»Das bin ich nicht«, konterte Cass scharf. »Es ist unhöflich und es ist furchtbar.«

»So ist es, aber es lässt sich nichts dagegen tun, und warum sollte man sich also aufregen?«

Cass starrte sie ungläubig an. »Wie kannst du dich nicht aufregen?«

»Vor langer Zeit schon habe ich beschlossen, wie sinnlos es ist, sich über solche Dinge Gedanken zu machen. An den Reaktionen oder dem Urteil der Menschen kann ich nichts ändern. Mich mit Sorgen zu plagen oder mich über ihr Verhalten aufzuregen, hilft mir ganz und gar nicht.« Kat hielt auf dem Weg inne. Vielleicht war das der Grund, warum sie sich immer so sehr auf ihr Inneres konzentrierte. Es war einfacher und weit weniger schmerzhaft.

Cass blieb neben ihr stehen und fragte: »Was stimmt nicht?«

»Nichts.« Kat schüttelte den Kopf. »Ich glaube, ich bin gerade zu einer Einsicht gekommen. Wie ich schon sagte, möchte ich nicht an der Saison teilnehmen, und dazu gehört auch ein Spaziergang im Park während der angesagten Stunde.« Und genau diesen unternahmen sie jetzt. Es war schade, denn Kat liebte den Park. Sie würde einfach früher am Tag herkommen.

Wenn sie in London bliebe. »Ich überlege, nach Hampton Lodge zu fahren. Sabrina hat mich eingeladen, sie zu besuchen, wann immer ich will.«

»Oh.« Cass klang enttäuscht. »Du solltest natürlich

fahren, wenn es dein Wunsch ist. Ein Tapetenwechsel könnte dir guttun. Aber lass dich bitte nicht von diesen grauenhaften Klatschbasen verscheuchen.«

»Es liegt nicht an ihnen. Es liegt an mir«, versicherte Kat ihr. »Obwohl ich annehme, dass sie mir die Entscheidung erleichtern«, setzte sie lachend hinzu.

»Wie bringst du es fertig, so positiv zu bleiben? Ich weiß nicht, was auf dem Ball passiert ist, aber ich stelle mir vor, dass es für dich nicht angenehm war.«

»Nein, das war es nicht. Und du musst daran denken, dass ich nicht positiv geblieben bin. Ich bin aus dem Ballsaal geflüchtet und musste mich beruhigen, ehe ich nach Hause fahren konnte.« Das entsprach freilich nicht den genauen Tatsachen, doch das musste Cass nicht erfahren.

»Ich wünschte, ich hätte dir helfen können. Warum sonderst du dich immer ab? Fühlst du dich nicht einsam?«

»Nein. Die Einsamkeit hilft mir ... mich neu zu orientieren, mein Gleichgewicht wiederzufinden. Es ist schwer erklärbar.« Doch ihr wurde auch klar, dass Lucien ihr auf dem Ball dabei geholfen hatte. Und genau in diesem Moment, in dem sie die Blicke auf sich spürte und ihr klar war, dass die Leute über sie redeten, wünschte sie, er wäre bei ihr. Sie war nicht einsam, aber sie sehnte sich nach seiner Gesellschaft.

»Oh, verflixt.« Cass hakte sich bei Kat unter. »Lass uns kehrtmachen.«

»Warum?«, fragte Kat noch, ehe sie die Hickinbottoms weiter hinten auf dem Weg erblickte. Mrs. Hickinbottom grinste höhnisch in ihre Richtung.

Jetzt wollte Kat die Flucht ergreifen. Vielleicht war sie doch nicht ganz immun gegen die Art, die andere Leute ihr gegenüber an den Tag legten. »Lass uns heimkehren«, schlug sie vor und zog ihren Arm fest an sich, womit sie Cass näher zu sich rückte.

»Ja, gehen wir.« Cass drehte sich mit ihr um und tätschelte ihr die Hand. »Hoffentlich weißt du, wie sehr du geliebt wirst – von mir und der ganzen Familie. Ich wünschte, du wärst gestern Abend im Salon geblieben. Dann hättest du dies mit eigenen Augen sehen können.«

Wenn Kat auch dankbar dafür war, das zu hören, gab es nur eine Person, an deren Liebe ihr wirklich etwas lag, und sich das einzugestehen, war absolut erschreckend.

KAPITEL 20

ucien betrat den kleinen Salon im Erdgeschoss von Wexford House und reagierte damit auf die Aufforderung, die er am Vortag von Kat erhalten hatte. Aufforderung? Sie hatte ihm eine kurze, aber freundliche Nachricht geschickt, in der sie ihn einlud, sie heute zu besuchen, damit sie ihm eine Zeichnung für sein Arbeitszimmer überreichen konnte. Er freute sich über die Gelegenheit, sie zu sehen – und das nicht nur, um in ihrer Nähe zu sein, obwohl das schon verlockend genug war. Er sollte ihr erklären, was neulich Abend zwischen ihm und dem Herzog vorgefallen war, denn das hatte ihn dazu veranlasst, Trost in ihren Armen zu suchen.

Und was für einen Trost er dort gefunden hatte. Während der letzten anderthalb Tage hatte Lucien sich wie auf Wolken gefühlt. Nicht einmal die Probleme des Clubs hatten seine Laune getrübt.

Kat schritt in den Salon und sah so reizend aus, dass es tatsächlich eine Qual war, nicht zu ihr zu gehen und sie in die Arme zu schließen. Ihr dunkles Haar war nicht zu einer Hochsteckfrisur auf ihrem Kopf frisiert. Es war einfach aus dem Gesicht zurückgenommen und hing ihr über den Rücken. Die Frisur machte sie jünger, weil es wahrscheinlich nicht der Art entsprach, wie die Ladys der feinen Gesellschaft sich frisierten. Doch Kat war eben anders, und sie akzeptierte diesen Umstand.

Er lächelte sie an. »Dein Haar gefällt mir.«

Sie berührte es kurz. »Tatsächlich? Ich trage es lieber so, weil man dafür weniger Nadeln braucht. Seit ich mich für die Saison entschied, hatte ich mich gezwungen, es hochgesteckt zu tragen, doch da ich dies nun aufgegeben habe, kann ich wieder zu meinen bequemeren Gewohnheiten zurückkehren – mit offenem Haar und dem am wenigsten einschnürenden Korsett, das ich besitze.«

»Was meinst du damit, du hast die Saison aufgegeben?«

»Dazu komme ich gleich.« Sie drang weiter in den Raum vor und legte einen großen Bogen Pergament auf einen runden Teetisch. »Das ist für dich.«

Lucien trat zu ihr und betrachtete die atemberaubende Zeichnung. »Ein Pfau.« In voller Balzhaltung, mit ausgebreiteten Federn und hoch erhobenem Kopf. »Ist das ein versteckter Kommentar für mich?«, fragte er trocken.

Kat lachte. »Vielleicht. Nicht, dass du dich in protzigen Kostümen vergnügst, aber du hast die Neigung, zu stolzieren.«

Nachdem er die Skizze noch einen weiteren Augenblick betrachtet hatte, richtete er den Blick auf Kat. »Ich dachte, wir könnten uns auch unterhalten. Ich würde gern erfahren, was auf dem Ball passiert ist, um deine ... Schwierigkeiten hervorzurufen. Und ich dachte, ich erzähle dir, was mich dazu veranlasst hat, die Dinnerparty am Sonntag zu verlassen.«

Kat zog ein Gesicht. »Mir wäre es lieber, nicht auf die Party zurückzukommen, zumindest nicht auf diesen Teil, doch da ich gern wissen möchte, was dir mit deinem Vater passiert ist, werde ich mich auf den Handel einlassen.«

Lucien lachte nun tatsächlich. »Ich bin froh, das zu hören. Wollen wir uns nicht setzen?« Er deutete auf das Sofa, das der Tür gegenüberstand. Da die Tür offen war, wollte Lucien wissen, ob sie gleich unterbrochen werden würden.

»Ja.« Sie nahm seine Hand, was sich nicht ziemte, doch das war ihm egal, und führte ihn zu dem Sofa in Rot und Beige. Sie setzte sich zu ihm und richtete sich so aus, dass sie ihm zugewandt war und ihre Knie sich berührten. Sie ließ auch seine Hand nicht los.

Er blickte auf ihre ineinander verschlungenen Finger hinunter, die auf dem Polster ruhten. »Ist das klug?«

Sie zuckte mit den Schultern. »Wir haben die Tür im Auge und werden auseinander gehen, wenn es erforderlich ist.«

Dem konnte er nicht widersprechen, also erlaubte er sich den Genuss ihrer Nähe und ihrer Berührung. »Wer soll anfangen?«

»Das werde ich tun.« Sie atmete aus. »Ich habe mit Sir Rowland getanzt – ich war schlecht, wenn ich ehrlich sein soll.«

»Wann bist du das nicht? Ehrlich, meine ich.«

Ein kurzes Lächeln huschte über ihren üppigen Mund, und beinahe hätte ihn das Bedürfnis überwältigt, sie zu küssen. Er schaffte es gerade eben, das nicht zu tun. »Wie ich dir schon sagte, tue ich mich mit dem Tanzen schwer. Mein Körper und die Musik harmonieren nicht immer.«

»Ist das auf dem Ball passiert?«

»Ja, und eine der jungen Damen unserer Tanzgruppe fand, es wäre amüsant, darauf aufmerksam zu machen. Sie sagte, ich würde von mehr Zeit mit einem Tanzlehrer profitieren. Sie fügte hinzu, dass sie sich nur einen Scherz erlaubte, aber das klang für mich sehr boshaft.«

Dank Cass wusste Lucien, wer die junge Frau war und er würde Sorge dafür tragen, dass sie für ihre Boshaftigkeit bezahlte. Lady Pickering würde ihm bei diesem Unterfangen sicherlich behilflich sein. Sie würde es verabscheuen, dass jemand versucht hatte, Kat in Verlegenheit zu bringen. »Sie wird nie wieder im Phönix Club erscheinen«, teilte er ihr mit.

Überraschung blitzte in Kats Blick auf. »Wirklich? Nun, das ist sehr erfreulich. Aber ich werde auch nicht dort sein.«

»Willst du dich damit auf deine vorige Bemerkung berufen, dass du die Saison aufgeben willst?« Er hielt die freie Hand hoch. »Beende erst einmal die Geschichte mit dem Ball.«

»Da gibt es nicht mehr viel zu berichten. Sie äußerte etwas Abfälliges und ich verlor die Konzentration auf den Tanz, wodurch ich beinahe einen Aufruhr verursacht hätte. Vermutlich habe ich einen Tumult provoziert, weil ich Sir Rowland auf die Brust geschlagen habe. Ich habe ihm noch eine Entschuldigung zugenuschelt, bevor ich von der Tanzfläche geflohen bin. Hoffentlich hat er mich gehört.« Sie blickte Lucien an. »Meinst du, ich sollte ihm eine schriftliche Entschuldigung schicken? Vielleicht würde dem Klatsch und Tratsch dadurch die Luft ausgehen. Ich hasse es, wie es sich auf Cass auswirkt.«

Lucien kniff die Augen zusammen. »Es wirkt sich auf Cass aus?«

»Nur weil sie so ein gutes Herz hat und sich Sorgen um mich macht. Wir sind gestern im Park spazieren gegangen, und es war offensichtlich, dass ich das Thema vieler Gespräche war.« Sie erging sich über den Klatsch und Tratsch, der über sie kursierte, als handelte es sich um eine ganz gewöhnliche Begebenheit, der es an Bedeutung mangelte.

»Verflixt, Kat, dich beeinträchtig es, würde ich sagen.«

»Bah, nur wenn ich es zulasse, und das werde ich nicht. Wie ich dir gesagt habe, bin ich eine Anomalie und möglicherweise bildet meine Fähigkeit, andere zu ignorieren, einen Teil davon.«

»Allerdings warst du am Freitag wohl nicht in der Lage, sie zu ignorieren«, meinte er leise. »Du musst dich mir gegenüber nicht so geben. Ich möchte lieber wissen, was du wirklich fühlst, selbst wenn du versuchst, es nicht zu fühlen. *Ganz besonders*, wenn du versuchst, es nicht zu fühlen.« Damit hatte er viel Erfahrung, vor allem, wenn es um seine Kriegserlebnisse in Spanien ging.

Ihre Augen weiteten sich ein wenig. Es dauerte einen Moment, bis sie Antwort gab. »Ich bin nicht immer in der Lage, es ganz zu ignorieren. Insbesondere nicht in einer Umgebung, in der ich mich bereits davon überwältigt fühle, was um mich herum geschieht. Die Geräusche und der Tanz versetzen mich in einen Zustand, der mir weniger Kontrolle über meine Emotionen erlaubt. Stell dir das wie Jonglieren vor. Ich kann die Gegenstände in der Luft halten, bis einer, mit dem ich nicht gerechnet habe, dazwischengeworfen wird. Dann lasse ich alle fallen.«

Lucien glaubte, er hatte es verstanden. »Was für eine hervorragende Analogie.«

»Aber da du wissen willst, wie ich mich wirklich fühle ... Es stört mich tatsächlich. Es geht nicht um mich, verstehst du, aber mir ist nicht recht, dass es Cass beeinträchtigt. Ich habe viel darüber nachgedacht, was du zu mir gesagt hast. Dass ich mich nicht so sehr um andere kümmere, wie ich es sollte. Ich versuche, meine Sichtweise zu ändern. Das ist einer der Gründe, warum ich beschlossen habe, die Saison aufzugeben und London zu verlassen.«

»London zu verlassen?« Er hatte das Gefühl, als würde ihm der Magen in die Kniekehlen sacken. »Du kannst London nicht verlassen. Du liebst es, hier zu sein.«

»In Bath ist es wahrscheinlich ähnlich, nicht wahr? In der Zwischenzeit überlege ich, Hampton Lodge zu besuchen. Sabrina hat mir eine Einladung ausgesprochen, für wann immer ich will. Ich kann eine Zeit lang dorthin gehen und mich dann endlich in Bath niederlassen, wo ich zu meinem Leben als Jungfer übergehen kann.«

Lucien schüttelte vehement den Kopf. »Absolut nicht. Du kannst nicht davonlaufen.«

»Ich laufe nicht davon. Ich stelle andere an erste Stelle. Es ist besser für alle, wenn ich gehe. Es wird keinen Klatsch mehr über mein merkwürdiges Verhalten geben und ich werde meinen Ruf weder mit dir noch mit einem anderen aufs Spiel setzen und ich muss nicht fürchten, mit den Hickinbottoms zusammenzustoßen, die meiner Ansicht nach darauf aus sind, mich in jeder erdenklichen Weise in Misskredit zu bringen.«

Lucien machte sich eine gedankliche Notiz, dass er Lady Pickering auch über die Hickinbottoms ins Bild setzen musste. Mrs. Hickinbottom würde daran erinnert werden, dass ihr Sohn ein Mitwirkender in diesem »Skandal« gewesen war, und wenn man ihm zugestand, sein Leben einfach fortzusetzen, sollte man Kat dasselbe Recht einräumen.

»Ich hoffe nur, du wirst deinen Ruf nicht mit jemand anderem als mir aufs Spiel setzen. Und ich werde mich um die Hickinbottoms kümmern«, fügte er in einem ernsteren Tonfall hinzu.

»Wirst du deinen Zauber walten lassen und sie deinem Willen unterwerfen?«

»So etwas in der Art. Du solltest die Stadt jedenfalls nicht verlassen. Bleib hier und mach einfach, wonach dir der Sinn steht, aber sei vor allem, wer du bist. Trage deinen Kopf hoch und wisse, dass du von vielen unterstützt wirst, die sich um dich sorgen und dich lieben.«

Einschließlich mir.

Dieser Gedanke ließ ihn erstarren. Ihm lag durchaus an ihr, aber liebte er sie auch? Diese Möglichkeit erfüllte ihn mit einer leichten Unsicherheit. Er war froh, dass er Platz genommen hatte.

Sie überraschte ihn mit ihrem Lachen. »Wie sieht das überhaupt aus? Mir liegt weder an der Gesellschaft noch an den meisten gesellschaftlichen Verpflichtungen, und ich kann ich mich schon gar nicht mit all den Regeln anfreunden, die für mich keinen Sinn ergeben. Warum sollte ich mich und alle anderen mit meiner Anwesenheit quälen?«

Ihr Argument war überzeugend, aber verflixt, er wollte nicht, dass sie ging. »Deine Anwesenheit ist weder für Ruark, Cass, oder mich, und auch für eine ganze Reihe anderer Leute, die ich aufzählen könnte, eine Qual. Du betrachtest London als dein Zuhause, nicht wahr?«

Ihre blauen Augen waren von Zuversicht und ihrer beharrlichen Aufrichtigkeit ganz klar. »So ist es.«

»Dann darfst du dich von niemandem vertreiben lassen. Genau das passiert mir im Phönix Club.«

Sie beugte sich zu ihm, ihr Blick trübte sich vor Sorge. »Wirklich?«

Er hatte ihr das eigentlich nicht sagen wollen, aber wenn es ihr helfen würde, eine andere Entscheidung zu treffen – wenn sie sich dadurch zum Bleiben überreden ließe - dann wäre es die Enthüllung des Geheimnisses wert. »Nicht viele Leute wissen davon, einschließlich deines Bruders und meiner Schwester, aber mir gehört der Phönix Club nicht. Freilich leite ich ihn, aber die Haupteigentümer sind nicht damit zufrieden, wie ich die Dinge im Hinblick auf den Weggang der Hargroves und der Episode mit Evie gehandhabt habe – indem ich ihr nicht kündigen wollte.« Er lehnte es ab, dies einen Skandal zu nennen.

»Hast du die Hargroves nicht des Clubs verwiesen?«

»Lady Hargrove, ja. Ihr Mann ist aus eigenen Stücken gegangen.«

»Ich kann mir nicht vorstellen, dass er Mitglied bleiben wollte, nachdem du seine Frau vor die Tür gesetzt hast«, murmelte Kat. »Und gut, dass du ihn los bist. Sie zwingen dich also, aus dem Club auszuscheiden? Das können sie nicht tun. Der Phönix Club ist bedeutungslos ohne dich.« Sie sprach mit großer Inbrunst und gestikulierte dabei mit ihrer freien Hand, während sie seine Hand mit der anderen drückte.

»Ich habe versucht, dies den Verantwortlichen zu sagen«, meinte er lächelnd und schätzte ihre Loyalität. »Ich werde es nicht zulassen, dass sie es tun. Über diesen Punkt haben mein Vater und ich neulich Abend gestritten. Er war der Ansicht, ich soll den Club verlassen, was mich nicht überrascht hat.«

Kat runzelte die Stirn. »Er ist vollkommen unbedacht. Kein Wunder, dass du die Feier verlassen hast. Aber warum bist du in mein Zimmer gekommen?«

Lucien machte den Mund auf, doch dann hielt er inne. Wie wäre es, wenn er den Club verlassen könnte, ohne am Boden zerstört zu sein? Was, wenn es mehr in seinem Leben gäbe als nur das? Er hörte die Stimme seines Vaters, die ihm einflüsterte, die Abfindung anzunehmen und dass Kat ihm eine gute Ehefrau sein würde ...

Verflucht, hatte er den Rat seines Vaters beherzigt? Jetzt war er weit mehr als unsicher. Er fühlte sich regelrecht krank.

»Lucien?« Cass´ Stimme hallte durch das Wohnzimmer.

Lucien fluchte innerlich. Obwohl sie sich so gesetzt hatten, um Eindringlinge im Auge zu behalten, hatten sie Cass´ Herbeikommen vollkommen verpasst.

Kat ließ seine Hand los, sprang vom Sofa auf und trat zu

dem Tisch mit der Zeichnung. »Ich wollte Lucien gerade dieses Bild eines Pfaus für sein Arbeitszimmer geben.«

»Das ist eine ausgezeichnete Wahl.« Cass fegte in den Raum und gesellte sich zu Kat. »Ist das nicht wundervoll, Lucien?«

»Es ist außergewöhnlich. Ich möchte es unbedingt rahmen und an der Wand aufhängen lassen.« Er hob die Zeichnung auf. »Ich muss mich jetzt auf den Weg machen. Nochmals herzlichen Dank, Kat.« Er wollte ihr zuraunen, sie solle noch einmal über seine Worte nachdenken. Nein, er wollte ihr das Versprechen abnehmen, dass sie nicht gehen würde. Allerdings tat er nichts von beidem. Er verbeugte sich einfach und verabschiedete sich, wobei er sich fragte, wie zum Teufel der Rat seines Vaters in sein Gehirn hatte eindringen können.

~

*E*ndlich hatte Kat ein Ziel, das nichts mit ihr selbst oder ihren eigenen Interessen zu tun hatte. Sie wollte Lucien helfen, seinen Club wiederzubekommen.

Vergangene Nacht hatte sie wach gelegen und darüber nachgedacht, in welcher Weise sie ihm am besten helfen könnte. Es lag auf der Hand, dass sie mit Mrs. Renshaw reden sollte, doch da diese sich derzeit nicht in London aufhielt, beschloss Kat, dass Lady Warfield die zweitbeste Ansprechpartnerin war.

So kam es, dass Kat in einem spärlich hergerichteten Salon des neuen Hauses der Warfields in der Bruton Street wartete. Lady Warfield trat mit ihrem üblichen fröhlichen Lächeln ein. »Guten Tag, Miss Shaughnessy. Was für eine freudige Überraschung.«

Kat umklammerte ihr Retikül. »Ich hoffe, Sie haben

nichts dagegen, dass ich Sie auf diese Weise aufsuche, doch ich benötige Ihre Hilfe.«

»Das hört sich wichtig an.« Mit einer Geste wies sie auf die einzige Sitzgruppe in dem großen Raum, mit Ausnahme eines einsamen Sessels beim Kamin auf der gegenüberliegenden Seite. »Bitte sehen Sie uns unsere eher spartanische Einrichtung nach. Wir sind erst vor kurzem in dieses Haus eingezogen und noch immer dabei, die Räume mit Mobiliar zu füllen. Vermutlich wird das eine Weile dauern. Max ist an solchen Dingen erschreckend desinteressiert.«

»Sind Männer das nicht in der Regel?«

Lady Warfield lachte. »Ja, aber Max ist deswegen tatsächlich mürrisch. Er kann in Bezug auf viele Dinge mürrisch werden. Das ist die Grundlage seines Charmes.«

Kat war sich nicht sicher, wie »mürrisch sein« charmant sein konnte, doch sie schlussfolgerte, dass er ein Mensch der guten Sorte sein musste, da Lady Warfield ihn eindeutig anbetete und er außerdem ein guter Freund Luciens war.

»Lassen Sie mich gleich auf den Punkt kommen, Lady Warfield.«

»Ada, bitte. Ich bestehe darauf.«

»Dann müssen Sie mich Kat nennen. Ich bin zu Ihnen gekommen, um Hilfe für Lucien zu erbitten. Er wird aus dem Phönix Club vertrieben.«

Ada fielen fast die Augen aus dem Kopf. »Wie kann das sein? Es ist doch *sein* Club?«

»Das ist nicht der Fall. Er *gehört* ihm zumindest nicht. Die eigentlichen Besitzer, wollen, dass er geht. Es gefällt ihnen nicht, wie er den jüngsten Skandal gehandhabt hat.«

Ada grummelte, und Kat hätte schwören können, dass sie fluchte. »Dass er unter Druck steht, ist mir bekannt, aber ich hatte keine Ahnung, dass es so schlimm ist. Ich kann nicht glauben, dass er den Club einfach verlassen will. Vermutlich wird das auch mein Ende dort bedeuten. Verflixt, ich habe meine Arbeit dort ehrlich genossen.« Sie zog die Brauen zusammen und runzelte die Stirn. »Wer sind diese schrecklichen Besitzer?«

»Ich weiß es nicht, aber es sollte nicht allzu schwierig sein, das in Erfahrung zu bringen. Zuerst brauchen wir allerdings die Mittel, um sie auszuzahlen, damit Lucien rechtmäßiger Besitzer werden kann.«

Adas Gesicht hellte sich auf. »Aber gewiss! Jeder wird Lucien helfen wollen, nach allem, was er für so viele Menschen getan hat. Ich wage zu behaupten, dass wir einen Sammelteller aufstellen könnten, der bis zum Morgen gefüllt wäre.«

Kat lächelte und ließ einen Teil ihrer Anspannung aus ihrem Körper fließen. »Ich hatte gehofft, dass Sie das sagen würden.«

»Ihr könnt natürlich keinen Sammelteller aufstellen.« Die männliche Stimme war von der anderen Seite des Raumes, aus der Nähe des Sessels zu hören, der beim Kamin stand.

Ada richtete sich auf dem Sofa auf. »Max?«

Der Viscount stand auf, seine große Gestalt entfaltete sich aus dem Sessel, dessen Rückenlehne ihnen zugewandt war.

»Wir hatten dich nicht bemerkt«, stellte Ada fest. »Und du hast uns auch nicht auf deine Anwesenheit aufmerksam gemacht.« Sie warf ihm einen schrägen Blick zu. »Dann komm doch zu uns, wenn du mitreden willst.«

Er schlenderte auf die beiden Frauen zu und die Narben in seinem Gesicht ließen ihn recht bedrohlich aussehen. Kat urteilte, dass er damit viel interessanter aussah als jeder Londoner Dandy.

»Warum kein Sammelteller?«, erkundigte Kat sich.

»Da müsst ihr schon etwas verdeckter zu Werke gehen«, beschied der Viscount. »Meiner Vermutung nach möchte Lucien nicht, dass jemand von seiner Not weiß. Sonst wäre dies für keinen von uns eine Überraschung.«

Das stimmte. Er hatte Kat erzählt, dass fast niemand über die wahren Besitzverhältnisse des Clubs Bescheid wusste. »Was sollen wir denn sonst unternehmen?«

»Wir werden ihm die benötigten Mittel zur Verfügung stellen, um den Club zu kaufen.« Sein Blick huschte zu Ada. »Nicht ›wir‹ im Sinne von uns beiden. Ich wünschte, wir könnten ihm geben, was er braucht. Das bin ich ihm schuldig und noch viel mehr.«

Kat war neugierig, mehr über diese vermeintliche Schuld zu erfahren, jedoch war dies nicht der richtige Zeitpunkt, um dieser Frage nachzugehen.

»Ich wünschte auch, das könnten wir«, murmelte Ada. »Aber wir sind immer noch dabei, das Warfield Anwesen wieder aufzubauen.«

»Als ich ›wir‹ sagte, meinte ich Luciens Freunde und seine Familie«, stellte Warfield klar. »Viele von uns würden ihm helfen. Was sagt Ihr Bruder dazu?«, fragte er Kat.

»Ich habe Ruark noch nichts gesagt. Ich wollte mich mit Ada austauschen, da sie mehr mit dem Club zu tun hat als jeder andere, außer der nicht anwesenden Mrs. Renshaw.« Kat blickte zu Ada, deren Gesichtszüge sich zu einem nachdenklichen Ausdruck formten.

»Ich weiß, wo wir die meisten, wenn nicht sogar alle Mittel herbekommen könnten«, meinte Ada. »Evie und Gregory denken darüber nach, einen Club nur für Damen zu eröffnen, und Evies Schwester und ihr Mann wollen investieren. Ich bin sicher, wir können sie alle überreden, stattdessen in Lucien zu investieren.«

»Ich bezweifle, dass Überzeugungsarbeit vonnöten sein wird.« Warfield richtete den Blick auf Kat. »Sie wissen nicht, wer diese Eigentümer sind?«

Kat schüttelte den Kopf. »Ich wünschte, ich wüsste es.«

Er nickte knapp. »Wir werden die Bereitstellung der

Mittel sicherstellen und dann wenden wir uns an Lucien, damit er die Transaktion durchführen kann.«

»Wenn er sich an einem Sammelteller stören würde, wird er es überhaupt über sich bringen, diese finanzielle Unterstützung seiner Freunde und seiner Familie anzunehmen?« Kat war froh über ihren Entschluss, mit den beiden zu sprechen, bevor sie jemand anderen alarmierte.

»Das sollte er verdammt noch mal besser«, knurrte Warfield. »Ich werde Sorge dafür tragen, dass er es tut.«

Ada bedachte ihn mit einem scharfen Blick. »Keine Handgreiflichkeiten mehr mit Lucien, mein Lieber.«

Handgreiflichkeiten? Dahinter steckte ganz bestimmt eine Geschichte, und Kat würde sich bemühen, sie in Erfahrung zu bringen. Aber zuerst mussten sie Lucien helfen. Sie ließ den Blick von Ada zu ihrem Mann und wieder zurück wandern. »Wie sollen wir die Sache angehen?«

»Ich werde mit Evie und Gregory sprechen, sobald sie zurück sind, was bis Sonntag der Fall sein sollte«, meinte Ada. »Max und ich können auch mit Prudence und Bennet reden, obwohl ich nicht sicher bin, wieviel Geld sie uns überlassen können.« Bei seinem Tod hatte Glastonburys Vater einen großen Schuldenberg hinterlassen. »Können Sie mit Ihrem Bruder und Cass reden?«

»Natürlich. Ich kann auch mit Jess und Dougal sprechen.« Tatsächlich würde Kat als Nächstes mit Jess sprechen. »Sie werden bestimmt helfen wollen.«

»Ich werde mit Overton reden«, bot Warfield an. »Er wird darauf bestehen, dass man ihn einbezieht.«

»Natürlich wird er das«, stimmte Ada zu. »Wir haben also einen Plan.«

Kat schlug die Hände zusammen. »Ja, und wir müssen schnell handeln. Ich wünschte, Mrs. Renshaw wäre hier.«

»Ich werde mit ihr reden, sobald sie in der Stadt ist. Machen Sie sich keine Sorgen, Kat, es wird sich schon alles klären.« Ada legte den Kopf schief. »Wie kommt es eigentlich, dass Sie Kenntnis davon haben?«

»Ich, ähm, Lucien hat es mir erzählt. Ich nehme an, er musste sich aussprechen, und ich schien ihm eine sichere Person zu sein, der er sich anvertrauen konnte.«

»Wie kommt das?«, fragte Warfield.

»Nun, wir sind nicht so enge Freunde wie Sie alle. Vielleicht dachte er, ich würde niemandem etwas sagen und mich nicht einmischen.« Stimmte das? Kat glaubte es nicht, doch nun würde sie sich darüber wundern.

»Ich glaube, ihr seid engere Freunde, als er wahrhaben will«, meinte Ada lächelnd. »Ich bin so froh, dass Sie zu mir gekommen sind – zu uns. Sie sind eine wunderbarere Freundin.«

»Im Grunde gehört Lucien für mich zur Familie.« Kat wurde bewusst, dass sie ihn durchaus so betrachtete, aber nicht im Sinne einer angeheirateten Verbindung. Sie fühlte sich ihm näher als jedem anderen, was sogar ihren geliebten Bruder einschloss.

Ada nickte. »Das ist er wohl. Wie wundervoll.«

Es war in der Tat wundervoll.

~

*J*ess begrüßte Kat in ihrem privaten Wohnzimmer und ließ vom Dienstmädchen Tee und Kuchen bringen. Kat wollte Jess unbedingt von dem Club berichten, aber sie zögerte, bis der Tee eingeschenkt und die Bedienstete wieder gegangen war.

»Du wirkst unruhig«, bemerkte Jess lachend.

»Das bin ich, und es tut mir leid. Ich bin in einer dringenden Sache gekommen. Vielleicht will sich Dougal sogar zu uns gesellen.«

»Bedauerlicherweise ist er nicht hier. Er ist mit Lucien im Phönix Club.«

»Genau das ist der Grund, aus dem ich hier bin«, meinte Kat. »Wegen Lucien und dem Phönix Club.«

Jess blinzelte neugierig. »Ist etwas vorgefallen?«

»Noch nicht, doch das wird passieren. Lucien hat mir anvertraut, dass ihm der Club gar nicht gehört und die Eigentümer ihn hinausdrängen wollen.«

»Das hat Lucien dir anvertraut?« Jess zögerte einen kurzen Moment. »Haben sich die Dinge zwischen euch beiden weiterentwickelt? Das frage ich mich schon seit dem Tag, an dem es uns gelungen ist, dich mit ihm allein zu erwischen, und ihr euch geküsst habt, aber ich wollte nicht neugierig sein.«

Kat war nun froh über die Erfrischung, und während sie sich einen Bissen vom Kuchen gönnte, überlegte sie sich eine Antwort. Nachdem sie geschluckt hatte, gestand sie: »Wir sind uns ... nähergekommen.«

»Vertraute sind sich in der Regel nahe.« Jess lächelte. »Das sehe ich als willkommene Nachricht an. Das ist es doch, nicht wahr?«

»Ähm, ja. Aber deshalb bin ich eigentlich nicht hier.«

Jess richtete sich auf. »Gewiss nicht. Wenn ihm der Phönix Club nicht gehört, wem dann?« Ihr Blick wirkte fast eindringlich, doch dann nahm sie ihre Teetasse, um einen Schluck zu trinken, und Kat war sich sicher, sie sich Jess` Gesichtsausdruck nur eingebildet zu haben.

»Ich weiß es nicht, aber ich habe mit Ada gesprochen und –«

Jess stellte ihre Tasse mit einem Klacken ab und starrte Kat mit großen Augen an. »Du hast Ada davon erzählt?«

»Ja. Und Warfield, weil er dabei war.«

»Wem hast du noch davon erzählt?«

Kat runzelte die Stirn über die Besorgnis in Jess´ Tonfall.

»Warum regst du dich so auf? Ich bin zu Ada gegangen, weil sie Schirmherrin und Angestellte im Club ist, und Mrs. Renshaw ist nicht da. Ada und Warfield meinten, Luciens Freunde und seine Familie würden sich zusammenschließen, um das Geld für den Kauf des Clubs aufzubringen.«

»Daran habe ich nicht den geringsten Zweifel, aber so einfach wird es nicht sein«, murmelte Jess. Sie wischte sich mit den Händen über die Augen und seufzte. »Du musst, glaube ich, wissen, warum alles so kompliziert ist. Wenn Lucien dir erzählt hat, dass ihm der Club nicht gehört, kann er nichts einzuwenden haben, wenn ich dir den Rest dessen offenbare, was ich noch weiß. Ich habe dir über den Brief die Unwahrheit gesagt, den du in der Damenbibliothek gefunden hast.«

»Was meinst du?« Ein Schauer überlief Kats Rücken.

»Es war kein Liebesbrief. Er handelte von einem Treffen im Club und bezog sich auf einen Agenten des Außenministeriums – einen Mann, der ermordet wurde und bei dem sich herausgestellt hatte, dass er heimlich für die Franzosen arbeitete.«

Auch wenn Kat tausend Vermutungen darüber angestellt hätte, worum es in dem Brief gehen könnte, hätte Spionage nicht dazugehört. »Woher weißt du das alles?«

»Weil ich für das Außenministerium gearbeitet habe. Sie hatten mich rekrutiert, als ich bei Lady Pickering wohnte. Erinnerst du dich an den Mann, der mir Rätsel schickte, die ich lösen sollte?« Auf Kats Nicken hin fuhr Jess fort. »Er arbeitet für das Außenministerium. Er hatte meine Fähigkeiten auf die Probe gestellt. Man hat mich beauftragt, verschlüsselte Dokumente zu entziffern, und zwar im Rahmen einer Mission, die ich zusammen mit Dougal durchgeführt habe. Wir trafen uns in Lady Pickerings Haus in Hampshire und gaben uns dann als Ehepaar aus, während wir ein anderes Paar in Dorset ausspionierten.«

Mit jeder Enthüllung öffnete sich Kats Mund ein wenig weiter, bis sie Jess gaffend ansah. »Du bist eine Spionin?«

»Pst. Nicht so laut«, mahnte Jess mit einem Lachen. »Nicht mehr. Ich habe es nicht besonders genossen und Dougal hat seinen Posten nach dem Tod seines Bruders aufgegeben. Er musste sich auf seine Aufgaben als Erbe eines Herzogtums konzentrieren.«

»Was hat das alles mit dem Club zu tun? Und mit Lucien?« Kat beugte sich vor und sprach mit flüsternder Stimme. »Arbeitete er auch für das Außenministerium?«

»Ja. Er kann dir die Einzelheiten selbst erklären, da ihr ja offensichtlich vertraut miteinander seid.«

»Nicht *so* vertraut, oder er würde mir all dies erzählt haben.« Kat war ein wenig verletzt, doch dann argumentierte sie, dass es einen guten Grund gab, da er für das verdammte Außenministerium arbeitete. Sie konnte es kaum glauben.

»Nicht unbedingt«, wiegelte Jess ab. »Er hat dir mehr anvertraut, als ich vermutet hätte. Kaum jemand weiß, dass ihm der Club nicht gehört, und ich bin mir einigermaßen sicher, dass nur Dougal und ich wissen, wer die Eigentümer sind.«

»Es ist das Außenministerium«, entgegnete Kat, als ihr aufging, wie alles zusammenpasste – und warum Jess die Wahrheit verraten hatte.

»Ja«, sagte Jess. »Und sie hatten gewisse Anforderungen an die Mitglieder des Clubs. Es passt ihnen nicht, dass Lucien Lady Hargrove ausgeschlossen hat – sie wollten Hargrove offenbar im Club haben – und über den Skandal wegen Evie, den ihr Verbleib im Club auslösen wird, sind sie ganz und gar nicht begeistert.«

Es war kein Wunder, dass Lucien in letzter Zeit derart unter Stress gestanden hatte. Seine Sorge um den Club ging weit über die Anwesenheit der Mitglieder in dieser Zeit hinaus. Aufgrund der Beteiligung des Außenministeriums konnte er eigentlich nicht offen darüber sprechen. Er hatte ihr allerdings einen Teil dessen verraten – und zwar genug, dass sie sich über sein Vertrauen zu ihr freute.

»Ich hatte nur gehofft, ihm zu helfen, wie er anderen geholfen hat. Jetzt sehe ich aber ein, dass ich niemanden hätte einweihen sollen.« Kat schüttelte den Kopf. »Was soll ich jetzt unternehmen?«

»Ich weiß es nicht. Ich werde mit Dougal sprechen, sobald er zurückkehrt. Aber ich glaube nicht, dass Lucien den Club kaufen darf.« Jess warf ihr einen entschuldigenden Blick zu. »Es ist also nicht nötig, Geld aufzutreiben.«

»Wir müssen eine Möglichkeit finden, das Außenministerium davon abzuhalten, ihn zu vertreiben.« Kat besann sich auf seine Worte von gestern: dass sie nicht aufgeben und London verlassen konnte. Sie würde ihn ebenfalls nicht gehen lassen, nicht dass sie der Annahme war, er würde diesen Schritt tatsächlich tun. Er war entschlossen zu kämpfen, und sie würde alles tun, um ihm zu helfen. Kat sah Jess eindringlich an. »Da du für das Außenministerium gearbeitet hast, kennst du dort Leute. Kannst du mit jemandem darüber reden? Kannst du sie davon überzeugen, dass Lucien den Club, den er aufgebaut hat, nicht verlassen muss?«

»Ich wünschte, das zu können, aber ich fürchte, meine Zeit dort war kurz. Außer mit Dougal, habe ich nur mit zwei Personen dort gesprochen. Ich denke, ich könnte versuchen, mit ihnen zu reden.«

Kat besann sich auf etwas, das Jess vor kurzem gesagt hatte: dass sie Dougal in Lady Pickerings Haus in Hampshire kennengelernt hatte. Außerdem war Jess während ihres Aufenthalts bei Lady Pickering rekrutiert worden. »Arbeitet Lady Pickering für das Außenministerium?«, fragte Kat.

»Ich glaube, darauf sollte ich nicht antworten«, entgegnete Jess mit hochgezogenen Augenbrauen, die zu verraten

KAPITEL 21

»Guten Tag, Lucien.«

Lucien schaute von dem aufgeschlagenen Hauptbuch auf seinem Schreibtisch im Büro des Phönix Clubs auf und warf Dougal einen finsteren Blick zu.

»Bist du immer noch wütend auf mich, weil ich deinem Vater erzählt habe, dass das Außenministerium dich um deinen Rückzug aus dem Club gebeten hat?« Dougal setzte sich in den Sessel neben Luciens Schreibtisch.

Lucien grunzte nur. Oder knurrte. Wie auch immer man es bezeichnen wollte. Er gab diesen verärgerten Laut von sich und neigte den Kopf wieder über sein Hauptbuch zurück.

»Ich werde mich nicht entschuldigen«, erklärte Dougal.

»Das hast du mir schon gesagt.« Seufzend lehnte Lucien sich auf seinem Stuhl zurück und richtete den Blick auf seinen Freund. »Was willst du?«

»Ich weiß nichts Genaues, aber es sieht so aus, als würde das Ministerium bald etwas unternehmen. Vielleicht schon morgen oder übermorgen.«

Fluchend legte Lucien den Kopf in den Nacken und starrte an die Decke.

»Du musst dich entscheiden, was du tun willst«, forderte Dougal ihn nach einem Moment auf.

Lucien ließ den Blick sinken, bis er Dougals traf. »Ich habe mich bereits entschieden. Ich werde nirgendwo hingehen.«

Dougal presste die Lippen zusammen und schaute ihn unverwandt an. »Wie soll das denn möglich sein? Verdammt, Lucien, ich weiß, du willst nicht weggehen, aber du hast keine andere Wahl mehr. Es sei denn, du willst Evie verabschieden und abwarten, ob sie dich bleiben lassen.«

»Ich weigere mich, das in Betracht zu ziehen.« Trotz seiner Worte hatte er jedoch bereits mit dem Gedanken gespielt, wegzugehen. Denn Dougal hatte recht. Letzten Endes blieb Lucien keine andere Wahl. »Hätten sie mir die Summe der Entschädigung mitgeteilt, die sie anzubieten gedenken, hätte ich sie vielleicht angenommen.«

»Würdest du das wirklich erwägen?« Dougal schien skeptisch.

»Mein Vater sagte, ich soll die Abfindung nehmen, die sie mir bieten, und einen neuen Club gründen.« Lucien verzog die Lippen. »Er hat mir sogar angeboten, mir alles weitere zur Verfügung zu stellen, was ich für den Anfang brauche.«

»Das hast du mir nicht mitgeteilt«, meinte Dougal. »Warum zögerst du?«

Lucien warf ihm einen finsteren Blick zu. Ehe er Dougal an die unzähligen Gründe erinnern konnte, warum er die Hilfe seines Vaters niemals annehmen – oder, noch wichtiger, ihm vertrauen – würde, klopfte es an der Tür, die einen Spalt breit offen stand.

Beide Männer lenkten den Blick zur Tür, als Jess ihren Kopf ins Büro steckte. »Darf ich stören?«, fragte sie.

»Ja, vor allem, wenn es bedeutet, deinen Mann von hier wegzubringen«, entgegnete Lucien mürrisch.

Jess schlüpfte in den Raum und schloss die Tür hinter sich.

Dougal sprang von seinem Stuhl auf und schritt auf sie zu. »Was ist los?« Er nahm ihre Hand, und seine Züge waren von Sorge geprägt.

Sie schenkte ihm ein liebevolles, beruhigendes Lächeln. »Es geht mir gut. Allen geht es gut. Ich musste nur mit dir – und Lucien – sprechen, und zwar unverzüglich.« Jess´ Blick fand Lucien, und er wusste sofort, dass *etwas* in nicht in Ordnung war, auch wenn es ihr gut ging.

Er stand auf und umrundete den Schreibtisch. »Was ist passiert?«

»Kat ist zu mir gekommen. Sie, ähm, sie hat einen Kreuzzug in Gang gesetzt, um dir zu helfen, den Club zu kaufen.«

Dougal riss den Kopf in Luciens Richtung. »Woher zum Teufel weiß sie davon?«

Lucien zog eine Schulter hoch. »Ich habe es möglicherweise erwähnt.«

Jess zerrte ihren Mann an der Hand. »Wir haben keine Zeit für Vorhaltungen. Lucien und Kat sind sich sehr nahegekommen. Wenn er ihr etwas anvertrauen wollte, dann geht uns das nichts an.«

»Hast du ihr von der Beteiligung des Außenministeriums erzählt?«, fragte Dougal, der weiterhin aufgebracht wirkte.

»Natürlich nicht«, antwortete Lucien. Obwohl er das wollte. Er wollte alles mit ihr teilen.

»Das habe ich übernommen«, entgegnete Jess und brachte damit Lucien und Dougal dazu, sie anzustarren.

Dougal runzelte die Stirn. »Das hast du nicht.«

»Ich wünschte, du hättest es nicht getan«, fügte Lucien

hinzu. Nicht, weil er nicht wollte, dass Kat es erfuhr, sondern weil er es ihr lieber selbst gesagt hätte.

»Ich hatte das Gefühl, es tun zu müssen. Sie war bereits zu Ada gegangen, um einen Plan zum Erwerb des Clubs für Lucien aufzustellen.« Sie warf Lucien einen Blick zu, den eine flüchtige Wärme bei dem Gedanken befiel, dass Kat dies für ihn tun würde. Sie hatte keine Zeit damit vergeudet, um ihm zu Hilfe zu eilen. Er wollte sich bei ihr bedanken. »Ich musste ihr klarmachen, dass es keinen Sinn hätte, Geld zu sammeln, um den Club zu kaufen«, fuhr Jess fort. »Wenn sie das Geld beschafft und dann nichts passiert ... nun, ich hielt es für das Beste, es nicht zu diesem Szenario kommen zu lassen.«

Lucien wollte mehr tun, als Kat nur zu danken. Er wollte sie küssen. »Ich sollte zu ihr gehen und ihr alles erklären.«

Jess ließ Dougals Hand los und hielt ihre hoch. »Bevor du das tust, solltest du vielleicht einer anderen Sache nachgehen.« Sie ließ den Blick zwischen Lucien und Dougal hin und her wandern. »Kat erzählte auch, sie hätte Lady Pickering von dem verschlüsselten Brief erzählt. Kat wusste natürlich nicht, dass dies der Geheimhaltung unterlag – wir hatten sie absichtlich in dem Glauben gelassen, es sei ein Liebesbrief, damit er harmlos wirkte. Wir haben ihr auch nicht gesagt, dass sie nichts verraten soll.«

»Das hätte bloß ihre Neugierde geweckt.« Lucien konnte sich ein Lächeln nicht verkneifen. Es war wirklich amüsant, dass sie Kat hieß, denn echte Katzen waren unheilbar neugierig.

»Ganz genau«, stimmte Jess zu. »Das Wichtigste ist, dass Kat Lady Pickering letzten Montag davon erzählt hat. Das war *vor* dem in der Notiz erwähnten Treffen.«

Dougals Brauen zogen sich zusammen. »Du glaubst, sie hat etwas damit zu tun?«

»Hältst du das nicht für möglich?«, konterte Jess mit einer Gegenfrage.

»Verflixter Mist«, murmelte Lucien. »Ich würde mich schwertun, das zu glauben. Sie hat nichts mit der Beförderung von Nachrichten zu tun. Sie sollte nicht einmal wissen, wer Giraud ist.« Er blickte zu Dougal. »Es sei denn, sie wusste es, und mir war dies einfach nicht bewusst.« Damit blieb eine Frage für Dougal offen, der ihn nicht enttäuschte.

»Dann sind wir schon zwei, die nichts wussten«, meinte Dougal. »Ich wäre ebenfalls geschockt, wenn sie beteiligt wäre, aber sie steht Kent recht nahe. Vielleicht ist sie seine Schachfigur?«

Lucien nahm an, dass diese Möglichkeit bestand. »In welcher Weise?«

»Kent könnte sie manipulieren. Ich traue ihm nicht mehr.«

»Ich denke, es ist Zeit, dass wir ihn konfrontieren.«

Dougal nickte. »Einverstanden. Sende ihm eine Nachricht, in der du ihm mitteilst, dass du den Club aufgibst. Das wird ihn im Nu hier erscheinen lassen.«

Lucien stimmte ihm zu. Er kehrte zu seinem Schreibtisch zurück und nahm Platz, um eine kurze Botschaft zu verfassen. Dann blickte er zu Dougal auf, der vor dem Schreibtisch stehen geblieben war. Jess stand neben ihm. »Was denkst du, wo er sein wird?«

»Ich habe verschiedene Ideen. Schreibe einfach drei identische Notizen, damit wir an jeden Ort einen Überbringer schicken können.«

»Ausgezeichnet«, murmelte Lucien, als er das erste Blatt Papier vollschrieb. »Jess, ich muss dir danken, dass du uns sofort auf diese Sache aufmerksam gemacht hast. Es ist höchste Zeit, dass wir diesem Attentat auf Giraud auf den Grund gehen.«

»Ich ärgere mich über mich selbst, dass ich dem nicht

schon früher mehr Aufmerksamkeit geschenkt habe«, meinte Dougal.

Lucien vernahm die Frustration in Dougals Stimme, als er die Nachricht zum zweiten Mal schrieb. »Es hat keinen Sinn, sich jetzt selbst zu kasteien.«

»Was wirst du in Bezug auf Kat unternehmen?«, fragte Jess.

Allein der Gedanke an sie ließ Luciens Hand in der Bewegung erstarren. Er wünschte, er könnte sich unverzüglich zu ihr auf den Weg machen, um ihr für ihre Unterstützung zu danken. Doch sie mussten Kent auf den Zahn fühlen und dieses Rätsel ein für alle Mal lösen. Dann, nachdem Lucien seine Unschuld durch die Aufklärung des Mordes an Giraud unter Beweis gestellt hatte, würde das Außenministerium vielleicht zu einer Meinungsänderung hinsichtlich seines Ausschlusses vom Club bereit sein.

Das war unwahrscheinlich, doch Lucien würde sich an jeden Hoffnungsschimmer klammern, dessen er habhaft werden konnte.

$\sim$

*K*at fühlte sich von nervöser Energie durchflutet, als sie in der Bibliothek von Lady Pickering stand und auf die Ankunft derselben wartete. Kat blickte in den Garten hinaus, in dem sie im letzten Sommer viele Nachmittage mit Lesen verbracht hatte.

Nach einigen Minuten kam Lady Pickering zu ihr. Kat sah die Frau an, als sähe sie sie zum ersten Mal. Sie hatte keinen Zweifel daran, dass Lady Pickering für das Außenministerium tätig war, auch wenn Jess das nicht bestätigen wollte.

Kat hatte Jess' Reaktion beobachtet, als sie hörte, dass Kat Lady Pickering von dem Brief erzählt hatte. Jess schien beunruhigt gewesen zu sein, und dann hatte sie weitere Fragen gestellt. Für Kat schien es klar zu sein, dass Lady Pickering irgendwie involviert war. Kat hoffte, einen Beitrag leisten zu können, Luciens Sache vor dem Außenministerium zu verteidigen.

»Guten Tag, Kathleen. Wie schön, Sie zu sehen. Wollen wir uns nicht setzen?«

Daraufhin ließ sich Kat auf einem Sofa nieder, während Lady Pickering ihren Lieblingssessel wählte, in dem sie abends gern saß und las. Jetzt, wo sie hier war, fiel Kat nichts mehr ein, als sie zu überlegen versuchte, was sie sagen sollte. Sie konnte schließlich nicht einfach damit herausplatzen *»Ich glaube, Sie arbeiten für das Außenministerium, und ich brauche Sie, um ... jemanden dort davon zu überzeugen, dass Lucien bleiben und den Club weiterführen sollte. Außerdem müssen Sie diese Leute davon überzeugen, dass Lucien ihre Anteile kaufen sollte, damit er der alleinige Eigentümer ist.«*

Warum vermochte sie all dies nicht zu sagen?

Weil diese Sache mit dem Außenministerium *geheim* war und Kat nichts wissen sollte.

Lady Pickering zog die Stirn kraus, als sie Kat musterte. »Haben Sie mich aus einem bestimmten Grund aufgesucht?«

»Ähm, nein. Ich meine, ja. Ich bin nur ... ich bin nicht sehr gut in gesellschaftlichen Umgangsformen.«

»Blödsinn. Sie können sehr einnehmend sein, wenn Sie es wollen. Sind Sie deshalb gekommen? Um Hilfe bei Ihren gesellschaftlichen Interaktionen zu erbitten?«

Kat knirschte mit den Zähnen. Es ging nicht darum, einnehmend sein zu wollen. Die Leute nahmen immer an, es sei eine leichte Wahl, einfach fröhlich mit irgendjemandem irgendwohin zu gehen und ... sich zu engagieren. Aber so einfach war das nicht. Manchmal war es schlichtweg zu schwer. Sabrina verstand das.

Ihr Besuch hatte allerdings nichts damit zu tun, und sie

durfte sich nicht ablenken lassen. Es würde schwierig werden, das war ihr bewusst, denn sie hatte heute schon mehrere Interaktionen hinter sich und fühlte sich langsam von der Gesellschaft anderer müde. Vielleicht lag es auch an Lady Pickerings Bemerkungen, dass sie sich so fühlte.

Kat fuhr fort, obwohl sie nicht ganz sicher war, was sie sagen würde. »Wenn Sie jemandem bei etwas sehr Wichtigem helfen könnten, etwas, das für diesen Menschen einen großen Unterschied machen würde, würden Sie das tun?«

Lady Pickering legte den Kopf schief und betrachtete Kat, als hätte sie eine alberne Frage gestellt. »Natürlich würde ich das.«

»Und wenn dieses Etwas ein Geheimnis wäre?«

»Ich fürchte, ich verstehe nicht, worauf Sie hinauswollen. Gibt es etwas Bestimmtes, das Sie mich fragen möchten?« Allmählich klang sie entnervt.

Oh, verflixt. Kat wollte nicht wie die Katze um den heißen Brei reden. Lucien zu helfen war ihr dafür zu wichtig. »Ich denke, Sie sind wahrscheinlich für das Außenministerium tätig, das Lucien aus dem Phönix Club drängen will. Das ist ungerecht. Er hat diesen Club aufgebaut, und er sollte die Gelegenheit bekommen, ihn vom Außenministerium zu erwerben, damit sie ihm nicht länger etwas vorschreiben können.«

Lady Pickering richtete sich in ihrem Stuhl auf und straffte die Schultern. »Warum glauben Sie das?«

»Ich ... glaube es einfach.« Kat merkte, wie fadenscheinig sich das anhörte.

»Das kann nicht sein. Sie müssen einen Grund haben, so zu denken.« Lady Pickering lachte. »Sie sind der Ansicht, das Außenministerium würde eine Frau einstellen?«

»Sie hatten Jess eingestellt.« Kat bemerkte das leichte Aufblähen von Lady Pickerings Nasenflügeln. Zu spät erkannte Kat, dass sie das nicht hätte sagen sollen. Es war noch nie ihre Stärke gewesen, Geheimnisse zu bewahren, auch wenn sie es versuchte.

»Sie scheinen sich dessen ja sehr sicher zu sein«, sagte Lady Pickering mit einem Seufzer. »Was hat Jessamine Ihnen erzählt?«

»Nur, dass sie wegen ihrer Fähigkeiten auf dem Gebiet der Entschlüsselung angeworben worden war.«

Lady Pickering stützte ihren Ellbogen auf die Sessellehne und hielt die Hand knapp über der Kante, als wollte sie etwas dirigieren. »Weiß sie, dass Sie mir von dem verschlüsselten Brief des Phönix Clubs erzählt haben?«

Diese Frage überraschte Kat. »Ja.«

»Soso.« Stirnrunzelnd drehte Lady Pickering den Kopf. Sie bewegte die Finger ihrer ausgestreckten Hand dabei ein wenig und es sah fast so aus, als ob sie zählen würde. Abermals wandte sie den Blick zu Kat. »Wann haben Sie ihr das gesagt?«

Warum waren alle derart über den Zeitpunkt dieser Geschehnisse in Sorge? »Heute Nachmittag.«

Lady Pickering faltete die Hände im Schoß und schenkte Kat ein schmallippiges Lächeln. »Schauen wir, ob ich es richtig verstehe. Man hat Ihnen gesagt, Jessamine würde für das Außenministerium arbeiten, und Sie sind der Annahme, dies träfe auch auf mich zu. Habe ich das richtig verstanden?«

»Ja.«

»Und Lord Lucien ist gewillt, den Phönix Club vom Außenministerium zu kaufen, was wohl bedeutet, dass er ihm gar nicht gehört, wie man ganz London glauben gemacht hat.«

Hätte sie das nicht bereits wissen müssen? Bedeutete das, sie stand gar nicht in den Diensten des Außenministeriums? Kat war sich so sicher gewesen. Sie sackte auf das Sofa zurück.

»Hat Lucien Ihnen das erzählt?«, fragte Lady Pickering.

»Ja, und bevor Sie fragen: Er hat mir gestern davon berichtet.«

Lady Pickering legte einen Finger an die Lippen und tippte dann mehrmals an ihren Mund, während sie den Blick zum Fenster richtete. Als sie ihre Aufmerksamkeit wieder auf Kat richtete, lächelte sie. »Ich wünschte, ich könnte Ihnen behilflich sein, aber ich fürchte, ich habe keine Verbindung zum Außenministerium. Es ist eine Schande, dass Lucien in Schwierigkeiten steckt. Es klingt so, als hätte er sich besser ihren Wünschen fügen sollen.«

»Er wird doch nicht eine seiner engsten Freundinnen vor die Tür setzen. Lucien könnte niemals so grausam sein.« Kat erstarrte. Sie hatte Lady Pickering nichts darüber gesagt, warum er zum Gehen genötigt wurde. Kat war sich mehr denn je sicher, dass Lady Pickering irgendwie in die Sache verwickelt war. Warum verheimlichte sie ihre Verbindung? Ging es ihr nur darum, die Geheimhaltung zu wahren?

Kat schürzte ihre Lippen. »Verzichten wir auf die Ausflüchte, Lady Pickering. Ich würde gerne glauben, wir wären befreundet genug, um aufrichtig zu sein. Ich glaube Ihnen nicht, dass Sie nicht mit dem Außenministerium in Verbindung stehen. Ich habe nicht erwähnt, dass Lucien nicht getan hat, was ihm aufgetragen wurde. Sie wissen offensichtlich mehr, als Sie zugeben. Erklären Sie mir bitte, warum Sie Lucien nicht helfen wollen? Er ist ein so freundlicher und großzügiger Mann. Er hilft allen.«

Lady Pickerings Blick wurde kühl. »Sie können nicht glauben, dass Sie ihn so gut kennen. Sie haben keine Ahnung, was er im Rahmen seiner Tätigkeit für das Außenministerium getan hat. Würden Sie ihn wirklich kennen, dann würden Sie ihn nicht für so freundlich und großzügig halten.«

»Wovon sprechen Sie?« Kat wollte nichts Negatives über

ihn hören. »Sie werden mich nie davon überzeugen, dass er nicht von der besten Sorte ist. Das hat er immer wieder bewiesen.«

Lady Pickering zog eine dunkle Braue hoch und fragte: »Würde es Sie schockieren, wenn Sie wüssten, dass er gemordet hat?«

»Nein. Ich weiß, dass er ein Soldat war.« Kat verschränkte die Arme vor der Brust.

»Nicht in Spanien, sondern hier in England.« Lady Pickering schniefte. »Eine üble Sache. Er hat Glück, dass das Außenministerium ihm nur den Club wegnimmt. Jeder andere wäre vielleicht eingesperrt worden. Oder gar gehängt.«

Kat konnte das Keuchen nicht zurückhalten, das ihr über die Lippen kam. »Es muss doch eine sinnvolle Erklärung geben.«

»Die gibt es. Er hat sich um ein Problem gekümmert. Allerdings hat es den Anschein, als sei er *Bestandteil* des Problems gewesen. Wenn er aufgibt, kann er sich vielleicht einer genaueren Untersuchung entziehen ... oder einer Bestrafung.«

Das alles ergab keinen Sinn. Nie hätte der Mann, den sie kennengelernt hatte, jemanden getötet, es sei denn, aus Gründen der Selbstverteidigung. Da Lady Pickering das Wort »Anschein« verwendet hatte, war vielleicht nichts Genaues bekannt. Das könnte erklären, warum Lucien aus dem Club ausgeschlossen werden sollte und die anderen Maßnahmen, die Lady Pickering erwähnt hatte, nicht zur Anwendung kamen.

Sie wollte unbedingt mit Lucien sprechen. Das Ganze war viel verworrener – und potenziell gefährlicher –, als sie sich hätte vorstellen können.

Kat erhob sich und ihre Stimme bekam einen geschäftsmäßigen Tonfall, in der Hoffnung, er würde ihren dringenden Wunsch überdecken, sich zu verabschieden. »Nun, da Sie mir nicht helfen können, werde ich mich auf den Weg machen.«

Lady Pickering stand auf. »Ich fürchte, ich kann Sie nicht gehen lassen. Sie wissen eine Menge Dinge, die Sie nicht wissen sollten.«

Kat schluckte gegen eine Woge des Unbehagens an. »Ich kann Geheimnisse sehr gut hüten«, log sie. »Insbesondere, wenn es darum geht, jemanden zu schützen, der mir etwas bedeutet. Ich möchte Lucien nicht noch mehr ... Ungemach bereiten.« Sie musste einfach zu ihm gelangen. Er würde ihr alles erklären, und dann würde sie sich besser fühlen.

»Lucien hat schon genügend Schwierigkeiten. Er braucht Ihre Hilfe nicht, leider. Aber ich möchte auch nicht, dass Sie zu ihm gehen und ihm erzählen, was wir besprochen haben.« Ihre Lippen verzogen sich zu einem humorlosen, beinahe gruseligen Lächeln. »Ehe ich Sie gehen lassen kann, muss ich nur mit jemandem reden.« Sie läutete, und der Butler trat ein. »Würden Sie bitte nach Hudson schicken?«

Der Butler ging und ließ Kat mit der Frage zurück, wer Hudson war. Sie erinnerte sich an niemanden im Haushalt mit diesem Namen aus der Zeit, als sie bei Lady Pickering zu Gast war.

Ehe ich Sie gehen lassen kann.

Die Worte hallten wie ein Echo in Kats Kopf wider und verwandelten ihr Unbehagen in Angst. »Soll das heißen, ich kann nicht gehen?«

»Noch nicht. Nehmen Sie ein Buch und setzen Sie sich in Ihren Lieblingssessel dort drüben.« Lady Pickering nickte mit dem Kopf in Richtung der Fenster, wo Kat es sich mit einem Buch im Sessel bequem zu machen pflegte.

Ein großer Mann betrat die Bibliothek, und Kat verstand, warum er herbeigerufen worden war. »Soll er dafür sorgen, dass ich nicht weggehe?«

»Er wird dafür sorgen, dass Sie in Sicherheit sind«, antwortete Lady Pickering mit einem weiteren falschen Lächeln. »Ich werde bald zurück sein.«

Nachdem sie gegangen war, beäugte Kat die massige Gestalt, die nun auf der Innenseite der geschlossenen Tür stand. Er war groß und breitschultrig genug, um einem Baum zu ähneln, und Kat war sicher, dass er genau wie ein Baum jemanden erdrücken würde, wenn er auf ihn stürzte.

Sie fragte sich, wer es war, vor dem Hudson sie beschützen sollte.

KAPITEL 22

ucien und Dougal warteten in Luciens Arbeitszimmer auf einen der Männer, der mit Kent zurückkehren sollte. Es waren etwas weniger als zwei Stunden vergangen, seit sie die Männer losgeschickt hatten, als ein Diener eintrat, der sie informierte, dass ihre Lieferung angekommen wäre. Das war der Code, dass Kent in das Besprechungszimmer im zweiten Stock gebracht worden war.

Nachdem der Diener gegangen war, sausten Lucien und Dougal vom Arbeitszimmer in den zweiten Stock. Bei ihrer Ankunft fanden sie Kent auf einem der Stühle sitzend und Reynolds nur einen Schritt von ihm entfernt vor.

»Danke, Reynolds«, meinte Lucien.

»Ihr wollt nicht, dass ich bleibe, Mylord?«

»Es genügt, wenn Sie draußen stehen.«

Reynolds nickte und nachdem er hinausgegangen war, schloss er die Tür hinter sich.

Kent sah die beiden Freunde stirnrunzelnd an und ließ dabei den Blick von Lucien zu Dougal und wieder zurück schweifen. »Warum hat es den Anschein, als würden Sie sich nicht wirklich den Forderungen des Außenministeriums beugen?«

»Das werde ich vielleicht noch, aber zuerst müssen wir einiges klarstellen.« Lucien nahm einen weiteren der Holzstühle zur Hand, den er unmittelbar vor Kent hinstellte.

Dougal veränderte seine Position, um sich hinter Kent zu stellen. Er blieb stumm. Sie hatten ihre Vorgehensweise im Voraus abgesprochen.

Kent drehte den Kopf und richtete den Blick auf Dougal. »Was tun Sie dort hinten?«

Dougal äußerte sich immer noch nicht und starrte ihn nur mit leerem Blick an.

Als Kent seine Aufmerksamkeit wieder Lucien zuwandte, der auf dem Stuhl saß, den er verschoben hatte, glitzerte in seinen Augen ein Hauch von Furcht. Das war gut.

»Das Treffen, das Sie vor einer Woche hier abgehalten hatten, war nicht wie geplant verlaufen, oder?«, fragte Lucien.

»Gewiss war es das«, entgegnete Kent höhnisch. »Martin kam, um Ihnen eine Botschaft zu überbringen, die ihren Adressaten erreicht hat.«

Lucien sah Kent eindringlich an. »Bin ich Lady Macbeth?«

Dann stotterte Kent. »Ich weiß nicht, wovon Sie sprechen.«

»Ich glaube schon. Ich glaube, Sie wissen alles über den Brief, den wir in der Bibliothek der Ladys gefunden haben. Haben Sie ihn dort hinterlegt?«

»Ich ... nein.«

Lucien musterte Kent eingehend auf etwaige Anzeichen von Angst oder Anspannung und wurde mit einem Zucken in seinem Kiefer belohnt. »Ich glaube nicht, dass das wahr ist.« Er lehnte sich auf seinem Stuhl zurück und stieß die Luft aus, während er die Arme verschränkte. »Ich bin enttäuscht von Ihnen. Als Sie mich nach meiner Rückkehr aus Spanien begrüßten, hatte ich das Gefühl, dem Vater zu begegnen, den ich nie hatte. Und jetzt lasten Sie mir die Schuld an Girauds Mord an. Nachdem Sie erst überlegten, Dougal die Schuld in die Schuhe zu schieben. Wir haben beide zu Ihnen aufgeschaut und Sie *bewundert*.«

»Ich bin sehr stolz auf Sie und Dougal.« Kleine Schweißperlen bildeten sich auf Kents Stirn dicht bei seinem Haaransatz. »Ich schiebe niemandem die Schuld in die Schuhe.«

Dougal legte eine Hand auf Kents Stuhllehne, sodass der ältere Mann zusammenzuckte.

»Ich wünschte, Sie würden das Lügen unterlassen.« Lucien hielt sein Temperament im Zaum. Sie würden diesen Mann brechen. Er beugte sich vor und schlug einen interessierten Tonfall an. »Haben *Sie* es getan? Oder decken Sie jemand anderen?«

Kent antwortete nicht gleich. Er wischte sich mit der Hand über die Stirn.

Dougal beugte sich hinab und sprach leise dicht am Ohr des Mannes. »Lucien und ich werden Ihre Spielchen oder die des Außenministeriums nicht mitmachen. Sagen Sie uns die Wahrheit. Das sind Sie uns schuldig.«

Doch Kent äußerte sich immer noch nicht. An seiner linken Schläfe fing allerdings der Schweiß an, herabzulaufen.

»Lassen Sie uns noch einmal rekapitulieren, was wir wissen«, schlug Lucien vor. »Vor einigen Monaten haben Sie Lady Fallin einen Brief ausgehändigt, den sie entschlüsseln sollte. Aus diesem Brief ging hervor, dass Giraud für die Franzosen arbeitete. Damit war die Frage geklärt, wer Informationen an den Feind weiterleitete. Die Frage, wer ihn getötet hatte, blieb jedoch unbeantwortet. Lady Fallin ist eine außerordentlich kluge Frau, was Sie sicher wissen, da Sie sie als Mitarbeiterin für das Außenministeriums angeworben haben. Sie ist sich sicher, dass der Brief, den sie für Sie entschlüsselt hat, und der in der Bibliothek gefundene Brief, den sie ebenfalls entschlüsselt hat, von der gleichen Hand geschrieben worden sind. Dougal und ich haben den Brief aus der Bibliothek nicht mit einem Schreiben von Ihnen vergleichen können, weil wir natürlich nichts von Ihnen aufbewahrt haben. Dennoch glauben wir beide, dass es Ihre Hand gewesen ist, die beide Briefe verfasst hat.« Während Lucien sprach, wurde Kent immer blasser, und der Schweiß auf seiner Stirn glänzte nun.

Lucien sah Dougal an. »Ich glaube, ich habe nun die Antwort auf die Frage, ob er bei all dem für das Außenministerium gearbeitet hat oder ein abtrünniger Agent war. Wenn er die Unterstützung des Außenministeriums hätte, wäre er nicht so aufgewühlt.« Lucien richtete den Blick wieder auf Kent und fragte: »Wer war der Mann, der letzte Woche mit Ihnen hier war, dieser Martin? Er arbeitet doch nicht wirklich für das Außenministerium, oder?«

Während sie darauf gewartet hatten, dass einer ihrer Boten Kent fand, hatten Lucien und Dougal eine Reihe von Szenarien durchgespielt. In einem davon kamen sie zu dem Schluss, dass Martin von Kent angeworben worden war.

Als Kent weiterhin schwieg, meinte Dougal: »Ich werde seines Schweigens überdrüssig.« Dougal zog einen Knüppel aus seinem Ärmel und klopfte ihn gegen die Rückenlehne von Kents Stuhl.

Kent sprang nach vorne und verlor das Gleichgewicht. Lucien fing ihn auf.

»Ich war es nicht! Ich habe Giraud nicht umgebracht. Ich wusste von den Briefen, und ich habe die Verantwortlichen von den wahren Geschehnissen abgelenkt.«

Mit einem strengen Stirnrunzeln setzte Lucien den Mann wieder auf seinen Stuhl zurück. »Was lief wirklich ab?«

Abermals richtete Kent den Blick zu Dougal. »Würden Sie sich wenigstens so hinstellen, dass ich Sie sehen kann?«

Dougal machte zwei Schritte nach vorn, wobei er den Knüppel jedoch vor sich hielt, und ihn mit einer Hand am Griff festhielt, während das Ende in der anderen Hand ruhte. »Sprechen Sie.«

»Lady Pickering hat Informationen abgeleitet und sie an die Franzosen verkauft. Als klar wurde, dass jemand Informationen weitergab, überzeugte sie mich, dass es Giraud war. Sie arrangierte seine Ermordung.«

Lucien und Dougal tauschten schockierte Blicke aus. »Lady Pickering?« Lucien wischte sich mit der Hand über den Mund. »Warum sollten wir Ihnen glauben? Die Vorstellung, dass Lady Pickering so etwas getan haben könnte, ist für uns noch schwieriger, als dass Sie es gewesen sind.«

»Sie wissen sicher, dass Lady Pickering und mich eine … spezielle Freundschaft verbindet.«

»Ich hatte lange vermutet, dass sie beide zumindest gelegentlich ein Liebespaar sind«, meinte Dougal. »Das beweist allerdings gar nichts.«

»Sie hatte einige Fehlinvestitionen getätigt und war vielleicht zu eifrig, das Vermögen ihres verstorbenen Mannes unter die Leute zu bringen. Es wurde für sie notwendig, … ihr Einkommen aufzubessern. Wenn Sie ihre finanzielle Situation unter die Lupe nehmen, werden Sie ihren Geldbedarf bestätigt finden. Das bekam sie durch ihre Arbeit für die Franzosen.«

Lucien und Dougal tauschten einen zweifelnden Blick aus. Sie trauten Kent zwar nicht, doch seine Geschichte klang zumindest plausibel. Lady Pickering trat jedenfalls so auf, als hätte sie jede Menge Geld zum Ausgeben.

Dougal warf Kent einen erwartungsvollen Blick zu. »Wann haben Sie herausgefunden, dass sie tatsächlich gegen die Krone arbeitet?«

»Frances – Lady Pickering – hat mich davon zu überzeugen versucht, dass Sie das tun. Daraufhin beauftragten wir Lady Fallin, gegen Sie zu ermitteln. Ich hatte es nicht geglaubt, und als Lady Fallin keine Beweise vorweisen konnte, habe ich darauf bestanden, dass Frances sich geirrt haben musste. Kurz darauf überreichte sie mir aufgeregt einen verschlüsselten Brief. Das war der Brief, den Lady Fallin entziffert hatte, der von dem Verkauf von Informationen durch Giraud handelte.« Kent schaute den beiden Männern nacheinander in die Augen. »Sie hatten recht, dass diese Briefe von derselben Hand geschrieben worden waren, aber es war nicht meine.«

»Es war Lady Pickering«, stellte Dougal fest. »Wann haben Sie sich das zusammengereimt?«

Kents Schultern sackten ab. »Fast sofort, als ich den Brief sah. Sie hat versucht, ihre eigene Handschrift zu verfälschen, doch das ist ein schwieriges Unterfangen.«

Trotz seiner Wut empfand Lucien Mitleid mit Kent. »Es war kein großer Sprung, dahinterzukommen, dass sie ihre eigenen Missetaten kaschieren wollte, und sie Giraud für ihre eigenen Verbrechen verantwortlich machte und ihn dann tötete, um alles ordentlich abzuwickeln wie eine Botschaft, die abgeliefert werden soll. Aber Sie haben sie nicht ans Messer geliefert.«

Kent schüttelte den Kopf und schniefte, während er den Kopf beugte. »Ich liebe sie.«

»Immer noch?« Dougals Verachtung war deutlich in seinem Tonfall zu hören.

Kent drehte sich zu Dougal. »Sie wissen, wie es ist, sich zu verlieben und alles für diese Person tun zu wollen.«

»Ja, aber ich würde nicht wegsehen, wenn der von mir geliebte Mensch einen Mord begeht und dann dafür sorgt, dass ein anderer für das Verbrechen bezahlt. Lucien und ich sind gute, loyale Spione der Krone gewesen. Sie hätten zugesehen, wie Luciens Herzblut – dieser Club – ihm weggenommen worden wäre, und das Schlimmste ist, dass Sie

Lucien möglicherweise am Ende eines Stricks hätten baumeln lassen, damit eine korrupte Frau mit ihren Verbrechen davonkommt. Sie sind verachtenswert.« Dougal grinste ihn böse an. »Mir kommt es vor, als hätte ich Sie nie gekannt.«

Kent schrumpfte auf seinem Stuhl und wandte den Blick wieder Lucien zu. »Was wollen Sie, dass ich tue? Ich werde mein Bestes tun, um diesen Fehler wettzumachen.«

»Sie wollten Lucien für *ihre* Verbrechen büßen lassen.« Dougal schüttelte den Kopf. »Das ist unmöglich wiedergutzumachen.«

»Ich werde Lady Pickerings Namen nennen«, meinte Kent leise und senkte niedergeschlagen den Kopf.

»Und Ihr eigenes Fehlverhalten zugeben«, sagte Dougal. »Wir werden Sie nicht decken.«

Kent nickte.

»Jetzt gehen wir zusammen zum Außenministerium, und Sie werden ihnen alles erzählen.« Lucien stand auf.

»Warten Sie.« Kent steckte die Hand in seinen Frack.

Dougal hob seinen Schlagstock. »Nehmen Sie die Hand da raus.«

»Ich habe eine Nachricht erhalten.« Kent zog ein sehr kleines gefaltetes Stück Papier aus dem Frack und hielt es Lucien hin. »Es ist von Frances. Sie sagt, Sie kennen wahrscheinlich die Wahrheit – und ja, sie nennt Sie Lady Macbeth.«

»Warum?«, fragte Lucien, als er das Schreiben öffnete.

»Weil Sie alles tun würden, um Ihre eigenen Ziele zu erreichen. Es passte in ihre Geschichte, dass Sie ein Schurke sind, also gab sie Ihnen den Namen einer solchen. Sie wählte eine Frau, um es schwieriger zu machen, Ihre Identität zu enthüllen.«

Lucien las Dougal die Notiz vor:

Die Katze hat zu viel erfahren und ich fürchte, sie wird Lady

Macbeth alarmieren, die zweifellos die Wahrheit herausfinden wird. Das Finale steht bevor, und wir müssen die Mission vollenden.

»*W*as meint sie mit ›die Mission vollenden‹?«, fragte Dougal.

Kent zog eine Grimasse. »Lady Macbeth beseitigen.«

Lucien las die Notiz erneut. »Wer ist die Katze, die mich warnen wird?« Sobald er die Worte laut aussprach, wusste er es auch schon. »Kat? Kathleen Shaughnessy?«

»Ich bin mir nicht sicher«, stotterte Kent. »Frances hat diesen Namen noch nie benutzt.«

Dougals Blick schnellte zu Lucien. »Kat weiß genug. Was, wenn sie zu Lady Pickering gegangen ist?«

Lucien fluchte heftig. »Vielleicht hat sie genau das getan – sie denkt, sie sind Freundinnen.«

Dougal warf ihm einen mitfühlenden Blick zu. »Wir alle dachten, wir wären Freunde.«

Seine Wut überkam ihn und Lucien packte Kent an den Armen, um ihn aus dem Stuhl zu zerren. Er brachte sein Gesicht bis auf wenige Zentimeter an Kents heran. »Wenn Miss Shaughnessy etwas zustößt, werden Lady Pickering und Sie das bis in alle Ewigkeit bereuen.«

»Lass uns gehen.« Dougal war bereits dabei, die Tür zu öffnen.

Lucien drängte Kent in den Korridor. »Reynolds, lassen Sie diesen Mann nicht aus den Augen. Wir sind unterwegs zu einem Auftrag.«

»Meine Kutsche steht draußen«, rief Dougal über die Schulter, als sie auf die Treppe zuhielten. Er hielt Lucien die Tür auf und schaute ihm in die Augen. »Es wird ihr nichts passieren. Lady Pickering wird nichts tun – sie heuert andere an, um das für sie zu erledigen.«

»Und was, wenn sie das schon getan hat?« Lucien sauste die Treppe hinunter. Als sie in der Kutsche saßen, fühlte er sich, als würde er gleich explodieren. Sollte Kat etwas zustoßen, befürchtete Lucien, dass seine Handlungen, die von Max in Spanien zahm wirken lassen würden.

$\sim$

*N*achdem er einen von Reynolds Männern nach Wexford House geschickt hatte, um festzustellen, ob Kat dort – in Sicherheit – war, fuhren Lucien und die anderen mit Dougals Kutsche zum Hanover Square. Der Kutscher hielt am gegenüberliegenden Ende des Platzes zu Lady Pickerings Haus an. Lucien ging den Plan schnell noch einmal durch, den sie auf der Fahrt vom Phönix Club entworfen hatten.

»Kent, Sie gehen hinein und finden heraus, was Lady Pickering vorhat und ob sie Miss Shaughnessy gesehen hat.«

Kent nickte. Es erschütterte ihn zwar, dass er die Frau verraten sollte, die er liebte, doch er war entschlossen, Kats Sicherheit zu gewährleisten. »Und wenn sie Miss Shaughnessy gesehen *hat*, werde ich in Erfahrung bringen, wo sie ist.«

»Reynolds und ich werden unsere Positionen an der Vorderseite des Hauses und am Eingang zur Spülküche einnehmen.« Dougal tauschte ein Nicken mit Reynolds aus.

Eine nervöse Energie stieg in Lucien auf. Er war begierig darauf, loszulegen. »Ich werde an der Rückseite des Hauses zu finden sein.« Er hatte diese Stelle gewählt, weil Kent gesagt hatte, dass Lady Pickering ihn wahrscheinlich in der Bibliothek empfangen würde, die ein großes Fenster mit Blick auf den Garten besaß. Lucien würde sehen können, was drinnen vor sich ging, sofern die Vorhänge geöffnet waren.

Sie stiegen aus der Kutsche. Reynolds Aufgabe war es, bei Kent zu bleiben, bis dieser die Stufen zu Lady Pickerings Haus hinaufgegangen war, damit ihm sein Pflichtgefühl nicht verlorenging und er einen Fluchtversuch wagte. Lucien würde den Platz verlassen, um in die Gasse hinter dem Haus zu gelangen.

Dougal fasste Lucien fest am Unterarm, ehe sie sich trennten. »Versuch, einen kühlen Kopf zu bewahren.«

Lucien antwortete mit einem Brummen und lief dann im Laufschritt los, da er einen weiteren Weg vor sich hatte. Einige Minuten später schlüpfte er schwer atmend durch ein Tor in Lady Pickerings Garten. Die Sonne ging gerade unter, und er betete, dass die Vorhänge noch offen wären.

Er ging tief gebückt und hielt sich an den Außenbereich des Gartens, um zum Haus zu gelangen, wo er an der Rückseite entlangschlich, bis er das Fenster erreichte. Zum Glück waren die Vorhänge offen, und Kerzenlicht ließ das Innere des Hauses hell erstrahlen.

Lucien setzte den Hut ab, den er mit einer Hand umklammerte, und atmete tief durch, um sein rasendes Herz zu beruhigen. Er hob den Kopf gerade so weit, dass er durch den unteren Teil des Fensters spähen konnte. Sofort erkannte er Lady Pickering, die mitten im Raum stand. Kent befand sich direkt in der Türöffnung.

Eine Bewegung in der Nähe des Kamins lenkte Luciens Aufmerksamkeit auf sich. Es war ein zweiter Herr, der mit dem Rücken zum Fenster stand. Er stand ein paar Meter von Lady Pickering entfernt und schien Kent anzusprechen. Dann drehte sich der Mann leicht in Lady Pickerings Richtung, sodass gerade so viel von seinem Profil sichtbar wurde, dass Lucien seine Identität feststellen konnte.

Verdammter Mist. Es war sein Vater.

Was um alles in der Welt machte er hier? Und ausgerechnet jetzt? Es gab nur eine Erklärung – er war irgendwie darin verwickelt.

Lucien ließ seinen sorgfältig ausgearbeiteten Plan fallen und fand eine Außentür, die in einen Frühstücksraum neben der Bibliothek führte. Mit vor Wut hämmerndem Puls machte er sich auf den Weg zur Bibliothek und trat hinter Kent ein. Sein Blick ging direkt zu seinem Vater.

»Was tust *du* hier?«

»Lucien, ich könnte dich dasselbe fragen«, entgegnete der Herzog freundlich. Freundlich? Seit wann war er jemals freundlich zu seinem am wenigsten beliebten Kind?

Kent drehte sich um. »Lucien, Sie sollten doch nicht ...«

Lady Pickering unterbrach ihn. »Oliver, du weißt, was wir tun müssen.« Sie zog eine Pistole aus ihrer Tasche und richtete sie auf Lucien. »Es tut mir leid, dass es so weit gekommen ist, denn ich habe Sie immer sehr gemocht.«

Bevor Lucien etwas sagen konnte, spannte sie den Abzug. Danach verschwamm alles. Ein dunkler Schatten vor Lucien versperrte ihm die Sicht auf Lady Pickering. Dann ein Schuss, dem ein weiteres Aufblitzen einer Gestalt in seinem Sichtfeld folgte. Ein zweiter Schuss erscholl.

Warum hatte Lucien sich nicht gerührt? Und warum hatte er keine Schmerzen? Hatte man nicht auf ihn geschossen?

Lucien legte die Hand an seine Brust und blinzelte. Der Raum erschien wieder scharf und sofort drangen Lady Pickerings Geräusche in sein Bewusstsein. Als er den Blick senkte, sah er drei Gestalten – Kent der auf Lady Pickering lag und separat von ihnen den Herzog. Letzterer lag am dichtesten bei Lucien. Er lag sogar zu Luciens Füßen.

Die Szene, deren Verlauf so blitzschnell und vage verlaufen war, wirkte plötzlich erschütternd klar. Lucien sank auf die Knie, als sein Vater sich auf den Rücken rollte. Sein Gesicht war blass und er schwitzte. Eine schnelle

Untersuchung ergab, dass er einen Schulterschuss erhalten hatte und daraufhin gefallen war.

Lucien zog seinen Krawattenschal aus und presste ihn auf die Wunde. »Wir werden einen Arzt holen.«

Sein Vater grunzte. »Bring mich erst nach Hause.«

»Auf keinen Fall.«

Der Herzog zischte, als Lucien den Druck verstärkte. »Musst du das so grob machen?«

»Ja.« Als Lucien den Kopf drehte, sah er, wie Kent Lady Pickering hochzog.

»Oliver, wir haben noch Zeit, uns zu retten. Erledige sie, und wir werden uns auf den Weg nach Frankreich machen.«

Kent wirkte derart traurig, dass Lucien tatsächlich Mitleid mit ihm bekam. »Frances, wir gehen nirgendwo hin.«

Dougal und Reynolds stürmten mit Pistolen bewaffnet in den Raum. Der Butler folgte ihnen auf den Fersen und schnappte sogleich nach Luft, um dann mit dem Rücken gegen den Türrahmen zu sacken.

»Ich habe einen Schuss gehört«, bemerkte Reynolds. »Dann habe ich Lord Fallin geholt.«

Lucien blickte den Butler an. »Schicken Sie umgehend nach einem Arzt. Sagen Sie ihm, der Herzog von Evesham sei angeschossen worden.« Der Butler blinzelte, und Furcht lag in seinem Blick. »Gehen Sie!« Lucien drückte ungewollt fester auf die Schulter seines Vaters, als er den Befehl bellte.

»Lucien, nicht so fest.« Der Herzog hustete.

»In der Ecke steht eine Chaiselongue«, meinte Kent. »Vielleicht sollten Sie ihn dorthin bringen.«

Über den Kopf seines Vaters gebeugt, drehte Lucien sich herum. »Helfen Sie mir, Reynolds. Dougal, halte deine Pistole auf Lady Pickering gerichtet. Wenn es nach ihr ginge, würde sie morgen in aller Frühe auf einem Schiff nach Frankreich unterwegs sein.«

»Sie wird nirgendwo hingehen«, sagte Dougal. »Wir haben sie genau da, wo wir sie haben wollen.«

Reynolds nahm zu den Füßen des Herzogs Aufstellung, und auf drei hoben sie ihn vom Boden auf. Der Herzog stöhnte auf, aber dann klappte er den Kiefer zu, und sein Gesicht wurde noch blasser, als sie ihn zur Chaiselongue trugen.

Er blutete recht stark, und Lucien überkam echte Angst. Möglicherweise verabscheute er den Mann doch nicht so sehr, wie er glaubte. Hatte er sich wirklich vor Lucien geworfen, um ihn vor Lady Pickerings Kugel zu retten? Entweder das, oder er hatte den Moment gewählt, um sich zu entfernen?

Sie betteten ihn auf der Chaiselongue. Lucien warf einen Blick zu Reynolds. »Vielleicht sollten Sie den Arzt persönlich holen.«

»Das kann ich tun, aber was ist mit Lady Pickering und Kent? Könnt Ihr und Lord Fallin Euch um die beiden kümmern?«

»Ich denke schon.« Allerdings wollte Lucien auch ein Auge auf seinen Vater haben. Und Kat. Ach, *verflucht*. Wo steckte Kat?

Lucien warf einen Blick zu Kent. »Haben Sie herausgefunden, was mit Kat - oder besser gesagt, Miss Shaughnessy – passiert ist?«

»Nicht ehe Sie hereingeeilt waren.« Kent hatte Lady Pickering fest im Griff, seit er ihr vom Boden aufgeholfen hatte. »Frances, wo ist Miss Shaughnessy?«

»Woher soll ich das wissen?«

»Weil in deiner Notiz von einer Katze die Rede war. Wenn du nicht sie meintest, wen dann?«

Der Butler kehrte zurück. »Ich habe drei Diener auf den Weg geschickt – alle, die wir haben –, um einen Arzt herbeizuschaffen. Ich wollte sichergehen, dass sie einen finden, der sofort kommt.«

Ehe Lucien dem Mann danken konnte, wandte sich Dougal an ihn. »War Miss Shaughnessy vorhin hier?«

»Ja, Mylord«, antwortete der Butler.

Lady Pickering machte ein finsteres Gesicht und versuchte, sich aus Kents Griff zu befreien. Dougal packte sie und lenkte sie zu einem kleinen Sitz mit einer hölzernen Lehne. »Setzen Sie sich.« Er drückte sie nieder und richtete dann seine Pistole auf sie. »Rühren Sie sich nicht. Kent, wir brauchen etwas, womit wir sie fesseln können.«

»Painter, helfen Sie ihnen nicht«, knurrte Lady Pickering.

Painter war offenbar der Name ihres Butlers.

Lucien musste herausfinden, was mit Kat geschehen war. Hoffentlich war sie nur zuhause. »Painter, wo ist Miss Shaughnessy hingegangen? Ich bitte Sie, mir zu antworten. Lady Pickering hat meinen Vater angeschossen, und wenn Sie ihren Anweisungen folgen, leisten Sie ihr Beihilfe zu einem Verbrechen.«

Die Augen des Butlers weiteten sich, und sein Gesicht verlor einen Großteil seiner rötlichen Farbe. »Sie ist vor über einer Stunde mit Hudson aufgebrochen. Er ist Lady Pickerings persönlicher Diener.«

Ein Zittern durchlief Lucien, sodass er den Druck auf die Schulter seines Vaters verringerte. Der Krawattenschal wäre beinahe von der Wunde gerutscht, und er richtete seine Aufmerksamkeit erneut darauf. Er konnte sich nicht leisten, jetzt die Konzentration zu verlieren. Aber verflucht, er musste Kat folgen.

»Ist Hudson ein Helfershelfer?«, fragte Dougal an Lady Pickering gewandt.

Sie presste die Lippen aufeinander und sagte nichts.

»Hudson begleitet Lady Pickering zu Besorgungen«,

antwortete stattdessen der Butler, »und stets auf ihren Reisen zu ihrem Haus in Hampshire.«

»Painter, wissen Sie, wohin die beiden gegangen sind?«, fragte Lucien mit kaum verhaltener Wut.

»Ich bedauere, aber das weiß ich nicht.« Der arme Mann wirkte darüber aufrichtig betrübt. Er rang die Hände, und die Farbe war in sein Gesicht zurückgekehrt.

»Danke«, entgegnete Dougal. »Bitte bringen Sie etwas Geeignetes her, womit wir sie fesseln können, und beeilen Sie sich.«

»Und schicken sie eine Dienstmagd«, setzte Lucien hinzu. »Sie soll sich um den Herzog kümmern.«

»Unverzüglich, Mylords.« Painter entfernte sich.

Dougal richtete die Pistole auf Lady Pickerings Brust. »Wohin hat Ihr Mann Miss Shaughnessy gebracht? Und aus welchem Grund?«

»Du kannst ihnen ebenso gut die Wahrheit sagen«, drängte Kent sie. »Ich habe ihnen bereits alles verraten, was ich weiß. Es gibt keinen Ausweg mehr.«

Lady Pickerings Augen blitzten vor Wut. »Du Narr! Ich dachte, ich könnte mich auf dich verlassen. Du hast gesagt, du liebst mich.«

»Das tat ich«, entgegnete Kent und klang, als litte er an einem gebrochenen Herzen. »Das tue ich.«

»Nun, ich erwidere das Gefühl nicht«, konterte sie kalt. »Du warst ein Mittel zum Zweck, und ich hätte erkennen müssen, dass du mich im Stich lassen würdest.«

»Sagen Sie uns einfach, wohin Hudson Miss Shaughnessy bringt«, meinte Dougal. »Vielleicht bewahrt Sie das vor einer schlimmeren Strafe.«

»Er gedenkt nicht, ihr etwas anzutun«, entgegnete Lady Pickering abwehrend. »Sobald Lady Macbeth dort drüben aus dem Weg gewesen wäre, würde alles wieder in Ordnung gewesen sein.«

»Warum haben Sie sie dann irgendwohin bringen lassen?«, fragte Lucien.

»Aus Gründen der Rückversicherung«, entgegnete Kent. »Ich bin sicher, sie wollte ein Druckmittel, um Sie manipulieren zu können, falls sich dies als erforderlich erwiesen hätte.« Er schenkte Lucien ein trauriges Lächeln. »Ich fürchte, ich habe ziemlich gut gelernt, wie ihr verdrehter Verstand funktioniert.«

»Verdreht in der Tat, da ich auch über die Wahrheit Bescheid weiß«, meinte Dougal leise und sah aus schmalen Augen zu Lady Pickering. »Oder hatten Sie vor, mich ebenfalls zu töten?«

Lucien verlor allmählich die Geduld. Das schien Reynolds zu bemerken, denn er kam und legte seine Hand unter Luciens, um den Druck auf die Wunde des Herzogs zu übernehmen.

Mit blutverschmierter Hand schritt Lucien auf Lady Pickering zu und beugte sich vor, um sein Gesicht ganz nah vor das ihre zu bringen. »Wo ist Kat?«

Er wischte mit der Hand über eine Seite ihres Gesichts und bestrich ihre Haut mit dem Blut seines Vaters. »Sie sind bereits mit dem Blut des Herzogs von Evesham besudelt. Wird auch Miss Shaughnessys Blut an Ihnen kleben?« Bei diesen Worten überkam Lucien ein eisiges Grauen. Er durfte sie nicht verlieren.

Ein Dienstmädchen kam herein und trug ein Tablett mit dampfendem Wasser und einen Stapel gefalteter Musselintücher. Als sie die auf ihre Arbeitgeberin gerichtete Pistole bemerkte, erstarrte sie. Sie blickte Dougal aus großen Augen an. Doch Dougal konzentrierte sich weiterhin auf Lady Pickering.

»Was ist mit Miss Shaughnessy geschehen?«, fragte das Dienstmädchen und wirkte entsetzt.

Lucien richtete sich auf, als er sich ihr zuwandte. »Haben

Sie sie gesehen, als sie hier war?«

»Nein, aber ich habe gehört, dass sie hier war.«

»Haben Sie noch etwas anderes gehört, zum Beispiel, wohin sie mit Hudson gegangen sein könnte?« Verzweifelt suchte er nach ein bisschen Information.

Das Dienstmädchen warf einen Blick zu Lady Pickering.

»Es ist alles in Ordnung«, beschwichtigte Lucien sie und versuchte, beruhigend zu wirken, während sich sein Inneres vor Angst um Kat zusammenzog. »Sie sind nicht in Schwierigkeiten, aber ich fürchte, Ihre Arbeitgeberin schon. Sie hat Miss Shaughnessy entführen lassen, und wir sind in großer Sorge um ihre Sicherheit.«

»Weil sie mit diesem Rüpel Hudson fortgegangen ist?« Das Dienstmädchen zitterte. »Keiner von uns mag ihn. Ich hörte, dass die Kutsche für die übliche Reise nach Hampshire vorbereitet wurde. Ich war überrascht, dass Ihre Ladyschaft nicht mitging.« Sie drückte das Tablett an ihre Brust, als sie zu Lucien aufschaute. »Ich habe mich letzten Sommer um Miss Shaughnessy und Miss Goodfellow gekümmert, als sie hier waren. Sie sind reizende Ladys. Ich würde mich schrecklich fühlen, wenn ihr etwas zustoßen würde.«

»Dann müssen Sie Dove sein«, meinte Dougal, der Lady Pickering immer noch anstarrte. »Wir sind Ihnen für Ihre Hilfe überaus dankbar. Zu wissen, dass Miss Shaughnessy auf dem Weg nach Hampshire ist, ist sehr hilfreich.«

»Ja, ich danke Ihnen.« Lucien wollte zur Tür hinausstürmen, doch zuerst musste er nach seinem Vater sehen. »Dove, wenn Sie hierherkommen würden. Ich möchte, dass Sie sich um meinen Vater, den Herzog von Evesham, kümmern. Reynolds hier wird Ihnen helfen, wenn Sie etwas benötigen.«

»Ich sollte mit Euch nach Hampshire fahren«, wandte Reynolds ein.

Das sollte er vielleicht. Bevor Lucien sich entscheiden

konnte, was er tun sollte, stürmte Ruark mit dem Mann ins Zimmer, den sie ausgeschickt hatten, um Kat zu suchen.

»Wo ist meine Schwester?« Ruark sah genauso erschrocken und angespannt aus, wie Lucien sich fühlte.

»Sie ist auf dem Weg nach Hampshire«, entgegnete Lucien. »Du kannst mich begleiten.« Er blickte erneut zu Reynolds. »Wir kommen schon zurecht. Sie bleiben hier und helfen Dougal, ein Auge auf Lady Pickering und Kent zu haben.«

Reynolds nickte. »Ich sorge dafür, dass Seine Gnaden gut versorgt wird.« Lucien blickte auf seinen Vater herab, dessen Augen geschlossen waren. Seine Blässe war beunruhigend, doch Lucien war sich sicher, dass der Herzog zu starrsinnig war, um auf diese Weise zu sterben.

»Vater?«

Der Herzog öffnete ein Auge und schaute zu ihm auf. »Du fährst nach Hampshire. Der Arzt wird bald hier sein. Es wird alles gut werden.«

»Ja, all diese Dinge.«

»Geh zu den Hanover Mews und frage nach Beasley. Er kümmert sich um die Pferde des Marquess of Frome. Sag ihm, es sei ein Notfall und dass Evesham dich schickt. Dann mach dich auf den Weg.«

Plötzlich von der Selbstlosigkeit seines Vaters übermannt – hatte er sich wirklich zwischen Lucien und eine Kugel gestellt? –, ballte Lucien die Fäuste, um an sich zu halten.

»Danke.«

Der Herzog winkte mit der Hand seiner unverletzten Seite. »Später.« Er kippte den Kopf ein wenig zur Seite, als ob er seine Wunde betrachten wollte. Er zuckte zusammen und schloss die Augen wieder. »Schade, dass du nicht einen deiner Krawattenschals in diesen unmöglichen Farben getragen hast. Ich hätte mich nicht schlecht darüber gefühlt, einen davon zu ruinieren.«

Wundersamerweise huschte ein Lächeln über Luciens
Lippen. »Habe keine Angst. Ich werde diesen färben lassen,
damit ich ihn tragen kann, um dich an die Zeit zu erinnern,
als du mich nah an dich herangelassen hast.« Lucien
berührte die Hand seines Vaters und dann drehte er sich zum
Gehen, aber nicht ehe er ihn murmeln hörte:

»Das wird mein bevorzugter Krawattenschal werden.«

Beinahe wäre Lucien auf seinem Weg zur Tür gestolpert.

»Mylord«, rief Dove ihnen hinterher. »Ich glaube, sie
halten gewöhnlich zum Abendessen in Chessington.«

Lucien drehte sich mit dankbarem Blick zu dem Dienstmädchen um.

»Viel Glück«, rief Dougal, als Lucien Ruark am Arm
zerrte.

»Was zum Teufel ist hier los?«, verlangte Ruark zu erfahren, dessen irischer Akzent so stark von Emotionen geprägt
war, dass er kaum zu verstehen war, als sie das Haus
verließen.

Lucien beschleunigte seine Schritte, sodass er beinahe
rannte. »Das erkläre ich dir unterwegs, aber jetzt müssen wir
uns beeilen. Kat ist in Gefahr, und wir müssen so schnell es
geht nach Hampshire aufbrechen. Die beiden haben über
eine Stunde Vorsprung, aber sie fahren in einer Kutsche, also
werden wir die Zeit aufholen.«

Ruark hielt mit ihm Schritt. »Warum ist meine Schwester
auf dem Weg nach Hampshire mit jemanden, der sich ganz
nach einem Bösewicht anhört? Und warum, in Gottes
Namen, hat Dougal Lady Pickering mit einer Pistole
bedroht? Was ist außerdem mit deinem Vater passiert?«

»Wenn wir mehr Zeit haben, werde ich dir alles im
Einzelnen erklären, aber Kats Eifer, mir zu helfen, hat sie in
Gefahr gebracht - durch Lady Pickering. Sie ist eine französische Agentin, die gegen die Krone agiert hat.« Lucien fuhr
mit der Hand durch die Luft. »Sie hat ihren Helfershelfer

damit betraut, Kat nach Hampshire zu schaffen, um wahrscheinlich sicherzustellen, dass alle ihren Plänen zustimmen.«

»Und was um alles in der Welt waren das für Pläne?«

»Mich auszuschalten, und ich bin mir nicht ganz sicher, was sonst noch.« Lucien nahm an, dass Dougal ebenfalls getötet werden sollte, um sie zu schützen. Und Jess.

Als sie das Marstallgebäude erreichten, traf Lucien auf Beasley, einen rüstigen, schlaksigen Mann um die vierzig. Lucien wiederholte die Worte seines Vaters, und erbat, so schnell es nur ging, zwei Pferde satteln zu lassen. Beasley stellte nichts in Frage und machte sich rasch an die Arbeit, wobei er mehrere Pferdepfleger zu Hilfe holte.

Ruark packte Lucien am Arm. »Warum sollte Lady Pickering meine Schwester benutzen?«

»Kat wusste mehr, als sie hätte wissen dürfen. Deine Schwester ist außerordentlich klug.«

»Das ist sie tatsächlich.« Ruark runzelte die Stirn. »Aber was weiß sie? Scheinbar betrifft es dich. Ich verstehe allerdings nicht, was Kat damit zu tun hat.«

»Ich, ähm, Kat und ich sind enge Freunde geworden. Ich habe ihr einige Informationen anvertraut, die sie schließlich dazu brachte, Lady Pickering um Hilfe zu bitten. Dann muss sie den Lügen derselben auf die Spur gekommen sein und herausgefunden haben, was vor sich ging. Deine Schwester ist ungemein klug.« Lucien verspürte einen Anflug von Bewunderung für sie, aber auch ein viel tieferes Gefühl, das seinen Blick verschleierte, und sein Herz erst dazu brachte, sich zusammenzuziehen, um dann anzuschwellen.

»›Enge Freunde‹?«

»Ehrlich gesagt bin ich in sie verliebt.« Jetzt, da Lucien das Gefühl erkannt hatte, wollte er es benennen und für alle Zeiten einfordern. Doch all dies war bedeutungslos, solange er nicht zu ihr gelangen konnte.

Ruark starrte ihn schockiert an. »Liebt sie dich?«

»Um ehrlich zu sein, weiß ich das nicht. Ich glaube, ich liebe sie schon seit einiger Zeit, aber erst in diesem Moment ist mir ein Licht aufgegangen.« Wie konnte er das nicht erkennen? Im Nachhinein betrachtet, schien es unglaublich offensichtlich. Mit keinem Menschen auf dieser Welt wollte er lieber zusammen sein, dessen bloße Anwesenheit alles *besser* machte.

»Ist dir die Ironie des Ganzen bewusst?«, fragte Ruark

»Dass ich ein solches Problem mit dir und Cass hatte?« Lucien nickte. »Es ist mir mehr als bewusst. Glaube mir, es war zum Teil auch der Grund für mein Zögern, eine Bindung zu Kat einzugehen.« Viel zu lange schon hatte er sie auf Distanz gehalten.

Beasley brachte die Pferde. »Bereit, Mylords. Sie sind recht schnell.«

»Wir danken Ihnen.« Lucien saß auf dem einen auf und Ruark auf dem anderen. »Morgen bringen wir sie zurück.« Das hoffte er. Wenn nicht, hatte Lucien keine Ahnung, wie er weiterleben sollte.

KAPITEL 23

*W*enigstens hatte ihr der ungehobelte Kerl die nach vorn gerichtete Sitzbank zugestanden. Kat verabscheute es, rückwärts in einer Kutsche oder irgendeiner anderen Art von Transportmittel zu fahren. Ihr Magen geriet dabei in Aufruhr und sie fühlte sich wie bei einer Veranstaltung mit zu vielen Menschen, Lärm und Wärme. Obwohl sie nicht rückwärtsfuhr, spürte sie, wie ihre Beunruhigung mit jeder Meile wuchs.

Wie weit hatten sie sich bereits von London entfernt? Als sie losgefahren waren, war es noch hell gewesen, doch inzwischen war es schon völlig dunkel. Ihr Magen begehrte auf.

»Wir werden bald haltmachen, um etwas zu essen«, versprach er. Seine Sprechweise war erstaunlich geschliffen. Kat hatte ihn insgeheim für einen ungebildeten Barbaren gehalten.

»Ich würde mich auch gerne erleichtern.« Das brauchte sie eigentlich nicht, aber wenn sie von ihm fortkam, konnte sie seinem Zugriff, nun ja, vielleicht dauerhaft entkommen.

Er grunzte zur Antwort. Das war nicht besonders geschliffen.

Seine nonverbale Reaktion erinnerte sie an Luciens Knurren. In was für einen Schlamassel war sie da hineingeraten! Und das alles nur, weil sie ihm hatte helfen wollen. Das wollte sie immer noch. Und sie bedauerte keineswegs, was sie getan hatte. Zu lange hatte sie immer nur an sich gedacht. Seit Wochen schon war Lucien aufgebracht gewesen. Anstatt ihn zu drängen, sich ihr anzuvertrauen, hatte sie ihm unentwegt mit *ihrer* Forschung in den Ohren gelegen. Sie hätte ihn nach seinen Problemen, seinen Sorgen fragen sollen. Sie hätte eine bessere Freundin sein sollen.

All das erinnerte sie an die Zeiten, in denen sie ihre Schwestern und deren Sorgen missachtet hatte – selbst, wenn sie Kat albern erschienen. War ein fleckiges Kleid wirklich ein Grund, zwei Tage lang zu weinen? Für Abigail schon, und Kat hätte ihr Trost spenden sollen.

Abermals ermahnte sie sich im Stillen. Wenn sie in den letzten Tagen etwas gelernt hatte, dann die Erkenntnis, dass sie nicht nur an sich selbst, sondern auch an andere denken musste. Nicht, dass sie das nicht getan hatte, aber sie musste es *öfter* tun, und nicht erst, wenn etwas Wichtiges passiert war.

Falls es ihr gelang, nach London zurückzukehren, und sie hatte auf jeden Fall vor, es zu versuchen, würde sie Sorge dafür tragen, dass Lucien erfuhr, wie viel er ihr bedeutete, wie wichtig ihr seine Sorgen waren und wie sehr sie ihn liebte.

Ihn liebte?

Kat setzte sich aufrecht hin und blinzelte. Sie liebte ihn? Woher sollte sie das wissen?

Weil es einfach so war. Er brachte sie dazu, es besser machen zu wollen, besser zu *sein*. Immer gab er ihr das Gefühl, wichtig zu sein, und dass er sich um sie sorgte. Sie hatte seine Sorge um ihren Ruf als lästig empfunden, aber im Nachhinein war es unglaublich liebenswert. Die meisten

Gentlemen wären weit fort von ihr gelaufen – oder hätten sie ausgenutzt. Er hatte weder das eine noch das andere getan.

Sie lehnte sich zurück und spielte mit dem Umhang, den Lady Pickering ihr vor ihrem Aufbruch um die Schultern gelegt hatte. Was machte es schon, dass sie ihn liebte? Es war ja nicht so, als würden sie heiraten und ein Leben lang glücklich sein – mit einer Schar von Kindern.

Er hatte den Phönix Club, und bei Gott, sie würde dafür sorgen, dass er ihn behielt. Und sie hatte ... ihre Interessen. Dazu kam noch ihr Wunsch, unverheiratet zu bleiben, damit sie genau diejenige sein konnte, die sie sein wollte.

Die Kutsche kam zum Stehen, und sie zog den Vorhang am Fenster beiseite. Sie hatten im Hof eines Gasthauses angehalten.

»Zeit für das Abendessen«, verkündete Hudson, während er die Tür öffnete und hinauskletterte. »Sie bleiben die ganze Zeit bei mir, sonst bekommen Sie nichts zu essen. Haben Sie verstanden?«

»Was ist mit der Toilette?«

»Hinter dem Gasthaus gibt es eine. Ich bleibe draußen, während Sie sie benutzen.«

So viel zu ihrem Plan zu entkommen. Es musste sich eine andere Möglichkeit finden lassen, und sie würde sie finden.

Sie betraten das Gasthaus, und Kat blieb schweigend stehen, während Hudson um zwei Portionen dessen bat, was auch immer serviert wurde. Der Gastwirt wirkte freundlich, mit seiner goldenen Brille und einem fröhlichen Lächeln.

»Ich habe einen Platz in der Nähe des Feuers. Der Frühling steht vor der Tür, aber es ist eine kalte Nacht, soviel ist sicher! Brauchen Sie ein Zimmer?«

»Nein. Unser Ziel ist nicht mehr weit.«

Kat wusste, dass das nicht stimmte. Sie waren auf dem Weg nach Winchester – oder zumindest in die Nähe – und dorthin dauerte die Reise zwei Tage. Sie konnten die Pferde nicht so weit laufen lassen, ohne sie ausruhen zu lassen oder sie zu wechseln. Also musste es unterwegs einen weiteren Zwischenstopp geben.

Der Gastwirt nickte, immer noch lächelnd. »Nehmen Sie Platz, und ich lasse Ihnen gleich das Abendessen servieren. Wünschen Sie Ale oder Wein?«

»Ale«, antwortete Hudson.

»Wein, bitte.« Kat war es eigentlich egal, aber sie wollte einfach nur das Gegenteil. Sie warf dem Gastwirt einen beredten Blick zu, als könnte sie ihm damit stillschweigend mitteilen, dass sie gegen ihren Willen hier war. Vielleicht könnte sie ihm einen Zettel schreiben. Wenn sie nur Papier hätte ...

Das hatte sie sogar! Sie hatte ihr kleines Notizbuch mit Bleistift, das sie seit dem Tag, an dem sie Jess besucht und Lucien dazu gebracht hatte, sie in Dougals Arbeitszimmer zu küssen, fast überall hin mitgenommen hatte.

Das war so entzückend gewesen ... Reue trübte ihre Erinnerung. Sie hätte ihn nicht so in die Falle locken dürfen.

Sie folgte Hudson zu dem Tisch beim Kamin und war überrascht, als er ihr den Stuhl hielt.

»Für einen Verbrecher scheinen Sie gut erzogen zu sein.«

»Ich bin kein Verbrecher. Und sprechen Sie nicht so laut.« Er schaute sich um, doch es befanden sich lediglich drei weitere Personen im Gastraum. Zugegeben, sie saßen äußerst dicht bei ihnen.

»Ich habe eine Neigung zu lautem Sprechen, fürchte ich.« Sie löste die Schnalle des Umhangs unterhalb ihres Halses und faltete ihn über die Stuhllehne, um die Arme zum Essen frei zu haben. »Manche Leute finden das lästig.«

»Das ist mir schon in der Kutsche aufgefallen.«

»Tatsächlich? Wie aufmerksam von Ihnen, da wir kaum ein Wort gewechselt haben.« Sie senkte die Stimme, allerdings nicht zu sehr. Für sie war es kein Problem, dass jemand mithörte, was sie sagte. Es wäre darüber hinaus außerordentlich hilfreich. »Wenn Sie kein Verbrecher sind, was sind Sie dann?«

»Seien Sie bitte still.« Er warf ihr einen finsteren Blick zu.

»Na, wenigstens haben Sie bitte gesagt.« Kat beobachtete, wie sich die anderen drei Gäste vom Tisch erhoben. Sehnsüchtig blickte sie ihnen nach, doch diese Leute sahen nicht einmal in ihre Richtung. Verdammt!

Der Gastwirt brachte ihnen die Speisen und Getränke. Kat wollte ihm einen Zettel in die Hand oder vielleicht in die Tasche stecken, aber wie sollte sie ihn schreiben, wenn dieser Unhold sie ständig im Auge behielt?

Er griff über den Tisch und nahm das Messer, das zusammen mit ihrem Eintopf und dem Brot gebracht worden war. »Das werden Sie nicht benötigen.«

»Wie soll ich denn die Butter auf mein Brot streichen?«, fragte sie.

»Sie brauchen keine Butter. Tunken Sie das Brot in Ihren Eintopf.« Er riss ein Stück Brot von dem kleinen Laib und tauchte es in die dicke Fleischbrühe.

»Darf ich einen Löffel haben? Und wenn ich damit Ihr Herz herauslöse?« Sie schlug sich an die Stirn. »Unmöglich, Sie *haben ja gar keins*.«

Er reagierte überhaupt nicht, sondern griff stattdessen nur nach seinem Humpen Ale und trank einen großen Schluck. Zu spät bemerkte Kat, dass sie ihn hätte kippen können, sodass ihm die Flüssigkeit über das Kinn und die Stirn gelaufen wäre. Dann hätte sie den Humpen packen und ihm damit auf den Schädel schlagen können.

Liebe Güte, sie hegte erstaunlich brutale Gedanken. Aber wie sollte sie sonst entkommen?

Den Zettel schreiben.

Wenn sie das fertigbrächte, was würde dann geschehen?

Würde sich der Gastwirt mit diesem riesigen Verbrecher anlegen? Kat war es einerlei, was Hudson sagte. Er war auf jeden Fall ein Verbrecher.

Kat schob ihre Hand in die Tasche und tastete nach dem Notizbuch, als würde es ihr Trost spenden. Dann schloss sie die Finger um den Bleistift. Moment mal! Das war eine Waffe! Sie hatte ihn dieser Tage angespitzt. Wenn sie ihn in seinen Hals stoßen könnte ... Gott, das wäre grausam. Nun ja, es musste sein.

Ein Anflug von Angst überkam sie. Sie fühlte sich zittrig und unsicher. Doch ihr blieb nichts anderes übrig, als diesen Moment auszunutzen. Wenn sie wartete, bis sie in der Kutsche waren, würde das Unterfangen allein schon wegen der Finsternis und den unberechenbaren Bewegungen des Gefährts weitaus schwieriger durchzuführen sein. Was sollte sie außerdem mit einem blutenden Verbrecher in der Falle sitzend anfangen?

Allein der Gedanke daran ließ sie frösteln.

Kat trank einen Schluck von ihrem Wein, der ihren Mut stärken sollte. Hudson hatte sich über seine Mahlzeit gebeugt und konzentrierte sich ganz auf das Essen. Wegen seines Krawattenschals und des Hemdkragens war der Hals damit ein schwieriges Ziel. Aber so gebeugt konnte sie vielleicht hinter ihn treten und ihm in den Nacken stechen. Sie müsste sich schnell bewegen ...

Und wenn sie ihn tötete? Könnte sie damit leben?

Der Schweiß auf ihrem Körper erkaltete.

Warum konnte sie ihm nicht einfach in die Hand stechen und dann in die Küche fliehen? Der Gastwirt war bestimmt nicht allein hier. Die anderen wären dem Verbrecher wahrscheinlich zahlenmäßig überlegen. Das war ihre einzige Chance.

Mit rasendem Herzen sah sie ihm beim Essen zu. Als er seinen Krug wieder in die Hand nahm, setzte sie zum ersten

Schritt an. Sie schwang die Hand über den Tisch und rammte ihm den Bleistift in den Handrücken.

Er jaulte vor Schmerz auf und ließ den Krug in seinen Eintopf fallen, sodass das Ale und der Eintopf auf ihn und den Tisch spritzten. Kat sprang auf und rannte in die Richtung, in die der Gastwirt verschwunden war, nachdem er ihnen das Essen gebracht hatte.

Doch sie schaffte es leider nicht. Eine Hand packte sie von hinten am Kleid und zog daran. Sie fürchtete, bald entblößt dazustehen und auch wieder gefangen zu sein.

»Lassen Sie sie los!«

Eine vertraute Stimme dröhnte durch den Gastraum.

Hudson ließ Kat tatsächlich los, woraufhin sie nach vorne stürzte. Sie streckte die Hände vor sich aus und federte damit den Aufprall ab, als sie auf dem Boden auftraf. Hinter sich vernahm sie die Geräusche eines Handgemenges.

Kat rollte sich weg und kam auf die Beine. Dann sah sie, wie Lucien und Ruark mit dem Verbrecher rangen. »Finde etwas, um ihn zu fesseln!«, brüllte Lucien.

Kat starrte die beiden für einen Augenblick an, bevor sie in Aktion trat. Die Suche nach dem Gastwirt blieb ihr erspart, da er den Gastraum bereits betreten hatte, und dabei einen gequälten Eindruck machte. Eine Frau und ein junger Mann standen hinter ihm.

»Ich wurde von diesem Verbrecher entführt«, erklärte sie rasch und mit einer hohen Stimme, die so gar nicht nach ihrer eigenen klang. »Sie müssen ihn fesseln, damit er nicht entkommt. Haben Sie ein Seil oder ... irgendetwas?«

»Ich werde eines bringen«, erbot sich der junge Mann, ehe er auf dem Absatz kehrtmachte und davonstürmte.

Die Frau trat vor und legte den Arm um Kat. »Es tut mir so leid, Teuerste.«

Der Gastwirt schüttelte den Kopf. Sein Gesicht war blass

geworden. »Ich hatte keine Ahnung. Ich hätte Ihnen helfen sollen.«

»Sie helfen jetzt«, brachte Kat hervor. Sie zitterte, und obwohl sie die Sorge der Frau zu schätzen wusste, wollte sie nicht angefasst werden. Sie trat von der Frau des Gastwirts weg und schenkte ihr ein schwaches Lächeln. »Kann ich eine Decke bekommen?«

»Ja, gewiss.« Die Frau eilte in dieselbe Richtung wie der junge Mann.

Lucien und Ruark hatten Hudson erfolgreich niedergekämpft. Sie rissen ihn auf seinen Stuhl zurück, den sie vom Tisch abgerückt hatten. Und Lucien hielt eine Pistole auf den Verbrecher. Es war merkwürdig, ihn in dieser Situation zu sehen. Er war der charmante Eigentümer eines Mitglieder-Clubs – ein Liebling der feinen Gesellschaft – und kein gewalttätiger Mann, der töten würde. Lady Pickerings Worte fielen ihr wieder ein. Hatte Lucien wirklich jemanden umgebracht?

Ruark kam zu Kat und versuchte, sie in den Arm zu nehmen. Sie versteifte sich und er trat sofort zurück. »Du musst schrecklich überfordert sein«, meinte er leise. »Aber bist du wohlauf?«

Sie nickte. »Die Antwort lautet Ja auf beide Dinge«, flüsterte sie und ihr Verstand war von allem blockiert, das sich zugetragen hatte. Sie konnte kaum glauben, was Lady Pickering getan hatte.

Der junge Mann kehrte mit einem Seil zurück. Ruark machte sich daran, Hudson an Händen und Füßen zu fesseln, während Lucien weiterhin die Pistole auf ihn richtete. Sobald Hudson gesichert war, entspannte Lucien sich. Er blickte zu Kat. »Jetzt bist du sicher.«

»Hast du jemanden umgebracht?«, fragte sie in Gedanken daran, was Lady Pickering ihr erzählt hatte.

Lucien blinzelte. »Heute Abend? Nein. Jemals? Ja. Ich war Soldat.«

»Aber ist das alles? Lady Pickering sagte, du hättest jemanden getötet.«

»Sie hat versucht, es so darzustellen, als hätte ich es getan, aber das habe ich nicht.«

Kat atmete erleichtert auf und fühlte sich ein wenig besser. »Gut. Ich hatte nicht geglaubt, du hättest es getan, aber als ich dich mit der Pistole gesehen habe ... musste ich einfach fragen.«

»Das verstehe ich.« Lucien bewegte sich auf sie zu. »Es tut mir so leid, dass du in diese Sache verwickelt wurdest.«

Die Frau kehrte mit einer Decke zurück, die sie Kat reichte. Sofort schlang Kat sich die Decke um die Schultern und erschauderte, als sie sie noch enger zusammenzog, um Wärme zu erzeugen und sich zu beruhigen. Wenn sie sich so überfordert fühlte, sowohl emotional als auch körperlich, fühlte es sich an, als würde ihr ganzer Körper lautlos schreien. »Ich werde Ihnen Tee bringen«, erbot sich die Frau, bevor sie wieder verschwand.

Lucien blieb vor Kat stehen. Zärtlich berührte er ihr Gesicht und seine dunklen Augen waren schwer vor Sorge. »Ich habe mir solche Sorgen gemacht.«

»Was tust du da?«, flüsterte sie, ungläubig über sein Verhalten. »Mein *Bruder* ist doch hier.«

»Ich weiß, du denkst, du redest leise«, meinte Ruark, »aber ich kann dich hören. Ich weiß alles über Lucien und dich.«

Kat starrte Lucien an. »Du hast ihm erzählt, dass wir Sex hatten?«

Luciens Augen schlossen sich und seine Nase kräuselte sich. Ruark stakste auf die beiden zu. Er packte Lucien an der Schulter, wirbelte ihn herum und versetzte ihm einen Kinnhaken.

Nach Luft schnappend unternahm Kat einen Versuch, Lucien aufzufangen – nicht, dass sie ihn am Fallen hätte hindern können. Glücklicherweise stolperte er nur ein paar Schritte rückwärts.

Sie ließ von Lucien ab und drehte sich zu ihrem Bruder um, den sie böse anstarrte. »Warum hast du das getan?«

»Du bist ein aufgeblasener, heuchlerischer Mistkerl«, erzürnte sich Ruark über Lucien. »Diesen Teil hast du vermutlich absichtlich ausgelassen, als du mir deine Liebe zu ihr gestanden hast.«

Lucien liebte sie?

Lucien rieb sich die Wange und schaute Ruark aus schmalen Augen an. »Danke, denn genauso hatte ich mir erhofft, dass sie von meiner Liebe erfährt. Erinnere mich bitte daran, dass ich mich mit all meinen Verkupplungswünschen an dich wende.«

Ruark starrte Lucien an. »Das ist wohl der Gipfel! Du hast dich bei praktisch jedem eingemischt!«

»Nicht bei dir, denn du und Cass habt es geheim gehalten«, konterte Lucien knapp.

»Ebenso wie du und Kat.« Ruark schaute sie an. »Was hast du dir dabei gedacht?«

»Dass Lucien ein hervorragender Partner wäre, um Paarungsrituale zu erforschen. Ich bin sehr erfreut, damit recht gehabt zu haben.«

»Ich habe den Kinnhaken verdient«, meinte Lucien.

Ruark verschränkte die Arme vor der Brust. »Das hast du ganz sicher. Wann ist die Hochzeit?«

Hochzeit? Kat erstarrte. Warum sollten sie heiraten? Das wollten sie beide nicht. Sie fing wieder an zu zittern und zog die Decke fester um ihre Schultern. Aber das half nichts. Der stumme Schrei hielt hartnäckig an. Ebenso wie der immer stärker werdende Drang, in die Einsamkeit zu fliehen.

»So bald als möglich.« Lucien kehrte zu Kat zurück. Er

nahm ihre Hand, führte sie an seine Lippen und drückte ihr einen Kuss auf den Handrücken. »Ich liebe dich wirklich. Und ich würde dich gerne heiraten.« Er sank auf ein Knie. »Willst du mir die große Ehre erweisen, meine Frau zu werden?«

Das war nicht der Plan. Sie hatte nicht vor, jemals zu heiraten. Oder sich zu verlieben. Oder entführt zu werden. Oder einen Verbrecher mit einem Bleistift zu stechen. Sie blickte zu Hudson und sah, dass seine Hand blutverschmiert war.

Sie konnte jetzt nicht mit alldem fertigwerden. Es war alles zu viel. Sie konnte nicht ... denken. Oder fühlen. Sie spürte den Sturm kommen. Sie war dabei, ihre kaum noch vorhandene Fassung zu verlieren, wenn sie nicht von hier wegkam. Sie schüttelte den Kopf. »Ich ... kann nicht. Wusstest du, dass ich ihn mit meinem Bleistift in die Hand gestochen habe?« Wo war ihr Bleistift?

»Hast du das?« Ruark trat an den Tisch und hielt das Schreibgerät hoch. »Diesen? Ja, er ist ziemlich blutig. Gut gemacht, Kat.«

»Das wundert mich nicht«, bemerkte Lucien, und sie konnte den Stolz in seiner Stimme hören. »Du bist sehr patent.«

»Bis ich es nicht mehr bin«, blaffte sie. Sie wollte einfach nur allein sein. Sie wollte ihre Angst und Unruhe wegpressen. Wenn sie das könnte. »Kann ich zurück nach London fahren? Allein?«

Ruark runzelte die Stirn. »Du solltest nicht allein sein.«

Lucien stand auf und gab ihre Hand frei. »Das muss sie aber. Dies war eine erschütternde Erfahrung. Sie braucht Zeit, um dies alles zu verarbeiten, und das kann sie am besten allein.« Er schaute ihr in die Augen. »Ich lasse dich vom Kutscher in Lady Pickerings Kutsche zurückfahren. Er wusste nicht, dass du entführt worden bist. Er dachte, er würde dich nach Hampshire fahren, damit du dich dort erholst. Bei ihm bist du in Sicherheit. Du kannst jetzt aufbrechen. Ist das akzeptabel?«

Sie nickte und war so dankbar, dass er verstand. Aber sie schämte sich auch, dass sie nicht in Erwägung ziehen konnte, ihn zu heiraten. Zumindest nicht jetzt. »Ja. Danke.«

Ruark trat auf sie zu. »Es tut mir leid, dass das passiert ist, Kat. Es wird alles wieder gut.«

»Ich weiß.« Aber im Moment fühlte sich das nicht so an. Sie wollte unbedingt von dort fort, bevor sie die Kontrolle noch vollkommen verlor. »Bring mich einfach zur Kutsche, bitte.«

Lucien nickte in Ruarks Richtung. »Geh nur vor. Ich muss eine weitere Kutsche für den Transport von Hudson auftreiben.«

Kat schritt zur Tür, und Ruark beeilte sich, sie ihr zu öffnen. Sie wollte etwas sagen, um ihnen zu versichern, dass sie sich wieder erholen würde, aber sie hatte weder die Worte noch die Kraft dazu. Sie war vollkommen erschöpft.

»Wir sehen uns morgen«, rief Lucien ihr nach.

Sie war sich nicht sicher, ob es ihr bis dahin besser ginge. Sie konnte nicht einschätzen, wann sie sich überhaupt wieder besser fühlen würde.

KAPITEL 24

ender ließ Lucien in Evesham House eintreten und teilte ihm mit, dass der Herzog sich in seinem Schlafzimmer ausruhte. »Er wird hocherfreut sein, dass Sie hier sind«, fügte der Butler hinzu.

Hocherfreut? Trotz der erstaunlichen Ereignisse des vergangenen Tages hielt Lucien das dennoch für übertrieben.

Er ging die Treppe hinauf und erinnerte sich dabei, wie er in ihrer Kinderzeit mit Con die Treppe hinauf- und hinuntergerannt war. Seit gestern fühlte er sich besonders nachdenklich und sogar nostalgisch, insbesondere auf dem langen Weg zurück nach London mit Ruark und Hudson.

Sie hatten die Pferde hinten an die Kutsche angebunden und sie zu den Hanover Mews zurückgebracht. Aber zuerst hatten sie Hudson in die Bow Street gebracht, wo er derzeit zusammen mit Lady Pickering und Oliver Kent inhaftiert war. Lucien wusste nicht, was das Außenministerium mit den dreien vorhatte, und im Moment konnte er sich darüber auch nicht den Kopf zerbrechen.

Er machte sich große Sorgen um Kat. Sie war gestern Abend schrecklich aufgeregt gewesen – und das war auch nur verständlich. Sie brauchte Zeit, dass wusste er, um die Ereignisse auf ihre eigene Weise zu verarbeiten. Er hoffte nur, sie würde ihn empfangen, sobald sie bereit dazu war. Nach ihrer Reaktion auf seinen Heiratsantrag fühlte er sich nicht gerade ermutigt.

Lucien zögerte, als er sich dem Schlafgemach seines Vaters näherte. Er wusste, dass es dem Herzog wahrscheinlich besser gehen würde. Con und Cass waren gestern Abend bei ihm gewesen, und Cass hatte die Nacht hier verbracht, um bei ihm zu wachen. Der Arzt hatte die Kugel aus seiner Schulter entfernt, die Wunde genäht und gemeint, der Schaden sei zum Glück geringfügig. Falls es keine Infektion gäbe, würde alles gut werden.

Er klopfte leise an die Tür, für den Fall, dass der Herzog schlief.

»Herein.«

Er schlief also nicht. Also bedeutete das, dass Lucien ihn sehen musste. Warum war er so verflixt nervös? Er war unzählige Male gekommen, um seinen Vater zu besuchen und war auf seine Verachtung oder sein Desinteresse gefasst gewesen. Seit langer Zeit hatte er bei keiner dieser Begegnungen mehr Beklemmung verspürt. Warum also jetzt?

Wegen der Tat, die der Herzog gestern begangen hatte, und dem, was er über den Krawattenschal, mit dem Lucien den Blutfluss aus seiner Wunde gestoppt hatte, gesagt hatte: dass es sein Lieblingsschal sei. Es war nicht nur, was er gesagt hatte, sondern auch wie, als ob er nicht den Krawattenschal, sondern Lucien wirklich und wahrhaftig schätzte.

Ein Dienstmädchen saß in der Ecke und nähte etwas, als Lucien eintrat. Der Herzog saß von mehreren Kissen gestützt im Bett. Er trug einen dicken blauen Morgenmantel, und die Bettdecke war bis zur Brust hochgezogen. Ein Buch lag neben ihm auf dem Bett.

»Lassen Sie uns allein«, bat der Herzog das Dienstmädchen, das daraufhin das Zimmer verließ und die Tür hinter sich zumachte.

»Du siehst schon besser aus«, stellte Lucien fest.

»Kaum.«

»Ich sollte doch hoffen, dass du besser aussiehst als nach dem Schuss. Deine Farbe ist viel besser.«

»Ich nehme an, man kann ganz grau aussehen, wenn man eine Kugel in die Schulter bekommt. War es so?«

»Grau ist eine gute Beschreibung. Ich bin froh, dass es dir gut geht.« Lucien meinte es ernst.

»Es sei denn, es bildet sich eine Infektion, und dann bist du mich eventuell schon los.«

Lucien widerstand dem Drang, die Augen zu verdrehen. Er trat näher an das Bett heran, aber nicht auf die Seite, auf der sein Vater lag. »Ich bin nicht erpicht auf deinen Tod.«

Der Herzog verengte ein Auge und musterte Lucien, als würde er abwägen, ob er die Wahrheit sagte. »Warum nicht? Unsere Beziehung ist bestenfalls zänkisch zu nennen. Du musst mich hassen.«

»Tue ich nicht.« Lucien mochte das Wort in Bezug auf ihn gedacht haben, aber in Wahrheit hasste er ihn nicht. »Ich bin mir aber ziemlich sicher, dass du mich zumindest verabscheust, und deshalb versuche ich dem Rätsel auf die Spur zu kommen, warum du dich zwischen mich und eine Kugel wirfst.«

Der Herzog faltete die Hände auf seinem Schoß und sah auf seine Füße. Oder zumindest in die Richtung seiner Füße. Lucien sah er jedenfalls nicht an. »Ich verabscheue dich nicht. Wenn überhaupt, dann verabscheue ich mich selbst. Würdest du dich einen Moment setzen? Es ist an der Zeit, dass ich dir etwas erkläre.«

Luciens Herzschlag wurde langsam schneller, als die Beklemmung sich in ihm ausbreitete.

»Du schuldest mir keine Erklärung, Vater.«

Jetzt wandte der Herzog seinen Blick zu Lucien. In den dunklen Tiefen sah Lucien eine Woge von Gefühlen, die er dort noch nie wahrgenommen hatte: Bedauern, Furcht und Dinge, die er nicht benennen konnte. Er zwang sich, seine Füße zu bewegen, und setzte sich auf die Bettkante auf der anderen Seite des Herzogs.

»Ich danke dir.« Sein Vater holte tief Luft. »Es gibt einen Grund, warum wir uns immer uneins waren.« Er zog eine Grimasse, aber bevor Lucien fragen konnte, ob er Schmerzen hatte, fuhr der Herzog fort. »Das ist nicht richtig. Es gibt einen Grund, warum ich dich immer anders behandelt habe als deine Geschwister. Es ist, weil sie deine Halbgeschwister sind.«

Der Raum schien zu kippen. Lucien war auf der falschen Seite der Decke geboren worden, und er war gar nicht der Sohn seines Vaters. Jetzt ergab alles einen Sinn.

Bis auf die Tatsache, dass ihre Augen identisch waren.

»Jetzt möchte ich doch diese Erklärung«, befand Lucien, dessen Stimme dünn klang.

»Du bist natürlich mein Sohn. Wir sind uns sehr ähnlich, was ich absichtlich ignoriert habe und du wahrscheinlich nicht bemerkt hast.«

»Aber meine Mutter?«

»Ich hatte eine Affäre. Es war nur kurz – ein paar Nächte lang auf einer Hausparty.«

Verdammt, wer war Luciens Mutter? Eine Frau aus der Gesellschaft, der er unzählige Male begegnet war, und die ihn mit Zuneigung angesehen hatte? Nein, das ergäbe keinen Sinn. Sie hätte Lucien als ihren Sohn aufgezogen und ihn nicht dem Herzog überlassen.

»Sie war ein Dienstmädchen im Haushalt. Das ist fraglos das, wofür ich mich in meinem Leben am meisten schäme. Ich habe deine Mutter geliebt. Ich war jung und töricht.« Er winkte ab und warf Lucien einen finsteren Blick zu. »Nichts davon entschuldigt irgendetwas. Das Dienstmädchen wurde natürlich entlassen, und sie kam zu mir, um eine Abfindung zu erhalten. Ich war so verzweifelt, und deine Mutter – die Frau, die dich aufgezogen hat, Gott segne sie – hat mir die Wahrheit entlockt. Ich hatte mich seit der Hausparty seltsam verhalten. Ich war von Schuldgefühlen übermannt, die sich noch verstärkten, als das Hausmädchen mich über ihre Schwangerschaft informierte. Ich wollte ihr Geld geben und sie nach Amerika schicken.«

Lucien versuchte, sich das Leben vorzustellen, das er als ein vollkommen anderer Mensch hätte führen können. Kein »Lord« Lucien. Verdammt, er hätte nicht einmal Lucien geheißen. »Warum hast du es nicht getan?«

»Weil deine Mutter, sobald sie es herausfand, dem Dienstmädchen eine Wahl anbieten wollte – sie konnte eine Geldsumme nehmen und das uneheliche Kind als ihr eigenes aufziehen, oder sie konnte sich mit deiner Mutter für die Dauer ihrer Schwangerschaft aufs Land zurückziehen, woraufhin die Herzogin die Mutter des Kindes werden würde.«

Ihre Mutter war von allen drei Kindern geliebt worden. Aber für Lucien war sie ein Lichtblick in der Dunkelheit der Erwartungen und Enttäuschungen seines Vaters gewesen. Dass sie um ihn gekämpft hatte, bevor er überhaupt geboren worden war, weckte ein so starkes und so furchtbar schönes Gefühl, dass Lucien fürchtete, er würde aufschluchzen müssen.

Er schluckte, in der Hoffnung, sich im Zaum halten zu können. Vor dem Herzog wollte er sich nichts anmerken lassen. »Das Dienstmädchen hat offensichtlich die zweite Möglichkeit gewählt.«

»Das hat sie. Sie war von der Idee fasziniert, ein neues Leben in Amerika zu beginnen. Ich habe mich bereit erklärt, die Reise zu bezahlen und ihr genügend Geld zu geben, damit sie sich als Näherin niederlassen konnte.«

»Wo ist sie jetzt?«, fragte Lucien und fragte sich, warum das so wichtig war.

Der Herzog begegnete seinem Blick. »Ich weiß es nicht. Sie ist eine Woche nach deiner Geburt abgereist, und wir haben nie wieder etwas von ihr gesehen oder gehört.«

Obwohl Lucien seine Mutter jetzt noch mehr liebte als zuvor, fühlte er einen Schmerz in seiner Brust für diese unbekannte Frau, die ihm das Leben geschenkt hatte und die eine Zukunft gewählt hatte, die ihm zugutekommen würde. »War es ... schwer für sie?«

»Ich muss gestehen das auch nicht zu wissen«, meinte der Herzog. »Ich wollte nichts mit ihr zu tun haben. Ich habe sie nie wieder gesehen, nachdem deine Mutter und sie nach Cornwall gereist waren. Wir mieteten ein Haus für deine Mutter – und für Con. Er hat sie begleitet.«

Daran würde sich Con natürlich nicht erinnern. Aber es warf eine Frage auf, die Lucien stellen musste. »Weiß das sonst noch jemand?«

Lucien schüttelte den Kopf. »Keine Menschenseele. Nur deine Mutter natürlich, die Hebamme und die wenigen Bediensteten, die sich im Haus um sie kümmerten. Sie wurden alle gut entlohnt, um das Geheimnis zu wahren.«

Vielleicht irrationalerweise fragte sich Lucien, ob er einen von ihnen finden könnte, um sie nach der Frau zu fragen, die ihn ausgetragen und zur Welt gebracht hatte. Doch wozu? Nichts in seinem Leben würde sich ändern, auch nicht die Art, wie sein Vater ihn sein ganzes Leben lang behandelt hatte.

»Deshalb hast du mich nie gemocht«, meinte Lucien leise.

»Ja. Aber die Wahrheit ist, dass es nie um dich ging. Es ging um mich. Ich hasse mich für dafür, was ich deiner Mutter angetan habe, und verdamme mich in die Hölle. Aber jedes Mal, wenn ich dich ansehe, erinnere ich mich an meinen Verrat und an die Großzügigkeit und Gnade deiner Mutter, und ich möchte Gott anschreien, weil er sie an meiner Stelle genommen hat.«

Lucien schlug sich die Hand vor den Mund. Entweder das, oder die Gefühle würden entweichen. Sein Herz raste, seine Kehle brannte.

»Manchmal versuche ich, mich zu bessern und dich so zu behandeln, wie du es verdienst – als meinen geliebten Sohn –, aber ich scheine immer wieder zu scheitern. Deshalb, mein lieber Junge, bin ich zwischen dich und die Kugel getreten. Und ich würde es immer wieder tun, wenn es dich retten würde.« Er drehte den Körper ein wenig und zuckte bei der Bewegung zusammen. »Der Grund, warum dir ein Posten des Außenministeriums in Spanien angeboten worden war, ist, dass ich darauf gedrängt habe. Ich wusste, dass du eine exzellente Besetzung dafür sein würdest, aber außerdem wollte ich dich aus dem Kampfgeschehen heraushalten. Du hast recht, dass ich unglaublich selbstsüchtig bin.«

Lucien wusste nicht, was er sagen sollte. Was konnte er sagen? Sein ganzes Leben war auf den Kopf gestellt. Als ob der gestrige Tag nicht schon überwältigend genug gewesen wäre.

Lucien ließ die Hand in den Schoß sinken und meinte: »Ich frage mich, wie viel von meinem Leben du manipuliert hast. Die Beteiligung des Außenministeriums am Phönix Club? War das deine Anweisung?«

»Ich hatte dem Außenministerium nahegelegt, du wärst – bist – eine wertvolle Ressource, und sie erklärten mir, sie seien auf der Suche nach jemandem, der gewisse Dinge in London organisierte.«

Der Phönix Club existierte aufgrund des Einflusses seines Vaters. Lucien konnte es nicht fassen. Die Mission des Clubs hinsichtlich seiner Mitgliederschaft war allein Lucien zuzuschreiben, doch der vom Außenministerium kontrollierte Teil war seinem Vater zuzuschreiben.

»Du hast nie einen Hehl aus deiner Verachtung für den Mitgliederstamm gemacht, den ich dort kultiviert habe – indem ich diejenigen einlud, die nicht bei White's oder Brooks's waren. Du hast auch das Umfeld, das ich geschaffen habe, nicht geschätzt, als einen Ort, den viele gegenüber anderen Clubs bevorzugen.«

»Ich gestehe, dass er nicht meinem Geschmack entspricht, aber das macht mich nicht weniger stolz auf deine Leistungen.«

Lucien erhob sich vom Bett, während sein Zorn andere Gefühle verdrängte. »Stolz? Du hast mir nahegelegt, mich aus dem Club zurückzuziehen. Du hast nichts getan, um mir zu helfen, und doch behauptest du, wir hätten so vieles gemeinsam. Falls dies deine Schuldgefühle für fünf Minuten schwächt, während du dir einen derartigen Schwachsinn einredest, dann tust du mir leid.«

Angesichts Luciens Zornausbruch zuckte sein Vater nicht zurück. »Nichts mildert meine Schuldgefühle. Nicht einmal die Vergebung deiner Mutter.«

»Das ist jämmerlich. Du hast ein ganzes Leben damit vergeudet. *Mein* Leben.«

»Das ist mir bewusst. Du sagest, du würdest mich nicht hassen, aber vermutlich tust du das jetzt. Und das solltest du auch. Ehe du gehst, solltest du noch wissen, dass das Außenministerium seine Kontrolle über den Club aufgibt. Du wirst der alleinige Eigentümer sein. Allerdings würden sie ihr Arrangement gern fortsetzen, damit gewisse Dinge dort stattfinden können – nachdem sie der Frage auf den Grund gegangen sind, was bei Lady Pickering und Kent schiefgelaufen ist.«

Lucien ging auf, sich nie gefragt zu haben, warum sein Vater sich in ihrem Haus aufgehalten hatte. Da sie auf ihn geschossen hatte, arbeitete er offenbar nicht mit ihr zusammen. »Warum warst du gestern Abend dort?«

»Ich hatte mir deinen Ratschlag zu Herzen genommen und mir durch das Außenministerium alle Informationen beschafft, derer ich habhaft werden konnte. Dabei habe ich einige Dinge erfahren, die mich veranlassten, Lady Pickering einige Fragen zu stellen. Man war ihr und Kent bereits auf den Fersen. Fallin und du – und Miss Shaughnessy – habt ihnen einfach zugespielt. Wofür sie übrigens sehr dankbar sind.«

»Ich weiß. Ein Gentleman hat mich heute Morgen aufgesucht, aber ich habe ihn nicht empfangen. Er hat meinem Butler eine Nachricht hinterlassen, in der er sich bei mir bedankte.« Lucien schüttelte den Kopf. »Du hast tatsächlich meinen Rat befolgt?«

»Ich habe viel von dir zu lernen, und das habe ich versucht. Du bist der Grund, warum ich mit dieser Gruppe zusammengearbeitet habe, um französische Gefangene mit ihren Familien hier wiederzuvereinen.«

»Ich dachte, du schuldest Witney einen Gefallen.«

»Ja, aber mir war auch bewusst, dass du es ohne zu zögern tun würdest. Also dachte ich, ich sollte mitmachen. Ich muss zugeben, es war befriedigend, Menschen zusammenzubringen.«

Lucien kam um das Bett herum und stellte sich neben ihn. »Genau das verstehe ich nicht. Du rümpfst die Nase über Evie und stößt dich daran, dass ich ihr eine wichtige Position im Club verschaffe, und dann setzt du dich ein, damit sie mit ihrem lang verschollenen Vater wiedervereint wird. Ich werde nicht schlau aus dir.«

»Das hat deine Mutter auch immer gesagt. Mein schlimmster Feind bin ich selbst, Lucien. Ich führe keinen größeren Kampf als den gegen mich selbst.«

Die traurigen Augen seines Vaters zerrten an Luciens

Herz. »Ich hasse dich nicht. Du erzürnst mich über alle Maßen, aber ich bin froh, dass du mir zumindest endlich die Wahrheit gesagt hast. Ich werde eine Weile brauchen, um mit allem fertigzuwerden.«

»Gewiss.«

»Und du musst Cass und Con informieren. Ich werde es nicht vor ihnen geheim halten.«

Darüber zog der Herzog die Nase ein wenig kraus. »Wie du möchtest.«

Etwas sehr Wichtiges wurde Lucien nun klar. »Deine unerwartete Akzeptanz von Prudence ist nun nachvollziehbar. Niemand konnte verstehen, warum du das uneheliche Kind deiner Schwester so bereitwillig aufgenommen hast. Weil du auch eins hattest. Weiß Tante Christina das?«

»Nein, aber vermutlich bist du der Meinung, ich sollte sie ins Vertrauen ziehen. Ich werde darüber nachdenken. Was ist mit Miss Shaughnessy? Wirst du bald heiraten?«

»Das weiß ich nicht. Sie hat meinen Antrag noch nicht angenommen.» Lucien ignorierte das ungute Gefühl in seiner Brust.

»Du hast ihr also einen gemacht?«

»Gestern Abend. Aber sie war von all den Ereignissen überwältigt.«

»Das war zu erwarten.«

»Du befürwortest noch immer diese Verbindung?« Dass der Herzog eine irisch-stämmige junge Frau gutheißen würde, die zu laut redete und gesellschaftlichen Zusammenkünfte lieber aus dem Weg ging, schien unmöglich.

»Aus ganzem Herzen.« Der Herzog *lächelte* tatsächlich. Lucien wäre beinahe vornübergefallen.

»Heißt das, du möchtest mich in einer glücklichen Ehe sehen? Con sagte, es sei dir lieber, wenn wir alle so etwas vermeiden würden.«

»Das war es auch, doch diese Einstellung habe ich wegen

deines Bruders revidiert. Neulich habe ich dich und Miss Shaughnessy beim Abendessen beobachtet. Du hast einen gewissen Glanz in den Augen, wenn ihr euch anschaut, und ich glaube nicht, dass dein Lächeln während all der aufgetragenen Gänge je vollkommen verblasst war.

»Es überrascht mich, dass du das bemerkt hast. Ich liebe sie sehr, und hoffe, sie wird Ja sagen.«

Sein Vater legte die Stirn in Falten. »Vielleicht sollte ich ihr einen Besuch abstatten.«

»Du willst Ehestifter spielen?« Lucien lachte. »Wir sind uns *viel* zu ähnlich. Bitte hör auf.«

Er blickte Lucien in die Augen. »Ich möchte dich glücklich sehen.«

Seine Gefühle stiegen Lucien die Kehle hinauf, und er war gezwungen, einen Moment innezuhalten, ehe er antwortete. »Ich danke dir. Werden die Dinge von nun an anders sein?«

»Ja, aber ich bin immer noch ich. Du hast die Erlaubnis, mich daran zu erinnern nicht wieder in die Tiefen meines Selbsthasses zu verfallen.«

Lucien grinste. »Es wird mir eine große Freude sein.« Er ergriff die Hand seines Vaters und drückte sie kurz, ehe er sie wieder losließ.

Als Lucien zur Tür schritt, fragte der Herzog: »Du gibst mir Bescheid, wenn sie annimmt?«

»Ja. Und ich erwarte, dass du Con, Cass und mich zu einem Treffen einlädst, wenn du dich kräftig genug dafür fühlst. Soll ich dir in der Zwischenzeit eine Einladung für den Phönix Club aussprechen?« Lucien drehte sich um und richtete den Blick auf seinen Vater.

Der Herzog starrte ihn an. Dann lachten sie beide.

Als Lucien das Schlafzimmer seines Vaters verließ, fühlte er sich schwer und leicht zugleich. Seine Mutter würde für immer seine Mutter sein, doch es half, die Wahrheit zu kennen. Nein, was ihm *half,* war das Wissen, dass es bei seiner Behandlung seitens seines Vaters nie um ihn gegangen war.

Das machte viel aus.

~

*E*s war Freitag kurz vor Mittag, als der Butler Kat mitteilte, dass Lucien sie besuchen wollte. »Was soll ich ihm ausrichten?«

»Ich werde ihn im Salon empfangen«, antwortete Kat.

Den größten Teil des gestrigen Tages hatte sie in ihrem Zimmer verbracht, doch dann hatte sie Cass und Ruark überrascht, indem sie mit ihnen das Dinner eingenommen hatte. Sie war schockiert gewesen, als sie erfuhr, was sich bei Lady Pickering zugetragen hatte, das dazu geführt hatte, dass Lucien und Ruark ihr gefolgt waren. Das galt insbesondere der Reaktion des Herzogs, der sich vor Lucien geworfen hatte, als Lady Pickering ihn zu erschießen versucht hatte. Kat wäre in diesem Moment beinahe zu Lucien gelaufen, doch sie war noch nicht bereit gewesen, auf seinen Heirats-antrag zu antworten. Es war ihrer Ansicht nach nicht fair, ihn zu sehen, wenn sie nicht antworten konnte.

Sie hatte sehr viel Zeit mit Nachdenken über seinen Vorschlag verbracht. Tatsächlich konnte sie an *nichts anderes* mehr denken. Es ging teilweise darum, sich auf eine Zukunft einzustellen, die sich von der unterschied, die sie geplant hatte. Wie würde es sich anfühlen, mit ihm zu leben? Ein Bett mit ihm zu teilen? Und dabei hatte sie nicht nur die offensichtlich wunderbaren körperlichen Vorzüge im Sinn, die dies mit sich bringen würde. Sie schätzte ihren eigenen Freiraum.

Du kuschelst auch gern mit ihm. Sein Gewicht fühlt sich wirk-lich gut an.

Da konnte sie nicht widersprechen.

Sie erkannte, dass sie zum Salon gehen musste und verließ eilig ihr Zimmer, um die Treppe hinunterzugehen. Bei ihrem Eintreten stand er mitten im Raum.

Er lächelte, was sie daran erinnerte, wie schön es war, ihn zu sehen – jedes Mal. Das war offenbar Liebe.

»Guten Morgen«, begrüßt er sie. »Ich fürchte, ich konnte nicht länger warten, um dich zu besuchen. Da du mich nicht fortgeschickt hast, gehe ich davon aus, dass ich dir nicht lästig bin.«

»Du könntest nie lästig sein.« Kat betrat den Raum, bis sie etwa einen Meter von ihm entfernt stand. »Wie geht es dem Herzog? Ich habe gehört, was sich ereignet hat. Und wie geht es *dir* eigentlich?«

»Ich versuche, damit fertigzuwerden, was er getan hat.« Lucien schüttelte den Kopf, als könnte er es immer noch nicht fassen. »Willst du dich zu mir setzen? Es ist eine unglaubliche Geschichte.«

»Was ist?« Kat war froh über die Ablenkung. So konnte sie das Thema nicht auf seinen Heiratsantrag bringen, während er berichtete.

Sie setzten sich zusammen auf das Sofa, wobei sie ihre Körper einander zugewandt hatten, sich aber nicht berührten. Genauso hatten sie auch an dem Tag gesessen, als sie ihm die Pfauenzeichnung geschenkt hatte. Kat fühlte sich zaudernd und unsicher.

Er sah sie eindringlich an. »Ich sollte vorausschicken, dass niemand außer mir und natürlich meinem Vater davon weiß. Er wird Cass und Con bald ins Vertrauen ziehen, wenn es ihm wieder besser geht. Bis dahin liegt mir viel daran, dass dies unter uns bleibt. Ich hätte dir das sagen sollen, als ich dir das Geheimnis verriet, dass mir der Phönix Club nicht gehört. Das ist mir jetzt klar.«

Kat spürte, wie sie von einer Welle der Reue erfasst

wurde. »Das tut mir leid. Ich bin nicht sehr gut in der Wahrung von Geheimnissen, besonders dann nicht, wenn man mich nicht ausdrücklich darum bittet. Ich wollte dir nur helfen, so wie du allen anderen hilfst.«

»Ich bin unglaublich froh über dein Handeln, denn es hat dazu geführt, dass Oliver Kent und Lady Pickering entlarvt wurden, was mich offensichtlich davor bewahrt hat, alles zu verlieren.«

Eine freudige Erregung vibrierte in ihrem Inneren. »Du wirst den Club nicht verlieren?«

Er lächelte. »Eigentlich hatte ich mir das für später aufheben wollen, aber nein, ich werde der alleinige Besitzer sein.«

Sie berührte ihn an der Hand, und ihre Blicke trafen sich für einen Moment. »Das ist so wundervoll. Ich könnte mich nicht mehr für dich freuen.«

»Danke, und ich stehe wirklich in deiner Schuld, weil du alles in Gang gebracht hast.« Seine Stirn verfinsterte sich. »Allerdings hätte ich es lieber gesehen, du wärst nicht in Gefahr geraten.«

»Mir geht es gut.«

»Du warst außerordentlich einfallsreich. Dass meine Bewunderung für dich noch wachsen könnte, hätte ich nicht geglaubt, aber da habe ich mich wohl getäuscht.« Dann ergriff er ihre Hand, und sie ließ es geschehen, dass er seine Finger mit ihren verflocht. »Ich konnte das Verhalten meines Vaters – er warf sich zwischen mich und Lady Pickering – nicht nachvollziehen, bis er mir ein verblüffendes Geständnis machte.« Lucien hielt inne und holte tief Luft. »Meine Mutter war nicht meine Mutter, wie es scheint. Mein Vater hatte an einer Hausparty teilgenommen und wurde Vater eines Kindes, das er mit einem Dienstmädchen gezeugt hatte. Als meine Mutter davon erfuhr, bot sie dem Dienstmädchen an, mit ihr nach Cornwall zu fahren, um das Kind dort zur Welt zu bringen und es dann ihr und meinem Vater zur Erziehung zu überlassen. Das Dienstmädchen nahm das Angebot an, und von da an war ich eine tägliche Erinnerung an den größten Fehltritt und die schlimmste Schande meines Vaters.«

Kat hatte ihren Griff um seine Hand angespannt, während er sprach. »Oh, Lucien. Ich weiß nicht, was ich sagen soll. Das ist ... schockierend.«

»Wie ich schon sagte, ich versuche immer noch, damit fertigzuwerden. Das Wichtigste ist, dass mein Vater *mich* nicht hasst, obwohl ich immer das Gefühl hatte, das würde er. Er sagte, jedes Mal, wenn er mich anschaut, hasst er sich selbst noch mehr. Vermutlich hat all das Negative sich übertragen. Es war ihm unmöglich, mich so zu behandeln, wie er es hätte tun sollen. Und das weiß er.«

»Du musst sehr wütend sein.« Kat legte ihre andere Hand auf seine. »Ich wäre es.«

»Ich war es. Ich bin es immer noch. Aber ich bin auch dankbar zu wissen, dass es eigentlich nicht um mich gegangen ist.«

»Das entschuldigt die Art und Weise, wie er dich behandelt hat, nicht.«

»Nein, aber die Vergebung ist für mich und nicht für ihn. Ich kann unsere gegenseitige antagonistische Beziehung fortsetzen oder ich kann dieses Friedensangebot annehmen und nach Besserem streben. Ich würde Letzteres bevorzugen.«

Lächelnd nahm Kat die Hand von seiner, um sie an seine Wange zu legen. »Du bist der gütigste, großherzigste Mann überhaupt.«

»Das möchte ich gern sein. Und im Sinne dieser Großzügigkeit solltest du wissen, dass ich alles mit dir teilen möchte. Es wird nichts geben, worüber ich nicht mit dir reden möchte oder einen Tag, den ich nicht mit dir verbringen möchte.«

O nein, wollte er ihr schon wieder einen Heiratsantrag machen?

Ehe sie ihn aufhalten konnte, fuhr er fort. »Ich wollte dir unbedingt von meiner Zeit in Spanien erzählen. Du hast mich neulich Abend gefragt, ob ich jemals jemanden getötet hätte, worauf ich dir antwortete, dies als Soldat getan zu haben. Die Wahrheit ist allerdings, dass ich einige Männer außerhalb des Schlachtfelds umgebracht habe.« Er atmete tief ein und aus. »Es war jedenfalls außerhalb einer offiziellen Schlacht geschehen. Mein lieber Freund Max – der Viscount Warfield – hatte sich in eine einheimische Frau verliebt. Sie war schwanger von ihm, und die beiden wollten heiraten. Eines Tages wurde sie von einer kleinen Schwadron feindlicher Soldaten erspäht. Diese Männer vergewaltigten sie und haben sie dann getötet.« Er hielt inne, als Kat tief Luft holte. »Max wurde rasend vor Wut und nahm die Verfolgung auf. Ich erkannte, was er vorhatte, und folgte ihm, aber er hatte bereits mehrere der Männer getötet. Ich wollte weiteres Blutvergießen verhüten, aber sie waren dabei, Max zu Tode zu bringen, der zu diesem Zeitpunkt verwundet war. Ich musste ihn verteidigen – und mich selbst.«

»Das ist vollkommen gerechtfertigt. Diese Männer waren verabscheuungswürdig. Und böse.«

»Ja, und ich bereue nicht, dies getan zu haben, um zu überleben und um Max zu schützen. Allerdings ging es nicht nur darum, sein Leben zu retten. Ich musste sicherstellen, dass er keine Konsequenzen für seine Taten zu tragen hatte, also habe ich einem der toten Soldaten einen Brief untergeschoben, damit es so aussah, als hätten sie Informationen gestohlen, die wir zurückgeholt hätten. Ich habe damals als

Spion gearbeitet, also war es einfach, diesen Plan in die Tat umzusetzen.«

»Bereust du es?«

»Nein. Aber ich weiß nicht, ob es die beste moralische Entscheidung war.« Er blickte an ihr vorbei, und seine Augen umwölkten sich in seiner Erinnerung. »Einer der Männer flehte mich an, ihn am Leben zu lassen, aber er war schon zu nah an der Schwelle des Todes. In manchen Nächten höre ich noch seine Stimme.«

Kat schlang die Arme um ihn und drückte ihn mehrere Minuten lang fest an sich.

»Ich danke dir«, murmelte er. »Wahrscheinlich wird mich dies für immer verfolgen, aber ich stehe zu meinen Taten.«

»Ich bin froh, dass du mir das anvertraut hast.«

»Es ist etwas von mir, das ich noch nie jemandem verraten habe. Max und ich sprechen eigentlich nicht richtig darüber. Lange Zeit war er wütend auf mich, weil ich ihn gerettet habe. Ich glaube, er hat diese Männer angegriffen, weil dachte, er würde dabei sterben und weil er sich genau danach sehnte, nachdem er seine Liebe verloren hatte.«

»Das ist so traurig. Aber jetzt ist er glücklich. Das scheint er zumindest zu sein. Wie könnte er das ehrlich gesagt auch nicht, wenn er mit Ada zusammen ist? Sie ist der fröhlichste Mensch, den ich je kennengelernt habe.«

Lucien schmunzelte. »Als ich sie zu Max schickte, um ihm bei der Ordnung seines Anwesens zu helfen, hatte ich nicht einmal an eine Verbindung zwischen den beiden gedacht, aber sie passen perfekt zueinander. Sie hat ihn tatsächlich gerettet, und in gewisser Weise glaube ich, dass er sie ebenfalls gerettet hat.«

»Das ist schön.«

Sie schwiegen einen Moment, ehe Lucien erneut das Wort ergriff. »Ich wurde bei dem Zwischenfall in Spanien verwundet, und obwohl es nichts Ernstes war, hat man mich nach Hause geschickt. Gestern habe ich von meinem Vater erfahren, dass er das veranlasst hatte. Offenbar habe ich meinen Hang mich einzumischen von ihm geerbt.«

»Das ist gut zu wissen, nicht wahr?«

Er nickte. »Überraschenderweise, ja. Und was ist mit dir? Willst du mir etwas mitteilen?«

Da war es. Die Worte blieben ihr im Mund stecken, als wäre er ein Sumpf. »Wie soll das funktionieren?«, platzte sie heraus.

Verwirrung tanzte in seinem Blick. »Wie soll was funktionieren?«

»Heiraten. Ich habe vor kurzem festgestellt, dass ich reichlich egoistisch bin, oder zumindest nach innen gerichtet, was so ziemlich das Gegenteil von dir und deiner Fähigkeit ist, ständig an andere zu denken, und wie du ihnen helfen könntest. Aber ich habe auch erkannt, dass ich vielleicht aus einer Art Abwehr gegen Menschen so bin, die mich nicht verstehen oder akzeptieren.« Sie ließ seine Hand los. »Ich wüsste jedenfalls nicht, wie wir miteinander verheiratet sein könnten. Du wirst im Club sein und dich amüsieren und im Allgemeinen der am meisten bewunderte Mann Londons sein, während ich die unbeholfene Frau bin, die nicht tanzen kann und sich lieber allein in einer Bibliothek verkriechen würde, als sich im Phönix Club zu zeigen.«

Lucien presste die Lippen zusammen. Dann lächelte er. Schließlich nahm er noch einmal ihre Hand und legte sie in seinen Schoß. »Erstens gefällt mir die Vorstellung, dass du in meinem Büro im Club sitzt und ein Buch liest, während ich in den Mitgliederräumen umhergehe. Zweitens kannst du, wenn dich gelegentlich die Lust auf Gesellschaft überkommt – und ich weiß, dass das vorkommt – in die Bibliothek kommen, die normalerweise von unserer Familie und engen Freunden bevölkert wird und nicht überfüllt ist. Ich denke, du würdest dich dort sehr wohlfühlen. Drittens gibt es im zweiten Stock ein sehr schönes Schlafgemach, mit dem du ja schon Bekanntschaft geschlossen hast. Ich stelle mir vor, dies könnte ein schöner Ort für dich sein, um dich hinzusetzen und zu lesen. Ich müsste natürlich von Zeit zu Zeit nach dir sehen ...«

Kat versuchte, nicht zu lächeln, und scheiterte größtenteils. Sie straffte das Gesicht und fragte: »Kann ich jederzeit in dein Büro kommen oder nur dienstags?«

»Jederzeit. Vergiss nicht, dass wir unseren Geheimgang haben. Oder, wenn es dir lieber ist, verbringe ich einfach mehr Zeit daheim mit dir.«

Kat schüttelte vehement den Kopf und drückte seine Hand noch fester. »Das werde ich nicht zulassen. Der Club ist dein Lebenselixier.«

»*Du* bist mein Lebenselixier.« Er ließ von ihrer Hand ab und legte die seinen um ihre Wangen, während er ihr tief in die Augen schaute. »Weißt du inzwischen nicht, dass ich alles für dich tun würde?«

Genau dasselbe empfand sie für ihn. »Ich würde mich in deinem Büro sehr wohlfühlen. Oder in der Bibliothek. Oder im Schlafgemach. Oder im Geheimgang. Und wenn ich mich nicht wohlfühle, bleibe ich allein zu Hause, und das ist mir auch ganz recht. Wenn du dir Sorgen um mich machst, wird das nicht funktionieren.« Doch sie wusste, dass es funktionieren würde. Er war es gewesen, der sie neulich allein von Chessington nach Hause geschickt hatte. Er hatte erkannt, dass sie Einsamkeit brauchte, und ihr genau das widerspruchslos verschafft. Dies hatte er sogar mit sanfter Fürsorge und einer unauslöschlichen Freundlichkeit getan. Nie hatte sie eine andere Seele wie die seine gekannt, und sie erwartete nicht, dies je wieder zu tun.

»Ich wäre eine Närrin, wenn ich dich abweisen würde«, brachte sie leise hervor.

Er nahm die Hände von ihrem Gesicht. »Ganz und gar

nicht. Nur du kannst entscheiden, was für dich das Richtige ist. Du sollst nur wissen, dass ich dich liebe und alles in meiner Macht Stehende tun werde, um dich glücklich zu machen. Die eigentliche Frage ist: Liebst du mich?«

Die Emotion brodelte in ihr auf, bis sie das Gefühl hatte, sie würde zerbersten. »Mehr als ich es mir je erträumt habe. Ich glaube ... ich glaube, meine Antwort lautet ja.«

Lucien wölbte die Brauen und er hielt den Atem an. »Du willst mich heiraten?«

»Wenn du mich noch darum bittest.«

»Ich war darauf vorbereitet, dich jeden Tag bis zum Ende der Zeit immer wieder zu bitten.« Er berührte noch einmal ihr Gesicht und dann küsste er sie.

Kat legte die Arme um seinen Hals und erwiderte seinen Kuss. Als sie sich voneinander lösten, lachten sie beide. Sie klammerte sich an seine Schulter. »Ich liebe dich so sehr.«

»Ich liebe dich noch mehr.«

Sie schüttelte den Kopf. »Unmöglich. Dies ist eine Debatte, die du nicht gewinnen wirst.«

»Ich habe ein Leben lang Zeit, das zu versuchen«, entgegnete er, ehe er sie erneut küsste. Bald hatte er sie auf das Sofa zurückgeschoben, und sie streckten sich so weit aus, wie es ihnen möglich war. Wenn sie nicht aufpassten, würde er ihr bald die Röcke hochschieben.

»Wir sollten Cass und Ruark die gute Nachricht überbringen«, schlug sie vor. »Damit wir hier nicht zu weit gehen.«

»Ich würde dich sehr gern von hier forttragen. Bis in dein Schlafzimmer.« Er küsste ihren Hals und leckte sie.

»Sie werden begeistert sein. Und Ruark wird dich nicht umbringen müssen.«

Lucien lachte. »Alle anderen werden schockiert sein. Wir sind zwei Menschen, bei denen nie jemand erwartet hätte, dass sie heiraten, geschweige denn, dass sie einander heiraten.« Er blickte sie an, und seine Augen strahlten vor Freude. »Sogar mein Vater ist dafür.«

»O je, hoffentlich ist das kein schlechtes Omen.«

»Im Gegenteil, ich denke, es ist ein Vorzeichen auf eine wunderbare Zukunft – für uns alle.« Er senkte den Kopf und küsste sie erneut, bis ihr der Atem stockte, während er sie mit seiner Hand durch ihre Kleidung hindurch über ihre Brust streichelte.

»Wir müssen wirklich aufhören, ehe wir erwischt werden«, mahnte sie. »Aber vielleicht findest du heute Abend den Weg zurück in mein Schlafzimmer. Ich habe noch viele Dinge auf meiner Liste, die wir abhaken müssen. Und ich habe noch ein paar weitere hinzugefügt.«

»Tatsächlich? Nun, ich habe meine eigene Liste erstellt. Vielleicht sollten wir uns daranmachen, sie zu vergleichen und alle doppelten Punkte streichen.«

»Oder wir könnten diese Punkte einfach zweimal durchgehen?« Sie knabberte an seinem Ohr. »Ich fürchte, ich werde nie aufhören, neugierig zu sein – oder begierig.«

»Davor habe ich keine Angst. Ich freue mich darauf.« Er schaute ihr mit so viel Liebe in die Augen, dass Kat froh war, beinahe zu liegen, denn sie hätte wieder in Ohnmacht fallen können. »Ändere dich nie, mein unersättlicher Liebling.«

EPILOGUE

Fünf Tage später

ucien blickte sich im Speisesaal des Phönix Clubs um und konnte kaum glauben, was er sah: Seine Frau war im Gespräch mit seinem Vater, der dabei *lächelte*. Dass Lucien sowohl verheiratet als auch mit dem Herzog – seinem Vater – gut Freund war, konnte nur als erstaunlich erachtet werden. Tatsächlich war er sich nicht einmal sicher, wann er dies wirklich glauben würde.

Nach Beschaffung einer Sondergenehmigung hatte Lucien Kat gefragt, ob es ihr etwas ausmachte, mit der Hochzeit zu warten, bis sein Vater wieder so weit hergestellt wäre, um dabei zu sein. Sie hatte nichts einzuwenden gehabt, insbesondere deshalb nicht, weil sie bestätigen konnte, dass sie kein Kind in sich trug und es aus ... diesen Gründen vorzog, die Hochzeit zumindest um ein paar Tage zu verschieben. Lucien war über die Nachricht erleichtert, denn er glaubte nicht, im Moment eine weitere massive, und unerwartete Veränderung in seinem Leben verkraften zu können.

Dennoch hoffte er, sie würden eines Tages Kinder haben. Und das allein war schon eine große Veränderung.

»Woran denkst du gerade?«, fragte Evie neben ihm. Sie war mit Gregory am vorigen Samstag zurückgekehrt, und niemand war von der Bekanntgabe seiner und Kats Verlobung mehr überrascht gewesen als Evie.

Oder Con.

Oder Max.

Oder ... verdammt, sie alle waren von der Nachricht verblüfft gewesen. Mit Ausnahme von Jess, die Kat offenbar bei ihrem Plan mit dem Kuss in Dougals Arbeitszimmer geholfen hatte, so wie Lucien vermutet hatte.

»Ich habe gerade über diesen Anlass gestaunt«, antwortete Lucien.

»Das tun wir alle. Ich kann mich immer noch nicht entscheiden, was schockierender ist – deine Heirat oder die plötzliche und vollständige Veränderung deiner Beziehung zum Herzog.« Sie schüttelte den Kopf.

Lucien hatte ihr die Wahrheit hinter dem Verhalten seines Vaters erzählt. Er würde sie nicht allen hier mitteilen, doch ihm lag daran, dass sie es wusste. Sie war nun mal eine seiner besten Freundinnen.

»Können sie in ihrer Unberechenbarkeit nicht gleichbedeutend schockierend sein?«, wollte er wissen.

»Vermutlich«. Evie betrachtete ihn eingehend. »Ich kann mich nicht daran gewöhnen, wie du bist.«

Er riss seine Aufmerksamkeit von Kat los, die sich überaus angeregt mit seinem Vater unterhielt und mit den Händen gestikulierte. »Wie bin ich denn?«

»Völlig verliebt.«

Er lachte. »Genau das habe ich über dich gedacht.« Sein Blick wanderte zu Gregory, der mit Dougal und Jess ein wenig abseitsstand. »Du und Gregory, ihr scheint sehr glücklich zu sein.«

»Das sind wir auch.« Sie berührte ihn am Arm. »Wie schön für uns beide. Insbesondere weil der Club anscheinend wieder im Aufschwung ist.«

Sie hatte recht. Die Teilnahme am Frühlingsball hatte alle anderen Bälle des letzten Jahres übertroffen, was zum Teil daran lag, dass Lucien und das Mitglieder-Komitee ein paar Tage zuvor eine Flut von Einladungen verschickt hatten. »Es ist fantastisch, dass man für Einladungen zur Mitgliedschaft keine Zustimmung mehr einholen muss.«

»O ja, das ist wirklich herrlich.« Evie lächelte, wurde aber schnell wieder nüchtern. »Ich werde dir nie dafür danken können, dass du mir erlaubt hast, zu bleiben, und du für mich gekämpft hast, als du selbst in die Ecke gedrängt worden bist.« Sie wusste über alles Bescheid, was mit dem Außenministerium passiert war. Lucien hatte gewollt, dass sie die Wahrheit erfuhr, zumal das Ministerium gelegentlich Geschäfte im Club abwickeln könnte. Er hielt es für wichtig, dass das gesamte Mitglieder-Komitee über ihre Beteiligung – sowohl in der Vergangenheit als auch in der Zukunft – Bescheid wusste, und so hatte er ein Treffen mit allen abgehalten, um ihnen die Einzelheiten mitzuteilen.

»Ich werde dich niemals im Stich lassen«, versprach Lucien. »Oder irgendeinen meiner Freunde und Familienmitglieder.«

»Und genau das macht dich zum zweitwunderbarsten Mann, den ich je kennengelernt habe.« Sie legte die Stirn kurz in Falten. »Vielleicht den dritten, da jetzt mein Vater zurückgekehrt ist.«

»Den dritten Platz nehme ich gerne ein. Und jetzt lass uns Max zu seiner Ernennung zum Earl gratulieren.« Das war sehr zu Max' ewigem Verdruss vor einigen Tagen geschehen. Es hatte ihm ganz und gar nicht gefallen,

Viscount zu sein, und er freute sich noch weniger darauf, Earl zu werden.

Als sie auf Max und Ada zugingen, gesellte sich Kat zu ihnen und schob sich dicht an Lucien heran, sodass er seine Hand auf ihren unteren Rücken legen konnte. »Worüber hast du mit meinem Vater gesprochen?«, murmelte er.

»Pfauen. Er sagte, es gäbe mehrere feste Paare in Woodbreak. Das hast du nie erwähnt.«

»Wahrscheinlich, weil ich seit Jahren nicht mehr auf dem Ahnensitz meines Vaters war.« Was bedauerlich war, denn er war wunderschön. »Ich werde nach der Saison mit dir dorthin fahren. Dann kannst du mir deinen Pfauentanz vorführen, und ich werde beurteilen, ob er korrekt ist.«

Schmunzelnd versetzte Kat ihm einen Klaps auf den Arm.

Sie kamen bei Max und Ada an, und Lucien schaute seinen Freund an. »Ich weiß, du willst das nicht, aber ich werde einen Toast auf deine Ernennung ausbringen.«

Max grunzte zur Antwort. Ada grinste breit. »Wie aufmerksam von dir.«

»Nicht, ehe ich auf Kat und dich angestoßen habe«, meinte Con, der anscheinend mitgehört hatte, da er in der Nähe stand.

»Ich werde die Diener anweisen, den Champagner zu servieren«, erbot Sabrina sich.

Fiona und Tobias kamen – langsam – auf sie zu geschlendert. Der armen Fiona fiel es immer schwerer, sich fortzubewegen, doch heute hatte sie darauf bestanden, herzukommen.

»O je, das werde ich in ein paar Monaten sein«, bemerkte Ada. Sie blickte zu ihrem Mann auf. »Vielleicht wirst du mich tragen müssen.«

»Ich werde alles tun, was du verlangst.« Max′ Augen glänzten von seiner Liebe zu ihr, als er ihren Blick erwiderte.

»Meine Güte, wir sind aber ein verliebter Haufen«, sinnierte Lucien.

»Entschuldigt uns bitte«, sagte Tobias, der, um die Wahrheit zu sagen, etwas angespannt wirkte. »Fiona und ich müssen uns verabschieden. Wie es scheint, hat das Kleine beschlossen, dass euer Hochzeitstag ein hervorragender Zeitpunkt ist, um sich zu zeigen.«

»Oh!«, rief Ada aus. »Müsst ihr nach oben gehen? Wir haben mehrere Schlafräume im Club. Ihr könnt meins benutzen. Das Bett ist sehr bequem.«

»Das ist es in der Tat«, stimmte Max zu.

Lucien unterdrückte ein Lächeln. Er wandte seine Aufmerksamkeit auf Fiona, deren Gesichtszüge angespannt und das Gesicht leicht rosa waren. »Wir haben wirklich viele Schlafzimmer.«

Fiona stieß die Luft aus, als ob sie den Atem angehalten hätte. »Das ist mir durchaus bewusst, und ja, die Betten sind sehr angenehm.«

Lucien fragte sich, ob alle den Phönix Club für ihre Rendezvous benutzt hatten. »Dann bringen wir dich hinauf.«

»Nein. Ich würde gerne nach Hause fahren und in *meinem* Bett entbinden. Aber ich denke, wir sollten uns beeilen.« Ihre Augen weiteten sich. »Ich glaube ... meine Fruchtblase ... « Sie drehte den Kopf zu Tobias. »Ja, bring mich nach oben, bitte. In unser Zimmer, wenn du kannst.«

»Ich rufe die Dienstmädchen von der Seite der Ladys«, informierte Ada schnell und hatte sich bereits in Bewegung gesetzt. »Evie, die Diener sollen warmes Wasser hochtragen.«

»Der Arzt«, sagte Tobias, dessen Gesicht blass wurde. »Jemand soll den Arzt holen.«

»Ich werde Arthur schicken«, antwortete Lucien.

»Ich kümmere mich darum.« Max rannte seiner Frau hinterher.

»Was ist los?« Kats Mutter war auf sie zugekommen, als Lucien nicht aufgepasst hatte. Da die Hochzeit verschoben worden war, damit sein Vater dabei sein konnte, hatten sie genügend Zeit gehabt, Kats Familie zu benachrichtigen, damit sie in aller Eile nach London kommen konnten. Das war auch gut so, denn Mrs. Shaughnessy wäre nur schwer zu besänftigen gewesen, wenn man die Hochzeit ohne sie zelebriert hätte.

»Lady Overton bekommt ihr Baby«, entgegnete Kat. »Ist das nicht wundervoll?«

Tobias fing an, Fiona zur Tür zu führen. Als sie nach ein paar Schritten innehielt und sich leicht krümmte, nahm er sie auf die Arme und eilte aus dem Speisesaal.

»Heißt das, das Frühstück ist zu Ende?«, fragte Iona, die zwei Jahre jüngere Schwester von Kat. Sie klang enttäuscht.

»Ganz und gar nicht«, widersprach Kat.

Prudence und Bennet kamen auf sie zu. Sie wandte sich an Lucien. »Ich hoffe, es macht euch nichts aus, wenn ich hochgehe und helfe. Ich glaube, das würde Fiona gefallen.« Da Prudence ihre Begleiterin gewesen war, als sie vor einem Jahr in die Stadt gekommen war, schien dies angemessen.

»Natürlich nicht. Nimm Cass mit.« Seine Schwester würde mitkommen wollen, denn Fiona war eine ihrer engsten Freundinnen.

»Das werde ich.« Prudence berührte ihren Mann am Ärmel, ehe sie sich zu Cass begab, die tatsächlich bereits auf dem Weg zu ihnen war. Alle schienen sich mitten im Raum zu versammeln. Doch dann verließen Prudence und Cass ihn genau in dem Moment, als Sabrina wieder hereinkam. Ihr folgten Diener, die Tabletts mit Champagner trugen.

»Stimmt es, dass Fiona nach oben gegangen ist, um ihr Baby zu bekommen?«, fragte Sabrina.

Lucien nickte. »Ja. Wie es scheint, haben wir heute viele Gründe, um anzustoßen.«

»In der Tat«, ergriff Luciens Vater das Wort, als die Diener die Sektgläser verteilten. »Ich wollte dir sagen, dass die Hickinbottoms dich nicht mehr belästigen werden. Sie haben eingesehen, dass es nicht in ihrem Interesse ist, meine Schwiegertochter zu verunglimpfen.«

»Das ist eine Erleichterung!«, rief Mrs. Shaughnessy aus, als sie ein Glas Champagner von einem Tablett nahm. »Vielen Dank, Euer Gnaden.«

Lucien reichte Kat ein Glas und nahm sich selbst eines. Sie tauschten einen Blick voller freudigen Versprechens aus, und plötzlich konnte er es kaum noch abwarten, dass das Frühstück zu Ende war.

»Lasst uns auf meinen Bruder Lucien trinken«, sagte Con laut. »Und auf seine brillante Braut Kat. Ich glaube, ich kann für uns alle sprechen, wenn ich sage, dass dies eine Verbindung ist, die niemand erwartet hat, aber die wir alle von ganzem Herzen gutheißen.«

»Das haben wir gar nicht nötig«, konterte Lucien mit einem trockenen Lachen.

»Nein, das braucht ihr nicht«, stimmte Luciens Vater zu. »Aber ihr habt es trotzdem. Vielleicht hätte Con sagen sollen, dass wir alle eure Heirat befürworten, denn es gibt keine zwei Menschen, die besser zueinander passen.«

Daraufhin murmelten mehrere Leute gleichzeitig, was Lucien erneut zum Lachen verleitete.

»Warum lachst du?«, fragte Kat, etwas leiser. Nun ja, leise für ihre Begriffe.

»Weil jedes Ehepaar in diesem Raum wahrscheinlich behaupten würde, dass sie das Paar sind, das am besten zueinander passt.« In diesem Moment wurde Lucien klar, dass jeder hier ein Ehepaar war, mit Ausnahme von Kats drei Schwestern, Luciens Tante, die, obwohl sie verheiratet war, sicher nicht als halbes Ehepaar bezeichnet werden konnte, und seinem Vater. Lucien blickte zu ihm und fragte sich, ob er je wieder heiraten würde. Es waren schon seltsamere Dinge passiert, und er verdiente sicherlich Glück – wenn er es sich zugestehen würde.

»Sie sind alle im Unrecht«, sagte Kat und nippte an ihrem Champagner.

Lucien hatte gerade ebenfalls einen Schluck getrunken und verschluckte sich fast daran. Nachdem er die Flüssigkeit hinuntergeschluckt hatte, neigte er den Kopf zu ihr. »Ich bin ganz deiner Meinung.«

Con runzelte die Stirn, als er mit dem Ring, den er seit Roberts Geburt trug, an sein Glas klopfte. Er war ein Geschenk ihres Vaters gewesen, um die Geburt seines Erben zu würdigen. »Das war nicht der Toast, den ich mir erhofft hatte. Können wir es noch einmal versuchen? Ohne den Kommentar?« Er schaute sich im Raum um, doch dann richtete er seinen Blick auf Lucien, der mit seiner Erwiderung über die Anerkennung alles ausgelöst hatte.

»Bitte«, forderte Lucien ihn auf und legte eine Hand um Kats Taille.

Con holte tief Luft und begann von vorn. »An meinen Bruder und Kat. Wir alle lieben euch und sind so froh, dass ihr euch gefunden habt.« Er richtete den Blick auf Kat. »Kat, wir heißen dich in der Familie willkommen und hoffen, du kannst unsere Schwächen aushalten, denn sie sind groß und oft frustrierend. Du hast sie bereits ungemein verbessert.« Lächelnd blickte Con zu Lucien. »Lu, ich glaube, wir freuen uns alle ganz besonders, dass du dich verliebt und dein ewiges Glück gefunden hast, denn das hast du wirklich verdient. Ich würde sagen, das sollte dich von deinen Neigungen zum Verkuppeln kurieren, aber es scheint, dass wir alle schon verkuppelt sind.« Con wandte sich an die beiden und sein Blick wanderte zwischen ihnen hin und her.

»Möge eure Liebe ein Trost, ein Leuchtfeuer und das größte Abenteuer sein, das ihr je erleben werdet.« Er hob sein Glas, und alle stimmten in den Jubel ein: »Hurra!«

»Das ist einfach«, flüsterte Lucien Kat ins Ohr. »Das ist es ja schon.«

»Du kannst mir später zeigen, wie abenteuerlustig du sein kannst«, erwiderte sie heiser. »Wenn ich bitten darf.«

Feurig und verheißungsvoll schaute er ihr daraufhin in die Augen. »*Nichts* würde mir größeres Vergnügen bereiten.«

Versäumen Sie meine nächste Serie nicht:
LORDS UND DIE LIEBE, die ich zusammen mit meiner
lieben Freundin Erica Ridley schreibe!

Für alle, die nach einem Ehemann oder einer Ehefrau Ausschau halten, gibt es keinen besseren Zeitpunkt und keinen besseren Ort, um die wahre Liebe zu finden, als das jährliche Maifest in Marrywell, England. Sowohl Prinzen als auch arme Leute verlieben sich Hals über Kopf manchmal in die Person, bei der sie dies am wenigsten erwarten ...

HEIRATSVERMITTLUNG CHRONIKEN
Der Pfad der wahren Liebe verläuft nie geradlinig. Manchmal ist ein wenig Kuppelei erforderlich. Was kann schon schiefgehen, wenn Paare auf einer Hausparty zusammenkommen?
Erscheint bald!

Würden Sie gern alle acht Bücher der **Phönix Club** Serie nachholen? Beginnen Sie mit Buch eins, **Ungehörig: Das Mündel des Earls**! Möchten Sie auch meine anderen Serien kennenlernen? Lesen Sie weiter, um zu erfahren, in was für eine Geschichte Sie als Nächstes eintauchen können!

Ich danke Ihnen sehr, dass Sie Unersättlich gelesen haben.
Ich hoffe, es hat Ihnen gefallen!

Möchten Sie erfahren, wann mein nächstes Buch verfügbar
ist? Sie können sich für meinen Deutscher Newsletter
anmelden, mir auf Amazon.de folgen und meine Facebook-
Seite liken. Alle Newsletter-Abonnenten erhalten exklusive
Bonus-Geschichten, die sonst nirgends erhältlich sind, unter
anderem auch die einleitende Vorgeschichte zur Buchreihe
Der Phönix Club.

Rezensionen helfen anderen, Bücher zu finden, die für sie
geeignet sind. Ich schätze alle Bewertungen, ob positiv oder
negativ. Ich hoffe, dass Sie erwägen werden, eine Bewertung
bei Ihrem bevorzugten der Seite Ihres bevorzugten Internet-
Netzwerkes abzugeben.

Ich mag meine Leser so sehr. Danke!

**Sind Sie an weiterer Regency-Romantik interessiert?
Schauen Sie sich meine anderen historischen Serien an:**

Die Unberührbaren
Geraten Sie ins Schwärmen über zwölf der begehrtesten und
schwer fassbaren Junggesellen der feinen Gesellschaft und
die Blaustrümpfe, Mauerblümchen und Außenseiterinnen,
die sie in die Knie zwingen!

Die Unberührbaren: Die Prätendenten
In der faszinierenden Welt der Unberührbaren spielend,
handelt die Saga von einem Geschwistertrio, die sich darin
auszeichnen, sich als jemand auszugeben, der sie nicht sind.
Werden ein unerschrockene Bow Street Ermittler, ein
niedergeschmetterter Viscount und eine desillusionierte

Dame der feinen Gesellschaft es schaffen, ihre Geheimnisse
zu lüften?

Ruchlose Geheimnisse und Skandale
Sechs unglaubliche Geschichten, die sich in den glamourösen
Ballsälen Londons und den herrlichen Landschaften
Englands abspielen. Das erste Buch, **Ihr ruchloses
Temperament** erscheint in Kürze!

Die Liebe ist überall
Herzerwärmende Nacherzählungen klassischer
Weihnachtsgeschichten im Regency-Stil, die in einem
gemütlichen Dorf spielen und von drei Geschwistern und
dem besten Geschenk von allen handeln: der Liebe.

Der Club der verruchten Herzöge
Sechs Bücher, geschrieben von meiner besten Freundin, der
New York Times Bestseller-Autorin Erica Ridley, und mir.
Lernen Sie die unvergesslichen Männer von Londons
berüchtigtster Taverne, dem Verruchten Herzog, kennen.
Verführerisch attraktiv, mit Charme und Witz im Überfluss,
wird eine Nacht mit diesen Wüstlingen und Filous nie genug
sein ...

Der Herzog der Küsse

Der Herzog der Zerstreuung

Der unverhoffte Herzog

Der charmante Marquess

Der verwundete Viscount

Die Unberührbaren: Die Prätendenten

Geheimnisvolle Kapitulation

Ein skandalöser Pakt

Des Gauners Rettung

Ruchlose Geheimnisse und Skandale

Ihr ruchloses Temperament

Sein ruchloses Herz

Die Verführung des Halunken

Verliebt in eine Diebin

Die Schöne und der Halunke

Einmal Halunke, immer Halunke

Die Liebe ist überall

(eine Regency Weihnachtstrilogie)

Der Earl mit dem flammendroten Haar

Das Geschenk des Marquess

Eine Freude für den Herzog

Der Club der verruchten Herzöge

Eine Nacht zum Verführen by Erica Ridley

Eine Nacht der Hingabe by Darcy Burke

Eine Nacht aus Leidenschaft by Erica Ridley

Eine Nacht des Skandals by Darcy Burke

Eine Nacht zum Erinnern by Erica Ridley

Eine Nacht der Versuchung by Darcy Burke

ÜBER DIE AUTORIN

Darcy Burke ist die USA Today Bestsellerautorin für sexy, emotionale, historische und zeitgenössische Romantik. Darcy schrieb ihr erstes Buch im Alter von 11 Jahren – mit einem Happy End – über einen männlichen Schwan, der von der Magie abhängig war, und einen weiblichen Schwan, der ihn liebte, mit nicht sehr gelungenen Illustrationen. Schließen Sie sich ihr an newsletter!

Darcy, die in Oregon an der Westküste der Vereinigten Staaten geboren wurde, lebt am Rande des Wine Country mit ihrem auf der Gitarre spielenden Ehemann und ihren beiden ausgelassenen Kindern, die das Schreiben geerbt zu haben scheinen. Sie sind eine nach Katzen verrückte Familie mit zwei bengalischen Katzen, einer kleinen, familienfreund-lichen Katze, die nach einer Frucht benannt ist, und einer älteren, geretteten Maine Coon, die der Meister der Kühle und der fünf-Uhr-morgens-Serenade ist. In ihrer ›Freizeit‹ ist Darcy eine regelmäßige ehrenamtliche Mitarbeiterin, die in einem 12-stufigen Programm eingeschrieben ist, in dem man lernt, ›Nein‹ zu sagen, aber sie muss immer wieder von vorne anfangen. Ihre Lieblingsplätze sind Disneyland und das Labor Day Wochenende in The Gorge. Besuchen Sie Darcy online unter https://www.darcyburke.de.

facebook.com/darcyburkefans
twitter.com/darcyburke
instagram.com/darcyburkeauthor
pinterest.com/darcyburkewrites
goodreads.com/darcyburke

www.ingramcontent.com/pod-product-compliance
Lightning Source LLC
Chambersburg PA
CBHW020008120726
47903CB00004B/1184